D1420603

Pierre Pevel

De Degens van de Kardinaal

Oorspronkelijke titel: Les Lames du Cardinal
Vertaling: Margreet van Muijlwijk
Omslagontwerp: DPS design & prepress sevices, Amsterdam
Omslagillustratie: Marco Lap

Eerste druk augustus 2008

ISBN 978-90-225-5085-4 / NUR 334

© 2007 Bragelonne
© 2008 voor de Nederlandse taal: De Boekerij bv, Amsterdam
Mynx is een imprint van De Boekerij bv, Amsterdam

Dit boek is opgedragen aan Jean-Philippe,
mijn te vroeg ontsnapte broer.

Proloog

De kuip lag verzonken in de grond in het hart van een reusachtig pentakel dat in de kale, koude tegelvloer was gebeiteld; in het midden van de crypte en onder een gewelf dat werd gesteund door zware zuilen. Het ingewikkelde, maar vloeiende lijnenspel binnen de pentakel vormde een twaalfpuntige ster, verrijkt met draconische tekens die de meeste tovenaars niet eens kenden, of niet durfden uit te spreken. Ze straalden een boosaardige kracht uit die de sfeer bedrukte, hoewel er op regelmatige afstanden van elkaar grote kerkkaarsen brandden. Zwarte kerkkaarsen. Het rode licht van hun vlammen had dezelfde kleur rood als het dampende bloed waarmee de kuip was gevuld.

Er liep een oude vrouw naar de pentakel toe. Ze had grijzend blond haar, ze liet de sluier die haar bedekte aan haar voeten vallen en stond naakt. Het rode schijnsel van de kaarsen belichtte haar vaalbleke huid en de slappe vormen van haar verlepte lichaam. Ze daalde af in de kuip en gaf zich genietend over aan de klamme warmte van het bloed, dat nooit helemaal afkoelde. Met gesloten ogen en achterovergebogen hoofd, de armen gespreid op de randen van de kuip, onderging ze een moment van genot en intense rust. Ten slotte liet ze zich met een voldane zucht onderuitzakken tot ze bijna werd ondergedompeld.

Het duurde even voordat de pentakel reageerde. Toen schoten de rode kaarsvlammen plotseling hoog op, terwijl de runentekens en de in steen gebeitelde lijnen roodgloeiend oplichtten. De vloeistofspiegel in het bad begon te golven en al snel te borrelen. Bellen stegen op en sprongen open. De heftig flakkerende kaarsen smolten zienderogen weg. Het licht binnen de pentakel werd daarentegen steeds feller, maar het verspreidde zich niet. Het bleef een strakke, vermiljoenrode lijn die het donker doorsneed volgens het ontwerp van de pentakel en de grillige tekening van de draconische symbolen.

Er vond een verblindende, maar geluidloze explosie plaats en alles was voorbij.

Toen men weer kon zien in de crypte, was de pentakel afgekoeld, toonde de kuip een spiegelglad oppervlak en waren de kaarsen nog maar treurige hoopjes was met zieltogende vlammetjes.

De knappe, jonge vrouw die nu uit de kuip overeind kwam had een stralende huid, jeugdig blond haar, een strak lichaam met een smalle taille en stevige rondingen. Glanzend van het bloed dat haar die reine schoonheid bezorgde stapte ze uit haar bad; met een knippering van haar oogleden verborg ze de reptielenogen die in het ritueel zichtbaar waren geworden. Daarmee voltooide ze haar gedaanteverwisseling tot de aanbiddelijke gravin De Malicorne, wier ondeugende charmes het hele hof verrukte en wier lenige geest de koningin zo bekoorde.

Maar hier, weg van wereld, hoefde ze niet te glimlachen. Toen ze uit de pentakel stapte en de verborgen trap naar haar appartementen op liep, lag in haar blik nog die oude en wrede wijsheid die niet alleen haar leeftijd verried, maar ook haar ras; want het drakenbloed dat haar schoonheid had teruggeven, stroomde ook door haar aderen.

I

Weer onder de wapenen

1

De wanden van het hoge, langwerpige vertrek waren bedekt met boeken; hun sierlijke verguldsel glansde in het roodachtige kaarslicht. Buiten onder de sterrenhemel achter de dikke, rode fluwelen gordijnen, was Parijs diep in slaap. De stilte van zijn donkere straten drong door tot hier, waar het gekras van een pen de rust ternauwernood verstoorde. De smalle, magere en blanke hand die deze pen vasthield, schreef in een fijn, compact schrift, ingehouden nerveus, zonder doorhalingen en zonder overdaad. Het geschrift kwam tot stand met droge gebaren en het bracht krassend een nooit weifelende gedachtestroom over op het papier. Verder bewoog er niets in het vertrek. Zelf niet het purperen draakje dat opgerold tot een bal, met de snuit onder zijn vleugel, vredig lag te slapen op de leren onderlegger.

Er werd op de deur geklopt.

De hand hield niet op met schrijven, maar het draakje opende verstoord een smaragdgroen oog. Er verscheen een man met een degen en een kazak van scharlakenrode zijde met een wit kruis op alle vier de slippen. Hij ontblootte eerbiedig het hoofd.

'Ja?' vroeg kardinaal Richelieu, terwijl hij doorschreef.

'Hij is aangekomen, Excellentie.'

'Alleen?'

'Zo was het bevel.'

'Goed. Laat hem binnen.'

Heer Saint-Georges, kapitein van de garde van Zijne Eminentie, boog. Hij wilde zich net terugtrekken toen hij nog hoorde zeggen: 'En bespaar hem de hoofdwacht.'

Saint-Georges begreep wat er bedoeld werd, boog nogmaals en sloot omzichtig de deur geluidloos achter zich.

Gewone bezoekers moesten voordat ze werden ontvangen in de vertrekken van de kardinaal, eerst vijf zalen doorlopen waar dag en nacht schildwachten stonden die regelmatig werden afgelost. Ze hadden een degen aan hun zijde en een pistool in hun riem, waren gespitst op de geringste dreiging en lieten niemand door zonder daarvoor uitdrukkelijk bevel te hebben ontvangen. Deze mannen, met hun beroemde helmen, behoorden tot het keurkorps van de lijfwachten van Zijne Eminentie. Minstens zestig van deze mannen vergezelden het korps overal. Wie geen dienst had in de gangen en in de wachtkamers, doodde met zijn karabijn onder handbereik de tijd tussen twee ronden. Deze wachters waren niet de enige mannen die Richelieu bewaakten; zij stonden in voor de beveiliging binnenshuis, buiten stond er een compagnie musketiers.

Die nadrukkelijke waakzaamheid was niet zomaar pompeus machtsvertoon. Ze was hoognodig, zelfs midden in Parijs, in het paleis, op een steenworp afstand van het Louvre, dat Richelieu liet verfraaien.

Op zijn achtenveertigste was Armand Jean du Plessis de Richelieu een van de machtigste en meest bedreigde mannen van zijn tijd. Hij was hertog en *pair* van Frankrijk, lid van de kroonraad en eerste minister van Zijne Majesteit en genoot het vertrouwen van Lodewijk XIII met wie hij Frankrijk nu al tien jaar lang regeerde. Het bezorgde hem vele vijanden. De minst fanatieke tegenstanders zetten samenzweringen op touw om hem ten val te brengen, terwijl anderen plannen smeedden om hem uit de weg te ruimen; met de gedachte in het achterhoofd dat een banneling elke afstand kan overbruggen en dat een gevangene altijd de mogelijkheid heeft om te ontsnappen. Eerdere complotten waren bijna geslaagd en nieuwe samenzweringen lagen ongetwijfeld in het verschiet. Richelieu moest op zijn hoede zijn voor iedereen die hem verafschuwde vanwege zijn invloed op de koning. Ook moest hij rekening houden met aanslagen die beraamd werden door vijanden van Frankrijk, in de eerste plaats Spanje en zijn Drakenhof.

De klok kon nu elk moment middernacht slaan.

Het slaperige draakje slaakte een vermoeide zucht.

'Het is al laat, hè?' zei de kardinaal met een vertederd lachje naar het gevleugelde reptieltje.

Zijn eigen gezicht was deze lentenacht van 1633 getekend door vermoeidheid en ziekte.

Onder normale omstandigheden zou hij nu bijna in bed liggen. Als zijn slapeloosheid, zijn hoofdpijnen en de pijn in zijn ledematen het tenminste toelieten. En vooral als niemand hem wakker maakte met een dringende boodschap, die in het minst erge geval een onmiddellijke opdracht vereiste en in het ergste geval een spoedberaad. Wat er 's nachts ook ging gebeuren, om twee uur 's ochtends zou hij alweer op zijn, omringd door zijn secretarissen. Na een snel toilet, zou hij ontbijten met een paar slokken bouillon en dan tot zes uur werken. Misschien kon hij daarna nog twee uur slapen, voordat zijn echte dag zou beginnen met de rondedans van ministers en staatssecretarissen, ambassadeurs en hovelingen. Maar voorlopig was kardinaal Richelieu nog niet klaar met de staatszaken.

Terwijl kardinaal Richelieu zijn rapport voor de koning overlas, waarin hij de nieuwe politiek inzake Lotharingen voorstelde, knarsten aan de andere kant van de bibliotheek de scharnieren van een deur en vervolgens klonken er een kordate tred op het parket en degengerinkel. Het aanzwellende lawaai dat ongepast was op dit uur en dat als een salvo tegen de beschilderde plafonds van de bibliotheek weergalmde, wekte ook het draakje. In tegenstelling tot zijn meester hief het zijn kop op om te zien wie er naderde.

Het was een in krijgsdienst vergrijsde edelman.

Hij was groot, sterk en ondanks zijn jaren nog recht van lijf en leden. Hij droeg hoge laarzen, had de hoed in de hand en het rapier aan zijn zijde. Hij was gekleed in een bleekblauwe tuniek met korte, rode splitten en eenvoudige bijpassende *hoze*. Zijn korte, zorgvuldig bijgehouden baard was even grijs als zijn haren. Hij bedekte de wangen van een streng gezicht dat was getekend door strijd, ongetwijfeld ook door lange ritten te paard en wellicht tevens door berouw en verdriet. Zijn houding was krijgshaftig, zelfverzekerd, trots, bijna uitdagend. Zijn blik was standvastig. Aan de ringvinger van zijn linkerhand prijkte een doffe metalen zegelring.

De stilte duurde voort terwijl Richelieu las en zijn bezoeker liet wachten. Hij ondertekende de laatste bladzijde, bestrooide hem om de inkt te laten drogen en blies erover. Het fijne zand prikkelde de neus van het draakje. Het reptieltje nieste, wat een glimlach teweegbracht op de dunne lippen van de kardinaal.

'Het spijt me, Petit-Ami,' mompelde hij.

En terwijl hij de edelman eindelijk aankeek, zei hij: 'Nog een ogenblik alstublieft.'

Hij luidde een belletje.

Het geklingel waarschuwde de onvermoeibare, trouwe secretaris Charpentier, die Zijne Eminentie al vijfentwintig jaar diende. Richelieu gaf hem het rapport dat hij net had ondertekend.

'Voordat ik het morgen voorleg aan Zijne Majesteit wil ik dat pater Joseph het nog even doorleest en dat hij er de bijbelse verwijzingen aan toevoegt waarop hij zo dol is en die de Franse zaak zo voortreffelijk dienen.'

Charpentier boog en verdween.

De kardinaal leek daarmee een toespeling gemaakt te hebben op de vroomheid van de koning.

Alsof de ander net binnenkwam, zei hij: 'Welkom, kapitein La Fargue.'

'Kapitein?'

'Dat is toch uw rang?'

'Het was mijn rang voordat ik van het bevel werd ontheven.'

'Men wenst nu dat u weer in dienst treedt.'

'Met ingang van heden?'

'Ja. Of hebt u iets beters te doen?'

Het was de eerste botsing en Richelieu voelde dat er nog meer zouden volgen.

'Een kapitein voert een compagnie aan,' zei La Fargue.

'Of in elk geval een eenheid, hoe klein zij ook moge zijn. U zult uw eenheid weer terugzien.'

'Zij is uiteengevallen. Dankzij de goede zorgen van Uwe Eminentie.'

Er blonk een schittering in de ogen van de kardinaal.

'Roep uw manschappen bij elkaar. Er liggen aan hen gerichte brieven klaar om te worden verzonden.'

'Misschien zal niet iedereen antwoorden.'

'Zij die wel antwoorden zullen volstaan. Zij waren de besten, en moeten dat weer zijn. Het is nog niet zo lang geleden...'

'Vijf jaar.'

'Het staat u vrij om anderen te rekruteren,' vervolgde de kardinaal. 'Er is mij trouwens verteld dat u, ondanks mijn uitdrukkelijke orders, nooit alle contacten hebt verbroken.'

De oude edelman sloot heel even de ogen.

'Ik merk dat de spionnen van Uwe Eminentie nog niets van hun vaardigheid kwijt zijn.'

'Er is maar weinig wat ik niet van u weet, kapitein.'

Met zijn hand op het gevest van zijn degen, dacht kapitein Etienne-Louis de La Fargue even na. Hij keek strak over het hoofd van de kardinaal heen, die hem vanuit zijn stoel geduldig en aandachtig monsterde.

14

'Wel, kapitein, neemt u het aan?'

'Dat hangt ervan af.'

Kardinaal Richelieu was gevreesd vanwege zijn invloed en des te invloedrijker naarmate hij meer gevreesd werd; hij kon iemand met één pennenstreek ruïneren of hem even gemakkelijk tot grote hoogte verheffen. Men zei dat hij iedereen die hem tegenwerkte verpletterde. Er werd veel overdreven en zoals hij zelf placht te zeggen had Zijne Eminentie geen andere vijanden dan de vijanden van de staat. En voor die vijanden kon hij meedogenloos zijn.

Onbewogen verscherpte de kardinaal zijn toon.

'Volstaat het u niet, kapitein, te weten dat uw koning een beroep op u doet?'

De edelman doorstond onbewogen de blik van de kardinaal.

'Nee, Excellentie, dat volstaat niet.'

En na een korte stilte voegde hij eraan toe: 'Of liever gezegd, dat volstaat niet meer.'

Een tijdlang was alleen de fluitende ademhaling van het draakje te horen onder de schitterende plafonds van de grote bibliotheek van het Palais-Cardinal. Het gesprek ging de verkeerde kant uit en de twee mannen, de een zittend, de ander staand, namen elkaar op tot La Fargue zwichtte. Niet door zijn blik neer te slaan, maar door weer op te kijken naar de kostbare wandtapijten achter de rug van Zijne Eminentie.

'Wenst u garanties, kapitein?'

'Nee.'

'In dat geval kan ik u niet goed volgen.'

'Ik bedoel, Excellentie, dat ik niets eis. Nemen wat ons toekomt is geen eisen.'

'Ach.'

Door de man te tarten van wie werd gezegd dat hij méér dan de koning over Frankrijk regeerde, speelde La Fargue een gevaarlijk spel. Maar de kardinaal wist op zijn beurt dat niet alle gevechten werden gewonnen met geweld. Aangezien de ander volhardde in zijn afwachtende houding en ongetwijfeld voorbereid was op de mededeling dat hij de rest van zijn dagen zou slijten in een onderaardse kerker of binnenkort in West-Afrika tegen de wilden moest gaan vechten, boog Richelieu zich voorover en krabde met een knokige vinger het draakje op zijn kop.

Het reptieltje sloot zijn ogen en zuchtte behaaglijk.

'Petit-Ami is een geschenk van Hare Majesteit,' zei de kardinaal op conversatietoon. 'Zij heeft hem ook zijn naam gegeven en het schijnt dat die beestjes al snel aan hun naam wennen... Hoe dan ook, hij verwacht van mij enkel dat ik hem voed en streel. Ik heb dat nooit verzuimd, net zomin als ik heb verzuimd om Frankrijk te dienen. Maar als ik hem plotseling niet meer zou verzorgen, zou Vriendje me al gauw bijten. Zonder enige waardering voor de goedheid waarmee ik hem al heb overladen... Daar valt iets uit te leren, denkt u niet?'

De vraag was enkel retorisch. Richelieu liet het purperen draakje met rust en leunde achterover in de kussens; hij had steeds meer kussens nodig om zijn reumatische pijnen te verlichten.

Hij trok een grimas, wachtte tot de pijn wegtrok en hervatte het gesprek.

'Ik weet dat ik u vroeger in de steek heb gelaten, kapitein. U en uw mannen hadden ons uitstekend gediend. Waren de verwijten die u kreeg, ondanks uw successen en uw verdiensten, terecht? Zeker niet. Ze waren slechts politiek. Ik weet dat u niet volledig hebt gefaald en dat het mislukken van die hachelijke missie bij het beleg van La Rochelle u niet was aan te rekenen. Maar gezien de tragische afloop van de gebeurtenissen waarbij u was betrokken, kon de Franse kroon niet anders doen dan u afvallen. De schijn moest worden gered en u werd veroordeeld voor wat u, in het geheim en in opdracht, had gedaan. U moest worden opgeofferd, met een list waardoor de dood van één van uw mannen bezwarend leek.'

La Fargue knikte, al viel het hem zwaar.

'Politiek,' zei hij berustend, terwijl hij aan de binnenkant van zijn vuist de metalen zegelring met zijn duim streelde.

De kardinaal zuchtte, blijkbaar was hij ineens zeer vermoeid.

'Er woedt oorlog in Europa, kapitein. Het Heilige Roomse Rijk staat al vijftien jaar in lichterlaaie en Frankrijk moet binnenkort ongetwijfeld ten strijde trekken. De Engelsen bedreigen onze kusten en de Spanjaarden onze grenzen. Lotharingen ontvangt alle opstandelingen van het koninkrijk met open armen en neemt misschien de wapens tegen ons op, terwijl de koningin-moeder vanuit Brussel complotten beraamt tegen de koning. In al onze provincies woeden revoltes en degenen die ze aanwakkeren en aanvoeren moeten doorgaans worden gezocht in de hoogste regionen van de staat. Ik bespaar u nog alle geheime groeperingen die, dikwijls gefinancierd door het buitenland, en soms in het Louvre zelf, de draden van hun intriges spinnen.'

Richelieu keek La Fargue nu recht in de ogen.

'Ik kan niet altijd mijn wapens kiezen, kapitein.'

Het bleef lang stil en toen zei de kardinaal: 'U jaagt roem noch rijkdom na. U onttrekt u niet aan uw plicht en spoedig zal het koninkrijk mannen u als broodnodig hebben. Een man die in staat is de beste, meest trouwe en moedigste schermers om zich heen te verzamelen en aan te voeren; mannen die snel en in het geheim kunnen optreden en die zonder wroeging doden en willen sterven om de koning te dienen. Zegt u zelf, kapitein, zou u die zegelring nog steeds dragen als u niet de man was die ik denk die u bent?'

La Fargue bleef het antwoord schuldig, maar voor de kardinaal leek de zaak beklonken.

'Uw mannen en u noemden zich, geloof ik, graag de "Degens van de Kardinaal". De vijanden van Frankrijk fluisterden die naam niet zonder vrees. Daarom, en om nog een aantal andere redenen, beviel die naam me wel. Behoud hem.'

'Met alle respect, Excellentie, ik heb nog steeds geen ja gezegd.'

Richelieu keek de oude edelman lange tijd vorsend aan; zijn magere, hoekige gelaat drukte slechts kilte uit. Toen stond hij op, hij schoof het gordijn iets open om naar buiten te kunnen kijken en zei: 'En als ik u vertelde dat er sprake van uw dochter kon zijn?'

Verblekend en uit het veld geslagen keek La Fargue naar de kardinaal, die uitsluitend oog leek te hebben voor zijn nachtelijke tuinen.

'Mijn... dochter?... Maar ik heb geen dochter, Excellentie...'

'U weet wel beter. En ik ook... Weest u maar gerust. Slechts enkele betrouwbare mensen kennen het geheim van haar bestaan. Ik meen dat zelfs uw Degens de waarheid niet kennen, is het niet?'

De kapitein zag af van de bij voorbaat verloren strijd.

'Verkeert ze in... gevaar?' vroeg hij.

Richelieu wist dat hij gewonnen had. Nog altijd naar buiten kijkend, verborg hij zijn glimlach.

'U zult het later wel begrijpen,' zei hij. 'Verzamel uw Degens in afwachting van uw eerste missie. Ik beloof u dat die niet lang op zich laat wachten.'

Hij keek La Fargue eindelijk over zijn schouder aan en voegde eraan toe: 'Goedenavond, kapitein.'

2

Agnes de Vaudreuil werd wakker met een schreeuw op haar lippen, met wijd opengesperde ogen en een blik vervuld van de gruwelen die haar geen nacht met rust lieten. Ze was in paniek overeind geschoten en bleef even verdwaasd staren naar de schaduwen rond haar bed. Ze moest wachten tot haar hart niet meer zo tekeerging. Ze moest wachten tot haar gejaagde ademhaling eindelijk kalmeerde. Wachten tot het klamme zweet op haar huid was opgedroogd.

De ontzetting week gaandeweg, onwillig leek het, als een meute roofdieren die gefrustreerd een gewonde prooi die echter te zeer aan het leven hechtte, moest laten ontsnappen.

De jonge vrouw slaakte een zucht.

Binnen en buiten heerste een vredige stilte en van de sterrenhemel straalde een zwak licht door het geopende venster naar binnen en bestreek de kamer tot aan het hemelbed. De elegante, ruime slaapkamer was overdadig gemeubileerd, getooid met zware gordijnen, met kostbare miniaturen, prachtig beschilderde lambriseringen en met bladgoud belegde sierlijsten. De luxe werd echter ontsierd door een bewegingloze wanorde. Een van de stoelen lag omver. Een mannenhoed hing schuin op een antiek beeldje. Kaarsen waren gesmolten tot langs de kandelaars afgedropen slierten was. Op een ingelegde tafel stonden nog de resten van een verfijnd souper en de tapijten waren bezaaid met kleren.

Agnes boog zich voorover, trok onder het laken haar knieën op, steunde haar ellebogen erop en kamde met haar vingers van voorhoofd tot kruin door haar dikke haardos. Ze tilde haar hoofd voorzichtig weer op en wreef met haar handpalmen over haar wangen. Ze voelde zich al wel iets beter, maar dat zou niet lang duren. De meute zou terugkomen, nog even uitgehongerd en daarom misschien nog wel bloeddorstiger. Er zat niets anders op dan het maar te aanvaarden.

En doorgaan met leven.

Agnes had zich hersteld.

Zonder de man die naast haar sliep te storen, stond ze op en rolde zich in het gekreukte laken dat ze had meegetrokken. Ze was tamelijk groot en veel slanker en gespierder dan haar tijdgenotes die ervoor zorgden dat ze dik genoeg bleven om voor aantrekkelijk te kunnen doorgaan. Toch ontbrak het haar, zelfs naar de maatstaven van haar tijd, niet aan charme. Haar gebaren waren elegant, haar uitstraling verried noblesse en haar strenge, woeste, bijna hooghartige schoonheid was uitdagend en voorspelde dat elke veroveringspoging bij voorbaat tot mislukken was gedoemd. Haar zwarte, zwaar krullende haren benadrukten de bleekheid van het smalle en wilskrachtige gelaat dat ze omlijstten. Haar volle, rode lippen glimlachten zelden. Haar kille, smaragdgroene ogen evenmin. Maar een beetje meer levensvreugde zou haar nog mooier kunnen maken.

Agnes drukte het laken met de linkerhand tegen haar borst en pakte de onderrokken en de japon die ze de vorige dag had gedragen. Haar witte kousen had ze nog steeds aan. Met haar vrije hand schudde ze enkele lege flessen, totdat ze er een vond die nog niet helemaal leeg was. Ze schonk een restje wijn in een glas, liep ermee naar het raam en liet zich strelen door het lauwe briesje van de meinacht. Vanaf de eerste verdieping keek ze uit over de binnenplaats van haar kasteeltje en over de omringende landerijen, tot aan de schittering van de Oise in de verte.

Agnes nipte van haar wijn en wachtte op het ochtendgloren.

Bij het aanbreken van de dag was het laken iets weggegleden en onthulde een merkteken op haar schouderblad, dat heel wat van haar minnaars al had verontrust en dat Agnes spottend deed zeggen dat ze een beetje heks was. Nog altijd voor het venster staand, speelde ze dromerig met de zegelring die ze om haar nek droeg; het sieraad van dof metaal was geslagen met een op de Franse lelie gelijkend Grieks kruis, doorstoken door een degen. Agnes hoorde dat de man opstond. Ze liet de zegelring los en bedekte haar schouder, maar draaide zich niet om toen hij zich aankleedde en zonder een woord van afscheid het vertrek verliet. Ze zag hoe hij op de binnenplaats verscheen en de koetsier wekte die lag te slapen onder een bespannen rijtuig. De zweep knalde, de paarden hinnikten en het rijtuig van de nu al vergeten edelman was snel nog slechts een stofwolk op de onverharde weg.

19

In het kasteel kwam het leven op gang en in de omliggende dorpen luidden de klokken voor de vroege mis. Agnes de Vaudreuil verliet eindelijk haar plaats aan het venster toen ze zag hoe een lakei voor de stallen een bevel kreeg van de tweede koetsier. Ze maakte snel haar toilet en vlocht haastig haar lange haren. Ze trok andere kousen aan, een hoze, een hemd met een brede kraag en daarover een rijglijfje van rood leer. Ze koos haar beste rijlaarzen, deed een degenriem om en bevestigde er de schede met het rapier aan die naast de deur hing.

Het was een speciaal voor haar in Toledo gesmede degen van het allerbeste staal. Ze trok hem en bewonderde de volmaakt rechte kling, de fraaie schittering, de soepelheid en de scherpte. Ze voerde enkele aanvallen, weringen en tegenaanvallen uit. Ten slotte bracht ze met een druk van haar duim op het gevest een punt zo lang als een hand tevoorschijn, fijn en scherp als een Florentijnse dolk, die ze bekeek met een bijna verliefde blik in haar ogen.

3

Bij de dood van kardinaal Richelieu was het Palais-Cardinal een schitterende verzameling gebouwen in twee lange vleugels, met twee binnenplaatsen en een enorme tuin die tussen de Rue de Richelieu en Rue des Bons-Enfants liep. Maar in 1633 stond er alleen nog maar het hôtel d'Angennes, dat negen jaar tevoren was gekocht en dat zijn illustere eigenaar, die in Parijs een waardig onderkomen wilde hebben, voortdurend liet uitbreiden en verfraaien. Hij deed het met hart en ziel. Het kwam hem ook uitstekend van pas dat hij de leiding kreeg over de aanleg van nieuwe vestingwerken van Parijs. Het stelde hem in staat zijn domein enorm te vergroten binnen de omwalling, die net vanaf de Saint-Denispoort tot aan de nieuwe Conférencepoort naar het westen was uitgebreid. De hoofdstad won met deze ontwikkeling evenveel als de kardinaal zelf. Er werden nieuwe straten aangelegd; waar vroeger alleen maar braakliggend land en sloten waren ontstonden nieuwe wijken, een beroemde paardenmarkt en het begin van de buitenwijken Montmartre en Saint-Honoré. Maar eerst moest Richelieu nog een aantal jaren in het stof van verbouwingen leven. De imposante façade van het paleis aan de Rue Saint-Honoré, zou zelfs pas in 1636 worden voltooid.

Om het Palais-Cardinal te kunnen binnengaan moest vaandrig Arnaud de Laincourt dus eerst onder hoge steigers door, die deze ochtend om acht uur al vol stonden met arbeiders. De musketiers die de hekken openden herkenden hem en brachten hem een militaire groet die hij beantwoordde. Vervolgens kwam hij in de salle de Gardes. In deze zaal van honderdtachtig vierkante meter met zijn monumentale schoorsteenmantel, moesten gewone bezoekers wachten tot ze werden geroepen. Er zaten er al een stuk of twintig, maar het krioelde er vooral van de rode kazakken, want de wachters die de hele nacht hadden gewaakt over de veiligheid van Zijne Eminentie ontmoetten er hun collega's die, zoals Laincourt, hun dienst begonnen. De musketten stonden geladen en schietklaar in het rek. Door de hoge ramen op het zuiden viel zonlicht naar binnen en het gezoem van de gesprekken weergalmde tegen de lambriseringen.

Arnaud de Laincourt was tenger en lenig en moest tegen de dertig zijn. Hij had donkere wenkbrauwen, helblauwe ogen, een rechte neus, gladde wangen en een bleke gelaatskleur. Zijn scherpe trekken hadden een vreemde charme, wijs en jeugdig tegelijk. Hij had meer weg van een filosofiestudent van de Sorbonne dan van een lid van de ruiterwacht van de kardinaal. Maar hij droeg wel degelijk de zwierige hoed en de kazak met de witte biezen en kruizen en de degen aan de voorgeschreven leren riem, die vanaf de linkerschouder over de borst liep. Zijn rang van vaandrig maakte hem zelfs een officier, wat weliswaar volgens de toen geldende militaire hiërarchie wel een onderofficier was, maar niettemin een officier en eentje die Richelieu erg waardeerde, zodat hij wellicht tot luitenant zou worden benoemd.

Hij werd gegroet en zoals gewoonlijk, groette hij steevast terug met een hoffelijke terughoudendheid die kletsmajoors bij voorbaat ontmoedigde. Hij haalde een boekje uit zijn kazak en leunde om erin te lezen met zijn rug tegen een pilaar, vlak naast twee wachters die aan een tafeltje zaten. De jongste van hen, Neuvelle, was nog maar net zesentwintig en was pas enkele weken bij de Gardes. Zijn makker was daarentegen al grijs. Hij heette Brussand, was in de veertig en diende de kardinaal al sinds de oprichting van de compagnie in 1626.

'Toch,' zei Neuvelle, bijna fluisterend, 'zou ik graag willen weten wie die edelman is die Zijne Eminentie vannacht in het grootste geheim heeft ontvangen. En waarom.'

Omdat Brussand verdiept was in een spelletje patience en niet reageerde, drong de jongeman aan: 'Hij is niet door de wachtkamers gekomen. De musketiers die wacht hadden bij de kleine hekken hadden de order gekregen om enkel te waarschuwen dat hij er was en geen vragen te stellen. Wij, de andere wachters, werden op afstand gehouden. En kapitein Saint-Georges begeleidde hem hoogstpersoonlijk naar de vertrekken van de kardinaal en heeft hem ook weer teruggebracht!'

'Het consigne,' zei Brussand eindelijk zonder zijn blik af te wenden van zijn kaarten, 'was om blind en doof te zijn voor alles wat die heer betrof. Je had niet aan de deur moeten staan loeren.'

Neuvelle haalde zijn schouders op.

'Pff... Ik heb toch niets verkeerds gedaan...? Trouwens, ik heb alleen maar een gedaante gezien in een bocht van een pikdonkere gang. Als die edelman me nu een hand gaf zou ik hem niet eens herkennen.'

Brussand, die nog altijd verdiept was in zijn spel, streek over zijn peper-en-zoutkleurige snor en legde voldaan een schoppendraak op een weerspannige hartenboer.

'Al die raadsels intrigeren me,' zei Neuvelle.

'Dat is verkeerd.'

'Echt waar? En waarom dan?'

Zonder dat hij het liet merken had Brussand, anders dan de jeugdige gardist, de geruisloze nadering van Laincourt opgemerkt.

'Wilt u het hem uitleggen, meneer De Laincourt?'

'Natuurlijk, meneer Brussand.'

Neuvelle keek naar Laincourt, die een bladzijde van zijn boek omsloeg en zei: 'Weet dat er geheimen zijn die beter bewaard blijven, die je maar beter niet moet proberen te doorgronden. Als je dat wel doet kan dat heel schadelijk zijn. Voor uw carrière, maar ook voor uw gezondheid.'

'Wilt u zeggen dat...'

'Ja, dat is precies wat ik bedoel.'

Neuvelle glimlachte onzeker.

'Kom nou! U probeert me bang te maken!'

'Precies. En voor uw eigen bestwil, neem dat van me aan.'

'Maar ik ben bij de Garde!'

Nu keek Laincourt op uit zijn boek.

En hij glimlachte.

Neuvelle droeg zijn scharlaken kazak met een mengeling van trots en zelfverzekerheid, niet geheel onterecht overtuigd dat zij hem beschermde en status gaf. Omdat hij hun zijn leven toevertrouwde, koos Richelieu al zijn lijfwachten persoonlijk. Hij wilde enkel edelen van ten minste vijfentwintig jaar en eiste van de meesten dat ze drie jaar in een leger hadden gediend. Zij vormden een garde van uitstekend getrainde en uitgeruste eliteruiters, die aan een ijzeren discipline waren onderworpen. De kardinaal verkoos ze verreweg boven de compagnie musketiers te voet die hij ook onderhield en die gerekruteerd werden uit het plebs van beroepssoldaten. Hij beloonde hen voor hun toewijding door ze te bevoordelen.

Maar...

'Uitverkoren worden als gardist, Neuvelle, is een eer die gevaren met zich meebrengt waarvan gewone stervelingen geen idee hebben, tenzij ze overdrijven, wat op hetzelfde neerkomt. Wij zijn als de haardijzers in een stookplaats waar het vuur altijd brandt. Dat vuur is de kardinaal. Wij verdedigen hem, maar te dicht bij hem komen veroorzaakt pijn. Dien Zijne Eminentie getrouw. Sterf voor hem als het moet. Maar luister enkel naar wat men wil dat u hoort. Kijk enkel naar wat men u te zien geeft. Doorzie enkel wat u mag begrijpen. En vergeet de rest.'

Laincourt had gezegd wat hij op zijn hart had en ging door met lezen.

Wat hem betreft was het gesprek afgelopen, maar Neuvelle drong aan.

'Maar uzelf...'

De vaandrig keek ontstemd op.

'Ja, en?'

'Ik bedoel dat...'

Naar woorden zoekend keek Neuvelle smekend naar Brussand, die hem een boze blik toewierp. De jonge gardist begreep dat hij een zo niet gevaarlijk, dan toch heel gevoelig terrein had betreden. Hij wenste dat hij ergens anders was en voelde grote opluchting toen Laincourt een ander slachtoffer koos.

'Meneer Brussand, hebt u wellicht meneer Neuvelle iets over mij verteld?'

De aangesprokene haalde verontschuldigend zijn schouders op.

'We vervelen ons vaak, als we op wacht staan.'

'En wat hebt u hem verteld?'

'Nou, ik heb verteld wat iedereen zegt.'

'En dat is?'

'Dat u voorbestemd was een man van de wet te worden, toen de kardinaal u opmerkte. Dat u toen een van zijn vele privésecretarissen bent geworden. Dat hij u al gauw gevoelige opdrachten toevertrouwde. Dat u voor een van die missies twee jaar in het buitenland verbleef en dat u na uw terugkeer gardist werd en de graad van vaandrig kreeg. Dat is alles.'

'Aha...' zei Arnaud de Laincourt onaangedaan.

Zwijgend leek hij een tijdje na te denken over wat hij had gehoord.

Uiteindelijk knikte hij afwezig.

Vervolgens hervatte hij zijn lectuur, terwijl Neuvelle ineens dringend ergens anders iets te doen had en Brussand aan een nieuw spelletje patience begon. Na enkele minuten zei de grijze gardist ineens: 'Aan u kan ik het wel vertellen, Laincourt...'

'Wat?'

'Ik weet wie Zijne Eminentie vannacht heeft ontvangen. Ik heb hem ook gezien toen hij terugkwam en ik heb hem herkend. Hij heet De la Fargue.'

'Die naam zegt me niets,' zei Laincourt.

'Vroeger stond hij aan het hoofd van een groepje vertrouwelingen dat geheime opdrachten voor de kardinaal uitvoerde. Fluisterend werden ze de "Degens van de Kardinaal" genoemd. Toen is er een beroerd akkefietje geweest bij het beleg van La Rochelle. Ik ken de bijzonderheden niet, maar daarna zijn de Degens verdwenen. Voorgoed, dacht ik tot vannacht. Maar nu...'

Arnaud de Laincourt sloot zijn boek.

'De aanmaning die ik Neuvelle gaf om voorzichtig te zijn, geldt ook voor ons,' zei hij. 'Laten we dit alles vergeten. Dat is ongetwijfeld beter voor ons.'

Brussand knikte bedachtzaam.

'Ja, u hebt gelijk. Zoals altijd.'

Op dat moment werd Laincourt geroepen door kapitein Saint-Georges. Kardinaal Richelieu wilde zich met zijn gevolg naar het Louvre begeven en het escorte moest worden opgesteld. Saint-Georges zou die aanvoeren en Laincourt, als officier, stond in voor de bewaking van het paleis.

4

Twee karossen stonden op enige afstand van elkaar in een weide langs de weg naar Parijs. Drie elegante edelen verdrongen zich naast de eerste koets rond de markies De Brévaux, terwijl de graaf D'Orvand ijsbeerde naast de tweede. Hij liep af en aan, stond soms even stil om de horizon en de weg af te spieden, zenuwachtig zijn zwarte dunne snor en zijn sikje strelend en dan weer ongeduldig opkijkend naar zijn koetsier, die dat alles koud liet en die honger begon te krijgen.

Eindelijk maakte een van de edelen zich van het groepje los en en liep vastberaden, het weelderige, vochtige gras vertrappend, op de graaf D'Orvand af. De graaf wist wat er zou komen en probeerde zo waardig mogelijk te kijken.

'Hij is te laat,' zei de edelman.

'Tot mijn grote spijt, dat verzeker ik u.'

'Komt hij nog?'

'Ik denk van wel.'

'Weet u dan waar hij uithangt?'

'Nee.'

'Nee? Maar u bent zijn getuige!'

'Dat wil zeggen...'

'Een kwartier nog, meneer. De markies De Brévaux wil nog een kwartier wachten. En als uw vriend komt, indien hij komt, zullen we...'

'Daar is hij, geloof ik.'

Er naderde een uitbundig versierde karos, getrokken door een schitterend span paarden. Hij kwam op de stoffige weg tot stilstand en er stapte een man uit. Zijn wambuis hing open en zijn hemd hing uit zijn hoze. In zijn linkerhand hield hij zijn hoed, de rechter rustte op het gevest van zijn degen; met één voet nog op de treeplank kustte hij een knappe, jonge, blonde vrouw die zich uit de geopende koets boog. Het schouwspel verbaasde D'Orvand niet, maar hij hief zijn blikken ten hemel toen een andere schone, een brunette, werd gekust.

'Marciac,' mompelde de graaf. 'Je zult nooit veranderen!'

De edelman die was belast met het overbrengen van de aanklachten van markies De Brévaux voegde zich weer bij zijn vrienden, de luxueus vergulde karos maakte rechtsomkeert naar Parijs en Nicolas Marciac kwam bij D'Orvand staan. Hij was een mooie man, aantrekkelijk ondanks, maar misschien ook juist dankzij, zijn onverzorgde uiterlijk en de brede grijns op zijn ongeschoren kaken. Hij wankelde lichtjes en was het toonbeeld van een feestnummer, dik tevreden met de nacht die achter hem lag en zich niet bekommerend om de dag erna.

'Je hebt gedronken, Nicolas!' riep graaf D'Orvand ongerust toen hij zijn adem rook.

'Welnee!' protesteerde Marciac verontwaardigd. 'Nou ja... een beetje.'

'Voor een duel! Dat is waanzin!'

'Maak je niet druk. Heb ik ooit een duel verloren?'

'Nee, maar...'

'Nou dan.'

Naast de andere karos en al in hemdsmouwen oefende de markies De Brévaux een paar schermbewegingen.

'Goed, vooruit met de geit,' zei Marciac.

Hij trok zijn kazak uit, gooide die in de karos van de graaf, groette de koetsier, informeerde naar diens gezondheid, toonde zich opgelucht te horen dat die uitstekend was, ving de blik van D'Orvand op, stopte zijn hemd in zijn hoze, trok zijn degen en begaf zich naar Brévaux die al op hem af gelopen kwam.

Na enkele stappen bedacht hij zich, draaide zich om, onverschillig voor de groeiende ergernis van de markies en fluisterde zijn vriend in het oor: 'Wat ik nog wilde weten...'

'Wat?' zei D'Orvand zuchtend.

'Beloof me dat je niet kwaad wordt.'

'Goed.'

'Nou, ik begrijp dat ik moet duelleren met die man in hemdsmouwen die me zo woedend bekijkt. Maar kun je me ook zeggen waarom?'

'Wat?' riep de graaf, luider dan hij bedoelde.

'Als ik hem dood, ben ik het aan hem verplicht de reden van onze twist te kennen, vind je niet?'

Graaf D'Orvand stond even sprakeloos, herstelde zich en zei: 'Een speelschuld.'

'Wat? Ben ik hem ook al geld schuldig?'

'Nee! Hij!... Hij is het die... Laat maar. Ik ga deze onzin afgelasten. Ik zeg wel dat je onwel bent. Dat je...'

'Hoeveel?'

'Wat?'

'Hoeveel is hij me schuldig?'

'Vijftienhonderd pond.'

'Duivels! En ik was nog wel van plan hem te doden!'

Opgewekt liep Marciac terug naar de ziedende markies. Op wankele benen nam hij stelling en riep: 'Ik ben geheel tot uw beschikking, meneer de markies.'

Het duel was snel beslist. Brévaux nam het initiatief met een regen van steken, die Marciac achteloos pareerde voordat hij de aanval afmaakte met een vuistslag die de lip van zijn tegenstander deed barsten. Verrast en gekrenkt, deed de markies opnieuw een uitval. Andermaal deed Marciac weinig meer dan zich, bijna verstrooid, verdedigen, terwijl hij tussen twee schermutselingen in zelfs deed alsof hij een geeuw onderdrukte. Die onbeschaamdheid maakte Brévaux razend. Hij tierde, hakte er zijn degen met twee handend vasthoudend op in en voordat hij wist wat er gebeurde lag hij ontwapend en gewond aan zijn schouder op de grond. Marciac mat zijn overwinning breed uit. Met de punt van zijn degen dwong hij de markies tegen diens karos te gaan staan.

Bleek, buiten adem en zwetend greep Brévaux naar zijn schouder.

'Het is al goed,' zei hij hijgend. 'U hebt gewonnen. Ik zal u betalen.'

'Ik vrees dat een belofte niet voldoende is, meneer. U moet meteen afrekenen.'

'Maar, meneer! Ik geef u mijn erewoord!'

'U hebt het al eens beloofd en kijk waar dat toe heeft geleid...'

Marciac strekte zijn arm nog iets meer en de punt van zijn rapier naderde de keel van de markies nog dichter. De edellieden uit het gevolg van Brévaux kwamen dichterbij. Eén van hen begon zelfs zijn degen te trekken, terwijl D'Orvand klaarstond om zo nodig zijn vriend bij te staan.

Na een moment van onzekerheid aan beide kanten, deed de markies een ring af en stak hem Marciac toe.

'Staan we nu quitte?'

De ander pakte de ring aan en bewonderde de steen.

'Ja,' zei hij en hij schoof de ring aan zijn vinger.

'Vervloekte Gasconjer!'

'Ik heb evenveel achting voor u, meneer. Ik hoop u spoedig weer eens te ontmoeten.'

Terwijl hij zich tot D'Orvand richtte, besloot Marciac: 'Een prachtige dag, vindt u ook niet?'

5

In een kamertje waarvan alleen zij de sleutel bezat, trok de heel jonge, blonde en zeer bekoorlijke gravin De Malicorne de zwarte lap zijde weg van de ovale spiegel waar ze voor zat. Het vertrek was in halfduister gehuld, slechts twee kaarsen brandden aan weerszijden van de spiegel.

Mompelend, met neergeslagen blik, psalmodieerde ze enkele woorden uit de oude en gevreesde taal die ooit werd gesproken door de Oerdraken en die nu de taal van de magie was. Het glas van de kostbare, zilveren spiegel werd troebel, golfde als een laag kwik bewogen door een stuwing van binnenuit en stolde. Er verscheen een drakenkop met bloedrode schubben, glanzend zwarte ogen, een bleke, benige kam en dreigende slagtanden. Hij leek uit de betoverde spiegel te zullen treden, maar was slechts een doorschijnende zinsbegoocheling.

'Wees gegroet, zuster.'

'Wees gegroet, broeder.'

Iemand, duizenden mijlen hier vandaan, had gehoor gegeven aan de oproep van de gravin. Iemand, waar hij zich ook mocht bevinden, met een menselijke gedaante. Maar de spiegel loog niet; wat hij liet zien was het diepste wezen van degene die hem gebruikte. Ook de knappe jonge vrouw toonde haar gesprekspartner haar draconische gelaat. Geen van beiden was een Oerdraken, maar ze waren wel afstammelingen ervan. Door hun aderen stroomde het bloed van een soort die in een evolutie van duizenden jaren de 'hogere drakenvorm' had afgelegd en zich onder de mensen had gemengd. Een soort die niettemin terecht werd gevreesd.

'We maken ons zorgen over uw vorderingen, zuster.'

'Wie zijn wij?'

'Ik, om te beginnen. Maar ook anderen, die anders dan ik u niet zijn toegedaan. U hebt niet enkel medestanders bij de Zwarte Klauw.'

'Ik dacht dat zij zich zouden verheugen op mijn volgende welslagen. Een succes dat eerst en vooral het succes van de Zwarte Klauw is.'

'Hier in Spanje zijn enkele broeders afgunstig op uw aangekondigde succes. U zult alleen slagen, als sommigen van hen gefaald hebben...'

'Moeten ze dan niet eerder de hand in eigen boezem steken, in plaats van mij de schuld te geven?'

De draak in de spiegel leek even te glimlachen.

'Kom, zuster, zo naïef bent u toch niet...'

'Allerminst.'

'Wat niet wegneemt dat een mislukking u niet zal worden vergeven.'

'Het zal niet mislukken!'

'Onder het voorwendsel dat ze zich daarvan willen verzekeren, hebben enkele meesters van de Grote Loge besloten u te laten assisteren door een van hun ingewijden in de eerste graad. Een zekere Savelda. Kent u hem?'

'Voldoende om te begrijpen dat hij eerder zal letten op mijn mogelijke fouten dan me te helpen. Zodat mijn vijanden beter gewapend zullen zijn om me aan te klagen, als ik zou mislukken...'

'U weet nu in elk geval wat u te wachten staat. Savelda is al onderweg en zal zich spoedig bij u vervoegen. Hij speelt wel een dubbel spel, maar de man is bekwaam en toegewijd aan de belangen van de Zwarte Klauw. Hij zal zich ongetwijfeld slechts van politieke middelen bedienen. Gebruik hem naar beste weten.'

'Goed.'

Er trok een waas over de spiegel en ondanks een uiterste wilsinspanning van de gravin begon de drakenkop te trillen.

'U bent vermoeid, zuster. Als u wilt dat we een andere keer verderpraten...'

'Nee, nee. Het gaat wel... Gaat u door, alstublieft.'

In het donkere kabinet veegde de jonge vrouw terloops de zwarte druppel weg die aan haar neus hing.

'We hebben,' vervolgde de draak, 'een spion in de hoogste kringen in het Palais-Cardinal.'

'Dat weet ik. Hij...'

'Nee. Niet degene die u op de hoogte houdt. U kent hem nog niet. Tenminste nog niet in zijn ware gedaante, want hij is een van uw toekomstige ingewijden.'

De gravin incasseerde de klap.

De Grote Loge van Spanje had dus een spion bij de kardinaal; een geheim agent van wiens bestaan ze nu pas hoorde. Zo was de werkwijze van de Zwarte Klauw en in het bijzonder die van de Grote Loge. Het was de oudste van alle Europese loges, met een grote invloed die hij des te fanatieker verdedigde naarmate zijn gezag meer werd aangevochten. Er werd de Grote Loge terecht verweten te traditioneel te zijn en ook dat hij werd geleid door meesters die voornamelijk hun eigen belangen vooropstelden. Binnen de Zwarte Klauw was een beweging van opstandige draken, die er stiekem van droomden de oude idolen af te stoffen, zo niet helemaal omver te werpen. De gravin De Malicorne was een van die ambitieuze oproerkraaiers.

'O' zei ze.

'Deze spion heeft ons gemeld dat de kardinaal van plan is om beroep te doen op een van onze oude vijanden. Als we rekening houden met de tijd die dit nieuws nodig had om ons in Spanje te bereiken, is dat misschien intussen al gebeurd.'

'Een van onze oude vijanden?'

'La Fargue.'

'La Fargue en zijn Degens.'

'Ongetwijfeld. Ik weet niet of die plotselinge terugkeer verband houdt met onze zaken, maar hoedt u voor deze mannen en vooral voor hun kapitein.'

6

Het schermlokaal van Jean Delormel was in de Rue des Cordières, bij de Saint-Jacquespoort. Het lag achter de poort, die uitkwam op een oneffen, maar goed onderhouden binnenplaats die bijna helemaal werd overschaduwd door de takken van de appelboom in het midden. Helemaal achterin stond een mooi gebouw haaks op een stallencomplex met een kleine smidse ernaast. Maar de blik werd eerder naar rechts getrokken, naar het huis dat herkenbaar was aan het traditionele uithangbord boven de deur: een arm die een degen vasthield.

Toen kapitein La Fargue er kwam aanrijden speelde op een bank onder de appelboom een meisje van een jaar of zes met een lappenpop met een beschilderd houten hoofdje. De keurig geklede kleine Justine met haar rosse krullen was het dochtertje van schermleraar Delormel, wiens vrouw hem zeven kinderen had geschonken van wie er drie nog in leven waren. La Fargue was een oude huisvriend en hij had de geboorte van Justine en haar oudere broers en zussen nog meegemaakt. Maar in zijn afwezigheid was de zuigeling een schattig, ernstig kind geworden dat alles hoorde en overal over nadacht. Na zijn terugkeer na vijf jaar was het voor de kapitein of die verandering van vandaag op morgen was gebeurd. Niets toonde duidelijker het verstrijken van de tijd als het opgroeien van kinderen.

Justine stond op en klopte de voorkant van haar jurkje af om een keurige révérence te maken voor de ruiter die was afgestegen en die zonder haar een blik te gunnen met zijn paard naar de stal liep.

'Goedendag, meneer.'

Met de teugels in de hand bleef hij stilstaan.

Zijn koele blik, zijn strenge gezicht, de grijze Romeinse baard, de sobere elegantie van zijn kledij en de fiere zelfverzekerdheid waarmee hij zijn degen droeg, maakten doorgaans grote indruk op volwassenen en joeg kinderen ronduit schrik aan. Dit kleine vrouwtje leek echter geen angst te kennen.

Enigszins van zijn stuk gebracht, aarzelde de oude kapitein.

Vervolgens groette hij haar met een stijf hoofdknikje, de rand van zijn hoed even tussen duim en wijsvinger nemend, en liep door.

De moeder van Justine was bezig in haar keuken en had het tafereeltje door het open keukenraam gezien. Ze was een jonge, aantrekkelijke, opgewekte vrouw, wier slanke taille niet al te erg had geleden van haar zwangerschappen. Ze heette Anne en was de dochter van een beroemde schermleraar, die zijn kunst onderwees op het Île de la Cité. Langslopend groette La Fargue haar en voor haar nam hij zijn hoed af.

'Goedendag, mevrouw.'

'Goedendag, meneer de kapitein. Een prachtige dag, vindt u ook niet?'

'Inderdaad. Weet u waar uw man is?'

'In het schermlokaal. Hij verwacht u, geloof ik... Dineert u met ons?'

In die dagen noemde men het middagmaal 'diner' en het avondmaal 'souper'.

'Heel graag mevrouw. Dank u.'

La Fargue was bezig zijn paard vast te binden aan een ring in de stal toen hij hoorde zeggen: 'Mijn papa zal u vast beknorren, meneer.'

Hij draaide zich om en zag Justine op de drempel staan. Ze kwam niet naar binnen, het was haar vast verboden om in de buurt van de paarden te komen.

Geïntrigeerd fronste de edelman zijn voorhoofd. Het klonk vreemd; een man als hij 'beknorren'. Maar het kind was nog op de leeftijd dat men niet twijfelt aan de almacht van zijn vader.

'Zou hij me beknorren? Heus?'

'Mijn papa was heel ongerust. En mijn mama ook. Ze hadden u gisteravond verwacht.'

'En hoe weet jij dat?'

'Ik heb ze erover horen praten.'

'Lag je dan niet in bed?'

'Jawel.'

'En sliep je dan nog niet, zoals het hoort voor zoete meisjes van jouw leeftijd?'

34

Betrapt zweeg Justine even.

'Jawel,' zei ze toen.

La Fargue onderdrukte een glimlach.

'Dus je lag te slapen in je kamertje en je hoorde je mama en mijn vriend praten...'

Waarop het kind gevat antwoordde: 'Ik heb heel goede oren.'

En zich waardig omdraaide.

Even later verliet ook La Fargue de stal.

Justine zat weer onder de appelboom en had nog alleen aandacht voor haar popje, dat ze streng leek toe te spreken. De ochtend was bijna voorbij. De zon begon te branden, maar het dikke bladerdak hield de binnenplaats aangenaam fris. Het volkse getier in de straten van Parijs was hier nog maar een ver geroezemoes.

In het schermlokaal trof La Fargue de jonge Martin, Delormels oudste zoon en oefenmeester, die een privéles gaf, terwijl verderop een knecht de bruinrode vloer aan het schrobben was. Het lokaal was bijna leeg, had kale wanden, er stonden slechts drie banken, een degenrek en een houten bok voor de lessen in schermen te paard. Via een steile trap bereikte men een tribune vanwaar men rustig kon toekijken. De schermleraar leunde over de balustrade. Hij was duidelijk ingenomen de kapitein te zien. Die beklom de treden, in het voorbijgaan een glimlach van verstandhouding wisselend met Martin, een tengere, rossige jongeman die zijn leerling de bewegingen aangaf door met een dikke stok op de grond te tikken.

'Fijn je te zien, kapitein. We hebben op je gewacht.'

Ondanks alles was Delormel La Fargue altijd blijven aanspreken met zijn titel. Ongetwijfeld deels uit gewoonte. Maar ook om te laten merken dat hij het nooit had aanvaard dat men de kapitein van het bevel had ontheven.

'Ja, de halve nacht, ik weet het. Ik heb het gehoord. Het spijt me erg.'

De ander was verbaasd.

'Wie heeft je dat verteld?'

'Je dochter. De kleinste.'

De schermleraar glimlachte vertederd.

'Dat duveltje. Niets ontgaat haar...'

Delormel was een grote man met brede schouders. Hij was een van die

35

schermleraars die soldaat waren geweest en die het schermen eerder beschouwden als een toegepaste vaardigheid dan als een wetenschap. Hij had een litteken in zijn hals en een witte streep op zijn voorhoofd. Opvallend was ook zijn dikke, rode haar, dat hij had geërfd van zijn vader en had doorgegeven aan al zijn nakomelingen; een Delormel was per definitie roodharig. Hij had een verzorgd uiterlijk en droeg een eenvoudige, maar keurig gestreken wambuis.

'Overigens,' zei La Fargue, 'heb je groot gelijk dat je me aanspreekt met "kapitein".'

'Pardon?'

'De kardinaal heeft me in het geheim hersteld in mijn rang. Hij wil dat de Degens weer actief worden. Onder mijn bevel.'

'Allemaal? Alle Degens?'

De kapitein haalde zijn schouders op.

'Die er nog zijn en die willen. En wie niet meer wil, zal de kardinaal wel voldoende onder druk zetten. De convocatiebrieven zijn al onderweg.'

Het bezorgde gezicht van La Fargue ziend, vroeg Delormel aarzelend: 'Is dat dan geen goed nieuws?'

'Daar ben ik het met mezelf nog niet over eens.'

'Toe, kapitein! De Degens zijn je lust en je leven! En het is nu bijna vijf jaar dat...'

Hij maakte zijn zin niet af.

Ongerust keek hij om zich heen en fluisterde: 'Je gaat me toch niet vertellen dat je nee hebt gezegd tegen de kardinaal! Niemand kan de kardinaal toch iets weigeren? Niemand. Zelfs jij niet.'

La Fargue gaf geen antwoord.

Hij keek naar Martin en diens leerling beneden en zei: 'Ik dacht dat het lokaal pas na het diner open was.'

'Dat is een privéles,' verduidelijkte Delormel. 'De kampioen die je daar bezig ziet betaalt goud.'

Het woord 'kampioen' was veelzeggend. Toch vroeg de oude edelman: 'Hoe brengt hij het er vanaf?'

De schermleraar keek misprijzend.

'Hij kan links en rechts niet uit elkaar houden, houdt zijn degen vast of het een troffel is, denkt dat hij alles weet, begrijpt niets en klaagt nog dat we het verkeerd uitleggen.'

'Hoe heet hij?'

'Guérante, geloof ik. Als ik Martin was, had ik hem al tien keer op zijn nummer gezet.'

'En een klant zijn kwijtgeraakt.'

'Dat zal wel...'

La Fargue bleef naar Martins leerling kijken. Het was een te opzichtig geklede jongeman, in alles het zoontje van een familie die zich liet voorstaan op haar naam en fortuin. Hij had geduld noch talent, een heel kort lontje en vond duizend uitvluchten voor zijn onhandigheid. Hij was helemaal niet op zijn plaats in dit lokaal, waar men de serieuze schermpraktijk onderwees die inspanning vergde en ego's niet spaarde.

'Ik heb geen nee gezegd,' zei de kapitein ineens. 'Tegen de kardinaal, die nacht. Ik heb geen nee gezegd.'

Delormel grijnsde van oor tot oor.

'Zo mag ik het horen! Jij bent alleen maar helemaal jezelf als je de koning dient, en wat je er ook van kunt denken, je hebt hem nooit zo goed gediend als in de jaren dat je het bevel voerde over de Degens.'

'Maar met welk resultaat? Een dode en het verraad van een vriend...'

'Je bent soldaat. De dood hoort bij de oorlog. En verraad hoort bij het leven.'

La Fargue knikte zonder te laten blijken of hij het daar werkelijk mee eens was.

Zeker om van onderwerp te veranderen, nam Delormel de kapitein bij de armen trok hem lichtjes mank lopend vanwege een oude wond, naar achteren.

'Ik vraag je niet wat je opdracht is, maar...'

'Dat mag je best,' onderbrak La Fargue. 'Voorlopig gaat het erom zo snel en zo onopvallend mogelijk alle Degens op te trommelen. En zo nodig nieuwe Degens te zoeken... Maar de kardinaal heeft ongetwijfeld al plannen die hij me spoedig zal meedelen. Waarom roept hij anders de Degens onder de wapenen? Waarom zij, terwijl hij over genoeg toegewijde mensen beschikt? Waarom ik? En vooral, waarom nu, na al die jaren? Daar zit iets achter.'

'Het zijn roerige tijden,' zei Delormel. 'Misschien heeft Zijne Eminentie behoefte aan mannen als jouw Degens, die zich in het verleden hebben bewezen...'

Ze werden verrast door een plotseling kabaal beneden dat hen naar de leuning deed snellen.

❧

Guérante was door zijn eigen schuld ten val gekomen en woedend schold hij Martin de huid vol. Die onderging de beledigingen bleek, maar zonder iets terug te zeggen; hij was tenslotte maar een gewone burger, terwijl zijn leerling een adellijke titel droeg die hem beschermde en waardoor hij zich alles kon verloorloven.

'Goed,' zei La Fargue na een tijdje. 'Zo is het wel genoeg.'

Resoluut liep hij naar beneden; terwijl de aristocraat zich nog steeds scheldend aankleedde, greep hij hem bij de kraag, duwde de tegenstribbelende man over de binnenplaats, langs Justine, die verbaasd toekeek, en smeet hem hem de straat op. Tot groot vermaak van de omstanders belandde Guérante languit in een modderpoel.

Woedend, stinkend naar urine en uitwerpselen, kwam de 'kampioen' overeind en wilde zijn degen trekken. Maar La Fargue hield hem tegen door met een wijsvinger in zijn borst te prikken.

'Meneer,' zei hij zo beheerst dat het weer dreigend werd, 'ik ben edelman en ik hoef uw grillen en nukken niet te accepteren. Als u de degen wilt trekken, ga uw gang, u zult mij tegenover u vinden.'

Guérante aarzelde, kwam tot bezinning, duwde het stukje staal dat hij in zijn woede al had getrokken terug in de schede.

'Nog iets, meneer,' vervolgde de kapitein. 'Als u vroom bent, bid dan. Bid dat mijn vriend Delormel niets overkomt. Bid dat niemand zijn leerlingen en zijn familie lastigvalt. Bid dat niemand 's nachts zijn schermlokaal of zijn huis in brand steekt. Bid dat hij op straat niet in elkaar wordt geslagen... Want ik zou het te horen krijgen. En ik zou u onmiddellijk weten te vinden en u doden, meneer Guérante. Hebt u mij goed begrepen?'

Overdekt met modder en vernederd probeerde de ander zich een houding te geven. Spotlustige toeschouwers keken naar hem en hij wilde niet helemaal zijn gezicht verliezen.

'Ik,' beloofde hij parmantig, 'zal het hier niet bij laten.'

'Toch wel,' antwoordde La Fargue streng en onaangedaan.

'Dat zullen we nog zien!'

'We laten het hierbij, tenzij u toch nog uw degen wilt trekken, meneer...'

Zijn dreigende blik boorde zich diep in Guérantes doodsbange ziel.

'En?' drong hij aan.

❧

Op de binnenplaats werd La Fargue opgewacht door Delormel en zijn zoon. Zijn vrouw stond, bleek en bezorgd, met Justine aan haar rok hangend toe te kijken op de drempel van het huis.

'Laten we gaan dineren,' zei de kapitein toen hij terugkwam.

Hij had zijn degen niet eens hoeven trekken.

7

In de keuken van slot Vaudreuil was een vrouw in een schort en een grove serge jurk koperen pannen aan het schrobben.

Haar naam was Marion.

Ze zat aan het einde van een grote, door veelvuldig gebruik glad geworden tafel, met haar rug naar de vuurplaats waarin kleine vlammen zachtjes aan de zwarte bodem van een kookketel likten. Gedroogde kruiden, een streng knoflook en aarden potten sierden de schoorsteenmantel.

Door de openstaande deur naar de binnenplaats dansten stofjes naar binnen die, gedragen door het windje, schitterden in de lentelucht. Strootjes werden tot op de drempel geblazen.

Een paard naderde in vliegende galop. Het schrikte de kippen op die met klapperende vleugels kakelend opstoven en zijn gehinnik werd beantwoord door het geblaf van een hond die opgewonden aan zijn ketting rukte. Zolen met ijzerbeslag kletterden op de lemen ondergrond, begeleid door degengerinkel. De voetstappen naderden en Agnes de Vaudreuil kwam gebukt door de lage deur.

Marion begroette de jonge baronesse met een vertederde glimlach en een afkeurende blik, een subtiele combinatie die ze in de loop der jaren had geoefend. Agnes was uitgedost als een ruiter en droeg een degen die tegen haar dij sloeg. Van de punten van haar laarzen tot boven haar hoze was ze overdekt met stof en ze was nog steeds ingesnoerd in datzelfde van slijtage glimmende rijglijfje van rood leer, dat voor haar niet alleen een kledingstuk, maar ook een talisman was. Haar voorhoofd glom van het zweet. Losse haarslierten waren ontsnapt aan de zware vlecht in haar nek.

'Ik heb Courage afgereden,' zei de jonge vrouw buiten adem.

Marion knikte ten teken dat ze luisterde.

'In de vallei heb ik hem een beetje laten galopperen en ik denk dat hij helemaal genezen is van die verwonding.'

Ook daar had de bediende niets op te zeggen.

'Duivels! Ik sterf van de dorst.'

Agnes liep naar een koperen vat in de hoek met een kraantje. Ze boog voorover, dronk uit de kom van haar handen en spatte fris water op de tegelvloer. Ze pakte een homp brood van de tafel en at het kruim dat ze eruit pikte.

'Hebt u nog niet gegeten vandaag?' vroeg Marion

'Nee.'

'Ik maak wel iets voor u. Zeg maar waar u trek in hebt.'

Ze wilde opstaan, maar de jonge vrouw hield haar tegen.

'Doe geen moeite. Dit is genoeg.'

'Maar...'

'Ik heb genoeg, zei ik.'

De dienstbode haalde haar schouders op en ging door met haar werk.

Tegen de deur van het spekhok leunend en met één voet op een bank keek Agnes naar haar. Ze was aantrekkelijk, nog steeds welgevormd en in haar nek dansten grijzende krulletjes die aan haar muts ontsnapt waren. Ze had vroeger veel aanbidders gehad en had die nog af en toe. Maar ze was nooit getrouwd en dat was opmerkelijk in deze streek langs de Oise.

Er viel een lange stilte.

Eindelijk hield Marion het niet meer uit en ze zei: 'Ik hoorde vanmorgen in alle vroegte een karos wegrijden.'

'Dat klopt. Je bent dus nog niet doof.'

'Wie was het?'

Agnes gooide de leeggegeten broodkorst op tafel.

'Wat doet het ertoe? Ik herinner me alleen nog dat hij goed gebouwd was en van wanten wist.'

'Agnes toch!' riep Marion uit.

Maar er klonk meer verdriet dan verwijt door in haar stem. Berustend schudde ze haar hoofd en begon te zeggen: 'Als je moeder...'

'Bespaar me dat!' onderbrak Agnes de Vaudreuil haar.

Ze verkilde. Haar smaragdgroene ogen schitterden van ingehouden woede.

'Mijn moeder is gestorven bij mijn geboorte en het is te gemakkelijk om haar woorden in de mond te leggen. Mijn vader was een zwijn die zijn pik tussen alle dijen stak die hij kon krijgen. En voor zover ik weet waren die van jou daar een zekere winter ook bij. Dus zit niet te zaniken over de manier waarop ik af en toe mijn bed vul. Alleen op die ogenblikken voel ik dat ik nog een beetje leef, sinds...'

41

Bevend en met tranen in haar ogen maakte ze haar zin niet af.

De andere vrouw onderging de uitbrander en hervatte, bleek en met meer kracht dan nodig, haar poetswerk.

Marion was nu een jaar of veertig. Ze had Agnes geboren zien worden en had de moeder verzorgd die er vijf dagen over deed om te sterven aan de gevolgen van de bevalling. Baron De Vaudreuil had het, nadat hij met de toekomstige koning Hendrik iv aan de godsdienstoorlogen had deelgenomen, te druk met het belagen van de mooie hofdames en het samen met de Béarnais op herten jagen, om zich om zijn echtgenote te bekommeren. Toen hij hoorde dat het kind een meisje was, had hij zich niet eens verwaardigd om naar de begrafenis te komen. De baby werd toevertrouwd – of eerder overgelaten – aan Marion en een onbehouwen soldaat, Ballardieu genaamd. Pas zeven jaar later zou ze kennismaken met haar vader. Dat was toen hij tijdens een kort verblijf op eigen grond Marion in zijn bed had getrokken. Mooi gezegd heette het dat ze zichzelf aan hem had gegeven; alsof ze de keuze had. Maar De Vaudreuil was niet een man die de weigering van een bediende accepteerde. Marion zou in dat geval zonder enige vorm van proces zijn weggestuurd, en ze wilde voor geen prijs gescheiden worden van Agnes, die haar aanbad en die alleen haar had. De baron vond het heel grappig om te ontdekken dat zijn toch niet meer zo jonge verovering nog maagd was. Voldaan verliet hij haar om elders te gaan slapen, zeggende dat ze hem dankbaar moest zijn voor de bewezen dienst.

Gekalmeerd en een beetje beschaamd liep Agnes om de tafel heen tot achter de vrouw die haar had grootgebracht. Ze sloeg haar armen om haar heen en liet haar kin op haar hoofd rusten.

'Vergeef me, Marion. Ik ben een loeder... Soms denk ik dat ik gek word... Je weet wel dat ik jou niets verwijt, hè? Dat weet je toch?'

'Jawel... Maar wie dan wel, eigenlijk?'

'Mezelf, denk ik. En de dingen die ik zou willen vergeten. Dingen die ik heb gezien en die ik heb gedaan... Dingen die ik heb meegemaakt...'

Ze ging weer rechtop staan, zuchtte en zei: 'Ooit vertel ik je alles, misschien.'

8

In de koets die hen terugbracht naar Parijs, genoten Nicolas Marciac en graaf D'Orvand van een eetlustopwekkende lichte, rode wijn. Tussen hen in op de bank stonden een rieten mand met proviand en enkele flessen uitstekende wijn. Ze dronken uit bewerkte zilveren bekertjes die ze slechts halfvol schonken met het oog op de kuilen in de weg, waardoor ze soms onverhoeds heen en weer werden geschud en waardoor ze anders wijn op hun kin en dijen zouden morsen.

'Je had niet gedronken,' zei D'Orvand terugkomend op het duel.

Marciac keek hem geamuseerd en sluw aan.

'Een slokje maar, voor de geur. Je denkt toch niet dat ik gek ben?'

'Waarom die komedie dan?'

'Opdat Brévaux meer zelfvertrouwen zou krijgen en minder op zijn hoede zou zijn.'

'Zonder dat zou je ook hebben gewonnen.'

'Ja.'

'Je had trouwens mij wel in vertrouwen mogen nemen...'

'Dan zou het veel minder leuk zijn geweest, toch? Je had jezelf eens moeten zien!'

Ondanks zichzelf moest de graaf glimlachen. Door zijn vriendschap met de Gasconjer was hij gewend geraakt aan zulke grappen.

'En wie waren die twee verleidelijke dames wier karos je had geleend?'

'Kom toch, graaf! Ik zou een slechte edelman zijn als ik je dat vertelde.'

'Hoe dan ook, ze leken erg op je gesteld te zijn.'

'Wat wil je, mijn vriend? Ik ben nu eenmaal aantrekkelijk... En omdat je zo nieuwsgierig bent mag je wel weten dat één van hen een schoonheid is waar markies De Brévaux een oogje op schijnt te hebben. Hij heeft haar vast en zeker wel herkend...'

'Erg ondoordacht van je, Nicolas. De woede van de markies omdat hij je die dame zag kussen heeft ongetwijfeld zijn schermtalent aangetast. Maar je hebt hem wel weer een reden gegeven voor een nieuw duel. Je hebt hem niet alleen verslagen, maar ook nog vernederd. Ik weet dat het voor jou alleen maar spel is. Maar voor hem...'

Marciac dacht even over die woorden na. Tot nu toe had hij geen seconde stilgestaan bij de mogelijkheid van een tweede duel met markies De Brévaux. Hij haalde zijn schouders op.

'Misschien wel... We zien het wel.'

Zijn lege bekertje ophoudend zei hij vervolgens: 'Voordat we beginnen aan het vlees, zou ik graag nog wat van je wijn hebben.'

Terwijl D'Orvand met gevaar voor eigen hoze zijn vriend nog eens inschonk, hield die de ring die hij van de markies had gewonnen tegen het licht. Om de robijn nog beter te bewonderen schoof hij hem aan zijn vinger, naast zijn zegelring. Die zegelring trok even de aandacht van de graaf; hij was van dof metaal en er stond een degen en tot de Franse lelie omgewerkt Grieks kruis in gegraveerd.

'Kijk', zei Marciac, de schittering van de steen bewonderend. 'Dit zal het ongeduld van mevrouw Rabier wel sussen.'

'Heb je geleend bij Rabier?' riep D'Orvand verwijtend uit.

'Wat wil je? Ik heb schulden en die moet ik terugbetalen. Ik ben de markies De Brévaux niet.'

'Maar toch, Rabier... Van Rabier lenen is nooit een goed idee. Ik zou je met alle plezier wat ecu's hebben voorgeschoten. Had het mij maar gevraagd.'

'Jou? Aan een vriend? Dat meen je toch niet, graaf?'

Graaf D'Orvand schudde afkeurend het hoofd.

'Toch is er iets wat ik niet begrijp, Nicolas...'

'Wat niet?'

'Het is nu bijna vier jaar dat je mij vereert met je vriendschap. Ik heb intussen al heel wat keren meegemaakt dat je platzak was en dat is nog voorzichtig uitgedrukt. Ik weet niet hoe vaak al je alles wat je bezit hebt verkocht. Je hebt dagen achtereen uit pure nooddruft gevast en je zou je zeker hebben laten verhongeren als ik je niet onder een of ander voorwendsel aan mijn tafel had genood. Ik herinner me zelfs dat je ooit een degen van me hebt geleend om te kunnen duelleren... Maar nog nooit heb je afstand gedaan van die zegelring. Waarom niet?'

Marciacs blik dwaalde af, hij dacht terug de dag dat hij die zegelring had gekregen en toen deed een kuil in de weg de twee mannen stuiteren op het gecapitonneerde leren bankje.

'Het is een stukje verleden,' verklaarde de Gasconjer. 'Je raakt het verleden nooit helemaal kwijt. En je kunt het ook niet verpanden...'

Graaf D'Orvand, die vond dat weemoed niet bij zijn vriend paste, vroeg even later: 'Heb je vandaag nog niet genoeg geduelleerd?'

Marcias schonk hem een glimlach en zei toen, vooral tegen zichzelf: 'Bah!... Als ik sterf, wil ik er zeker van zijn dat ik heb geleefd.'

9

Overdag bruiste Parijs van leven, maar de gardisten in het Palais-Cardinal leken wel bewakers van een luxueuze dodenstad. Richelieu was met zijn uitgebreide gevolg en zijn lijfwachten in het Louvre en in zijn afwezigheid verstreek de tijd hier maar langzaam, bijna alsof het nacht was. Je zag maar weinig rode kazakken. De gewone bedienden begaven zich geluidloos en traag door de duistere gangen om zich te kwijten van hun nederige taken. De menigte baantjesjagers en smekelingen was opgelost zodra bekend werd dat de heer des huizes afwezig was, enkel een paar doorzetters bleven wachten en aten iets uit het vuistje.

In het kleine kabinet waarin hij zich had teruggetrokken, profiteerde vaandrig Arnaud de Laincourt van de rust door zich van een plicht te kwijten die bij zijn rang hoorde: het bijhouden van het register. De verantwoordelijke officier moest alles noteren; van de tijdstippen waarop de wacht was afgelost tot aan eventuele inbreuken op de discipline, plus alle denkbare en ondenkbare gebeurtenissen en incidenten die voor de veiligheidsdienst van Zijne Eminentie van belang zouden kunnen zijn. Aan het einde van elke dienst controleerde kapitein Saint-Georges dit register en de belangrijkste informatie werd doorgegeven aan de kardinaal.

'Binnen,' zei Laincourt, toen er op de deur werd geklopt.

Het was Brussand.

'Meneer Brussand. U hebt toch geen dienst... Kunt u niet beter naar huis gaan om uit te rusten van die lange, doorwaakte nacht?'

'Ongetwijfeld, maar... Hebt u een minuutje voor mij?'

'Als u me eerst even dit klusje laat afmaken.'

'Natuurlijk.'

Brussand nam plaats voor het tafeltje waaraan de jonge officier bij het licht van een kaars zat te schrijven. Het vertrek had maar één schuin dakraampje, waardoor wat schaars daglicht kon binnenvallen. De kerkers van de Bastille en het kasteel van Vincennes waren beter verlicht.

Laincourt voltooide zijn rapport, las terug wat hij had geschreven, veegde zijn pen schoon en legde die tussen de bladzijden van het dikke register dat hij dichtklapte.

'Ziezo,' zei hij. 'Ik ben een al oor.'

Hij keek met zijn helblauwe ogen de man die tegenover hem zat aan en wachtte.

'Ik kom me ervan verzekeren,' zei de ander, 'dat u het me niet kwalijk hebt genomen.'

'Wat dan?'

'Dat ik de jonge Neuvelle over u hebt verteld. Over uw verleden. En over de omstandigheden die u ertoe brachten om te tekenen voor de garde van Zijne Eminentie.'

Laincourt glimlachte flauwtjes.

'U hebt toch niets onterends verteld?'

'Absoluut niet!'

'Iets wat onjuist is dan?'

'Ook niet. Tenzij ik verkeerd ben ingelicht.'

'Dan hoeft u zich geen verwijten te maken. En ik, van de weeromstuit, ook niet.'

Er viel even een stilte, de officier bleef glimlachen.

Dat masker van hoffelijkheid was de beste verdediging gebleken. Met zijn beleefde belangstelling liet hij anderen de conversatie gaande houden en, zonder ze al te veel te krenken, in hun eigen sop gaarkoken. Die strategie werkte bijna altijd en leek extra doeltreffend in het geval van Brussand, die steeds verlegener werd.

Maar de oude gardist was soldaat en hij stormde de vijand liever tegemoet dan als kanonnenvlees te dienen.

'Wat wilt u? U wordt omgeven door bepaalde geheimen en dat voedt de geruchten...'

'O ja?'

'Die beroemde missie, bijvoorbeeld. Die opdracht, waarvoor u, zoals wordt gefluisterd, twee jaar in Spanje moest blijven. En als beloning waarvoor u bij de garde van Zijne Eminentie bent gekomen met de rang van vaandrig...Wat denkt u dat daar allemaal over wordt verteld?'

Laincourt hoorde hem zonder te antwoorden aan, met nog steeds datzelfde raadselachtige lachje op de lippen.

47

Toen ergens een klok het halve uur sloeg, stond hij op, pakte zijn hoed en stak het zware register onder zijn arm.

'Neem me niet kwalijk, Brussand, maar de plicht roept.'

De twee mannen liepen samen naar de deur.

Op het moment dat hij de officier moest laten voorgaan, zei de ander samenzweerderig: 'Bijzonder land, Spanje, vindt u niet?'

Laincourt zei niets en liet Brussand staan.

Doelgericht liep Arnaud de Laincourt door salons en wachtkamers, zonder acht te slaan op bedienden en schildwachten die voor hem in de houding sprongen. Uiteindelijk kwam hij in een verlaten dienstgang. Op een kruising van gangen bleef hij even staan en ging toen rechtsaf naar de vertrekken van de kardinaal.

Nu liep hij zo snel en zo geruisloos mogelijk, ervoor zorgend dat zijn houding hem niet zou verraden. Hij mocht vooral niet op zijn tenen gaan lopen, of ongerust om zich heen kijkend langs de muren schuiven. Hij kon zich beter niet verdacht gedragen voor het geval dat iemand hem onverhoopt zou zien en achterdochtig zou worden. Zijn rang en zijn kazak beschermden hem natuurlijk. Maar achterdocht was de regel in Palais-Cardinal.

Even later opende hij een deur die in het vertrek waarop hij uitkwam, was weggewerkt in de houten wandbekleding. Dit was het kabinet waarin meneer Charpentier, de secretaris van de kardinaal, gewoonlijk werkte. Het vertrek was doelmatig, maar toch elegant ingericht en puilde uit van de paperassen. Daglicht kierde door gesloten gordijnen, terwijl een bevende kaarsvlam op het punt van uitdoven leek. Hij stond er ook niet om licht te geven. Indien nodig kon men er ontelbare andere kaarsen mee aansteken om midden in de nacht het kabinet helder te verlichten. Zijne Eminentie dienen vereiste een voortdurende beschikbaarheid en daarom werden dit soort voorzorgen genomen.

Laincourt legde het garderegister neer.

Uit zijn kazak haalde hij een sleutel tevoorschijn, waarmee hij een kast opende. Hij moest snel te werk gaan, hij had niet veel tijd meer. Op een van planken stond, tussen twee rijen ingebonden manuscripten, een kistje. Dat was wat hij zocht. Een ander, piepklein sleuteltje zou hem er de geheimen van openbaren. Er zaten brieven in, die door de kardinaal moesten worden ondertekend en verzegeld. De vaandrig bladerde er haastig door en pakte er een die hij doorlas.

'Dat is hem,' mompelde hij.

Hij ging met de brief naast de kaarsvlam staan en las hem twee keer om de tekst tot de laatste komma toe in zijn geheugen te prenten. Maar toen hij het papier weer opvouwde, meende hij iets te horen.

Kraakte daar de plankenvloer?

De vaandrig van de Garde verstijfde, wachtte met kloppend hart en alle zintuigen op scherp.

De seconden verstreken tergend langzaam...

Er gebeurde niets. Niemand kwam binnen. En alsof er niets aan de hand was, herhaalde het geluid zich niet.

Laincourt herstelde zich, borg de brief weer in het kistje en het kistje in het meubel dat hij op slot draaide. Voordat hij naar buiten ging, controleerde hij of alles op zijn plaats stond en liep geruisloos weg met zijn register.

Laincourt had zijn hielen nog niet gelicht, of iemand duwde een deur open die achter een gordijn op een kier had gestaan.

Charpentier.

Hij was in allerijl teruggekeerd uit het Louvre om een document op te halen dat kardinaal de Richelieu nodig zou kunnen hebben, en hij had alles gezien.

10

Nadat hij zijn paard had gezadeld, was La Fargue net bezig zijn pistoolholsters te bevestigen toen Delormel bij hem in de stal kwam, in de warme geur van beesten, hooi en mest.

'Zien we je gauw weer?' vroeg de schermleraar. 'In elk geval binnen vijf jaar?'

'Ik heb geen idee.'

'Je weet dat je hier altijd welkom bent.'

La Fargue verstelde iets aan het hoofdstel van zijn paard en draaide zich om.

'Dank je,' zei hij.

'Hier. Je hebt dit in je kamer laten liggen.'

Delormel stak hem een hangertje aan een gebroken ketting toe. De oude edelman nam het aan. Het verweerde, bekraste en doffe kleinood leek nietig in zijn grote gehandschoende hand.

'Ik wist niet dat je het had bewaard,' zei de schermleraar.

La Fargue haalde zijn schouders op.

'Je raakt je verleden nooit kwijt.'

'Jouw verleden blijft je achtervolgen.'

In plaats van te antwoorden, deed de kapitein alsof hij zijn zadel controleerde.

'Ze verdient je misschien niet eens,' zei Delormel.

Met zijn rug naar hem toe gekeerd verstijfde La Fargue.

'Veroordeel haar niet, Jean. Je kent niet het hele verhaal.'

Meer hoefden ze niet te zeggen. Ze wisten allebei dat het ging over de vrouw, wier portret in het hoornen medaillon zat.

'Dat is waar. Maar ik ken je genoeg om te weten dat er iets aan je vreet. Je zou opgetogen moeten zijn met het vooruitzicht de Degens te verzamelen om de kroon weer te kunnen dienen. Maar ik heb de indruk dat je het voorstel van de kardinaal met tegenzin hebt aangenomen. Je bent gezwicht, Etienne. Dat is niets voor jou. Als jij zo iemand was, dan had je nu al je maarschalksstaf...'

'Mijn dochter is misschien in gevaar,' liet La Fargue zich ontvallen.

Traag keerde hij zich om naar de sprakeloze Delormel.

'Je wilde alles weten, toch? Alsjeblieft. Nu weet je het.'

'Je dochter...? Bedoel je...'

Aarzelend wees de schermleraar naar het medaillon dat de kapitein nog altijd in zijn hand hield. La Fargue knikte: 'Ja.'

'Hoe oud is ze dan?'

'Twintig. Of bijna.'

'Maar weet je dan welk gevaar haar bedreigt?'

'Nee. De kardinaal heeft me alleen gezegd dat ze in gevaar is.'

'Hij kan wel gelogen hebben om je door de knieën te laten gaan.'

'Nee. Ik denk niet dat hij zoiets zou doen. Dat zou...'

'... schandalig zijn. En wat vertel je je Degens? Die vertrouwen je blindelings. Voor sommigen ben je zelfs een vaderfiguur!'

'Ik vertel ze de waarheid.'

'De hele waarheid?'

Voordat hij zich in het zadel hees, deed de oude kapitein een bekentenis die hem heel zwaar viel: 'Nee.'

11

Verstrooid spelend met de zegelring die hij naar binnen gedraaid aan de ringvinger van zijn linkerhand droeg, volgde Saint-Lucq het gebruikelijke spektakel in de propvolle taveerne.

De Ecu Rouge lag aan een armzalig achterplaatsje in de Marais naast de mooie huizen die men maar bleef bijbouwen en de chique voorgevels van de Place Royale. Het was een kelder, waar goedkope kaarsen meer roet dan licht gaven en waar het stonk naar ongewassen lijven, asem, tabaksrook en wat er aan de zolen was blijven plakken in de straten van Parijs. Hier moest men schreeuwen, wat de andere gasten verplichtte nog luider te praten om gehoord te worden, zodat de gesprekken bijna brullend gevoerd werden. De wijn speelde daarbij een voorname rol. Brullend gelach werd afgewisseld met snel oplaaiende en even snel weer gedoofde twisten. Een lierspeler speelde meezingers op aanvraag. Hier en daar begroetten kreten en handgeklap een gelukkige worp van dobbelstenen of de apenstreken van een dronkenman.

Saint-Lucq zag alles, maar liet dat niet blijken.

Hij zag wie er naar binnen en naar buiten gingen door het smalle deurtje boven aan de trap en wie er door de deur ging die alleen was bestemd voor de baas en de diensters, wie gezelschap kreeg en wie alleen bleef. Hij keek niemand aan en ontweek blikken die de zijne zochten. Niemand lette trouwens op hem. En dat was precies wat hij wilde, in het donkere hoekje waar hij was neergestreken. Hij zag alles en iedereen, was uit gewoonte attent op alles wat afwijkend was en een gevaar kon opleveren. Het kon van alles zijn: een steelse blik tussen twee mensen die deden alsof ze elkaar niet kenden, een oude mantel die nieuwe wapens kon verbergen, een opzettelijke woordenwisseling die de aandacht kon afleiden van iets anders. Wantrouwen was Saint-Lucqs tweede natuur. Hij wist dat de wereld een bedriegelijk schouwtoneel was waar de dood, vermomd in de lompen van de alledaagsheid, elk ogenblik kon toeslaan. Daarvan was hij zo doordrongen omdat hijzelf niet zelden die slagen toebracht.

Zodra hij binnen was had hij een kruik wijn besteld, waarvan hij niet dronk. De jonge vrouw die hem bediende had hem haar gezelschap aangeboden, maar hij had het aanbod afgewimpeld met een kalm, kil en onvermurwbaar 'nee'. Daarop was ze bij twee andere diensters gaan staan die haar verleidingspogingen hadden gadegeslagen en praatte even met ze. Het was overduidelijk dat Saint-Lucq hen beviel. Hij was een tamelijk jonge, goedgeklede, melancholiek ogende man, van wie je je kon voorstellen dat hij duistere, opwindende geheimen met zich meedroeg. Was hij een edelman? Wellicht wel. In elk geval droeg hij zijn degen met vanzelfsprekendheid, zijn kazak met elegantie en zijn hoed met kranige, kalme zelfverzekerdheid. Hij had smalle handen en gladgeschoren wangen. Zijn laarzen waren wel bemodderd, maar ze waren van het fijnste leer en tenslotte had iedereen die zich in Parijs niet per koets liet vervoeren modder aan zijn schoeisel. Nee, deze van top tot teen in het zwart geklede ruiter had alles om bij een vrouw in de smaak te vallen. Hij had een eigenaardig brilletje met rode glazen op zijn neus, zodat je zijn ogen niet zag en hij nog geheimzinniger werd.

Nadat Saint-Lucq een kleine brunette had afgewezen, probeerde een grote blondine haar geluk. Met hetzelfde resultaat. Het dienstertje droop beledigd af. Schouderophalend ging ze terug naar haar vriendinnen en fluisterde: 'Die vent komt net uit het bordeel. Of hij doet het alleen met zijn maîtresse.'

'Als je het mij vraagt, valt hij op kerels,' sneerde de brunette, in haar eer aangetast.

'Zou kunnen...' meende de derde. 'En wat moet hij hier eigenlijk als hij niet drinkt en geen gezelschap wil?'

De andere twee besloten dat het in elk geval geen zin had om energie aan hem te besteden en Saint-Lucq, die alles vanuit zijn ooghoeken had gevolgd, begreep dat hij geen last meer van hen zou hebben.

Hij hervatte zijn wacht.

Iets na het middaguur betrad de man die Saint-Lucq verwachtte de taveerne.

Hij was tamelijk rijzig, ongeschoren, had lange, vettige haren, een degen aan zijn zijde en een gemene blik. Hij liet zich Tranchelard noemen en hij was, zoals gewoonlijk, vergezeld van twee onverlaten, die hem ongetwijfeld evenaarden in kwaadaardigheid, maar zijn minderen waren als het op gewelddadigheid aankwam. Ze kozen een tafel die bij hun nadering werd vrijgemaakt en hoefden niet eens om hun pinten te vragen; de herbergier bracht hun die met een bange blik in zijn ogen.

Het derde dienstertje, dat Saint-Lucq was blijven bespieden, zag nu haar kans schoon.

Ze had rossig haar en een bleke huid, was heel aantrekkelijk en wist donders goed welke uitwerking haar groene ogen, haar rode lippen en haar jeugdige rondingen hadden op mannen. Ze droeg een grove, laag uitgesneden jurk, die ook haar schouders bloot liet.

'U drinkt helemaal niet,' zei ze, toen ze ineens voor Saint-Lucq ging staan.

Hij wachtte even voordat hij antwoordde: 'Nee.'

'U vindt de wijn die ze u hebben gegeven vast niet goed.'

Nu antwoordde hij helemaal niet.

'Ik kan u wel andere wijn brengen.'

Opnieuw bleef het stil.

'Voor dezelfde prijs.'

'Nee, bedankt.'

Maar het meisje luisterde niet. In haar jeugdige overmoed weigerde ze op te geven, zelfs na de twee mislukte pogingen van haar vriendinnen.

'Ik vraag u alleen maar om me uw naam te geven,' drong ze aan met een veelbelovende glimlach. 'En ik zeg hoe ik heet.'

Saint-Lucq onderdrukte een zucht.

Vervolgens liet hij stoïcijns het brilletje van zijn neus glijden en loerde naar het meisje...

... dat verstijfde toen ze zijn reptielenblik ontmoette.

Natuurlijk wist iedereen dat draken altijd hadden bestaan, dat ze ook de menselijke gedaante hadden aangenomen en zo al eeuwenlang onder de mensen leefden. Tot Europa's grote ongeluk leefde er een al heel lang aan het Spaanse hof. En hun verre neven, de wyvernen, deden dienst als gevleugelde rijdieren, terwijl tafeldraakjes geliefde gezelschapsdieren waren. Maar een halfkoudbloedige maakte nog altijd indruk. Ze waren de vrucht van de liefde tussen een draak en een mensenvrouw en riepen een gevoel van onbehagen op, dat bij sommigen leidde tot haat, bij anderen tot afschuw en bij weer anderen tot erotische fascinatie. Ze zouden kil zijn, wreed, onverschillig en een diepe minachting koesteren voor de gewone stervelingen.

'Ik... Neem me niet kwalijk, meneer...' stamelde het dienstertje. 'Vergeef me...'

Bijna huilend liep ze weg.

Saint-Lucq schoof het brilletje weer omhoog en verdiepte zich opnieuw in Tranchelard en zijn knokploeg. Ze waren enkel gekomen om een glas te drinken en om het geld voor hun bescherming te innen en vertrokken weer snel. De halfbloedige leegde nu ook zijn glas, stond op, legde een geldstuk op tafel en liep achter hen aan.

Tranchelard en zijn mannen slenterden door de drukke straten, hun nare koppen volstonden om ruim baan te krijgen. Ze kletsten en lachten, onwetend van het dreigende gevaar. Maar de menigte bood hun bescherming, evenals ze het Saint-Lucq mogelijk maakte hen onopvallend te volgen. Gelukkig namen ze al snel een kronkelig steegje dat stonk als een open riool en dat binnendoor naar de oude Rue Pavée leidde.

De gelegenheid was te mooi om niet te benutten.

Saint-Lucq voerde zijn tempo abrupt op, was in een paar stappen bij hen en verraste ze volledig. Ze hadden nog alleen de tijd om het geluid te horen van staal dat uit de schede werd getrokken. De eerste man viel door een vuistslag die zijn neus brak, Tranchelard werd in bedwang gehouden door de punt van een ponjaard op zijn adamsappel, de derde man bracht zijn hand naar zijn degen, toen de punt van een rapier, op een duimbreedte van zijn rechteroog, die beweging deed stollen.

'Bezint, eer ge begint,' waarschuwde de halfbloedige bedaard.

De man ging er als een haas vandoor en Saint-Lucq bleef achter met Tranchelard. Zonder zijn dolk weg te halen, dwong hij hem achteruit tot hij met zijn rug tegen een smerige muur gedrukt stond. Ze konden elkaars adem ruiken en de schurk stonk naar pure angst.

'Kijk me aan, makker. Herken je me?'

Tranchelard slikte en knikt tegen de rode brillenglazen, zweet parelde op zijn voorhoofd.

'Mooi,' zei Saint-Lucq. 'Dan luister je nu goed naar wat ik je te zeggen heb...'

12

De edelman steeg af op de binnenplaats van een herenhuis dat net was neergezet in de Marais, op een steenworp afstand van de elegante, voorname Place Royale. Hij vertrouwde zijn paard toe aan een toegesnelde lakei.

'Ik blijf niet lang,' zei hij. 'Wacht hier op me.'

De man knikte en keek met de teugels in de hand vanuit zijn ooghoeken toe hoe markies De Gagnière lenig de treden van het bordes op snelde.

Hij droeg een breedgerande hoed met een pluim en was, met een bijna aanstellerige zin voor uiterlijk vertoon, gekleed volgens de laatste mode: de mantel was teruggeslagen over de linkerschouder en werd vastgehouden door een onder de rechteroksel doorlopende zijden band; hij droeg een lange, metaalgrijze kazak met zilveren sluitingen, een bijpassende, met knopen versierde hoze, een crêmekleurige kraag en manchetten, beige su-ède handschoenen en laarzen met omslagen van hertenleer. De uitgesproken verfijning van zijn tenue gevoegd bij zijn ranke, rijzige en jeugdige gestalte, gaven hem een androgyn aanzien. Hij was ook nog geen twintig en leek zelfs jonger, zijn gelaatstrekken hadden een aantrekkelijk adolescente charme die hij nog lang zou houden, terwijl het blonde dons van zijn snor en zijn zorgvuldig geknipte sikje hem het zijige voorkomen van een efebe gaf.

Een oude hoofdlakei ontving hem op het bordes en ging hem, met neergeslagen ogen, voor naar een fraaie antichambre waar hij hem verzocht te wachten tot hij bij 'mevrouw de gravin' werd aangekondigd. Na een hele tijd kwam de bediende weer terug en nodigde hem met een buiging uit om door de geopende deur naar binnen te gaan. Weer vermeed hij het om de jongeman aan te kijken, van wie iets sombers en verontrustends uitging, alsof zijn verfijning en zijn engelachtige schoonheid bedoeld waren om een giftige ziel te verhullen. Dat had hij gemeen met de degen aan zijn riem; een wapen met prachtig bewerkte kom en gevest, maar met een lemmet van het beste staal.

Gagnière ging binnen en bleef alleen achter toen de lakei de deur achter hem had dichtgetrokken.

Het weelderig ingerichte vertrek was halfdonker. De dichte gordijnen hielden het ochtendlicht tegen en de enkele geparfumeerde kaarsen die er brandden hielden een permanente schemering in stand. Het kabinet waarin hij zich bevond was ingericht om in te studeren en te lezen. De wanden waren bedekt met rijen boeken. Naast een van de vensters stonden een gemakkelijke stoel en een tafeltje met een kandelaar, een karafje wijn en een kristallen glas. Boven de schoorsteenmantel torende een grote vergulde spiegel boven een tafel en een oude stoel met een versleten leren rugleuning.

Op die tafel stond een heel bijzondere globe in een prachtige roodgouden draagconstructie.

De edelman liep ernaartoe.

De glanzende donkere bol leek wel gevuld met golvende inkt. Hij leek het licht eerder in zich op te nemen dan terug te kaatsen. De blik verloor zich in zijn duistere windingen.

En de ziel ook.

'Niet aankomen.'

Gagnière knipperde met zijn ogen en realiseerde zich dat hij over de tafel gebogen stond, met een hand uitgestrekt naar de globe. Hij ging rechtop staan en draaide zich, nog in de war, om.

Een jonge, in zwart en purper geklede vrouw was binnengekomen door een verborgen deur. Ze zag er elegant en streng uit in een gewaad met een stijf lijfje en ze had een eenhoorn van grijs paarlemoer op haar kanten decolleté gespeld. Ze was knap, blond en tenger, met een lief gezichtje dat gemaakt was om aanbeden te worden. In haar fonkelende blauwe ogen viel echter geen sprankje gevoel te bespeuren, net zomin als op haar strakke mond.

Gravin De Malicorne liep langzaam maar zeker op de edelman af.

'Ik... Het spijt me,' zei hij. 'Ik weet niet wat me...'

'U kon het niet helpen, meneer De Gagnière. Niemand kan hem weerstaan. Zelfs ik niet.'

'Is... is het wat ik denk?'

'Ja, het is een bol der zielen.'

57

Ze legde een geborduurde doek over de behekste globe en het was of een verderfelijke aanwezigheid zich onmiddellijk terugtrok.

'Zo. Is dat beter?'

Ze kwam overeind en wilde verder spreken, maar de uitdrukking op het gezicht van de markies weerhield haar.

'Wat hebt u?'

Verlegen wees Gagnière eerst naar haar en dan naar zijn eigen neus: 'U hebt... Daar...'

De jonge vrouw begreep het, voelde met het topje van haar ringvinger even aan haar bovenlip en keek naar de donkere druppel die aan haar neus had gehangen. Onverschillig haalde ze een al bevlekte zakdoek uit haar mouw en wendde zich af om haar neus te snuiten. 'De magie is een kunst die de Oerdraken uitsluitend voor zichzelf hebben bestemd,' zei ze, alsof dat alles verklaarde.

Ze ging voor de grote spiegel boven de schoorsteenmantel staan, veegde haar bovenlip nog eens af en zei achteloos: 'Ik heb u onlangs opgedragen een geheime briefwisseling tussen Brussel en Parijs te onderscheppen. Hebt u het nodige gedaan?'

'Absoluut. Malencontre en zijn mannen werken eraan.'

'En met welk resultaat?'

'Dat weet ik nog niet.'

Gravin De Malicorne wendde haar nu schone gezicht af van de spiegel en zei met een half lachje: 'Laat mij u bijpraten, meneer. Ondanks alle mogelijke hinderlagen, heeft Malencontre al twee keer gefaald. Eerst aan de grens en nog eens bij Amiens. Als de ruiter die hij achtervolgt dit tempo aanhoudt, kan Malencontre hoogstens hopen hem nog te treffen bij de pleisterplaats in Clermont. Na Clermont komt Parijs. En ik hoef u er zeker niet aan te herinneren dat die brief het Louvre onder geen beding mag bereiken?'

De edelman vroeg zich niet eens af hoe ze dit allemaal kon weten; de globe en de geheimen die hij onthulde aan hen die een deel van zichzelf aan hem gaven, waren als verklaring voldoende. Daartentegen zei hij: 'Ik heb er alle vertrouwen in, mevrouw. Malencontre en zijn mannen hebben ervaring met dit soort opdrachten. Zij zullen, kost wat kost, slagen.'

'Laten we het hopen, meneer de markies. Laten we het hopen...'

Met een sierlijk, mondain gebaar nodigde de gravin Gagnière uit om plaats te nemen en ze ging zelf tegenover hem zitten.

'Ik wilde ook nog iets anders met u bespreken.'

'Wat, mevrouw?'

'De kardinaal staat op het punt om een belangrijke troefkaart uit te spelen en ik vrees dat het tegen ons zal zijn. Die kaart is een man: La Fargue.'

'La Fargue?'

'Een oudere kapitein en een van de meest trouwe Degens van de koning. Neem van mij aan dat zijn terugkeer niets goeds belooft. In zijn eentje is La Fargue al een geduchte tegenstander. Maar vroeger voerde hij ook de Degens van de Kardinaal aan, een groepje betrouwbare en toegewijde mannen, met wie hij de meest onmogelijke opdrachten kon uitvoeren. Als hij die mannen opnieuw om zich heen kan verzamelen...'

De jonge vrouw zweeg peinzend en ongerust.

'Kent u de bedoelingen van de kardinaal?' vroeg Gagnière voorzichtig.

'Nee. Ik kan er hoogstens naar raden... Daarom wil ik dat u op onderzoek uitgaat. Maak contact met onze agent in Palais-Cardinal en probeer zo veel mogelijk van hem te weten te komen. Kunt u hem snel zien?'

'Jawel.'

'Prachtig.'

De edelman stond op, in de veronderstelling dat hiermee het onderhoud was afgelopen.

Maar de gravin, die de andere kant uitkeek, zei: 'Dit alles kon niet slechter treffen. We hadden bijna bereikt wat de Zwarte Klauw al zo lang wanhopig probeert te bereiken: voet aan de grond krijgen in Frankrijk. Onze Spaanse broeders en zusters begonnen al te geloven dat zoiets onmogelijk zou zijn. Zelfs nu we hun ongelijk bijna hebben aangetoond, weet ik dat de meesten er nog aan twijfelen. En zij die niet meer twijfelen misgunnen ons onze aanstaande successen, wat erop neerkomt dat ze wellicht stiekem wensen dat we zullen falen.'

'Denkt u dat...'

'Nee, nee...' zei de gravin, de veronderstelling die de markies naar voren wilde brengen wegwuivend. 'De afgunstigen zullen niet proberen ons te dwarsbomen... Maar ze zullen ons geen enkele misser vergeven en elk voorwendsel aangrijpen om ons, onze plannen en onze kundigheden zwart te maken,. Ze zouden maar al te graag kunnen zeggen dat zij hadden kunnen bereiken wat ons niet is gelukt... Die afgunstigen zijn trouwens al begonnen hun pionnen vooruit te schuiven. Ze hebben me al aangekondigd dat de Spaanse loge ons binnenkort een man stuurt.'

'Wie?'

'Savelda.'

59

Vanuit haar ooghoek zag gravin De Malicorne Gagnières bedenkelijke blik.

'Ja, markies, zo voel ik me ook. Er werd me verteld dat Savelda komt ons helpen met de laatste loodjes van ons plan, maar ik weet dat zijn eigenlijke missie is ons te bespieden en onze fouten te noteren, voor het geval men ons de schuld zou willen geven...'

'Dan moeten we hem overal buiten houden.'

'Juist niet. Laten we eerder onberispelijk zijn... Begrijpt u nu hoe noodzakelijk het is dat we alle zetten van de kardinaal voorzien en pareren?'

'Absoluut.'

'Onderschep dan eerst die brieven uit Brussel. Met de Degens van de Kardinaal rekenen we later nog wel af.'

13

De herberg lag aan de rand van het dorp dat er zijn ontstaan ongetwijfeld aan dankte. Het logement was een van de pleisterplaatsen die in die periode het wegennet van Frankrijk bepaalden. Behalve een hoofdgebouw met een pannendak, bestond het uit een stal, een schuur, een smidse, een kippenren, een koetshuis en een varkenskot; dat alles omheind door een hoge muur van witte en grijze stenen die schitterden in het licht van de middagzon. Niet ver ervandaan liep een riviertje dat het rad van een molentje draaiende hield. Daar begonnen velden en weiden die zich uitstrekten tot aan de rand van een groen bos. Koeien stonden er vredig te herkauwen. Het was prachtig weer en je moest je ogen afschermen tegen het schelle licht.

Hondengeblaf kondigde de komst van de ruiter aan.

Op de binnenplaats waar kippen rondscharrelden, waren ze bezig het wiel van een koets te verwisselen die, zodra hij was gerepareerd, zou worden bespannen met verse paarden en die voor de avond nog in Clermont zou aankomen. De koetsier hielp de smid en zijn knechten een handje, terwijl de reizigers toekeken of de gelegenheid aangrepen om een wandelingetje te maken. Een ongeluk of een overval daargelaten, waren deze postkoetsen een goede vorm van transport; betrouwbaar en snel, de slechte staat van de wegen in aanmerking genomen, die voor het overgrote deel 's zomers stoffig en na de eerste regens modderpoelen waren. De reizigers hadden heel wat ongemakken te verduren in die rammelende, deinende koetsen, waar de wind doorheen woei en waarin men gevieren, schouder aan schouder en knie aan knie, zat samengepakt op de houten bankjes.

Antoine Leprat d'Orgueil steeg af, gaf de teugels aan een haveloze staljongen op blote voeten, die hooguit twaalf kon zijn.

'Borstel hem en geef hem verse haver. Maar laat hem niet te veel drinken. Ik vertrek binnen een uur weer.'

De ruiter sprak als iemand die gewend was orders te geven. Het joch knikte en liep, het paard achter zich aantrekkend, naar de stal.

Onverschillig onder de steelse blikken die hem werden toegeworpen, ontdekte Leprat een drinkbak waarin hij, met zijn hoed in de hand, zijn hoofd dompelde. Hij waste zijn gezicht en nek met koel water, spoelde zijn mond, spoog, streek zijn bruine haar naar achteren en bedekte het weer met zijn zwarte hoed met rechts een opstaande rand waarin een grijze pluim stak. Zijn bestofte, openhangende vest had betere tijden gekend, maar was gemaakt van een dure stof. Zijn smerige en door veelvuldig gebruik soepel geworden rijlaarzen waren eveneens van uitstekende kwaliteit. Maar van het rapier dat aan zijn degenriem bungelde, bestond er geen tweede. Hij droeg het aan de rechterkant, omdat hij linkshandig was.

Langzaam besteeg Leprat de buitentrap van het hoofdgebouw, naar de met klimop begroeide gaanderij. Hij duwde de deur open en bleef even op de drempel staan; er viel een stilte toen de aan de tafels gezeten reizigers en hij elkaar met de blikken maten. Hij was groot, goedgebouwd, had ruwe wangen en een harde blik. Zijn mannelijke aantrekkingskracht werd extra aangezet doordat hij eruitzag als een uitgeputte ruiter. Het was hem aan te zien dat hij een man was die zelden glimlachte, weinig sprak en die geen behoefte had om zich geliefd te maken. Hij moest tussen de vijfendertig en de veertig jaar zijn. Zijn doorleefde gelaat verried de wilskracht die mannen van eer en plicht bezitten, die zich nergens over opwinden omdat ze het leven door en door kennen. Toch had hij een korte, welwillend blik over voor een meisje dat op de schoot van haar moeder gezeten haar mollige vingers in een kom doopte en zich volsmeerde met jam.

Leprat liet de deur achter zich dichtvallen. Toen hij eenmaal binnen was werden de gesprekken hervat, terwijl zijn beslagen laarzen op de kale plankenvloer dreunden en zijn sporen rinkelden. Toen hij langsliep merkten sommige gasten de degen aan zijn zijde op. Alleen het gevest en de kom waren zichtbaar, maar zij leken uit een stuk vervaardigd uit een materiaal dat blonk als gepolijst ivoor.

Een witte degen.

Dat wekte al genoeg nieuwsgierigheid op, hoewel niemand er het fijne van wist. Men stootte elkaar stiekem aan en vragende blikken werden beantwoord met besluiteloze uitdrukkingen.

Leprat koos met zorg een tafeltje uit en ging met zijn rug naar het raam gekeerd zitten, waar hij als hij over zijn schouder keek, de binnenplaats kon overzien. Een herbergier met vettig haar en een smoezelige voorschoot over zijn bolle buik, haastte zich naar hem toe.

'Welkom, meneer. Wat mag ik u brengen?'

'Wijn,' zei Leprat en hij legde zijn hoed en de schede met de degen op tafel.

Met een blik op het spit met kippen die hingen te roosteren boven het vuur, voegde hij eraan toe: 'En van die kip daar. En brood.'

'Het komt eraan, meneer. Warm weer om te reizen, zeker? Het lijkt al wel zomer.'

'Ja.'

Begrijpend dat het gesprek niet verder zou gaan, ging de herbergier de bestelling doorgeven aan een van de diensters.

Leprat hoefde niet lang te wachten en at zonder van zijn bord op te kijken. Hij was sinds de vorige avond niet meer uit het zadel geweest en merkte dat hij eerder uitgehongerd dan vermoeid was. Pas toen hij verzadigd was dacht hij weer aan de pijn die hij in zijn rug had. Drie dagen geleden was hij midden in de nacht vertrokken uit Brussel en hij zou misschien vanavond Parijs nog halen.

Dezelfde hond die ook hem had verwelkomd, blafte opnieuw.

Leprat keek naar buiten en zag vier ruiters de binnenplaats op rijden. Hij dacht ze te hebben afgeschud in Amiens, na een hinderlaag te hebben omzeild aan de grens tussen de Spaanse Nederlanden en Frankrijk.

Hij had zich blijkbaar vergist.

Bedaard wenkte hij de dienster. Ze was een mollige brunette van een jaar of twintig en leek sprekend op de herbergier, wiens dochter ze moest zijn.

'Meneer?'

'Wilt u het gordijn dichtdoen, alstublieft?'

Het meisje aarzelde, want het venster was de enige lichtbron in de herberg.

'Alstublieft,' drong Leprat aan.

'Natuurlijk, meneer.'

'En ziet u de vrouw met die witte muts? Met een meisje op schoot?'

'Ja.'

'Breng ze allebei als de bliksem naar buiten. Fluister de moeder in dat er gevaar dreigt en dat ze omwille van haar eigen veiligheid en dat van haar kind moet maken dat ze wegkomt.'

'Pardon? Maar, meneer...'

'Doe het.'

Beduusd gehoorzaamde de jonge vrouw. Leprat zag dat ze zachtjes met de vrouw met de witte muts sprak.

Die fronste de wenkbrauwen, maar hoewel ze ongerust keek, leek ze niet van plan op te stappen...

... tenminste, totdat de deur openging.

Toen ze zag wie er binnenkwamen liep ze, met haar dochtertje op de arm, gauw met het dienstertje mee naar de keuken.

Voldaan schoof Leprat zijn stoel achteruit.

Een en al bluf kwamen de ruiters binnen, zoals bruten doen wanneer ze er zeker van zijn dat ze de angst aanjagen. Ze waren gewapend met rapieren, droegen dikke kazakken van buffelhuid, waren smerig, bezweet en stonken naar de stal. Ze werden aangevoerd door een lange magere vent met vlashaar; hij droeg een leren hoed en had een litteken aan zijn mondhoek, wat hem een akelige grijns gaf. De drie griezels die hem op de voet volgden zagen eruit als banale, gewetenloze huurlingen die voor een korst brood een keel afsneden. En ten slotte kwam de de man wiens verschijning een angstige stilte in de herberg teweegbracht, want hij was van de soort die de draken hadden gekweekt om hen te dienen, en hun wreedheid en gewelddadigheid waren spreekwoordelijk. Hij was een drak; een grijze drak, nog wel. Dunne, leikleurige schubben bedekten zijn opgeblazen gezicht en zijn klauwachtige, viervingerige handen. Ook hij was gekleed als een huursoldaat.

Als om die dreigende aanwezigheid te bezweren deden de mensen in de herberg, roerloos en zwijgend net of ze de mannen niet zagen. De herbergier aarzelde of hij naar hen toe zou gaan, hij hoopte tegen beter weten in dat ze alleen maar kwamen om de inwendige mens te versterken. Maar hij bracht de moed niet op en bleef naast de deur naar de keuken staan.

Onderzoekend keken de huurlingen de zaal rond en ze lieten hun ogen wennen aan het halfdonker. Ze zagen Leprat met zijn rug naar het verduisterde venster zitten en begrepen dat ze hun mannetje hadden gevonden.

Zonder haast kwamen ze op hem af gelopen. Ze gingen voor zijn tafel staan. De drak bleef bij de deur. En toen de overige klanten aarzelend opstonden om te vertrekken, hoefde hij ze alleen maar aan te kijken. De verticale vliesachtige oogleden sloten zich even over zijn uitdrukkingsloze reptielenogen. Iedereen ging weer zitten.

De man met het vlashaar ging tegenover Leprat aan het tafeltje zitten, zonder dat het een reactie uitlokte.

'Mag ik?' vroeg hij naar de kip wijzend.

Hij trok er een vleugeltje af waaraan nog vlees zat, beet erin en slaakte een voldane zucht.

'Het is echt een grote eer,' zei hij op conversatietoon. 'De maaltijd te gebruiken met de beroemde Antoine Leprat, ridder D'Orgueil. Want dat ben jij toch, nietwaar? Nee, niets zeggen. Je hoeft die maar te zien om het te weten.'

Hij knikte naar de schede met de witte degen op de tafel.

'Is het waar dat hij helemaal uit de tand van een Oerdraak is gemaakt?'

'Van de punt tot het gevest.'

'Denk je dat er ergens op de wereld nog meer van zulke degens zijn?'

'Geen idee. Misschien niet.'

De aanvoerder van de huurlingen leek vol ontzag en dat was misschien wel gemeend ook. Zich half omdraaiend riep hij: 'Waard! Wijn voor de ridder en mij. En de allerbeste!'

'Ja, meneer. Het... komt eraan.'

De twee mannen bleven elkaar aankijken tot de waard hen met trillende handen kwam bedienen. Toen hij wegliep liet hij de kruik op tafel staan. Leprat keek onbewogen toe hoe de ander het glas hief. Die zag dat zijn voorbeeld niet werd gevolgd, haalde onverschillig zijn schouders op en dronk als enige.

'En weet je wie ik ben?'

De ridder keek hem zwijgend aan.

'Mijn naam is Malencontre.'

Leprat glimlachte.

Malencontre.

Die naam moest hij onthouden.

14

'Weet ik nu genoeg?'
'U weet genoeg zodra de tegenstander minder weet dan u.'
'Maar vindt u dat ik vooruit ben gegaan?'

Almadès telde zijn magere vergoeding, trok het koord van zijn beurs aan en hief zijn blik op naar de jongeman die hem, bezweet en buiten adem na zijn laatste schermles, ongerust aankeek. Hij kende die blik. Hij had die blik het afgelopen jaar vaak gezien en was verbaasd dat hij hem nog iets deed.

'Ja, meneer. U bent flink vooruitgegaan.'

Het was niet helemaal gelogen, aangezien de ander tot een week geleden nog nooit van zijn leven een degen had vastgehouden. De rechtenstudent was Almadès op een ochtend komen opzoeken in deze herberg in de buitenwijk Saint-Antoine, waar hij zijn leerlingen ontving. De student moest duelleren en wilde leren schermen. En wel direct. Er werd toch gezegd dat het achterplaatsje waar de Spanjaard lesgaf, kon wedijveren met de beste schermlokalen van Parijs? Een paar contant betaalde, goede lessen daar zouden vast wel volstaan. Je hoefde per slot van rekening maar twee of drie schermbewegingen te kennen die onvermijdelijk de dood van de tegenstanders tot gevolg zouden hebben.

Zoals zo vaak had Almadès zich afgevraagd of de jongeman nu echt geloofde dat er gegarandeerd dodelijke aanvallen bestonden, als men het geheim ervan maar kende en zonder dat er talent voor vereist was. En als een dergelijk geheim al bestond, dat het dan voor een handjevol pistolen te koop zou zijn? Waarschijnlijk wilde de student dat geloven, omdat hij doodsbang was bij het vooruitzicht met de degen in de hand zijn leven te moeten wagen. Hij was daarin net als alle anderen die door trots, eerzucht of domheid van de ene dag op de andere moesten aantreden op het duelleerveld. Door angst gedreven had hij al zijn hoop gesteld in een wonderdokter.

Almadès had hem uitgelegd dat hij hem in die korte tijd slechts de grondbeginselen van het schermen kon bijbrengen, dat zelfs de beste vechtersbaas nooit zeker kon zijn van de overwinning en dat hij beter een slecht duel kon opgeven dan zijn leven. Maar omdat de student bleef aandringen nam hij hem voor één week aan als leerling, op voorwaarde dat hij het grootste deel van het lesgeld vooruitbetaalde. De ervaring had Almadès geleerd dat nieuwelingen, afgeschrikt door de moeilijkheid van schermlessen, vaak halverwege afhaakten en dat hij dan de rest van het lesgeld misliep.

Deze jongen was in elk geval niet afgehaakt.

'Zeg me alstublieft dat ik er klaar voor ben,' drong de jongeman aan. 'Ik moet morgen vechten!'

De schermleraar keek hem lang aan.

'Waar het om gaat,' zei hij, 'is te weten of u bereid bent om te sterven.'

Anibal Antonio Almadès di Carlio, zoals hij voluit heette, was lang en tanig. Zijn magerte was waarschijnlijk aangeboren, maar nog verergerd door lange perioden van ontbering. Hij was donker van haar en ogen, grauw van huid, had een grijzende, goed verzorgde snor. Zijn kazak, hemd en schoenen waren vaak versteld, maar heel. Het kant van zijn manchetten en kraag had al veel meegemaakt; hij had geen pluim op zijn hoed en zijn taps toelopende laarzen konden een poetsbeurt gebruiken. Maar al zou hij in lompen lopen, Almadès had klasse. Door zijn aderen stroomde oud Andalusisch bloed, dat zijn wezen voedde met de strenge fierheid die hij uitstraalde.

De student verbleekte toen hij zo plompverloren werd geconfronteerd met de mogelijkheid van zijn eigen dood.

'Gaat uw duel,' vroeg de schermleraar om de klap wat te verzachten, 'om het eerste bloed?'

'Ja.'

'Goed zo. Dan hoeft u niet eens te proberen uw tegenstander te doden; gebruik uw vaardigheden om hem slechts licht te kwetsen. Blijf defensief. Ontwijk. Spaar uw krachten en uw adem. Wacht op een fout, een vergissing is altijd mogelijk. Maar wees niet al te gehaast om er een eind aan te maken; u zou u te veel blootgeven. En houd uw linkerhand hoog genoeg om zo nodig uw gezicht te beschermen: je kunt beter een vinger kwijtraken dan een oog.

De jongeman knikte.

'Ja,' zei hij. 'Ik zal eraan denken.'

'Tot ziens, meneer.'
'Tot ziens, meester.'
Ze schudden elkaar de hand en gingen uit elkaar.

Vanuit de halfdonkere herberg stapte Almadès in de open ruimte erachter, het simpele aangestampte vierkantje waar hij zijn enkele leerlingen lesgaf. De buurkippen kakelden, een paard hinnikte en in de verte loeide een koe. De buitenwijk Saint-Antoine was nog nauwelijks bebouwd en zeer landelijk. Er stonden nog maar enkele kasteeltjes en herenhuizen; de façades aan weerskanten van de stoffige wegen naar Parijs die er samenkwamen, onttrokken landerijen en weiden aan het oog van de reizigers. De buitenwijk begon in de schaduw van de Bastille, direct na de stadsgracht van de Saint-Antoinepoort en hoe verder men zich verwijderde van de hoofdstad en zijn stank, hoe minder huizen er stonden.

Van een verweerde tafel pakte Almadès de degen die hij zijn leerlingen liet gebruiken en die, met de degen aan zijn zijde, niet alleen zijn enige lesmateriaal, maar zelfs zijn enige bezit was. Het was een slechte, te zware degen van ijzer dat begon te roesten. Gezeten op een hakblok maakte hij zorgvuldig het gehavende lemmet met een vette lap schoon.

Er klonken voetstappen. Er naderde een groepje mannen, die enkele meters bij hem vandaan bleven stilstaan en zwijgend wachtten tot ze werden opgemerkt.

Almadès bekeek ze vanonder zijn hoed.

Ze waren met zijn vieren. Een oefenmeester en drie leerlingen. De eerste droeg een degen, de anderen ijzeren staven. Ze waren gestuurd door een befaamde schermleraar uit de buurt van de Bastille, die de concurrentie van de niet-reglementaire lessen van de Spanjaard beu was.

Met de ijzeren degen op zijn knieën, keek Almadès op en hij kneep zijn ogen dicht tegen de zon. Onbewogen observeerde hij de vier mannen en terwijl hij dat deed, voltrok hij zonder erbij na te denken een rituele handeling; hij draaide drie keer aan de metalen zegelring aan de ringvinger van zijn linkerhand.

'Meneer Lorbois zeker?' vroeg hij met een licht accent aan de oefenmeester.

De ander knikte en verklaarde: 'Meneer, mijn meester heeft u al verschillende malen verboden om de titel van "schermleraar" te voeren, zonder welke het geven van schermlessen onwettig is. U hebt al zijn waarschuwingen genegeerd. Mijn meester stuurt ons nu om er zeker van te zijn dat u binnen het uur Parijs en deze omgeving zult verlaten er er nooit meer zult terugkeren.'

Zoals bijna alle beroepen was dat van schermleraar gereglementeerd. Het Parijse gilde van schermleraars, dat was opgericht in 1567 en Sint-Michiel als beschermheilige had, organiseerde en controleerde het schermonderricht in de hoofdstad, volgens statuten die waren opgenomen in patentbrieven. Niet iedereen mocht zomaar schermlessen geven.

Almadès stond op met de ijzeren degen in zijn linkerhand.

'Ik ben schermleraar', verklaarde hij.

'In Spanje misschien. Maar niet in Frankrijk. Niet in Parijs.'

'De Spaanse schermkunst is even goed als de Franse.'

'Dwing ons niet om aan te vallen, meneer. Vier tegen een is geen duel.'

'Dan zullen we de krachtverhouding in evenwicht brengen.'

Op de vragende blik van de oefenmeester, die deze opmerking niet begreep, ging Almadès midden in het veldje staan...

... en trok met zijn rechterhand het stalen rapier.

'Ik ben klaar, heren,' zei hij en hij zwiepte drie keer met zijn degens.

Vervolgens ging hij in stelling staan.

De opziener en zijn drie leerlingen kwamen om hen heen staan en vielen onmiddellijk aan. In één beweging doorboorde Almadès de schouder van een van de leerlingen, de dij van de volgende, hij bukte zich om de staaf van de derde te ontwijken, kwam overeind en raakte ronddraaiend diens oksel en kruiste ten slotte zijn twee degens, die hij als een scherpe schaar om de keel van de opziener zette.

Alles had maar een paar hartenkloppen geduurd. De leerlingen waren uitgeschakeld en hun oefenmeester was verlamd van ontzetting en angst overgeleverd aan de genade van de Spanjaard en durfde nauwelijks te slikken met dat scherpe staal op zijn keel.

Almadès wachtte een paar seconden om de oefenmeester, voor zover het nog nodig was, de situatie goed tot zich te laten doordringen.

'Zeg tegen degene die u stuurt dat hij een erbarmelijk slechte schermleraar is. Dat wat ik door uw optreden van zijn kennis zag, is ronduit lachwekkend... En maak nu maar dat u wegkomt.'

De vernederde oefenmeester blies de aftocht, gevolgd door zijn leerlingen; de man met de bloedende dij ondersteund door de twee anderen. De Spanjaard keek ze na, zuchtte en hoorde toen achter zich iemand zeggen:

'Gefeliciteerd. De jaren zijn langs u afgegleden.'

Hij draaide zich om en zag kapitein La Fargue staan.

Een trilling van zijn ooglid was het enige teken dat hij verrast was.

Ze kozen een tafel in de bijna verlaten herberg. Almadès bestelde, betaalde een kruik wijn die hem zijn avondeten kostte en schonk de glazen in drie keer vol.

'Hoe hebt u me gevonden?' vroeg hij.

'Ik was het niet.'

'De kardinaal?'

'Zijn spionnen.'

De Spanjaard nam een slok terwijl La Fargue hem een brief toeschoof. In het lakzegel stond het wapen van Richelieu afgedrukt.

'Ik kom u dit overhandigen,' zei de kapitein.

'Wat staat erin?'

'Dat de Degens weer in actie komen en dat zij u nodig hebben.'

Almadès hoorde het nieuws aan met een knikje.

'Na vijf jaar?'

'Ja.'

'Onder uw bevel?'

De kapitein knikte.

De ander dacht na en draaide zwijgend aan zijn zegelring, telkens drie slagen. Herinneringen, niet allemaal even prettig, drongen zich aan hem op. Vervolgens keek hij lang rond.

'Ik moet een paard kopen,' zei hij eindelijk.

15

In Parijs zette de koets van graaf D'Orvand, zoals hij had gevraagd, Marciac af in de Rue Grenouillère en wel voor een mooi huis dat zich niet bijzonder onderscheidde, maar dat door de vaste gasten 'De kikkertjes' werd genoemd. Als vaste gast wist de Gasconjer dat hij op dit uur van de namiddag voor een dichte deur zou komen te staan. Dus liep hij om het huis heen, klom over een muur, liep door de mooie tuin en duwde een lage deur open.

Zonder lawaai te maken ging hij de keuken binnen, waar een nogal gezette vrouw in een schort en met een wit mutsje op met haar rug naar hem toe stond. Op zijn tenen sloop hij op haar af en hij verraste haar met een klapzoen op de wang.

'Meneer Nicolas! Waar komt u vandaan? U laat me schrikken!'

'Nog een zoentje voor de vergiffenis?'

'Toe, meneer. U weet best dat ik te oud ben voor zulke vleierijen...'

'Echt? En die mooie timmerman dan, die zijn snor opstrijkt wanneer je langs zijn huis komt als je naar de markt gaat?'

'Ik weet niet wie u bedoelt,' zei de keukenmeid blozend.

'Laat maar. Waar zijn de meisjes?'

'Hiernaast.'

Even later stapte Marciac een licht en weelderig ingericht vertrek binnen, waar vier knappe jonge vrouwen in negligé de tijd doodden. De eerste was blond en mollig; de tweede bruin en slank; de derde was een rossige ondeugd. Het laatste meisje was een joodse schoonheid met groene ogen en een matte huid. De blondine las en de brunette en de andere twee zaten te kletsen.

Met zijn meest brutale glimlach maakte Marciac een zwierige buiging en zwaaiend met zijn hoed riep hij uit: 'Een goedendag, dames! Hoe gaat het met mijn lieve kikkertjes?'

Hij werd begroet met kirrende vreugdekreetjes: 'Meneer Nicolas!... Hoe gaat het met u...? Wat is dat lang geleden...! U weet niet hoe we u gemist hebben...! We waren zo ongerust...!'

De jonge vrouwen verdrongen zich rond hem, ontfermden zich over zijn hoed en zijn degen en duwden hem neer op een divan.

'Hebt u dorst?' vroeg een van hen.

'Honger?' wilde een tweede weten.

'Zin in iets anders?' vroeg de brutaalste.

Marciac nam vergenoegd een glas wijn en opgewonden betuigingen van genegenheid in ontvangst. Plagerige vingertjes openden zijn hemdkraag en kroelden over zijn borst.

'Vooruit, meneer Nicolas, wat hebt u ons te vertellen na al die tijd?'

'O, niet veel, vrees ik...'

De jonge vrouwen deden alsof ze diep teleurgesteld waren.

'... behalve dat ik vandaag heb geduelleerd!'

'Geduelleerd? Vertel op! Vertel!' riep de rosse, in haar handen klappend.

'Allereerst moet ik u mijn tegenstander beschrijven, want die was heel geducht...'

'Wie was hij? Hebt u hem gedood?'

'Kalm. Geduld... Als ik me goed herinner was hij bijna zes vadem lang...'

Een vadem stond gelijk aan twee meter. Iedereen gierde van het lachen.

'U neemt ons in de maling!'

'Helemaal niet,' protesteerde Marciac verrukt. 'Hij had zelfs zes armen.'

Weer geschater.

'En om zijn portret af te maken vertel ik er nog bij dat die duivel recht uit de hel kwam, horentjes had, vuur spuwde en...'

'Wat is hier aan de hand?' zei een barse stem onverwacht.

Er viel een diepe stilte en iedereen verstijfde, terwijl de temperatuur in de kamer enkele graden leek te dalen. Marciac zat als een pasja op zijn divan, tussen twee kikkertjes in, met een kikkertje aan zijn voeten en een op zijn schoot. Zijn brede glimlach maakte de situatie waarin hij werd betrapt nog hachelijker.

De schone Gabrielle was binnengekomen.

Ze had glanzend asblond haar en was het soort vrouw dat minder indruk maakte door haar – ontegenzeggelijke – schoonheid, dan door haar zelfbewustheid. Een donker gewaad van zijde en satijn deed recht aan de volmaaktheid van haar teint en de schittering van haar kobaltblauwe ogen. De jaren hadden fijne rimpeltjes in haar ooghoeken getekend, van het soort rimpeltjes dat ervaring verraadt en meestal met vrolijkheid wordt geassocieerd.

Maar Gabrielle lachte niet, er kon zelfs geen glimlachje bij haar af.

IJzig nam ze de Gasconjer van top tot teen op, alsof hij een modderige hond was die het tapijt kon bevuilen.

'Wat doe jij daar?'

'Ik kwam je kikkertjes mijn respect betuigen.'

'Ben je klaar?'

'Eh... Jawel.'

'Dan kun je weer gaan. Vaarwel.'

Ze liep weer weg.

Met enige moeite maakte Marciac zich los van de divan en de kikkertjes. In de gang haalde hij Gabrielle in, hij pakte haar bij de arm en liet haar meteen weer los toen hij werd getroffen door haar moordzuchtige blik.

'Gabrielle, mijn engel, alsjeblieft... Een woordje maar...'

'Val me nooit meer lastig. Na de smerige streek die je me hebt geleverd, zou ik je moeten laten geselen!... Dat brengt me op een idee, trouwens.'

Ze riep: 'Thibault!'

De deur – die van de hal, waardoor men doorgaans het huis binnen kwam – ging open. Er verscheen een kolos die als als bediende verkleed was en die eerst verrast en daarna verrukt leek om Marciac te zien.

'Goedendag, meneer.'

'Goedendag, Thibault. Hoe gaat het met je zoon, die zijn arm heeft gebroken door een val?'

'Hij is beter, meneer. Dank u voor uw belangstelling, meneer.'

'En de jongste? Nog altijd zo levendig?'

'Ze huilt veel. Ze krijgt tandjes.'

'Hoeveel kinderen heb je eigenlijk?'

'Acht, meneer.'

'Acht! Nou, jij weet van wanten, makker!'

Thibault bloosde en keek naar de grond.

'Zijn jullie klaar?' vroeg Gabrielle vlak. 'Thibault, ik ben niet trots op je.'

Omdat hij haar vol onbegrip aankeek, moest ze het uitleggen: 'Iedereen loopt hier maar in en uit!'

Thibault draaide zich om naar de hal en de buitendeur.

'Nee hoor. De deur is goed dicht en ik zweer u dat ik mijn bank niet heb verlaten. Een kussentje zou trouwens wel prettig zijn, gezien de pijn die...'

Marciac kon zijn lachen nauwelijks bedwingen.

'Zo is het wel genoeg, Thibault,' besliste Gabrielle. 'Ga terug naar je bank en je dichte deur.'

En naar de kikkertjes die achter de kier van de deur stonden te luisteren: 'Wegwezen jullie! Hup! Smeer hem! En doe de deur dicht.'

Ze werd direct gehoorzaamd, maar zei ontevreden: 'Je hebt geen seconde rust in dit huis. Kom mee.'

Marciac volgde haar naar een wachtkamer, die van haar slaapkamer en het voorbije genot. Maar de deur naar de alkoof bleef dicht en Gabrielle, stug en met over elkaar geslagen armen, zei: 'Je vroeg een woordje? Goed. Ga je gang, ik luister.'

'Gabrielle,' begon de Gasconjer op verzoenende toon...

'Zo. Een woord. Dat was het. Vaarwel dan. Je kent de weg... En vraag me niet Thibault te roepen om je uitgeleide te doen.'

'Als de zaken zo staan,' probeerde Marciac nog berouwvol, 'neem ik aan dat een kuise zoen te veel gevraagd is...'

'Een zoen van Thibault? Ik zie het al voor me.'

Met afhangende schouders deed Marciac alsof hij zou weglopen. Toen draaide hij zich weer om en stak bij wijze van zoenoffer de ring uit die hij had gewonnen in het duel met markies De Brévaux.

'Cadeautje?'

Gabrielle deed haar best om neutraal te blijven kijken. Maar in haar blik glom eenzelfde gloed als in de gemonteerde saffier.

'Gestolen?'

'Je kwetst me. De vorige eigenaar heeft hem me vrijwillig gegeven.'

'In bijzijn van getuigen?'

'Ja. De graaf D'Orvand. Vraag het hem maar.'

'Hij komt hier niet meer.'

'Ik breng hem wel mee.'

'Dat is een mannenring.'

'Maar de steen is prachtig.'

Ze ontdooide een beetje.

'Dat is waar.'

'En hij staat mannen én vrouwen.'

Schouderophalend griste Gabrielle de ring uit zijn hand en ze zei er met een dreigend uitgestoken vinger bij: 'Denk nu niet dat alles weer koek en ei is!'

Waarop de vrolijke verleider Marciac met een blik van verstandhouding zei: 'Maar het is wel een begin, toch?'

16

In de herberg langs de weg naar Clermont durfde niemand te bewegen of te praten sinds de vijf huursoldaten waren binnengekomen.

'Malencontre,' zei de aanvoerder weer en hij streek zijn vlassige haren achter het oor. 'Een klinkende naam, nietwaar?'

Hij was aan Leprats tafel gaan zitten en hield, nadat hij wijn had besteld, het gesprek gaande op een toon die te zelfverzekerd was om onschuldig te zijn. Drie van zijn mannen stonden achter hem, de vierde, een drak met lei-grijze schubben, bewaakte de deur en hield alles in het oog.

'En toch,' hernam Malencontre, 'zegt mijn naam je niets. Weet je waar-om niet?'

'Nee,' zei Leprat.

'Omdat iedereen die hem me hoort uitspreken en die niet mijn vriend is, meestal sterft.'

'Ah.'

'Dat maakt je niet bang?'

'Nauwelijks.'

Malencourt krabde aan het litteken aan zijn mondhoek en glimlachte geforceerd.

'Je hebt gelijk. Want vandaag ben ik een milde bui. Ik ben bereid alle el-lende die je ons hebt bezorgd te vergeten. Ik ben zelfs bereid je de twee lij-ken te vergeven die je hebt achtergelaten op die brug. En ook de rotstreek die je ons in Amiens hebt geleverd. Maar...'

'Maar?'

'Nu moet je ons wel vertellen wat je weet.'

De huurlingen waren zeker van hun succes. Ze stonden met zijn vijven tegenover één tegenstander die geen schijn van kans had. Glimlachend stonden ze te wachten tot ze hun degens konden trekken en bloed konden laten vloeien.

Leprat leek zijn kansen te wegen en zei toen: 'Afgesproken.'

Hij stak bedaard zijn hand in de zak van zijn kazak en haalde een brief met een rood lakzegel tevoorschijn. Hij legde de brief op tafel, schoof hem naar voren en wachtte.

Malencontre volgde fronsend al zijn gebaren.

Hij stak geen hand uit om die brief te pakken die al twee levens had gekost.

'Is dat alles?' vroeg hij verbaasd.

'Dat is alles.'

'Je gehoorzaamt zonder meer? Zonder enig verzet?'

'Ik vind dat ik genoeg heb gedaan. Ik zou me natuurlijk moeten verweren, maar wat heb ik eraan als jullie dat stuk papier van mijn lijk afpakken? Trouwens, als jullie me zo snel hebben gevonden moet iemand me hebben verraden. Iemand moet jullie hebben verteld welke weg ik zou nemen. Ik vind dat me dat het recht geeft om afstand te nemen van mijn opdrachtgevers. Iemand die je laat vallen ben je niets schuldig.'

Omdat de ander nog aarzelde, drong Leprat aan: 'Wil je die brief? Pak aan. Hij is van jou.'

In de halfduistere zaal waar alleen de vlammen in de open haard licht gaven, werd het zo stil als vlak voor een onthoofding, wanneer de opgeheven bijl een zonnestraal vangt en ieder zijn adem inhoudt.

'Goed dan,' zei Malencontre.

Langzaam stak hij zijn hand met de vuile nagels uit naar de brief.

En als hij al werd gewaarschuwd door een schittering in het oog van Leprat, reageerde hij in elk geval te traag.

Het gebrul van hun aanvoerder verraste de huurlingen. Leprat had zijn hand aan de tafel vastgenageld met het vette mes waarmee hij net zijn kip had gesneden. Malencontre bevrijdde zijn gemartelde knuist en schreeuwde: 'Dood hem!'

Leprat stond al met getrokken degen overeind.

Hij trapte de tafel tegen de benen van de huurlingen waardoor ze achteruit moesten springen terwijl ze hun degens trokken. Malencontre hield zijn bloedende hand tegen zich aangedrukt en liep zijn mannen voor de voeten om bij de toesnellende drak te komen. Met de rug naar het verduisterde raam gekeerd, was Leprat achteruitgeweken. Maar hij had ervoor gezorgd dat hij voldoende ruimte had om te vechten. Beheerst liet hij zijn degen zwiepen en verplaatste zijn schede die op de grond viel.

Hij nam stelling.

En wachtte.

Met veel lawaai van schuivende banken lieten de gasten hun tafels in de steek. Zwijgend en onder de indruk verdrongen ze zich tegen de muren of op de treden van de trap die naar boven ging. Niemand wilde gewond raken. Maar iedereen wilde het gevecht wel zien. De herbergier was in zijn keuken gevlucht. Hij was zeker geen liefhebber van dit soort vermaak.

Een beetje buiten het gedrang verbond de drak Malencontres hand met een in stukken gescheurde lap. De drie anderen maakten zich gereed om aan te vallen en stelden zich behoedzaam op in regenboogformatie. Ridder D'Orgueil liet ze dichterbij komen terwijl hij ze strak aankeek.

Heel dichtbij.

Te dichtbij.

Tot op zwaardlengte.

Het had ze achterdochtig moeten maken, maar dat drong pas tot ze door toen het al te laat was.

Plotseling reikte Leprat achter zich en trok het gordijn van het raam. Zijn silhouet werd scherp afgetekend tegen het verblindende zonlicht dat naar binnen viel en de huurlingen vol in het gelaat trof. Hij viel meteen aan. Het vlijmscherpe ivoor trof de keel van een van de huurlingen, er spoot een bloedrode straal uit, die de ongelukkige soldaat vergeefs met zijn handen probeerde te stoppen, terwijl ook uit zijn mond en neusgaten bloed stroomde. Leprat liet hem staan en sloeg de onhandige aanval af van een andere huurling die met zijn arm het zonlicht probeerde af te schermen. Met een kniestoot deed hij hem dubbel slaan en hij gooide hem met zijn hoofd tegen de schoorsteenmantel. De schedel van de man kraakte en hij viel met zijn gezicht in het vuur; onmiddellijk vulde de stank van verbrand haar en vlees het vertrek. De derde huurling, die inmiddels weer wat beter zag, viel met geheven degen in de rug aan. Leprat draaide zich niet eens om. In een vloeiende beweging draaide hij zijn degen om en klemde hem vast onder zijn oksel. Hij deed een stap naar achter, ging op één knie zitten en liet de ander zichzelf aan het ivoor rijgen. De man verstijfde, met geheven arm, een blik vol ongeloof en roze schuim rond zijn lippen. Leprat stond op, draaide rond en stak het lemmet verder tot aan de stootplaat. Hij boorde zijn koele blik in de ogen van de stervende man en gaf hem vervolgens een zetje, waardoor hij languit op de grond viel.

Er was nog geen minuut verstreken sinds ridder D'Orgueil het gordijn had weggerukt en de drie geharde vechtersbazen had gedood. In het Louvre en in alle schermlokalen van Parijs stond hij bekend als een van de allerbeste schermers van Frankrijk. Die reputatie was duidelijk niet overdreven.

Malencontre was niet in staat om te vechten, maar de drak stond klaar om het strijdperk te betreden.

Leprat keek hem uitdagend aan. Hij zwiepte met zijn degen, wat een regen van rode druppels op de plankenvloer deed neerdalen, trok met zijn linkerhand een dolk uit zijn gordel en ging andermaal in stelling staan. De drak leek even te glimlachen. Op zijn beurt kruiste hij de armen voor zijn borst en ontblootte in een ruk een rechte sabel en een dolk.

Hij vocht ook met twee wapens.

Vanaf de eerste schermutseling was het al een verbeten gevecht. Gespannen en geconcentreerd bestreden Leprat en het reptiel elkaar genadeloos. Het reptiel wist wie hij voor zich had en de ridder merkte algauw wat zijn tegenstander waard was. Geen van beiden kreeg aanvankelijk de overhand. Als de één een paar passen achteruit gedrongen werd, wist hij het verloren terrein weer terug te winnen. De andere wist altijd een serie parades om te buigen in de aanval. Leprat was een ervaren en bekwame houwdegen. Maar de drak was in het voordeel wat betreft kracht en uithoudingsvermogen; zijn arm leek nooit moe te worden. Staal tegen ivoor, ivoor tegen staal, de lemmeten flitsten rond en raakten elkaar sneller dan het oog kon volgen. Leprat zweette hevig en voelde zich verzwakken.

Hij moest hier snel een eind aan maken.

Uiteindelijk kruisten degens en dolken elkaar tot aan de stootplaten. De drak en Leprat stonden pal tegenover elkaar, hun vier armen vormden een ereboog boven hun hoofden. Met een schor gerochel spuwde het reptiel bijtend kwijl in het gezicht van de ridder, die riposteerde met een kopstoot. Hij kon zich daardoor losmaken van de suizebollende tegenstander, stapte achteruit en veegde met zijn mouw over zijn brandende ogen. Maar de drak stormde weer op hem af, met schuim rond de lippen en een bloedneus. Dat was het grote nadeel van deze wezens; ze waren erg impulsief en raakten snel gegrepen door blinde woede.

Leprat zag hier een kans die zich geen tweede keer zou voordoen.

Hij schopte een bankje tussen de benen van de drak. Die struikelde en schoot half hollend en half vallend door. Zijn aanval was hevig, maar slordig. Leprat sprong opzij en draaide naar links terwijl het reptiel hem rechts voorbijstormde. Hij draaide rond en haalde op buikhoogte uit met uitgestoken arm.

De ivoren degen sneed als een mes door de boter.

Het schubbige hoofd draaide rond en beschreef een bloedige neerwaartse baan, stuiterde nog een keer op de vloer en rolde weg. Het lichaam van de onthoofde drak viel neer terwijl er een straal bloed uit de nek spoot.

Leprat ging direct op zoek naar Malencontre. Hij zag hem niet, maar hoorde geschreeuw op de binnenplaats en het geluid van paardenhoeven. Hij bereikte de deur net op tijd om te zien hoe de man in vliegende galop wegreed, nagestaard door de gasten die buiten waren gebleven en nu schoorvoetend tevoorschijn kwamen.

Besmeurd met het bloed van zijn tegenstanders en een gezicht vol reptielenkwijl, ging Leprat de herberg weer binnen. Onverschillig onderging hij de nieuwsgierige blikken van de menigte die werd heen en weer geslingerd tussen afgrijzen en opluchting. Niemand durfde zich nog te bewegen, laat staan te praten. Haastige voetstappen holden over de kale houten vloer.

Met zijn wapens nog in de hand bestudeerde Leprat kalm de wanorde en het bloedbad. Tussen het omgevallen meubilair, gebroken vaatwerk en vertrapt voedsel lagen drie lijken in grote plassen bloed en de vierde lag nog te verkolen in de haard, het vet van zijn huid knisperde in het vuur. De stank van gal en angst, vermengd met die van bloed, was niet om te harden

Er kraakte een deur en de herbergier kwam uit zijn keuken tevoorschijn met een antieke haakbus. De dikzak droeg een bespottelijke helm en een borstharnas waarvan hij de riemen niet meer dichtkreeg. En omdat hij beefde over zijn hele lijf leek de loop van zijn geweer, wijd als een verbaasd openstaande mond, de grillige vlucht van een onzichtbare mug te volgen.

Leprat moest er eigenlijk om lachen, maar bracht het niet verder dan een vermoeide grijns.

Op dat moment zag hij het bloed dat uit zijn rechtermouw liep en begreep dat hij gewond was.

'Niets aan de hand,' zei hij. 'Op de koning.'

17

'**W**át?' riep de koopman uit. 'Was die amazone die ons vanmorgen blootshoofds en in vliegende galop voorbijreed een barones?'

'Ja!' bevestigde de oude soldaat. 'Dat zeg ik toch.'

'Niet te geloven!' zei een andere koopman.

'En toch,' zei een marskramer die de streek goed kende, 'is het waar.'

'Sinds wanneer dragen baronessen hier een zwaard?'

'Nou, sinds ze dat in hun hoofd hebben gekregen...'

'Het is niet normaal meer.'

'Barones Agnes de Vaudreuil...' verzuchtte de eerste koopman dromerig.

'Ze zou van uitstekende komaf zijn.'

'Oude krijgsadel,' wist de veteraan van de Godsdienstoorlogen. 'Het beste wat er is. De enige echte adel... Haar voorvaderen waren kruisvaarders en haar vader vocht met koning Hendrik.'

Dit gesprek vond plaats in de Tonnelet d'Argent, een dorpshotel langs de weg naar Parijs. De twee kooplieden waren er neergestreken nadat ze goede zaken hadden gedaan in Chantilly, waardoor ze in een uitstekend humeur waren. De twee andere mannen waren aan hun tafel komen zitten. De een was een spraakzame stamgast, een oude soldaat met een houten been die leefde van een karig pensioentje, het grootste deel van zijn dagen dronk voor eigen rekening en de rest van de tijd op rekening van anderen. De ander was een marskramer die weinig zin had om zijn ronde te hervatten met zijn zware draagmand op de rug. Het was een uur na het middagmaal en toen de keuken sloot, liep de herberg grotendeels leeg. Het met wijn besproeide gesprek was luidruchtig en vrijmoedig.

'Ze leek me heel mooi,' zei een van de kooplieden.

'Mooi?' herhaalde de veteraan. 'Ze is mooier dan mooi... Stevige tieten.

Lange dijen. En een kontje, vrienden... Een kontje!'

'Als je u zo hoort, zou je zweren dat u het zelf hebt gezien...'

'Jammer genoeg had ik niet de eer... Maar anderen hebben het wel gezien. En gevoeld. En geproefd. Want ik heb het over een heel gastvrij kontje...'

De drinkers waren spraakzaam, het onderwerp leende zich voor uitweidingen, de kruiken raakten snel leeg en werden even snel weer bijgevuld. Toch verheugde meester Léonard, de waard van de Tonnelet d'Argent, zich niet echt op het vooruitzicht van een dikke rekening. Zonder dat hij durfde in te grijpen, hield hij ongerust de man in het oog die zich aan een tafeltje alleen zat te ergeren.

De man droeg slappe, trechtervormige laarzen, een bruinleren hoze en een openhangende roodfluwelen kazak die zijn blote torso liet zien. Hij was stevig gebouwd, maar tamelijk dik. Hij had vette dijen, machtige schouders en een dikke nek. Hij was misschien vijfenvijftig of nog ouder. Zijn gegroefde soldatenkop onder de korte baard was de laatste jaren pafferig geworden en zijn wangen kregen een purperen couperosehuid. De blik bleef niettemin scherp. En de man straalde een niet mis te verstane kracht uit.

'En wie zijn die gelukkige kontlikkers dan wel?' bulderde de vrolijkste en meest beschonkene van de twee kooplieden. 'Ik zou er graag eens wat meer over willen horen!'

'Je komt ze overal tegen. De dame is bepaald niet eenkennig.'

'Er wordt gezegd dat ze haar minnaars vermoordt,' wist de marskramer.

'Kletspraatjes!'

'Ze put ze eerder uit!' corrigeerde de veteraan met een vette knipoog. 'Als jullie begrijpen wat ik bedoel...'

'Ik begrijp het,' zei de koopman knikkend. 'En als je het mij vraagt is dat niet de beroerdste manier om dood te gaan... Ik zou die sakkerse meid wat graag het hof maken!'

Nu kwam de luisteraar overeind als een man met een missie. Hij liep bedaard naar de mannen toe en was al halverwege toen meester Léonard haastig voor hem ging staan, wat heel moedig van hem was want hij was twee koppen kleiner en half zo zwaar. Maar zijn zaak stond op het spel.

'Alstublieft, meneer Ballardieu...'

'Maak u niet druk, meester Léonard. U kent me toch.'

'Precies, met alle respect... Ze hebben gedronken. En een beetje te veel misschien. Ze weten niet wat ze...'

'Maak u niet druk, zeg ik toch,' zei de ander vriendelijk sussend.

'Beloof me alleen dat u geen stampij zult maken,' smeekte de herbergier.

'Ik beloof u dat ik mijn uiterste best zal doen om dat te voorkomen.'

Met tegenzin ging meester Léonard opzij en hij keek toe, zijn klamme handen afvegend aan zijn voorschoot, hoe Ballardieu zijn weg vervolgde.

De veteraan met de houten poot verbleekte toen hij hem zag. De drie anderen daarentegen lieten zich op het verkeerde been zetten door zijn goedmoedige voorkomen.

'Neem me niet kwalijk, heren, dat ik u onderbreek.'

'In het geheel niet, meneer,' antwoordde een koopman. 'Wat kunnen we voor u doen? Wilt u niet bij ons komen zitten?'

'Ik wil maar één ding van u weten, heren.'

'Zegt u het maar.'

'Ik zou graag willen weten wie van u vieren ik het eerste de hersens mag inslaan.'

18

Saint-Lucq was ingedommeld en schrok op door een geluid.
Het was een onregelmatig gekrabbel, dat soms even ophield en er dan weer was. Het gekrabbel van een klauw. Op hout.

De halfbloedige zuchtte en ging rechtop zitten.

'Wat is er?' vroeg de slaperige stem van de jonge vrouw die naast hem lag.

'Hoor jij niets?'

'Ja.'

'Wat is dat?'

'Niets. Ga maar weer slapen.'

Ze draaide zich om en trok de deken naar zich toe.

Omdat hij een paar uur over had, was Saint-Lucq naar de Rue de Glatigny gegaan, een steegje in de Cité waar al sinds de middeleeuwen de meisjes van lichte zeden hun beroep uitoefenden. Hij had haar een vette beloning aangeboden op voorwaarde dat hij bij haar kon uitrusten. Toen ze het eens waren geworden, was ze hem voorgegaan naar haar zolderkamertje, vlak bij het paleis van Justitie. 'Je bent niet mijn eerste,' had ze gezegd toen ze de reptielenogen van de halfbloedige zag.

En ze had zich uitgekleed.

Een uur later sliep ze. Saint-Lucq had een tijdje naar het haveloze plafond liggen staren. Hij was niet bijster gesteld op het gezelschap van prostituees, maar hun betaalde gastvrijheid had zo zijn voordelen; één ervan was dat ze, in tegenstelling tot hotels, geen gastenboek bijhielden.

Het gekrabbel hield niet op.

Saint-Lucq stond op, schoot zijn hoze en zijn hemd aan, luisterde en schoof de vuile bruine lap opzij die fungeerde als gordijn voor het enige raam. Het geluid kwam daar vandaan. Het daglicht viel naar binnen en tegen de ruit tekende zich het silhouet af van een gehurkt draakje.

De halfbloedige stond even perplex.

'Is hij van jou?'

De jonge vrouw, die beweerde Magdalena te heten, 'net zoals die andere Magdalena', ging rechtop zitten, kneep haar ogen dicht tegen de zon en morde: 'Nee. Maar hij denkt van wel... Ik ben zo stom geweest om hem een paar keer eten te geven. En nu komt hij steeds terug om te bedelen.'

Echte wilde draakjes waren bijna verdwenen uit Frankrijk. Maar sommige, verdwaald, weggelopen of door hun meester in de steek gelaten, leefden als zwerfkatten in de steden.

'Zoek iets te eten voor hem,' gelastte Saint-Lucq en hij deed het raam open.

'O nee! Ik wil juist dat hij weggaat. En dan moet je hem niet...'

'Ook daarvoor betaal ik je. Je hebt vast wel iets in huis wat hij lust...'

Magdalena stond poedelnaakt op terwijl de halfbloedige en het draakje elkaar aandachtig bekeken. De schubben van het diertje glansden in de stralen van de zon die nu hoog aan de hemel stond.

'Hier dan,' zei Magdalena en ze gaf hem een doek die aan de uiteinden was dichtgebonden.

Saint-Lucq maakte hem los en vond een droge, half opgegeten worst.

'Is dat alles?'

'Dat is alles,' zei de jonge vrouw die weer in bed was gekropen. 'Maar er is een slager op de hoek, dus...'

De halfbloedige legde een stukje worst op zijn hand en stak die uit naar het draakje. Het dier aarzelde, rook eraan, pakte het voedsel voorzichtig aan en at met lange tanden.

'Je hebt liever dat je prooi nog leeft en zich verweert, hè?' mompelde Saint-Lucq. 'Ik ook, weet je...'

'Wat zeg je?' riep Magdalena vanuit haar bed.

Hij antwoordde niet en bleef het dier voeren.

Na een tijdje gaf een hoog overvliegende wyvern, die met een boodschapper van de koning op de rug terugkeerde naar het Louvre, een scherpe kreet. Alsof hij gehoorzaamde aan de lokroep van het grote reptiel, vouwde het draakje zijn zwarte, leerachtige vleugels open en vloog weg.

Saint-Lucq deed het raam dicht, at de rest van de worst op en kleedde zich verder aan.

'Ga je al weg?' wilde Magdalena weten.

'Zoals je ziet.'

'Heb je een afspraak?'

'Ja.'

'Met wie?'

De halfbloedige aarzelde en bedacht toen dat een ongeloofwaardige waarheid net zo goed was als een leugen.

'Met de Grote Coësre.'

De prostituee gierde van het lachen.

'Toe maar! Doe hem de groeten van me. En als je er toch bent, ook aan iedereen van de Cour des Miracles!'

Saint-Lucq glimlachte slechts.

Even later knoopte hij zijn kazak dicht, haakte de schede van zijn degen aan zijn riem en zette het vreemde brilletje met de scharlakenrode glazen op. In de deuropening van het zolderkamertje draaide hij zich nog eens om en smeet twee zilverstukken op het bed.

Dat verbaasde Magadalena, want hij had haar al voor haar diensten betaald.

'Dat is veel voor een stukje worst,' spotte ze.

'Koop eten voor het draakje, als het terugkomt.'

19

rnaud de Laincourt woonde in de Rue de la Ferronnerie die, tussen de wijken Sainte-Opportune en die van de Hallen, in het verlengde lag van de Rue Saint-Honoré, langs het Saints-Innocents-kerkhof liep en verbinding maakte met de Rue des Lombards, waardoor een van de grootste verkeerskruispunten van de hoofdstad ontstond. De straat was nauwelijks vier meter breed, maar heel druk en er was een trieste herinnering aan verbonden. Het was daar dat Ravaillac, ervan profiterend dat de koninklijke karos even moest wachten in een verkeersopstopping, Hendrik iv had neergestoken. Maar afgezien daarvan had het adres van Laincourt niets bijzonders. Hij woonde in een huis dat leek op veel andere Parijse huizen; het was smal en hoog, stond ingeklemd tussen de buurhuizen, en had een winkel op de benedenverdieping, een lintenhandel, in dit geval. Een poortje naast de winkel gaf toegang tot een gang, die door het gebouw heen liep en uitkwam op een onverlichte trap. Daar moest men verder afgaan op de stank en zich vasthouden aan een wankele houten leuning.

Laincourt zette juist zijn voet op de onderste traptrede, toen hij achter zich in de donkere gang een deur hoorde piepen.

'Goedendag, meneer de officier.'

Het was meneer Laborde, de lintenverkoper. Hij had hem zeker zien binnenkomen, aangezien hij in de gaten hield wie er in- en uitliepen. Behalve de winkel, huurde hij ook voor zijn gezin en hemzelf de drie vertrekken op de eerste verdieping, plus nog een hokje voor een bediende op de tweede etage. Hij was de hoofdhuurder van het huis. In die hoedanigheid inde hij de huren en deed hij alsof hij alles in de gaten hield, trots en gehecht als hij was aan het vertrouwen dat de eigenaar in hem stelde en zeer bezorgd om het fatsoen in huis.

Een zucht onderdrukkend draaide Laincourt zich om.

'Meneer Laborde.'

Zoals de meeste kleinburgers, koesterde de lintenverkoper een angstige haat voor het volk, minachtte hij iedereen die minder rijk was dan hijzelf, was hij jaloers op zijn gelijken wier succes hij onverdiend achtte, kwam hij graag in het gevlij bij de machtigen en probeerde hij in de gunst te komen bij vertegenwoordigers van het gezag. Hij droomde ervan om Laincourt, vaandrig bij de ruiterwacht van Zijne Eminentie, tot zijn klanten te mogen rekenen.

'Ik hoop dat ik de eer zal hebben om u straks in mijn winkel te mogen verwelkomen, meneer. Ik heb enkele lengtes satijn binnengekregen die, als ik mijn echtenote mag geloven, prachtig zou staan op een kazak die ze u heeft zien dragen.'

'O ja?'

'Ja. En we weten dat vrouwen oog en gevoel hebben voor zulke dingen.'

Laincourt dacht aan de vrouw van Laborde en aan de uitbundig gekleurde linten op al haar jurkjes, hoewel gezien haar indrukwekkende omvang dat woord misschien niet zo gelukkig gekozen was.

'De ware elegantie zit hem in de details, nietwaar?' zeurde de winkelier door.

Detail. Weer een woord dat niet paste bij de enorme mevrouw Laborde, die met geheven pink haar warme chocolade dronk en gebak at voor vier.

'Vast wel,' zei Laincourt met een gemaakte glimlach. 'Tot ziens, meneer Laborde.'

De vaandrig klom naar de tweede verdieping, langs de deur van het hok waar de knecht van de lintenverkoper sliep, en kwam bij zijn eigen afdeling. Zijn appartement bestond uit twee heel gewone, dus koude, sombere en bedompte kamers. En dan mocht hij nog niet eens klagen, want elk vertrek had een raam, zelfs als ze uitkeken op een smerig binnenplaatsje en een steegje waarvan je met uitgestrekte armen de overkant kon aanraken. Hij had weinig meubilair: een bed en een kist met kleren in de slaapkamer; een tafel, een wankel buffet en twee stoelen in het tweede vertrek. De meubels waren trouwens niet van hem. Behalve de kist stonden ze er al toen hij kwam en ze zouden er blijven staan als hij weer vertrok.

Om zijn keurig schoongehouden kamers niet te bevuilen, trok Laincourt bij de deur zijn schoeisel uit en nam zich voor om gauw zijn laarzen te poetsen, die onder het zwarte, stinkende slijk van de Parijse straten zaten. Hij hing zijn degenriem en zijn witbepluimde hoed aan dezelfde spijker en nam zijn mantel af.

Op de tafel lag schrijfgerei klaar en Laincourt ging meteen aan het werk.

Hij moest de brief overschrijven die hij die middag had gelezen in het kabinet van Charpentier, de secretaris van Richelieu. Hij schreef alles uit het hoofd op, maar mengde Latijnse woorden met Griekse grammatica. Het resultaat was een tekst die alleen maar gelezen kon worden door iemand die de twee talen perfect beheerste en dat waren enkel de heel ontwikkelde mensen. De vaandrig schreef zonder aarzelen en in een fijn handschrift een heel vel vol en hij legde de pen pas neer na de laatste punt.

Onbeweeglijk en geduldig zat hij te wachten tot de inkt was opgedroogd, toen er werd geklopt. Laincourt keek fronsend naar de deur.

Omdat men aandrong, besloot hij open te doen. Daar stond de meid van Laborde, een braaf kind met rode wangen die heimelijk verliefd was op de jonge vaandrig van de garde van de kardinaal.

'Ja?'

'Dag, meneer.'

'Dag.'

'Ik weet niet of u het wist, maar er is een heer voor u geweest.'

'Een heer.'

'Ja. Hij wilde van alles over u weten.'

'En meneer Laborde heeft hem vast uitgebreid ingelicht...'

De meid knikte verlegen, uit vervangende schaamte voor het gedrag van haar meester.

'Heeft die heer zijn naam genoemd?' vroeg Laincourt.

'Nee.'

'Hoe zag hij eruit?'

'Hij was groot, niet erg aardig. Hij had zwart haar. En een litteken op zijn slaap... Hij deed niets speciaals, maar hij was... eng.'

De vaandrig knikte zonder iets te laten merken.

Op dat moment riep mevrouw Laborde haar meid, die met een kniebuiginkje haastig afscheid nam.

'Bedankt,' zei Laincourt.

Hij sloot de deur, keerde terug naar de tafel en deed de brief in een omslag van fijn leer. Hij schoof de stoel naar achteren, tilde het kleed op, nam een losse plank uit de vloer, verborg het geheime document en zette alles weer op zijn plaats.

Of bijna.

Hij merkte vrijwel direct dat een hoekje van het kleed was blijven haken; een in het oog springend detail dat de volmaakte orde in het vertrek verstoorde.

De vaandrig aarzelde even, haalde toen zijn schouders op en maakte zich gereed om te vertrekken. Hij trok zijn vuile laarzen weer aan, hing zijn degenriem om, pakte zijn hoed en gooide zijn mantel opgevouwen over zijn schouder. De kerkklokken van de Sainte-Opportune, bijna onmiddellijk gevolgd door die van de Saints-Innocents, sloegen het halve uur.

20

In de Kikkertjes werd Marciac gelukkig en voldaan wakker in een omgewoeld bed en hij hees zich op een elleboog om naar Gabrielle te kijken, die halfnaakt voor haar toilettafel zat. Die aanblik verrukte hem. Ze was beeldschoon, de plooien van de nauwelijks iets verhullende stof gaven haar de gratie van een antiek standbeeld. De stralen van de ondergaande zon door het raam deden de kroeshaartjes in haar ranke nek glanzen, streelden haar ronde, blanke schouders en belichtten de curve van haar satijnen rug. Het was een van die volmaakte momenten waarop alle harmonie van de wereld samenkomt. Het was doodstil in de kamer. Alleen het borstelen van het glanzende haar was hoorbaar.

Na een tijdje onderschepte Gabrielle in de spiegel de blik van haar minnaar en verbrak, zonder zich om te draaien, de betovering: 'Je moet die ring houden.'

De Gasconjer keek naar de zegelring die hij in het duel had gewonnen. Gabrielle had hem afgedaan en naast haar juwelenkistje gelegd.

'Ik heb hem je gegeven,' zei Marciac. 'Ik hoef hem niet terug.'

'Je hebt hem nodig.'

'Welnee.'

'Jawel. Om Rabier te betalen.'

Marciac ging rechtop zitten. Gabrielle, die hem half de rug toekeerde, ging onverdroten door met haar kapsel.

'Je weet het?' zei hij.

Ze haalde haar schouders op.

'Natuurlijk. We zijn in Parijs. Je hoeft je oor maar te luisteren te leggen... Ben je haar veel schuldig?'

Marciac antwoordde niet.

Hij liet zich met uitgespreide armen op zijn rug vallen en keek naar de hemel van het bed.

'Zoveel?' liet Gabrielle zich ontvallen.

'Ja.'

'Hoe heb je het zover laten komen, Nicolas?'

Er klonk verwijt en tegelijkertijd ook sensatiezucht door in haar stem, het was eigenlijk een heel moederlijke toon.

'Ik heb gespeeld, ik heb gewonnen en daarna het drievoudige verloren,' verklaarde de Gasconjer.

'Ma Rabier is een kreng. Ze kan je maken en breken.'

'Weet ik.'

'En de mannen die ze op je af stuurt zijn moordenaars.'

'Dat weet ik ook.'

Gabrielle legde haar borstel neer, keerde zich om op haar stoel en keek Marciac kalm en doordringend in de ogen.

'Je moet haar terugbetalen. Is die ring genoeg?'

'Het is een mooi begin.'

Ze glimlachten naar elkaar. Haar glimlach was er een vol genegenheid, de zijne vol erkentelijkheid.

'Dank je,' zei hij.

'Laten we het er niet meer over hebben.'

'Ik zou bij alles wat ik doe jouw mening moeten vragen.'

'Doe maar liever altijd het tegenovergestelde van wat je grillen je ingeven en dan komt het ook wel goed.'

Breed grijnzend stond Marciac op en hij begon zich aan te kleden, terwijl zijn maîtresse haar witte kousen aantrok, weer een schouwspel waarvan hij niets miste.

Ineens zei Gabrielle: 'Er is hier een brief voor je gebracht.'

'Wanneer?'

'Vandaag.'

'En omdat je nog razend op me was,' veronderstelde de Gasconjer, 'heb je hem verbrand.'

'Nee.'

'Ook niet verscheurd?'

'Nee.'

'Verfrommeld?'

'Hou op, Nicolas!' riep Gabrielle uit.

Ze schreeuwde het bijna uit, ze verstarde en keek recht voor zich uit.

Omdat ze altijd dit soort spelletjes speelden, begreep hij haar reactie niet meteen. Hij stond met ontbloot bovenlijf te kijken naar de vrouw die hij beminde en zag haar angst.

'Wat heb je, Gabrielle?'

Met haar wijsvinger veegde ze een traan weg uit haar ooghoek. Hij kwam dichterbij, sloeg achter haar staand zijn armen om haar heen en drukte haar teder tegen zich aan.

'Zeg me wat er is,' fluisterde hij.

'Neem me niet kwalijk. Hier.'

Marciac nam de brief aan en begreep direct haar ontreddering toen hij het zegel herkende dat afgedrukt stond in het rode lak.

Het zegel van kardinaal Richelieu.

'Ik dacht,' zei Gabrielle met verstikte stem, 'ik dacht... dat dit verleden tijd was.'

Dat had hij zelf ook gedacht.

21

De zon scheen nog toen Agnes de Vaudreuil met openhangend kazak en een tegen haar dij dansende degenschede in het zicht van het dorp kwam. Ze zag van top tot teen grijs van het stof dat de hoeven van haar paard hadden doen opwarrelen, sinds ze in vliegende galop het kasteel had verlaten. Haar wangen gloeiden en haar voorhoofd was nat van het zweet. Haar lange haarvlecht was door de dolle rit uiteengevallen in een massa losse tressen die nog maar werden vastgehouden door één streng waaruit enkele zwarte krullen ontsnapten. Op haar gezicht lag nog altijd die mengeling van onverbiddellijke vastberadenheid en ingehouden woede. Haar blik was strak gericht op het doel waar het dampende paard onversaagd op af galoppeerde.

Wat ooit een gehucht was geweest, had zich rond de kapel uitgebreid tot een dorp op de kruising van twee wegen die tussen beboste heuvels kronkelden. Het dorp was nog slechts een pleisterplaats op de weg naar Chantilly, maar het dankte de groeiende welvaart aan de Tonnelet d'Argent, een hotel dat bekendstond om de kwaliteit van zijn keuken en zijn wijnkelder, en ook om de aanminnigheid van de diensters. De mensen uit de streek kwamen er van tijd tot tijd een glas drinken en goed ingelichte reizigers overnachtten er graag, op de heenweg als hun zaken niet vereisten dat ze al bij het krieken van de dag in Chantilly moesten zijn, en anders op de terugweg.

Bij de eerste huizen hield Agnes haar paard in. In de straten wierpen zijn hoeven evenveel stof op als op de landweg en ze reed in een drafje tot aan het dorpsplein. Daar, voor de poort van de Tonnelet d'Argent, hadden zich de dorpelingen verzameld. Ze lachten en kletsten, soms heftig betogend. Een van hen was op een bemoste bank geklommen en maakte iedereen aan het lachen met brede gebaren en keiharde trappen onder een denkbeeldige kont. De mensen waren zo opgewonden alsof ze uit het theater kwamen waar ze een dolkomisch toneelstuk hadden gezien. Agnes kon wel raden wie het onderwerp was van al die pret en dat beloofde niet veel goeds. Want als toeschouwers opgewekt waren wilde niet direct zeggen dat het schouwspel onschuldig was geweest. In die dagen liep men ook te hoop voor de lijfstraf van een veroordeelde en men vermaakte zich geweldig met het geschreeuw en gekronkel van de gepijnigde ongelukkige.

Bij het zien van de amazone, namen sommige mensen hun hoed af en de grappenmaker kwam van zijn bank af.

'Wie is dat?' vroeg iemand.

'De barones De Vaudreuil.'

'Zo!'

'Drommels!'

'Wat je zegt, vriend. Wat je zegt...'

De Tonnelet d'Argent zag er schilderachtig uit met zijn scheefhangende gebouwen, zijn mooie, oude grijze steen, zijn met klimop begroeide voorgevels en zijn rode pannendaken.

Zodra Agnes onder de poort was doorgereden, liet ze zich uit het zadel glijden. Haar sporen rinkelden toen haar hoge hakken het plaveisel van de binnenplaats raakten. Met de omslag van haar mouw veegde ze haar bezwete voorhoofd af, ze maakte haar haren nu helemaal los en schudde haar hoofd om de wijd uitstaande krullen te schikken. En zo, onverzorgd, bestoft en niettemin onverschillig onder de blikken van de anderen, nam ze de omgeving op.

Voor het hoofdgebouw was de herbergier bezig enkele ongeduldige, en zelfs woedende klanten te kalmeren. Die verdrongen zich zenuwachtig om hem heen en praatten met veel opgewonden geprik van wijsvingers in zijn borst op hem in. De herbergier maakte verzoenende gebaren en betoonde zich bijna kruiperig beleefd, maar bleef iedereen die naar binnen wilde hardnekkig de weg versperren. Het leek niet te helpen. De klanten bleven woedend aandringen en Agnes merkte dat het uiterlijk van sommigen nogal gehavend was, hoewel niemand er zo haveloos uitzag als zijzelf. De kazak van een van de mannen was aan de schouder gescheurd en de mouw hing halverwege zijn elleboog; het hemd van een ander hing uit zijn hoze en hij hield een vochtige lap tegen zijn voorhoofd gedrukt; een derde droeg een gedeukte hoed en het kant van zijn kraag hing slap neer.

Toen hij eindelijk zag wie er was aangekomen, excuseerde de herbergier zich bij de edelen. Die bleven mopperen terwijl hij haastig naar Agnes liep. In het voorbijgaan wenkte hij een stalknecht, die emmer en riek in de steek liet om voor haar paard te zorgen.

'O, mevrouw! Mevrouw!'

Ze liep kordaat naar hem toe. En omdat ze geen vaart minderde en niet van richting veranderde toen ze elkaar ontmoetten, moest hij wel abrupt rechtsomkeert maken om naast haar te gaan lopen.

'Wat heeft hij nu weer uitgevreten?' wilde Agnes weten.

De herbergier was een tanig, mager mannetje met een buikje. Hij droeg een kort vest over zijn hemd en het koord van het schort dat zijn bovenbenen bedekte liep onder het buikje door.

'De hemel zij dank dat u er bent, mevrouw.'

'Bedank liever de jongen die u naar me toe hebt gestuurd om me te waarschuwen, meester Léonard... Waar is Ballardieu? En wat heeft hij gedaan?'

'Hij is binnen, mevrouw.'

'Waarom staan die mensen buiten te wachten?'

'Omdat hun mantels en hun spullen nog binnen zijn, mevrouw.'

'En waarom halen ze die dan niet?'

'Omdat meneer Ballardieu niemand binnenlaat.'

Agnes bleef staan.

Verrast deed de herbergier nog twee stappen voor hij haar voorbeeld volgde.

'Pardon, meester Léonard?'

'Het is precies zoals ik het u vertel, mevrouw. Hij dreigt iedereen die binnenkomt de hersens in te slaan met een pistool, behalve u.'

'Is hij gewapend?'

'Niet met een pistool.'

'Heeft hij gedronken?'

Meester Léonard keek haar aan als iemand die niet zeker weet of hij de vraag begrepen heeft en bang is een flater te slaan.

'Bedoelt u, meer gedronken dan gewoon?'

De barones zuchtte geërgerd.

'Ja, dat is precies wat ik bedoel.'

'Ja, dat is het, mevrouw. Hij heeft gedronken.'

'Die verduivelde zatlap! Kan hij dan niet met mate drinken?' zei ze in zichzelf.

'Ik denk dat hij dat nooit heeft geleerd, mevrouw. En ook dat hij het niet wil...'

'En hoe is het allemaal begonnen?'

'Nou,' zei de herbergier aarzelend, '... er waren die heren... U moet wel weten, mevrouw, dat ze goed hadden gegeten en dat het meer de wijn was dan zijzelf, die sprak...'

'Goed. En toen?'

'Bepaalde opmerkingen bevielen meneer Ballardieu niet...'

'... die hen dat op zijn eigen manier duidelijk maakte. Ik snap het al. Waar zijn die heren?'

De herbergier deed verbaasd.

'Nog altijd binnen, mevrouw!'

'En wie zijn die drie dan, die buiten staan, overdekt met schrammen en builen?'

'Dan zijn alleen mensen die tussenbeide wilden komen.'

Agnes sloeg haar ogen ten hemel, liep door naar de herberg en bijgevolg ook naar de mannen die ervoor stonden. Meester Léonard haastte zich om de weg voor haar vrij te maken.

Toen ze naar binnen wilde gaan, zei een zwierige officier die zich daar uitsluitend stond voor het vermaak: 'Mevrouw, ik raad u beslist af die deur open te doen.'

'En u, meneer, raad ik beslist af me dat te verhinderen,' gaf de barones hem lik op stuk.

Eerder verbluft dan beledigd haalde de officier zijn schouders op. Agnes begreep dat hij gewoon galant had willen zijn. Wat milder zei ze: 'Vrees niet, meneer. Ik ken de man van het beleg daarbinnen.'

'Wat?' riep de klant met de gedeukte hoed. 'Kent u die gek?'

'Let op uw woorden, meneer,' zei Agnes de Vaudreuil ijzig. 'Ik zou het werk dat de man in kwestie met u is begonnen, wel eens kunnen afmaken. En dat zou u meer kosten dan alleen een hoed.'

'Wilt u echt niet dat ik meega?' drong de aardige officier aan.

'Nee, dank u, meneer.'

'Weet in elk geval dat ik hier klaarsta.'

Ze knikte en ging naar binnen.

In de de lage, stille zaal heerste een onbeschrijflijke wanorde; kapotte stoelen, omgevallen tafels, vaatwerk aan gruzelementen. Rode wijn uit de gebroken kruiken droop langs de muren. Verschillende ruitjes waren stuk. Een dienblad lag in stukken. In de vuurplaats werd het spit door nog maar één vork opgehouden en het ingewikkelde systeem met contragewichten dat het moest laten draaien, tikte nutteloos door.

'Eindelijk!' riep Ballardieu op de toon waarmee men een langverwachte gast welkom heet.

Te midden van de chaos balanceerde hij triomfantelijk op een stoel, met één voet op een schraag. Zijn openhangende rode kazak onthulde een machtige, behaarde, glimmende torso. Hij grijnsde breed en straalde van een hitsige vreugde, ondanks – of misschien dankzij – een gespleten lip en een blauw oog. Ballardieu was dol op een goede knokpartij.

In zijn ene hand hield hij een wijnfles en in de andere iets wat op een houten kegel leek.

'Hoezo eindelijk?' vroeg Agnes.

'Verdorie! We zaten op jou te wachten!'

'Wij? Wie zijn wij?'

'Deze heren en ik.'

Het kostte Agnes enige moeite haar ongelovige blik van de oude soldaat af te wenden en naar deze heren te kijken. Ze waren deerniswekkend, het pak rammel dat ze hadden gekregen was niet mis geweest.

Twee nogal duur geklede mannen – ongetwijfeld kooplui – lagen tegen elkaar aan, ze waren buiten westen of deden alsof. Een ander – zeker een marskramer – stelde het nauwelijks beter; hij zat rechtop met zijn armen en bovenlijf gevangen in zijn grote rieten mand, waarvan de bodem was weggeslagen door zijn nu waggelende hoofd. Een vierde, ten slotte, zat ineengedoken aan de voeten van Ballardieu en aan zijn angstige houding was te zien dat hij bang was een mep te krijgen. Hem kende de baronesse tenminste van gezicht; hij was een veteraan die een been was kwijtgeraakt in de Godsdienstoorlogen en die zijn dagen sleet met door alle plaatselijke kroegen te hinken.

'Je hebt ze lekker toegetakeld,' zei Agnes.

Ze zag dat de veteraan zijn houten been miste en begreep dat dit de houten kegel moest zijn waarmee Ballardieu zat te spelen.

'Ze hebben het verdiend.'

'Dat mogen we hopen. Waarom wachtte je op mij?'

'Ik wil dat deze meneer hier je zijn verontschuldigingen aanbiedt.'

'Verontschuldigingen? Waarvoor?'

Ballardieu keek ineens erg onzeker. Hoe moest hij alles uitleggen zonder de platvloerse en beledigende dingen te herhalen die ze over de barones hadden gezegd?

'Eh...'

'Ik wacht.'

'Waar het om gaat,' ging de oude soldaat door en hij schudde met het houten been alsof het een scepter was, 'is dat deze Janlul zijn excuses aanbiedt. Janlul, mevrouw wacht.'

'Mevrouw,' kermde de man om niet weer een dreun met zijn eigen prothese te krijgen, 'ik hoop dat u mijn oprechte en eerbiedigste verontschuldigingen wilt aanvaarden. Ik ben schromelijk tekortgeschoten, en mijn slechte karakter, mijn verwaarloosde opvoeding en mijn betreurenswaardige gewoonten mogen daarvoor geen rechtvaardiging zijn. Ik zweer dat ik in het vervolg mijn gedrag en mijn daden zal beteren en dat ik mij, bewust van mijn tekortkomingen, geheel verlaat op uw grootmoedige welwillendheid. Ik voeg hier nog aan toe dat ik lelijk ben, uit mijn mond stink en dat men als men mij ziet niet kan geloven dat de Allerhoogste Adam heeft geschapen naar zijn evenbeeld.'

De man had zijn akte van berouw in één adem afgeraffeld, alsof hij hem uit zijn hoofd had geleerd. Ballardieu had trouwens ritmisch knikkend en met synchronische lipbewegingen de tirade begeleid.

Het resultaat leek hem tevreden te stemmen.

'Heel goed, Janlul. Hier, je been terug.'

'Dank u wel, meneer.'

'Maar je hebt nog vergeten te zeggen dat je lelijke kop...'

'... de melk laat verzuren in de uier. Het spijt me, meneer. Moet ik opnieuw beginnen?'

'Ik weet het nog niet. Je berouw lijkt me wel gemeend, maar...'

Ballardieu keek vragen naar Agnes.

Verbijsterd keek ze terug en ze wist niet wat ze moest zeggen.

'Nee,' besloot hij. 'Mevrouw de barones heeft gelijk: zo is het genoeg. Een straf moet rechtvaardig en niet wreed zijn, wil hij nut hebben.'

'Dank u, meneer.'

Ballardieu stond op, rekte zich uit, leegde in twee slokken de fles wijn en smeet hem over zijn schouder. Aan het einde van een perfecte boog, stuiterde de fles op de schedel van de marskramer die nog altijd gevangenzat in zijn eigen rieten mand.

'Mooi zo!' riep Ballardieu handenwrijvend. 'Waar gaan we nu heen?'

Achter zijn rug kantelde de bewusteloze marskramer als een omvallende rieten mand.

22

De vrouw kwam op de drempel van het hutje kijken naar de naderende ruiter, omdat ze was gewaarschuwd door haar zoontje. Ze noemde iets wat het kind binnen moest gaan halen. Hij gehoorzaamde meteen en kwam terug met een... pistool dat hij aan zijn moeder gaf.

'Ga je verbergen, Tonin.'

'Maar, mama...'

'Kruip onder het bed en kom pas tevoorschijn als ik je roep.'

Het was laat in de middag en er woei een lauw briesje. Nergens in de wijde omtrek stonden andere huizen. Het dichtstbijzijnde dorp was ruim een mijl verderop en het hutje lag ver van de weg erheen. In deze afgelegen streek op het Franse platteland moest iedereen voor zichzelf opkomen.

Alleen achterblijvend op haar drempel, controleerde de vrouw of het pistool geladen was en of het buskruit goed droog en aangestampt was. Toen nam ze het wapen in haar iets achter haar lichaam afhangende hand, onzichtbaar voor de ruiter die nu het erf op reed waar een paar kippen rondscharrelden.

Ze knikte even toen Antoine Leprat haar hoog vanuit het zadel groette.

'Ik wil mijn paard graag laten drinken. En ik betaal u met alle plezier voor een glas wijn.'

Ze bestudeerde hem zwijgend.

Ongeschoren, bestoft en haveloos als hij was, boezemde hij weinig vertrouwen in. Hij was gewapend; zijn pistolen staken in de holsters van zijn zadel en aan zijn zijde hing een vreemde witte degen, aan zijn rechterzijde, alsof hij linkshandig was. Zijn nachtblauwe kazak stond open en liet een hemd met zweetplekken zien en in de mouw, ter hoogte van zijn schouder, zat een lelijke scheur waaronder een verband schemerde. Zijn hand was trouwens bedekt met vers bloed, een teken dat de wond zeker weer was opengegaan.

'Waar moet u heen?' vroeg de vrouw.

'Naar Parijs.'

'Over deze wegen haalt u dat niet voor de nacht.'

'Ik weet het.'

Ze bekeek hem nog eens.

'U bent gewond.'

'Ja.'

Na zijn aanvaring met Malencontre en zijn bende moordenaars, had Leprat niet meteen gemerkt dat hij bloedde. In het vuur van het gevecht had hij ook niet gezien wie van zijn tegenstanders hem had verwond. Hij had trouwens toen ook geen pijn gevoeld. Die was pas later gekomen, nadat hij het straaltje bloed had gezien dat uit zijn mouw liep en zijn rechterhand kleverig maakte. De snee was niet diep, maar had beter moeten worden verzorgd dan met het geïmproviseerde verband dat hij zelf had aangelegd alvorens op weg te gaan.

'Een vervelende ontmoeting,' legde hij uit.

'Struikrovers?'

'Nee. Moordenaars.'

De vrouw vertrok geen spier.

'Wordt u gezocht?'

'Ik werd gezocht. Ik weet niet of het nog zo is.'

Leprat had vanaf de herberg kleine weggetjes genomen, wat de rit wel langer maakte, maar waardoor het gevaar van hinderlagen minder groot was. Hij reed alleen en zijn verwonding maakte hem een makkelijke prooi voor gewone struikrovers. Maar hij vreesde ook om verder op de weg naar Parijs te worden opgewacht door degenen die al eerder mannen achter hem hadden aangestuurd.

'Ik zal u verzorgen,' zei de vrouw en ze deed geen moeite meer het pistool dat ze vasthield te verbergen. 'Maar ik wil niet dat u hier blijft.'

'Al wat ik vraag is een emmer water voor mijn paard en een glas wijn voor mezelf.'

'Ik zal u verzorgen,' herhaalde ze. 'Ik zal u verzorgen en daarna gaat u weer weg. Kom maar binnen.'

Hij liep achter haar aan de hut in, die bestond uit één groot, laag en donker vertrek. Hij was armzalig, maar schoon, had een lemen vloer en was schaars gemeubileerd.

'Kom maar tevoorschijn, Tonin,' riep de vrouw.

Terwijl haar zoontje onder het bed vandaan kroop en schuchter glimlachte naar de vreemdeling, goot ze water in een teil en pakte, het pistool onder handbereik houdend, een schone linnen lap.

Leprat wachtte tot ze hem een bank aanwees waarop hij moest gaan zitten.

'Mijn naam is Leprat,' zei hij.

'Geneviève Rolain.'

'En ik heet Tonin.'

'Hallo, Tonin,' zei Leprat glimlachend.

'Bent u een edelman?' vroeg het jongetje.

'Dat ben ik.'

'En soldaat?'

'Ja.'

'Mijn vader was ook soldaat. Bij het regiment van Picardië.'

'Dat is een heel oud en heel beroemd regiment.'

'En u, meneer? Van welk regiment bent u?'

Voorbereid op de reactie die hij zou krijgen, zei Leprat: 'Ik dien in de compagnie van de bereden musketiers van Zijne Majesteit.'

'Bij de musketiers van de koning?' vroeg Tonin verbaasd. 'Echt waar? Hoor je dat, mama? Bij de musketiers.'

'Ja, Tonin. Je schreeuwt zo dat ik het wel moet horen.'

'Kent u de koning, meneer? Heeft hij wel eens iets tegen u gezegd?'

'Een paar keer.'

'Ga het paard van meneer de musketier maar eens te drinken geven,' onderbrak Geneviève hem, die de teil met water op tafel zette.

'Maar, mama...'

'Nu meteen, Antoine.'

Het joch wist dat het een veeg teken was als zijn moeder hem Antoine noemde.

'Ja, mama... Vertelt u me straks over de koning, meneer?'

'We zullen zien.'

Opgewonden door het vooruitzicht holde Tonin naar buiten.

'U hebt een leuke zoon,' zei Leprat.

'Ja, hij is op de leeftijd dat hij alleen maar droomt van glorie en avontuur.'

'Veel mannen worden nooit ouder.'

'Zijn vader is er ook aan gestorven.'

'Het spijt me dat te horen, mevrouw. Is hij gesneuveld?'

'Soldaten sterven eerder van honger, kou en ziekte dan door een sabelhouw. Nee, meneer, hij is tijdens een beleg bezweken aan de rans.'

'De rans,' mompelde Leprat, of het de naam van een oude en geduchte vijand was.

Het was een slopende ziekte die veroorzaakt was door de draken en hun magie. De draken, of liever gezegd hun verre afstammelingen in menselijke gedaante, hadden er weinig last van, maar mannen en vrouwen die veel met hen verkeerden bleven er zelden voor gespaard. Het eerste symptoom was een vlekje op de huid, niet verontrustender dan een moedervlek, dat zelden werd opgemerkt in die periode waarin zich men weinig waste en zelden zijn onderkleding uittrok. Het paarsachtige, oneffen vlekje breidde zich uit. In sommige gevallen werd het op den duur zwart dooraderd, kreeg het scheurtjes die begonnen te etteren, en vormden zich inwendige gezwellen. Dan had je de 'grote rans'. De zieke werd besmettelijk en je kreeg pijn, bulten, misvormingen, wanstaltigheid...

De Kerk zag in deze gesel het onloochenbare bewijs dat de draken de belichaming waren van het kwaad zelf, waarvan de loutere nabijheid al de ondergang betekende. De zeventiende-eeuwse geneeskunst was niet bij machte om de grote en de kleine rans te bestrijden of te voorkomen. Er werden wel remedies te koop aangeboden; bijna ieder jaar verschenen er in de apothekerswinkels en in de marktstalletjes talloze nieuwe middeltjes. Maar de meeste waren het werk van kwakzalvers of onbetrouwbare geneesheren. Het was tevens onmogelijk om op een objectieve manier de doeltreffendheid van vermeend werkzame medicijnen vast te stellen, want lang niet alle besmette mensen reageerden op dezelfde manier op de ziekte. Sommigen bezweken binnen twee weken, terwijl anderen lang na het verschijnen van de eerste tekenen nog heel lang, en tamelijk goed, leefden. Dan waren er nog de ongelukkigen in het laatste stadium van hun ziekte, die je tegenkwam op straat en die waren verworden tot deerniswekkende monsters die moesten bedelen om te overleven. Ze werden verplicht om een rode pij te dragen en hun komst aan te kondigen door met een ratel te klepperen, als men ze tenminste niet opsloot in de pas geopende Hospice van de Ongeneeslijken in Parijs.

Met een schouderophalen verjoeg Geneviève de nare herinneringen en ze hielp Leprat om zijn kazak uit te trekken. Ze maakte het verband los dat hij inderhaast rond zijn bovenarm had gewonden.

'Nu nog uw hemd, meneer.'

'Scheur de mouw er maar af, dat is wel genoeg.'

'Dat hemd is nog goed. Die scheur kan nog worden gerepareerd.'

Leprat besefte dat de prijs van een nieuw hemd niet hetzelfde betekende voor een edelman als voor een arme boerin.

'Goed,' gaf hij toe. 'Maar doe alstublieft wel de deur dicht.'

De vrouw aarzelde, keek naar haar pistool, maar ging toch de deur dichtdoen, die nog openstond naar het erf toe. Ze kwam terug om de musketier te helpen bij het uittrekken van zijn hemd en begreep het toen ze zijn blote, gespierde rug zag.

Er zat een grote, ruwe, paarsachtige ransvlek op.

'Wees maar niet bang, mevrouw. De ziekte is nog niet zover dat er gevaar voor u is. Maar ik heb liever niet dat uw zoon het ziet.'

'Hebt u er last van?'

'Nog nauwelijks.'

23

Marciac was in een slecht humeur en had gedronken. Aan een tafeltje in een verlaten herberg, waar de waard na een te lange dag met gekromde rug de vloer aanveegde, zat de Gasconjer narrig in zijn lege glas te staren toen hij merkte dat er iemand naast hem stond.

'Kapitein.'

'Goedenavond, Marciac.'

'Gaat u toch zitten.'

'Dank u.'

La Fargue trok een stoel dichterbij en ging zitten.

Een, voor zover men dat kon verwachten in een dergelijke gelegenheid, schoon glas werd op tafel gezet. Marciac pakte het op met de bedoeling de oude edelman in te schenken.

De kruik was bijna leeg. Er zat hooguit nog één slok in.

'Het spijt, me, kapitein. Dat is alles.'

'Het is genoeg.'

La Fargue raakte zijn glas niet aan en tijdens de stilte die viel, zag hij de verfrommelde brief die de Gasconjer in de Rue de la Grenouillière had gekregen.

'De Degens nemen weer dienst, Marciac.'

De ander knikte triest en nadenkend.

'Ik heb je nodig, Marciac.'

'Mmm.'

'De Degens hebben je nodig.'

'Wie zijn dat?'

'Dezelfden. De brieven zijn onderweg. Ze zullen wel gauw hier zijn.'

'Dezelfden. Dat wil zeggen, de overlevenden.'

'Ja.'

De volgende stilte was zo mogelijk nog meer geladen.

Eindelijk zei Marciac: 'Ik heb een leven tegenwoordig, kapitein.'

'Een leven waar je tevreden mee bent?'

Ze keken elkaar lang aan.

'Tamelijk tevreden.'

'En waar leidt dat leven toe?'

'Alle levens leiden naar het kerkhof, kapitein. Het gaat er alleen om de prettigste weg te kiezen.'

'Of de nuttigste.'

'Nuttig? Voor wie?'

'Wij dienen Frankrijk.'

'In het riool.'

'We dienen de koning.'

'En de kardinaal.'

'Dat is hetzelfde.'

'Niet altijd.'

Daarmee stokte deze woordenwisseling op het scherp van de snede.

Wegkijkend leegde Marciac zijn glas en vroeg: 'Worden we voortaan betaald voor onze diensten?'

'Niet in eer en glorie, als je dat bedoelt. Wat dat betreft is er niets veranderd.'

'Laten we het eerder over geld hebben. Als ik meedoe wil ik er dik voor betaald krijgen. Heel dik. Op tijd en stond. Bij het eerste het beste uitstel haak ik af.'

Geïntrigeerd kneep La Fargue zijn ogen toe.

'Afgesproken.'

De Gasconjer dacht nog even na terwijl hij zijn ijzeren zegelring bestudeerde.

'Wanneer beginnen we?' wilde hij weten.

24

Er waren in die tijd in Parijs een tiental 'cours des miracles'. Allemaal waren ze gebaseerd op een middeleeuws samenlevingsmodel. Ze vormden gesloten gemeenschappen van schooiers, boeven en marginalen. Ze waren een typisch verschijnsel voor de hoofdstad en dankten hun naam aan de beroepsbedelaars, gespeelde zieken en kreupelen, die na hun werkdag, ver van ongewenste blikken, op 'miraculeuze' wijze weer gezond werden. Een van de mirakelplaatsen was de cour Sainte-Catherine in de wijk Saint-Denis; een ander was in de Rue du Bac; een derde bevond zich dicht bij de markt van Saint-Honoré. Maar de beroemdste, de Cour des Miracles in hoofdletters die iedereen kende, was die van de Rue Neuve-Saint-Sauveur, vlak bij de Montmartrepoort.

Deze wonderbaarlijke plaats, volgens een chroniqueur van die tijd gelegen in het 'slechtst gebouwde, smerigste en meest afgelegen deel van de stad', bestond uit een grote binnenplaats die dateerde uit de dertiende eeuw. De stinkende, modderige binnenplaats achter het ommuurde klooster van de Filles-Dieu was omringd door gore, vervallen gebouwen en grensde aan een wirwar van steegjes. Hier huisden honderden schooiers en bandieten met vrouwen en kinderen. De alles bij elkaar minstens duizend bewoners die zich in hun territorium gedroegen als alleenheersers, duldden geen enkele inmenging, niet van vreemdelingen en niet van ordehandhavers, die werden onthaald op een regen van stenen, stokslagen en verwensingen. In 1630 werd er een weg aangelegd die dwars door hun domein zou moeten lopen; de werklui werden aangevallen en het project moest noodgedwongen worden afgeblazen.

De opstandige gemeenschap van de Cour des Miracles was zeer gesteld op haar onafhankelijkheid en leefde volgens eigen wetten en gewoonten. Ze werd in de hand gehouden door een hoofd, de Grote Coësre, op wie

Saint-Lucq aan het eind van deze middag wachtte. Door de vettige ruiten van een raam op de eerste verdieping bestudeerde hij vanachter zijn rode brillenglazen de troosteloze en op dit uur bijna uitgestorven doodlopende steeg. Daar werd 's nachts pas geleefd, als de bandieten en bedelaars terugkwamen na de hele dag in Parijs te hebben geroofd of gebedeld. De omgeving had iets griezeligs en benauwends. Je had het gevoel in een vreemd land te zijn en te worden bespied net voor je werd overvallen.

De halfbloedige was niet alleen.

Hij had gezelschap onder ander van een oude, helemaal in het zwart geklede vrouw die in een hoekje wafels zat te eten zoals een konijn aan blaadjes knabbelt; ze hield ze tussen haar knokige vingers en staarde met een lege blik voor zich uit. De tweede aanwezige was Tranchelard, de bruut die Saint-Lucq had bedreigd. De man deed zijn best om de sfeer te verzieken door oorverdovend te zwijgen en met de hand op zijn gevest de bezoeker boosaardig aan te staren. Saint-Lucq was niet onder de indruk en had de man de rug toegekeerd. De minuten verstreken traag en het ergerlijke geknabbel van het oudje verstoorde de stilte.

Voorafgegaan door een onheilspellende figuur met een opvallende kale kop, kwam de Grote Coësre het vertrek binnen; de haveloze plankenvloer, muren en houtwerk vloekten er met de bonte luxe van de meubels en tapijten, gestolen uit herenhuizen of van welgestelde burgers.

De Grote Coësre was tenger en blond. Hij was nog geen zeventien jaar oud, een leeftijd waarop men in die dagen al volwassen was, maar die toch erg jong was om al de baas te zijn van de onguurste en de beruchtste leden van de Parijse onderwereld. Hij gedroeg zich echter als een gevreesd en gerespecteerd vorst, wiens gezag slechts op straffe van bloed en tranen op de proef gesteld kon worden. Op zijn rechterwang had hij het litteken van een slecht verzorgde wond. Uit zijn heldere blik straalden cynisme en intelligentie. Hij was ongewapend omdat hij niets te vrezen had in zijn eigen hoofdkwartier, waar zijn blik alleen al iemand ter dood kon veroordelen.

De Grote Coësre ging in de gemakkelijke stoel met een hoge rugleuning zitten die voor hem was gereserveerd, en de man die de deur voor hem had geopend ging met een strak gezicht naast hem staan. Saint-Lucq kende die man. Hij heette Grangier en was een 'machoefel'. In de strikte hiërarchie van de Cour des Miracles, stonden de machoefels net onder de Grote Coësre en op gelijke voet met de 'dresseurs'. Die laatsten hadden als taak om de manschappen te vormen en de nieuwelingen in te wijden in de kunst van het zakkenrollen en medelijden opwekken. De machoefels waren vaak zeer onderlegde rechters en raadgevers. Grangier was een uitgetreden priester die door zijn uitzonderlijke gewiekstheid het vertrouwen van zijn meester genoot.

Saint-Lucq boog even, maar nam niet zijn hoed af.

'Ik geef toe dat je lef hebt,' zei de Grote Coësre zonder omhaal. 'Als jij het niet was, zou ik denken dat ik te maken had met een imbeciel.'

De halfbloedige antwoordde niet.

'Dat je je hier nog vertoont nadat je twee van mijn mannen hebt toegetakeld en die arme Tranchelard de strot dreigde af te snijden...'

'Ik wilde er zeker van zijn dat hij mijn boodschap zou overbrengen.'

'Weet je dat hij alleen nog maar praat over hoe hij je darmen zal uitrukken?'

'Laat hem maar.'

Tranchelard veerde op, hij brandde van verlangen om zijn degen te trekken. Zijn heer en meester barstte in lachen uit.

'Goed! Later kun je nog altijd opscheppen dat je me nieuwsgierig hebt gemaakt. Vertel op, ik luister.'

'Het gaat over de bende van de Corbijnen.'

Het gezicht van de Grote Coësre betrok.

'Wat is daarmee?'

'De Corbijnen hebben laatst bepaalde spullen in handen gekregen. Kostbare, gevoelige spullen. Spullen waarvoor ze tot dusver nooit belangstelling hadden. Weet je waarover ik het heb?'

'Misschien wel.'

'Ik wil weten waar ze hun buit verbergen. Ik weet al dat het niet in Parijs is, maar dat is alles. Jij, daarentegen...'

De meester van de Cour des Miracles zweeg even. Toen boog hij zich naar Grangier en fluisterde iets tegen hem in een voor niet-ingewijden onbegrijpelijk bargoens. De machoefel antwoordde in hetzelfde taaltje. Onbewogen wachtte Saint-Lucq de conclusie van dit beraad af. Die was bondig.

'Aangenomen dat ik weet wat jij wilt weten,' zei de Grote Coësre, 'waarom zou ik je dat dan vertellen?'

'Omdat het om een inlichting gaat waarvoor ik een hoge prijs wil betalen.'

'Ik ben rijk genoeg.'

'Je bent ook een crapuul die god noch gebod kent. Maar je bent vooral een slimme kerel.'

'Wat bedoel je daarmee?'

'De Corbijnen zitten je behoorlijk dwars. Door hun schuld lopen je invloed en de inkomsten uit je zaakjes terug. Maar het ergste is dat ze geen bevelen van jou aannemen.'

'Dat probleem zal binnenkort geregeld zijn.'

'Echt waar? Ik kan het voor je oplossen. Vertel mij wat ik wil weten en ik breng de Corbijnen een slag toe waarvan ze zich niet snel zullen herstellen. Je mag er eventueel zelf de eer voor opeisen, als je dat wilt. We hebben weinig sympathie voor elkaar, Grote Coësre. Ongetwijfeld zal er op een dag bloed vloeien. Maar in dit geval hebben we een gemeenschappelijk belang.'

Peinzend streek de ander over zijn zorgvuldig geknipte snor en sik, die nog maar jeugdig dons waren.

'Dat spul is dus heel kostbaar?'

'Voor jou is het niets waard.'

'En voor de Corbijnen?'

'Het is waard wat ze ervoor kunnen krijgen. Ik denk dat ze in dit zaakje slechts uitvoerders zijn en dat ze het spul binnenkort aan hun opdrachtgever zullen overhandigen. Als dat gebeurd is, kan ik niets meer doen en jij zou een gelegenheid hebben laten voorbijgaan ze een koekje van eigen deeg te geven. De tijd dringt, Grote Coësre.'

'Geef me een uurtje bedenktijd.'

De man en de halfbloedige keken elkaar lang aan, waarbij ieder probeerde de ziel van de ander te doorgronden.

'Een uur. Meer niet,' eiste Saint-Lucq.

Nadat Saint-Lucq was vertrokken vroeg de Grote Coësre aan zijn raadsman: 'Wat denk jij ervan?'

Grangier dacht diep na.

'Twee dingen,' zei hij eindelijk.

'Wat dan?'

'In de eerste plaats is het in je eigen belang om de halfbloedige een handje te helpen met de Corbijnen.'

'En wat nog meer?'

De raadsman gaf geen antwoord, maar keek naar de oude vrouw die, daar was hij zeker van, zijn gedachten had gelezen. Ze staarde voor zich uit alsof ze blind was, of niet meer van deze wereld, en zei: 'Binnenkort zal hij gedood moeten worden.'

25

Bij de garde van de kardinaal werd de soldij om de zesendertig dagen uitbetaald. Dat gebeurde aan de hand van een inspectie, die tegelijk een exact overzicht gaf van de beschikbare manschappen. De gardisten moesten zich in het gelid opstellen. Dan kwam de kapitein of zijn luitenant langs met een lijst. Eén voor één riepen de mannen hun naam, die dan werd afgestreept op de lijst. De afgestreepte namen werden overgenomen op een document dat door de bevelvoerende officier werd gewaarmerkt en getekend. Dat document ging naar de schatkistbewaarder in wiens kantoor men, keurig in de rij, zich kon laten uitbetalen.

Die dag zou de inspectie plaatsvinden om vijf uur in de namiddag, op de binnenplaats van het Palais-Cardinal, waar de kardinaal op dat moment ook verbleef. Alle gardisten die geen dienst of een ander geldig excuus hadden, waren daar dus aanwezig. Hun uitmonstering was vlekkeloos, de laarzen waren gepoetst, de kazakken gestreken en de wapens schoongemaakt. Ze wachtten tot ze zich moesten opstellen en stonden, blij met het vooruitzicht straks weer even rijk te zijn, met elkaar te praten,. Ze waren weliswaar edelen, maar de meesten hadden geen eigen geld en leefden van hun soldij. Gelukkig betaalde de kardinaal goed, van vijftig pond voor een gewone gardist, tot vierhonderd voor een kapitein. En wat vooral belangrijk was; hij betaalde op tijd. Zelfs de beroemde musketiers van de koning werden niet zo regelmatig betaald.

Een beetje afzijdig zat Arnaud de Laincourt op een vensterbank te lezen, toen Neuvelle bij hem kwam staan. De jongeman was opgetogen vanwege zijn eerste inspectie en straalde.

'Nou, meneer De Laincourt, wat gaat u doen met uw 154 pond?'

Dat was de soldij van een vaandrig van de garde van de kardinaal.

'Mijn hospes betalen, Neuvelle. En mijn schulden.'

'U? Hebt u schulden? Dat lijkt me helemaal niets voor u. U moet het me niet kwalijk nemen, maar ik kan me niet voorstellen dat u veel uitgeeft.'

Zonder te antwoorden glimlachte Laincourt vriendelijk.

'Ik heb gezien,' ging Neuvelle door, 'dat u niet drinkt en dat u ook niet van lekker eten houdt. U gokt niet. U bent niet ijdel. Verbergt u soms ergens een maîtresse? Er wordt gezegd dat u alles weggeeft aan goede werken. Maar je maakt toch geen schulden als je aan weldadigheid doet, hè?'

'Mijn enige schuldeiser is mijn boekverkoper.'

Neuvelle draaide tussen duim en wijsvinger zijn snor op en trok een vies gezicht.

'Ik lees alleen *La Gazette* van meneer Renaudot. Die slingert overal rond. Het nieuws is dan wel een beetje oud, maar ik vind dat dat ik daarmee genoeg op de hoogte blijf.'

Laincourt knikte, zijn blauwe ogen drukten slechts een beminnelijke, geduldige terughoudendheid uit.

Al twee jaar lang bracht Théophraste Renaudot – met koninklijk privilege – een razend populaire krant uit die werd verkocht door marskramers. Zijn *Gazette* verscheen elke week in twee katerns en omvatte inmiddels drieëndertig pagina's; één daarvan bracht nieuws uit het oosten en zuiden van Frankrijk, een tweede was uitsluitend gewijd aan berichten uit het westen en noorden. Ook werd er bericht over het reilen en zeilen aan het Franse hof. Daarnaast was eens in de vier weken een supplement met een uitgebreid overzicht van het nieuws van die afgelopen maand. Het was algemeen bekend dat kardinaal Richelieu besliste wat er al dan niet in de *La Gazette* werd geschreven. Hij had zelfs wel eens de pen opgenomen om er onder zijn eigen naam in te publiceren. En hoe eigenaardig het ook moge klinken, zelfs de koning schaamde zich er niet voor om er gebeurtenissen die hem ter harte gingen, in op te laten nemen.

'Wat leest u nu?' vroeg Neuvelle om het gesprek gaande te houden.

Laincourt liet hem zijn boek zien.

'Jeetje!' zei de jonge gardist. 'Is dat Latijn?'

'Italiaans,' zei de officier en hij onthield zich van verder commentaar.

Zoals de meeste leden van de krijgsadel was Neuvelle praktisch ongeletterd.

Hij verborg zijn bewondering ook niet.

'Ik hoorde dat u behalve Latijn en Grieks ook nog Spaans en Duits begrijpt. Maar Italiaans?'

'Och...'

'En waar gaat dat boek over?'

'Over draconische magie.'

Een klok in de buurt en andere verderop sloegen het driekwart uur, sein voor de gardisten om zich klaar te maken voor de inspectie. Neuvelle gaf het boek terug zoals men zich ontdoet van een belastend document en Laincourt stopte het in zijn kazak onder zijn mantel.

Op dat moment kwam er een lakei in de kleuren van de kardinaal op hen af lopen.

'Meneer De Laincourt, de dienst van de kardinaal heeft u nodig bij meneer de Saint-Georges.'

'Nu meteen?' vroeg Neuvelle verwonderd, terwijl hij zag dat de eenheid in het gelid ging staan.

'Ja, meneer.'

Laincourt knikte geruststellend naar de jonge gardist en liep met de lakei naar binnen.

Na het beklimmen van een trap en een hele tijd wachten in een voorvertrek, ontdekte Arnaud de Laincourt, zonder echt verrast te zijn, wie hem verwachtte onder de hoge bewerkte plafonds van het privékabinet. Het vertrek was groot en indrukwekkend; over de hele lengte glom verguldsel en gelakt houtwerk in het daglicht dat naar binnen viel door twee grote ramen in de muur achterin. Die vensters keken uit op de binnenplaats en je kon horen dat de inspectie er bijna beëindigd was.

Stram en onbeweeglijk stonden zes wachters, die geselecteerd waren op grond van hun onvoorwaardelijke trouw, tegenover elkaar in het gelid, drie links en drie rechts, alsof ze de weg afbakenden naar de grote werktafel waaraan kapitein Saint-Georges zat, met de rug naar het raam gekeerd. Tegenover hem, iets naar achteren, stond Charpentier.

De aanwezigheid, in deze omstandigheden, van de privésecretaris van Richelieu kon maar één ding betekenen en Laincourt begreep meteen wat. Hij wachtte tot de lakei de deur achter zich had gesloten en liep langzaam tussen de wachters door naar voren. De oude Brussand stond er, nog strammer dan de anderen en bijna bevend, ook bij en hij leek zijn emotie maar nauwelijks te kunnen bedwingen.

Iedereen hield zijn adem in, Laincourt nam zijn hoed af en groette.

'Tot uw orders, meneer.'

Bars kijkend stond Saint-Georges op en liep rond de tafel.

Zijn hand uitstekend zei hij op een toon die geen tegenspraak duldde: 'Uw degen, meneer.'

Op dat moment kondigde tromgeroffel het einde van de inspectie aan.

26

'Je weet toch dat het niet jouw schuld is?'

Agnes de Vaudreuil schokte alsof ze met een vurige pook in haar zijde werd gestoken. Ze was ingedommeld en van de schrik liet ze het boek dat open op haar schoot lag op de grond vallen. Ze was even bevangen door een mengeling van paniek en afgrijzen, maar na een seconde besefte ze dat ze alleen was. Trouwens, de stem die ze had gehoord of had gedroomd te horen kon alleen maar van de gene zijde afkomstig zijn.

Zodra ze na de episode van de herberg met Ballardieu was teruggekomen op het kasteel, had ze zich teruggetrokken in de kamer waar ze het liefste zat; een lang en bijna leeg vertrek, waar het stiller dan stil was. Aan een kant stonden, naast andere wapenuitrustingen en rekken met middeleeuwse wapens, oude harnassen op sokkels opgesteld. Daartegenover lieten vier hoge stenen boogramen schuine strepen zonlicht binnen, waartegen de harnassen een standvastige borstwering leken op te werpen. Twee hoge open haarden openden hun zwarte bakstenen muilen aan weerszijden van deze zaal, waarin oorspronkelijk banketten werden gehouden. Maar de stoelen en de enorme tafel waren weggehaald en de grote smeedijzeren lichtkronen bungelden boven een uitgestrekte kale tegelvloer.

Als het weer slecht was oefende Agnes hier, alleen of met Ballardieu. Ze trok zich er ook graag terug om te lezen, peinzen of gewoon maar te wachten tot de dag, of de nacht, voorbij was. Alles wat daarvoor nodig was stond bij het enige haardvuur dat als het koud was nog werd aangestoken; een gemakkelijke stoel met een leren rugleuning, een door de jaren gepolijste tafel, een vermolmde kist, rekken vol met verhandelingen over schermen en een oude oefenpop.

Dat was haar wereld.

Deze middag wilde Agnes op haar gemak wat lezen. Ze had haar degenriem aan de schietschijf gehangen, haar laarzen en haar rijglijfje van rood buffelleer uitgedaan en had zich languit in haar leunstoel genesteld, met haar benen op de kist voor haar. Maar ze was zeker vermoeider dan ze dacht. Ze was in slaap gevallen midden in een vergelijkend hoofdstuk over de toepassingen van de weringen vier en zes bij een aanval van een tegenstander die het voordeel van een grotere armlengte heeft.

En toen kwam die stem: 'Je weet toch dat het niet jouw schuld is?'

Agnes' blik viel op de oefenpop.

Alvorens gedegradeerd te worden tot kapstok, had ze lang gediend als hulpstuk bij haar schermoefeningen. Haar uitgestoken armen waren voor tweederde geamputeerd en haar bovenlijf, dat om te voorkomen dat ze zou draaien stevig op een poot was gemonteerd, was overdekt met krassen die naar het in het hout gekerfde hart toe steeds dichter werden. Ballardieu, de wachtsoldaat bij wie Agnes' vader haar had achtergelaten, had deze wormstekige pop gevonden op een akker, waar ze dienstdeed als vogelverschrikker. Als meisje had de toen nog toekomstige barones de grootste moeite gehad om de degen, die bijna zo groot was als zijzelf, in de lucht te steken. Maar ze wilde geen andere.

De kreet van een wyvern, vlakbij, verscheurde de stilte.

Agnes trok haar laarzen aan, stond op, maakte het rijglijfje van voren dicht en liep met de degenriem over haar schouder, de degen dwars over haar rug, naar de binnenplaats waar het al donker begon te worden.

De wyvernier was al geland en klom over de gevouwen leerachtige vleugels van zijn witte draak. De kleur van het dier en van de livrei van de man liet er geen twijfel over bestaan; ze brachten een schrijven van de koning. Ongetwijfeld rechtstreeks vanuit het Louvre.

Nadat hij had geïnformeerd of ze echt de barones De Vaudreuil was en hij haar eerbiedig had gegroet, stak de wyvernier haar de brief toe die hij uit de zadeltas van het grote reptiel had gehaald.

'Dank. Wordt er per kerende antwoord verwacht?'

'Nee, mevrouw.'

Agnes zag Marion op de drempel van haar keuken verschijnen en ze verwees de koninklijke koerier naar haar bediende voor een glas wijn en alles wat hij maar wenste voordat hij weer vertrok. De man dankte Agnes en liet haar alleen met de brave wyvern die zijn lange nek in alle bochten wrong om met zijn kalme blik de omgeving te kunnen opnemen.

Agnes verbrak het lakzegel met het wapen van kardinaal Richelieu en las de brief door.

118

'Wat is dat?' vroeg Ballardieu, die kwam kijken wat er aan de hand was.

Ze antwoordde niet meteen en keek hem lang aan.

Eindelijk, en voor het eerst sinds lange tijd, glimlachte ze.

27

Tegen de avond passeerden drie ruiters de poort van Buci – of Bussy, zoals het toen werd geschreven – naar de uitgestrekte, rustige wijk rond de abdij Saint-Germain. Ze reden stapvoets de Rue du Colombier in, kwamen al snel in de Rue des Saints-Pères, passeerden het Réformés'-kerkhof en het hospitaal de la Charité en sloegen toen de Rue Saint-Guillaume in.

'We zijn er,' zei La Fargue en hij sprong van zijn paard.

Marciac en Almadès keken naar de koetspoort waarvoor ze stonden; een zware, zwarte poort met dubbele deuren van rechthoekige houten panelen die waren vastgezet met dikke spijkers met ronde koppen. Ze sprongen eveneens uit het zadel en terwijl hun kapitein drie keer de smeedijzeren klopper liet neerkomen bestudeerden ze de rustige straat die halverwege gekruist werd door de Rue Saint-Dominique. Er liepen niet veel mensen meer in de gouden en purperen stralen van de ondergaande zon op de smerige trottoirs, en de kooplui waren hun stalletjes aan het opruimen. Vage etensgeuren vermengden zich met de stank van stront en van het slijk van Parijs. Iets verderop diende een bundeltje bijeengebonden stro als uithangbord voor een taveerne.

'Het is hier niet veel veranderd,' zei de Gasconjer.

'Nee,' zei de Spaanse schermleraar laconiek.

In één van de deuren van de poort zat een deurtje voor voetgangers. Hij ging op een kier open en iemand vroeg: 'Wie daar?'

'Bezoek,' antwoordde La Fargue.

'Wordt het verwacht?'

'Het gehoorzaamt orders.'

Het curieuze gesprekje deed Marciac weemoedig glimlachen.

'Ze zouden die formule misschien eens kunnen veranderen,' fluisterde

Marciac tegen Almadès. 'Na vijf jaar...'

De ander keek onverschillig; het belangrijkste was dat ze op dit uur nog werden toegelaten, en dat gebeurde...

Met La Fargue voorop liepen ze achter elkaar naar binnen, hun paarden bij het bit houdend om ze te dwingen hun hoofd te buigen. Zodra ze door het deurtje waren kletterden de hoeven van de paarden op plaveisel en de binnenplaats die ze betraden werd vervuld van echo's.

Het was een massief, streng gebouw, dat direct na de Bartholomeüsnacht was neergezet door een vrome hugenoot. Het deed denken aan de kasteeltjes die hier en daar nog op het Franse platteland staan, met muren dik als een vestingwal en schietgaten als ramen. Een hoge muur scheidde de binnenplaats van de straat. Rechts verrees de bouwvallige, blinde muur van een naburig gebouw. Recht tegenover de ingang waren de twee koetspoorten van een grote stal met een hooizolder erboven. Links lag het hoofdgebouw. Het had een torentje en een duiventil, één verdieping met dakvensters vlak onder de leigrijze dakpannen, twee rijen stenen boogramen die uitkeken op de binnenplaats, een uitbouwtje en een benedenverdieping waar men binnenging via een bordes met enkele treden.

Nadat hij zijn paard had vastgezet liep Marciac het bordes op en zich omdraaiend naar zijn metgezellen die nog beneden stonden, verklaarde hij een tikje hoogdravend: 'Hier staan we dan weer in het nog immer zo bekoorlijke hotel de l'Épervier... Allemachtig!' voegde hij er zachter aan toe. 'Het is hier zo mogelijk nog naargeestiger dan in mijn herinnering.'

'Dit huis heeft in het verleden goede diensten bewezen,' zei de kapitein. 'En dat is nog steeds zo. We zaten hier altijd goed.'

De man die hen had binnengelaten, sloot het deurtje en voegde zich bij hen.

De oude man liep mank wegens een houten been. Hij was klein, mager, smoezelig, had borstelige wenkbrauwen en zijn kale schedel was omkranst met een kroon vuilwit vlashaar.

'Goedenavond, meneer,' zei hij tegen La Fargue en hij overhandigde hem een grote bos sleutels.

'Goedenavond, Guibot. Dank u.'

'Meneer Guibot?' onderbrak Marciac dichterbij komend. 'Meneer Guibot, bent u het?'

'Jawel, meneer, ik ben het.'

'Ik dacht al dat ik uw stem herkende, maar... Bewaakt u al vijf jaar deze treurige steenklomp?'

De ander keek alsof er iemand van zijn familie werd beledigd: 'Treurige steenklomp, meneer? Dit huis ziet er misschien niet heel vriendelijk uit en u zult er ongetwijfeld hier en daar een stofje en wat spinrag aantreffen, maar ik verzeker u dat het dak, het houtwerk, de muren en de vloeren heel degelijk zijn. De schoorstenen trekken prima. De kelders en stallen zijn ruim. En er is nog altijd achter in in de tuin een deurtje dat uitkomt op een doodlopend steegje dat...'

'En zij?' onderbrak Almadès. 'Wie is zij?'

Op de drempel van het hoofdgebouw stond een meisje met een schort om en een wit mutsje op. Ze was blond en welgevormd, had blauwe ogen en glimlachte verlegen terwijl ze haar handen afveegde.

'Dat is Naïs,' verklaarde Guibot. 'Onze kokkin.'

'En mevrouw Lourdin dan?' wilde Marciac weten.

'Die is vorig jaar gestorven, meneer. Naïs is haar nichtje.'

'Kookt ze even goed?'

'Ja, meneer.'

'Kan ze haar mond houden?' vroeg La Fargue die zijn eigen prioriteiten had.

'Ze is zo goed als stom, meneer de kapitein.'

'Hoezo "zo goed als"?'

'Ze is zo verlegen en zo kies dat ze haast nooit woorden vindt.'

'Dat bedoel ik niet helemaal...'

Omdat Naïs niet dichterbij durfde te komen, wenkte La Fargue haar. Net op dat moment werd er twee keer op de koetspoort geklopt. Het verraste iedereen en het meisje schrok er zelfs van.

'Daar is hij,' zei Guibot een beetje bezorgd.

De kapitein knikte, zijn grijze haar streek langs de kraag van zijn grijze kazak.

'Ga dan maar opendoen, meneer Guibot.'

'Hij?' vroeg de Gasconjer, terwijl de portier gehoorzaamde. 'Wie is die "hij"?'

'Hij,' zei de kapitein en hij knikte naar de edelman die de binnenplaats binnenkwam met een roodbruin paard aan de hand.

Hij was tussen de vijfenveertig en vijftig, groot, mager en bleek, verwaand en zelfverzekerd en hij droeg een purperen kazak en een zwarte hoze.

Marciac herkende hem al nog voor hij de zorgvuldig geknipte snor en het litteken op zijn voorhoofd kon zien.

'Rochefort.'

28

Zoals hij gewoon was, dineerde de jonge markies De Gagnière alleen thuis op een vroeg tijdstip. Een ijzeren ritueel bepaalde de kleinste details van de maaltijd, vanaf de fraaie tafelschikking tot aan het zwijgen dat de bedienden werd opgelegd, en de opeenvolging van gerechten die waren bereid door een beroemde en talentvolle keukenmeester die de smaak van al zijn veeleisende klanten door en door kende. Het servies op het smetteloze linnen tafellaken was verguld, de glazen en de karaffen waren van kristal en het bestek was van zilver. Gagnière was chic genoeg gekleed om aan het hof te kunnen schitteren. Hij at met een vork, volgens een Italiaanse mode die in Frankrijk nog niet veel navolging had. Hij sneed stukjes van gelijke grootte waar hij, onverstoorbaar en strak voor zich uit starend, uitgebreid op kauwde. Dan legde hij zijn bestek neer en liet zijn handen rusten aan weerszijden van zijn bord. Telkens als hij dronk, depte hij zorgvuldig zijn lippen en zijn blonde snorretje om de rand van het glas niet te bevuilen.

Hij had net een plakje fazantenpâté op toen een lakei, profiterend van het wisselen van de borden, hem iets in het oor fluisterde. De markies luisterde zonder een spier te vertrekken. Hij knikte.

Even later kwam Malencontre binnen.

Hij zag er verfomfaaid uit, was smerig, haveloos en stonk naar de stal. Zijn haren plakten tegen zijn voorhoofd en zijn linkerhand zat in een vuil verband.

Gagnière monsterde hem met een klinische blik.

'Ik heb de indruk,' zei hij, 'dat niet alles volgens plan is verlopen.'

Er werd hem een gevulde kwartel voorgezet, die hij omslachtig begon te ontleden.

'Je mannen?' vroeg hij.

'Dood. Allemaal. Gedood door een vent.'

'Eentje maar?'

'Maar niet zomaar iemand! Het was Leprat. Ik heb hem herkend aan zijn degen.'

Gagnière bracht een stukje kwartel naar zijn mond, kauwde en slikte.

'Meneer Leprat,' zei hij dromerig. 'Meneer Leprat en zijn beroemde ivoren degen.'

'Een musketier!' benadrukte Malencontre, alsof dat zijn mislukking rechtvaardigde. 'En een van de besten!'

'Dacht je dan dat de koning zijn post toevertrouwt aan operettefiguren?'

'Nee, maar...'

'En de brief?'

'Die heeft hij nog.'

De markies peuzelde zijn kwarteltje op terwijl de ander zwijgend zijn onbewogen, jeugdige profiel bestudeerde. Toen hij eindelijk zijn bestek schuin op zijn bord had gelegd, luidde hij een tafelbelletje en zei: 'Je kunt gaan, Malencontre. En verzorg die hand goed, want met één hand heb ik nog minder aan je dan nu.'

Een lakei kwam afruimen en naar buiten lopend kruiste de soldaat een page die een zilveren blaadje met daarop een verzegelde brief binnenbracht. De brief werd overhandigd aan Gagnière die secuur het zegel verbrak en hem openvouwde.

Hij was geschreven door de gravin De Malicorne.

'Uw man heeft gefaald. De ruiter komt nog voor middernacht door de Saint-Denispoort. De brief mag het Louvre niet bereiken.'

De markies vouwde de brief weer op en nam een laatste slokje wijn.

Op hetzelfde moment, bij zonsondergang, reed de eenzame ruiter, Leprat, over een stoffige, verlaten weg.

Op zijn hart, in de plooien van zijn hemd onder de kazak die stijfstond van het vuil, van zweet en van geronnen bloed, bewaarde hij de geheime diplomatieke zending die hij gezworen had met gevaar voor eigen leven te zullen verdedigen. Uitgeput en gewond, verzwakt door de ziekte die hem ondermijnde, galoppeerde hij door de nacht naar Parijs, onwetend van de gevaren die hem daar wachtten.

II

De Spaanse ridder

1

Grote toortsen verlichtten de Saint-Denispoort toen ridder Leprat d'Orgueil er een uur na zonsondergang aankwam. Doodmoe, vuil, met neerhangende schouders en een kapotte rug, was hij er nauwelijks beter aan toe dan zijn paard. Het arme dier liep met gebogen hoofd, kreeg nauwelijks nog het ene been voor het andere en dreigde bij iedere stap te struikelen.

'We zijn er, jongen,' zei Leprat. 'Je verdient het om nu een hele week op stal te blijven.'

Ondanks de vermoeidheid stak hij met vaste hand zijn vrijgeleide uit, zonder zijn bepluimde hoed af te nemen en zonder af te stijgen. De officier van de nachtwacht hief argwanend zijn lantaarn op om het gezicht van deze gewapende ridder te kunnen zien, wiens voorkomen hem geen goede indruk gaf; ongeschoren wangen, vermoeid gezicht, harde blik. Vervolgens bestudeerde hij het stuk papier en zag de indrukwekkende handtekening. Hij werd direct een stuk beleefder, salueerde en gaf bevel om de poort te openen.

Leprat bedankte hem met een hoofs knikje.

De Saint-Denispoort was een speciale toegang tot Parijs. Hij stond tegen de westkant van een nieuwe vestingwal die enkele voormalige buitenwijken ommuurde en sloot de Rue Saint-Denis af die de hoofdstad langs de hele rechteroever van de Seine doorkruiste, tot aan het Châtelet voor de Pont au Change. Overdag was het op deze bijna kaarsrechte verkeersader druk en lawaaiig. Maar 's avonds werd hij een naargeestige, smalle en donkere sleuf. Heel nachtelijk Parijs bood trouwens diezelfde aanblik.

Leprat merkte al snel dat hij werd bespied.

Hij werd eerst gewaarschuwd door zijn instinct. Toen door de geladen stilte. En uiteindelijk door een vluchtige beweging op een dak. Maar pas ter hoogte van het Trinitéhospitaal, waar hij tussen twee schoorstenen de loop van een pistool zag glinsteren, gaf hij zijn paard abrupt de sporen.

'YAH!'

Het verraste dier vond nog net de kracht om te steigeren.

Er klonken schoten.

De kogels vlogen in het rond, maar misten doel.

Maar na enkele sprinten in volle galop liep het paard tegen een obstakel aan dat zijn benen onder hem wegsloeg. Hinnikend van de pijn sloeg het dier met een dreun tegen de grond om nooit meer op te staan.

Leprat bevrijdde zich uit de stijgbeugels. De klap was hevig geweest en een razende pijn trok door zijn gewonde arm. Met een van pijn vertrokken gezicht ging hij op zijn knieën zitten...

... en zag de ketting.

Aan het begin en aan het einde van de Parijse straten stonden palen waartussen een ketting dwars over de weg gespannen kon worden. Het was nog een middeleeuwse methode om in geval van volksopstanden oprukkende menigten te kunnen tegenhouden. De kettingen, die konden worden afgerold zonder dat daar een sleutel voor nodig was, vielen onder de bevoegdheid van de nachtwacht. Ze waren lang en sterk, hingen te laag om een ruiter tegen te houden, maar hoog genoeg om hem te dwingen te springen. In het donker vormden ze een geduchte hinderlaag.

Leprat begreep toen dat de bedoeling de schutters niet zozeer was geweest hem te doden en dat de echte hinderlaag hier was, op de kruising met de Rue aux Ours, vlak bij een van de weinige lantaarns die het stadsbestuur 's avonds liet aansteken en waarin de dikke vetkaarsen brandden tot ze op waren.

In het bleke kaarslicht verschenen drie mannen en nog anderen kwamen aangehold. Ze waren gehandschoend en gelaarsd, ze droegen zwarte hoeden en wijde mantels en hun gezicht was bedekt met zwarte sjaals.

Leprat kwam moeizaam overeind, trok zijn ivoren degen en maakte front tegen de eerste aanvallers. Hij misleidde er een door hem in volle vaart te laten passeren. Hij stopte de aanval van een tweede af en raakte de derde aan zijn schouder. Hij deed een uitval, doorstak een keel, sprong op het laatste moment achteruit om een degen te ontwijken. Twee nieuwe gemaskerde mannen verschenen. De ridder D'Orgueil week terug en viel direct weer aan. Hij greep een van de nieuwe aanvallers bij de kraag en smeet hem al schermend tegen een muur. Hij pareerde, riposteerde, pareerde weer en probeerde het initiatief te houden, een tegenstander terugdringend of afslaand, om zich dan weer te wenden tot de volgende. Zijn linkshandigheid gaf hem een licht voordeel, maar hij werd gehinderd door de wond aan zijn arm die weer was opengegaan en de aanvallers waren in de meerderheid; als er een bezweek, werd zijn plaats meteen ingenomen door een ander. Hij doorboorde een schouder en spleet een schedel met een machtige slag met de degenknop. Die aanval leverde hem een lelijke snee in de dij op, maar hij kon zich terugtrekken terwijl de man met de gewonde schouder vluchtte en de ander voor dood in de modder viel.

De twee overblijvende aanvallers lasten een pauze in. Behoedzaam verspreidden ze zich om de ridder te omsingelen. Met zijn rug tegen de muur nam die stelling en hij zorgde ervoor dat hij ze beiden in zijn gezichtsveld hield. Zijn arm en zijn dij deden pijn. Zweet droop in zijn ogen. En omdat de soldaten niet van plan leken om in actie te komen, begreep hij dat ze hoopten op versterking. Die trouwens niet lang op zich liet wachten; drie mannen kwamen aangehold door de Rue Saint-Denis. Dat waren vast de schutters die hem vanaf de daken hadden beschoten.

Leprat kon zich niet veroorloven op hen te blijven wachten.

Hij veranderde van houding, deed of hij zijn linkerbelager wilde aanvallen, bood die van rechts daarmee een opening en wisselde toen plots van doelwit. Het ivoor weerkaatste een lichtstraal alvorens neer te dalen op een vuist die een degengreep omklemde. Schreeuwend, de armstomp ondersteunend waaruit grote golven bloed gutsten, deinsde de geamputeerde man achteruit. Leprat negeerde hem verder en tolde rond om een uitval naar zijn gezicht te ontwijken. Na twee parades greep hij een te ver uitgestrekte arm vast, trok de bijbehorende man naar zich toe, gaf hem een kopstoot op de mond, een knietje tegen zijn edele delen en sneed hem vervolgens met één haal de keel door.

De ridder liet het lijk in de al met bloed doordrenkte modder glijden, nam hem de dolk af die hij in gordel droeg en keerde zich om naar de drie nieuwkomers. Hij sloeg met zijn witte degen een eerste houw af, een tweede met de dolk en ontdook een derde, die in plaats van zijn oog tot in zijn hersens te doorboren, slechts zijn wang schramde. Vervolgens bracht hij met een welgemikte trap een vechtersbaas aan het wankelen, wist de degens van de twee anderen te weren, en boog ze onder gekras van ivoor op staal opzij en naar de grond. Zijn dolk was vrij; hij stak die driemaal in de zijde die een van de soldaten bloot gaf. Doorduwend leunde Leprat tegen een stenen paaltje en in één zwaai onthoofde hij de man die hij had getrapt en die net zijn evenwicht had hersteld. Een plakkerig rode regen daalde neer

131

op ridder D'Orgueil en zijn enig overgebleven tegenstander. Ze leverden nog enkele schermutselingen, weringen en contrariposten, met vertrokken gezichten en woedende blikken aanvallend en terugtrekkend op een denkbeeldige rechte lijn. Eindelijk beging de huurling een fatale fout en zijn leven werd beëindigd toen een spits ivoren lemmet onder zijn kin door gleed en met bloed bevlekt aan de achterkant van zijn schedel weer naar buiten kwam.

Dronken van uitputting en van het geweld, verzwakt door zijn verwondingen wankelde Leprat. Hij voelde zich beroerd. Een hevige misselijkheid deed hem dubbelklappen en steunend tegen een muur spuugde hij een zwart draderig slijm uit.

Hij dacht dat het afgelopen was, maar hoorde toen een paard stapvoets dichterbij komen.

Leprat loerde opzij om de ruiter te kunnen zien die hem naderde; hij kon haast niet uit zijn ogen kijken en hield nog een hand tegen de muur waartegen hij had overgegeven.

Het was een jeugdige en heel elegante edelman met een blonde snor, op een paard met deftig tuig.

'Mijn felicitaties, meneer Leprat.'

Ondanks zijn gemartelde ledematen richtte de ridder zich op, al was het duidelijk dat een briesje genoeg zou zijn om hem te laten omvallen.

'Voor onbekenden is het "meneer ridder D'Orgueil".'

'Zoals u wenst, meneer ridder D'Orgueil. Neemt u mij niet kwalijk.'

Leprat spuugde nog wat bloederig gal uit.

'En wie bent u?'

De ruiter glimlachte meewarig en richtte een pistool op de ridder.

'Waar is het goed voor, meneer ridder D'Orgueil, dat u mijn naam met u meeneemt in het graf?'

De ogen van de ridder fonkelden.

'Een man van eer zou afstijgen en zijn degen trekken.'

'Ja. Vast wel.'

De markies De Gagnière richtte en schoot Leprat recht in het hart.

2

Armand Jean du Plessis de Richelieu was eerder dan gewoonlijk naar bed gegaan en lag nog wat te lezen, toen er op de deur werd geklopt. Overal brandden er kaarsen en op deze kille lenteavond knapperde er een groot haardvuur. Van de drie secretarissen die in de kamer van de kardinaal sliepen, altijd beschikbaar om een brief gedicteerd te krijgen en hun meester de zorg te kunnen geven waar zijn zwakke gezondheid om vroeg, sluimerden er twee op klapbedden langs de muur, terwijl een derde waakte op een stoel. Hij stond op, wachtte op een knikje van Zijne Eminentie, opende de deur eerst op een kier en toen helemaal.

Er kwam een kapucijner monnik van een jaar of vijftig binnen. Hij droeg een grijze pij en liep op sandalen. Geruisloos naderde hij het grote hemelbed waarin Richelieu zat, geruggesteund door kussens om de pijn in zijn nieren te verzachten.

'Dit komt net uit Regensburg,' zei hij, een brief tonend. 'U wilt hem ongetwijfeld meteen lezen.'

De man die iedereen kende als 'pater Joseph', was geboren in een adellijke familie, als François-Joseph Leclerc du Tremblay en had een gedegen militaire opleiding genoten, voordat hij, op zijn tweeëntwintigste, uit roeping toetrad tot de orde van de kapucijnen. Hij had zich onderscheiden door zijn geloofsijver en zijn predikingen aan het hof. Hij had zijn orde grondig hervormd en de Franse congregatie van de Zusters van Calvarie gesticht. En inmiddels was hij de beroemde 'éminence grise', oftewel de meest directe en meest invloedrijke medewerker van Richelieu. Hij nam soms deel aan het kroonberaad, zou minister van staat worden en Richelieu liet bepaalde staatszaken helemaal aan hem over. De beide mannen waren verbonden door diepe vriendschap, wederzijdse achting en eenzelfde opvatting over welke politiek er in Europa tegen de Habsburgers gevoerd moest worden.

De kardinaal klapte *La vie des hommes illustres* dicht en nam de brief aan met een bedankje.

'Er is nog iets,' zei pater Joseph.

Richelieu wachtte, begreep de hint en stuurde de secretarissen weg. Nadat de man die wakker was zijn collega's had gewekt en ze naar een vertrek ernaast waren gegaan, nam de kapucijn een stoel en zei de kardinaal: 'Ik luister.'

'Ik wilde het met u hebben over uw... Degens.'

'Ik dacht dat we het daarover eens waren.'

'Ik heb toegegeven, zonder overtuigd te zijn door uw argumenten.'

'U weet dat Frankrijk binnenkort mensen van dat kaliber broodnodig zal hebben.'

'Er zijn nog anderen dan zij.'

Richelieu glimlachte.

'Nauwelijks. En als u zegt "zij", dan bedoelt u "hij", is het niet?'

'Het is waar dat ik niet bijster op meneer La Fargue gesteld ben. Hij is erg onbuigzaam en hij was u al vaak ongehoorzaam.'

' Is dat zo?'

De kapucijn telde de keren op zijn vingers af.

'Gaat u maar na. In Keulen, Breda en Bohemen. En dan heb ik het nog niet over die ramp in La Rochelle...'

'Je kunt La Fargue er toch moeilijk de schuld van geven dat La Rochelle brak met het centrale gezag van Frankrijk om een protestantse republiek te worden. Als de dijk het nog enkele dagen had gehouden tegen de aanvallen van de oceaankant... Wat betreft de andere voorvallen die u opnoemt, denk ik dat La Fargue toen eerder de consignes heeft genegeerd om de missies die hem waren toevertrouwd beter te kunnen uitvoeren.'

'Hij zal dat weer doen. Hij is van het slag mannen dat nooit zal veranderen.'

'Het is te hopen.'

Pater Joseph zuchtte, dacht even na en kwam met een nieuw argument: 'En wat denkt u dat er zal gebeuren als La Fargue de geheime agenda ontdekt van de missie die men hem binnenkort zal toevertrouwen? Hij zal zich bedrogen voelen en zal daarom misschien proberen om alles te saboteren. Wee ons, als hij achter de ware identiteit van de graaf van Pontevedra komt!...'

'Daarvoor moet hij eerst van diens bestaan te weten komen.'

'Dat zal gebeuren, wees er maar zeker van. Uw Degens zijn even goede spionnen als soldaten. Ze zijn slim en ze hebben verbeelding; we hebben ze al veel ingewikkeldere knopen zien ontwarren.'

Nu zuchtte de kardinaal.

'Alles op zijn tijd... Momenteel geldt in de eerste plaats dat deze missie van het grootste belang is voor Frankrijk. En om redenen die u bekend zijn, zijn de Degens de mannen die het beste in staat zijn haar tot een goed einde te brengen, maar tegelijkertijd mogen ze ook niets weten van het complot...'

'Merkwaardige tegenspraak.'

'Ik heb gisteren tegen de kapitein gezegd dat ik niet altijd de wapens kan kiezen. Dat is waar. En in deze zaak zijn de Degens het wapen waarvan ik me moet bedienen. De Spanjaarden hebben hun voorwaarden gesteld. Ik geef ze enige voldoening om te voorkomen dat ze ons schade berokkenen.'

Pater Joseph knikte met tegenzin.

'U bent moe,' zei de kardinaal hartelijk, bijna met genegenheid. 'Ga wat rusten, goede vriend.'

In Palais-Cardinal was de slaapkamer van de kapucijn naast die van Richelieu. Pater Joseph keek even naar de deur.

'Ja,' zei hij. 'U hebt gelijk.'

'En als u er beter door slaapt, bedenk dan dat het hier gaat om een schip dat al is uitgevaren en dat we niet meer kunnen terugroepen naar de haven.'

De kapucijn fronste de wenkbrauwen.

'Op dit moment,' verklaarde de kardinaal, 'geeft Rochefort La Fargue alle details van zijn missie.'

'Dan is de teerling nu geworpen.'

3

'Dank je,' zei Marciac tegen Naïs, die een fles wijn op tafel zette. 'Je kunt nu wel naar bed gaan.'

De jonge, aantrekkelijke kokkin was inderdaad moe en trok zich met een dankbare glimlach terug, nagekeken door de Gasconjer.

Hij en Almadès zaten in de grote zaal van Hôtel de l'Épervier, waar ze hadden genoten van het heerlijke maal dat Naïs ze had opgediend. De resten van hun eten en enkele lege wijnflessen stonden nog op de lange eikenhouten tafel, waar de Degens zich vroeger zo graag rond schaarden en dat ze, zo leek het, binnenkort weer zouden doen. Voorlopig waren ze nog maar met zijn tweeën en de grote zaal lag er erg verlaten bij. Het haardvuur gaf niet voldoende warmte en licht. Knisperend, zingend en kreunend streed het een bij voorbaat verloren strijd tegen de schaduwen, de stilte en de kilte van de nacht.

'Charmant kind, die kleine,' zei Marciac om wat te zeggen.

De Spaanse schermleraar zweeg.

'Heel charmant zelfs...' hield de Gasconjer stug vol.

Hij was minder op zijn gemak dan hij wilde laten merken, trok een spel kaarten uit zijn zak en stelde voor: 'Een partijtje?'

'Nee.'

'Zeg maar wat je wilt spelen. Of dobbel je liever?'

'Ik speel nooit.'

'Maar iedereen speelt!'

'Ik niet.'

Ontmoedigd zakte Marciac achteruit tegen zijn stoelleuning die onheilspellend kraakte.

'Ik moet zeggen dat je nog altijd even ongezellig bent.'

'Ik ben schermleraar. Geen kermisklant.'

'Je bent vooral een oude zeur.'

Almadès nam drie slokjes wijn.

'Nog altijd alles in drieën, hè?' zei de Gasconjer.

'Pardon?'

'Nee. Niets.'

Marciac stond zuchtend op en begon door de zaal te lopen.

Hij was iemand bij wie een snaakse, onbevangen charme extra werd versterkt door een slonzig uiterlijk. Hij had een baard van drie dagen die donkerder was dan zijn blonde haar; zijn laarzen moesten hoognodig worden gepoetst en zijn zolen gelapt; zijn kazak hing open op zijn hemd; hij droeg zijn degen met een bestudeerde, maar ongedwongen nonchalance waarmee hij leek te willen zeggen: pas op, makker. Ik heb een goede vriendin aan mijn zijde, die licht en meegaand is en op wie ik altijd kan rekenen. In zijn lachende ogen blonk de spottende intelligentie van een man die zichzelf en de hele menselijke komedie doorzag.

Almadès was daarentegen de belichaming van de strengheid. Hij was een jaar of vijftien ouder; hij had zwart haar en een peper-en-zoutkleurige snor. Hij was zuinig in woord en gebaar en zijn lange, hoekige gelaat drukte op zijn vriendelijkst een strenge gereserveerdheid uit. Hij was onberispelijk gekleed in een oude, vaak herstelde kazak; aan zijn hoed ontbrak de pluim en het kant op de mouwen en kraag van zijn hemd had betere tijden gekend. Het was hem aan te zien dat hij arm was. Maar zijn berooidheid tastte zijn waardigheid niet aan; ze was slechts een beproeving temeer, die hij onderging met een even trotse als onwankelbare onverschilligheid.

Terwijl Marciac doelloos rondjes liep, bleef de Spanjaard roerloos zitten, met gebogen hoofd, de ellebogen op tafel leunend en de handen gevouwen om de tinnen kroes die hij ronddraaide.

Drie keer, stop. Drie keer, stop. Drie keer...

'Hoe lang zitten ze daar nu al, denk je?'

De schermleraar keek melancholiek en geduldig naar de Gasconjer. Die wees met zijn duim achter zich, naar de deur van het vertrek waarin La Fargue en Rochefort zich hadden opgesloten.

'Ik weet het niet.'

'Eén uur? Twee?'

'Zou kunnen.'

'Ik vraag me af waar ze het over hebben. Heb jij een idee?'

'Nee.'

'En wil je het niet weten?'

'De kapitein zal het ons wel vertellen als het van pas komt.'

Marciac krabde peinzend in zijn opkomende baard.

'Ik zou mijn oor tegen de deur kunnen drukken en hen afluisteren.'

'Nee, dan kun je niet.'

'Waarom niet?'

'Om de simpele reden dat ik het je verbied en het je zou verhinderen.'

'Ja, inderdaad. Dat is een eersteklas reden.'

Als een gestrafte schooljongen ging de Gasconjer weer zitten.

Hij leegde zijn glas, schonk het weer vol en vroeg om iets te zeggen: 'Wat heb jij uitgevoerd in deze vijf jaar?'

Wellicht om Marciacs aandacht af te leiden van de deur, nam Almadès de moeite om hem te antwoorden.

'Ik heb mijn vak uitgeoefend. Eerst in Madrid. Later in Parijs.'

'Aha.'

'En jij?'

'Hetzelfde.'

'Heb jij dan een vak?'

'Eh... Nou, nee,' erkende de Gasconjer.

Maar hij voegde er direct aan toe: 'Dat wil niet zeggen dat ik het niet heel druk heb gehad.'

'Ik twijfel er niet aan.'

'Ik heb een maîtresse. Dat neemt veel tijd in beslag. Ze heet Gabrielle. Ik zal haar aan je voorstellen zodra ze me niet meer haat. Ze is heel mooi, trouwens.'

'Mooier dan de jonge Naïs?'

Marciac grossierde in avontuurtjes.

Hij begreep de toespeling en, slechte verliezer die hij was, haalde de schouders op.

'Dat heeft er niets mee te maken.'

Er viel een stilte, enkele onderbroken door het knappen van het haard-vuur.

'Ze mogen elkaar helemaal niet,' zei de Gasconjer na een tijdje.

'Wie niet?'

'La Fargue en Rochefort.'

'Niemand mag Rochefort. Hij is de verdoemde ziel van de kardinaal. Een spion. En vast ook een moordenaar.'

'En wat zijn wij dan?'

'Soldaten. Wij voeren een geheime oorlog. Dat is niet hetzelfde.'

138

'Hoe dan ook, er speelt iets tussen die twee wat niets te maken heeft met de algemene zaak.

'Denk je?'

'Absoluut. Heb je dat litteken op Rocheforts slaap gezien?'

Almadès knikte.

'Nou, vraag Rochefort daar nooit naar in bijzijn van La Fargue. Rochefort zou kunnen denken dat je met hem spot. Hij zou kunnen denken dat je op de hoogte bent.'

'En ben jij op de hoogte?'

'Nee, maar ik doe alsof. Dat geeft me status.'

De Spanjaard had grote moeite om zich te beheersen.

'Ik heb liever dat je nu even zwijgt, Marciac.'

De deur ging open en Rochefort beende zonder op of om te kijken de zaal door. Daarna verscheen La Fargue. Hij liep naar de tafel, ging schrijlings op een stoel zitten en begon peinzend in de borden te prikken.

'En?' vroeg Marciac langs zijn neus weg.

'We hebben een missie gekregen,' antwoordde de veteraan die al vele oorlogen had meegemaakt.

'Welke?'

'Kort samengevat; we moeten Spanje dienen.'

Spanje.

Spanje en zijn Drakenhof, Frankrijks aartsvijand.

Het nieuws kwam zo hard aan als de bijl van de beul, en zelfs de gereserveerde Almadès trok verrast een wenkbrauw op.

4

O p grond van de inlichtingen die de Grote Coësre hem had verschaft, wachtte Saint-Lucq tot zonsopgang alvorens tot actie over te gaan. De plek was ideaal: afgelegen, vanaf de weg onzichtbaar door het bos dat eromheen lag en op minder dan een uur rijden van Parijs. Het lag op de grens van de buitenwijk Saint-Jacques, niet ver van een gehucht met een klokkentoren die stom in de lucht stak. Aan de oever van een riviertje stond een oude molen, waarvan het grote schoepenrad was stilgevallen. Zijn stenen muren hielden nog stand, maar het dak had jarenlang te lijden gehad van weer en wind. De aanpalende gebouwen, een schuur, een graanzolder en het molenaarshuis, waren er net zo erg aan toe. Een nog stevige muur vormde de omheining van dit door iemand verlaten bezit. De toegangspoort kwam uit op de enige weg erheen, die sinds de molen niet meer diende ook niet meer werd gebruikt.

Hoe kon de Grote Coësre weten dat de Corbijnen hier een schuilplaats hadden? En hoe wist hij dat wat Saint-Lucq zocht zich hier bevond? Het deed er niet toe. Wat er wel toe deed was dat de informatie juist was. Eén ding bleef nog duister; de reden die de koning van de Cour des Miracles ertoe had gebracht om de halfbloedige te helpen. Het was natuurlijk in zijn voordeel als Saint-Lucq de Corbijnen een slag kon toebrengen. Die bende teisterde nu al twee jaar de provincie en de buitenwijken en begon nu op te rukken naar de hoofdstad. Er dreigde een belangenconflict dat de Grote Coësre natuurlijk liever zou voorkomen. Maar hij vreesde vooral dat het optreden van de Corbijnen hem, zelfs indirect, op de lange termijn zou schaden. Die struikrovers van de grote wegen plunderden, verkrachtten, martelden en niet zelden moordden ze ook. Ze terroriseerden de bevolking en tergden de autoriteiten, die uiteindelijk bruut en willekeurig optraden, als het nodig was hele regimenten inzetten en tientallen galgen oprichtten.

De Corbijnen werden daardoor met de ondergang bedreigd. Maar de repressie trof niet hen alleen. Ook het volkje van de Cour des Miracles had eronder te lijden en hun aanvoerder wilde dat graag zien veranderen. Toch had Saint-Lucq hoog spel gespeeld door hem op te zoeken in zijn hoofdkwartier in de Rue Neuve-Saint-Saveur en hem deze inlichtingen af te troggelen. De tijd drong natuurlijk en de halfbloedige deinsde om zijn doel te bereiken nooit ergens voor terug. Maar ooit zou hij de hoogste prijs betalen voor zijn vermetelheid. De Grote Coësre laat niet met zich sollen.

Een man zat te dutten een stoel voor het molenaarshuis, zijn degen hing achter hem aan de stoelleuning en op zijn schoot lag een pistool. Hij had de rand van zijn hoed over zijn ogen getrokken en was gewikkeld in de grote zwarte mantel die alle bendeleden droegen. Hij had de hele nacht gewaakt en rilde van de kou.

Een andere Corbijn kwam naar buiten. Hij was gekleed in leer en in een ruwe stof, hij geeuwde, rekte zich uit, krabde met één hand over zijn ribben en met de andere in zijn nek en schudde vervolgens aan de schouder van zijn makker. Die kwam overeind en geeuwde ook. Ze wisselden enkele woorden en de man in het leer liep weg terwijl hij zijn broekriem losmaakte. Hij ging de schuur binnen waar de paarden stonden, liet zijn broek zakken, urineerde klaterend en met een voldane zucht begon hij net zijn behoefte te doen toen Saint-Lucq achter hem hurkte en een knevel om zijn keel trok.

Niet in staat om hulp te roepen, probeerde de struikrover de riem te pakken die in zijn vlees sneed en kwam abrupt overeind. Zonder zijn greep te verliezen, volgde de halfbloedige zijn beweging en hij trok zijn slachtoffer tegen zich aan, terwijl hij twee passen terug deed. De enkels van de Corbijn zaten gevangen in zijn afgezakte broek. Met zwaaiende armen struikelde hij naar achteren, maar hij viel niet omdat Saint-Lucq hem iets boven de grond liet bungelen, waardoor hij werd gewurgd onder zijn eigen gewicht. De man spartelde en trapte uit alle macht om zich heen. Zijn hakken ploegden in de met urine doordrenkte grond. Hij reutelde en zijn gezicht liep purper aan. Zijn nagels krasten in zijn gemartelde nek, maar kregen geen greep op de leren riem. Daarom probeerde hij het met slaan en zijn vuisten mepten in de lucht voor het gezicht van de halfbloedige die, onbewogen en geconcentreerd, zijn hoofd wegtrok. De doodsangst sloeg de ongelukkige op de darmen. Kleverige bruine troep liep langs zijn blote dijen en viel met een zacht plofje op de grond. In een laatste stuip probeerde de Corbijn nog een houvast te krijgen, een steun, een uitweg te vinden die niet bestond. Zijn gespartel verminderde. Even later kraakte zijn strottenhoofd en er gulpte nog een stinkend restje urine uit zijn geslacht. Met zijn gezwollen tong uit de mond en uitpuilende ogen zakte de man, vastgehouden door zijn beul, ineen in zijn eigen uitwerpselen.

De paarden hadden nauwelijks opgekeken.

Saint-Lucq liet zijn bevuilde slachtoffer liggen, rolde de knevel op, zette zijn rode brilletje recht en ging buiten kijken.

De struikrover van wacht was nog altijd op zijn post. Met uitgestrekte benen en over elkaar geslagen enkels, de handen op de buik gevouwen en de hoed over de ogen getrokken, dommelde hij op zijn stoel waarvan de rugleuning tegen de muur van het huis steunde.

De halfbloedige trok zijn dolk, liep naar buiten en stapte naar de man toe. Die hoorde hem dichterbij komen, maar dacht dat het zijn maat was die terugkwam.

'Opgelucht?' vroeg hij zonder te kijken.

'Nee.'

De Corbijn schoot overeind en het pistool gleed van zijn schoot. Saint-Lucq legde een hand tegen zijn mond om hem het zwijgen op te leggen en hem tot zitten te dwingen en zette de punt van de dolk onder zijn kin. Het staal gleed met een droog gebaar naar boven, doorboorde het verhemelte en wrong zich door de hersenen. De bandiet stierf ter plekke met opengesperde ogen.

De halfbloedige veegde de degen schoon aan de schouder van de Corbijn en liet het lijk als een ineengezakte ledenpop met bungelende armen op de stoel zitten. In de stal had hij zes paarden zien staan. Zes min twee. Dan bleven er nog vier over.

Hij liep naar de deur, legde er zijn oor tegenaan en duwde voorzichtig de klink naar beneden. Binnen zaten twee bandieten die net waren opgestaan aan een sober ontbijt en kletsten met hun rug naar hem toe gekeerd. Eentje zat er op een ton, de ander op een wankel krukje.

'Straks hebben we geen wijn meer.'

'Weet ik.'

'Ook geen brood meer. En jij wilde nog wel...'

'Zo kan hij wel weer... We zijn vandaag klaar hier.'

'Dat zei je gisteren ook al.'

'Vandaag, zeg ik je. Ze zullen niet lang meer wegblijven.'

Saint-Lucq kwam geruisloos binnen. In het voorbijgaan pakte hij een pook van de schoorsteenmantel van de gedoofde haard.

'Ik blijf in elk geval geen nacht meer in deze bouwval.'

'Je hebt maar te doen wat je wordt gezegd.'

'Dat zullen we nog wel zien.'

'We hebben alles gezien. Herinner je je Figard?'

'Nee. Ken ik niet.'

'Omdat hij voordat jij erbij kwam niet gehoorzaamd had.'

Saint-Lucq besprong ze sneller en stiller dan een gewone moordenaar. De eerste zakte in elkaar toen de pook zijn schedel kraakte. De tweede kwam nog overeind, maar eindigde ook met ingeslagen schedel. Twee seconden. Twee klappen. Twee doden. Niet één kreet.

De halfbloedige wilde net de bebloede pook op de buik van een van de kadavers laten vallen, toen hij scharnieren hoorde piepen.

'Zo, jongens,' zei iemand. 'Alweer aan het schransen?'

Saint-Lucq draaide zich bliksemsnel om en hief zijn arm.

De pook zoemde draaiend door de lucht en drong tussen de ogen van de Corbijn, die blootshoofds en half gekleed, zonder enige argwaan binnenstapte. Verbijsterd struikelde de man naar achteren en viel op zijn rug.

Vier plus één maakt vijf; de som was nog niet af.

Hij omklemde met zijn rechterhand de greep van de degen en ging de kamer binnen waar de bandiet die hij net had gedood naar buiten was gegaan.

Er waren een paar geïmproviseerde slaapplaatsen en op een ervan zat de laatste overlevende van de slachting hem verlamd van schrik aan te staren. Hij was piepjong, nog een puber van hooguit vijftien. Op zijn bovenlip prijkte een donzig blond snorretje en zijn gezicht zat onder de jeugdpuistjes. Hij was ruw uit zijn slaap gewekt en bleef gebiologeerd staren naar het lijk met de smeedijzeren stang in het voorhoofd. De pook zakte er langzaam uit, de met kleverig weefsel bedekte punt lichtte een scherfje van de schedel op waardoor de huid scheurde. Na wat zacht gekraak viel hij ten slotte met een klap op de grond.

Het geluid deed de puber huiveren en hij keek nu naar de halfbloedige met zijn rode brilletje. Doodsbleek, met een van angst vertrokken gezicht en betraande ogen probeerde hij tevergeefs iets te zeggen, hij schudde een paar keer zijn hoofd in een stomme, wanhopige smeekbede. Hij kroop op handen en voeten achteruit op zijn bed, in de richting van de muur. Hij droeg slechts een hemd en een hoze, die nat was van de urine.

'Ge... Genade...'

Saint-Lucq liep langzaam op hem af en trok zijn degen.

143

Lucien Bailleux beefde van angst, kou en uitputting. Hij droeg enkel een nachthemd en de grond waarop hij lag was net zo koud als de steen waartegen hij soms leunde.

Het was al drie nachten geleden dat onbekenden hem in zijn slaap hadden overvallen in zijn appartement boven zijn notariskantoor. Ze hadden hem vastgebonden, geblinddoekt en hem bewusteloos geslagen. Wat hadden ze gedaan met zijn vrouw, die naast hem lag? Hij was hier wakker geworden, vastgebonden aan handen en voeten, op een plek die hij niet kon zien omdat de blinddoek nog steeds voor zijn ogen zat. Om zijn middel zat een zware, korte ketting waarmee hij aan de muur geklonken was. Hij had geen flauw idee wat men van hem wilde. Zijn enige zekerheid was dat hij zich niet in Parijs bevond, maar op het platteland. Dat kon hij afleiden uit de geluiden uit de omgeving, die hem in staat stelden bij te houden hoeveel dagen hij al gevangenzat.

Omdat hij dacht dat hij verlaten was, had hij de knevel voor zijn mond doorgebeten en luidkeels geschreeuwd. Uiteindelijk had hij een deur horen opengaan, de voetstappen van meerdere gelaarsde mannen horen naderen en een harde stem gehoord die zei: 'Behalve jij en wij is hier niemand. Niemand kan je horen. Maar dat geschreeuw werkt ons wel op de zenuwen.'

'Wat... wat wilt u van mij?'

In plaats van te antwoorden, had men hem geslagen; in zijn buik en in zijn lendenen. Een trap met een laars had hem zelfs een tand gekost. Hij had hem ingeslikt, zijn mond zat onder het bloed.

'Niet op zijn hoofd!' had dezelfde stem gezegd. 'We moeten hem levend afleveren.' Daarna had de notaris zich stil gehouden. De uren en de nachten waren voorbijgegaan, in onzekerheid en angst over het lot dat hem wachtte en zonder dat iemand de moeite nam om hem te eten of te drinken te geven...

De deur ging open en er kwam iemand binnen.

Automatisch kroop Bailleux in elkaar.

'Ik smeek u,' fluisterde hij. 'Ik geef u alles wat ik bezit.'

Zijn blinddoek werd hem afgenomen en toen hij weer aan het licht was gewend, zag hij een man die naast hem hurkte. De onbekende was gekleed als een ruiter, hij droeg een degen en had een eigenaardig vleeskleurig brilletje op, dat zijn ogen onzichtbaar maakte. Er ging iets duisters en dreigends van hem uit. De notaris werd er bang van.

'Doe me niets, alstublieft...'

'Mijn naam is Saint-Lucq. De mannen die u hebben ontvoerd zijn dood. Ik kom u bevrijden.'

144

'Me... Me bevrijden... Mij?'

'Ja.'

'Door wie... wordt u gestuurd?'

'Dat doet er niet toe. Hebt u gepraat?'

'Pardon?'

'Ze hebben u geslagen. Was dat om u aan het praten te krijgen? Hebt u hun iets verteld?'

'Maar waar gaat dit in hemelsnaam over?'

De halfbloedige zuchtte en zei geduldig: 'Onlangs hebt u een vergeten testament ontdekt en gelezen. In dat testament staat waar een bepaald document te vinden is.'

'Dat was het dus?'

'Nou?'

'Nee. Ik heb niets gezegd.'

Saint-Lucq wachtte.

'Ik zweer het!' hield de notaris vol. 'Ze hebben me helemaal niets gevraagd.'

'Goed.'

Toen pas maakte de halfbloedige de handen van Bailleux los en die vroeg: 'En mijn vrouw?'

'Ze maakt het goed,' antwoordde Saint-Lucq, hoewel hij in werkelijkheid van niets wist.

'De hemel zij dank!'

'Kunt u lopen?'

'Ja. Ik ben wel zwak, maar...'

Er klonk gehinnik en hoefgetrappel van een groep ruiters die naderde. Saint-Lucq liet de notaris verder zijn eigen boeien losmaken en liep naar de deur. Bailleux keek rond. Ze waren op de benedenverdieping van een niet meer gebruikte en vervallen molen met een enorme molensteen.

Toen hij naar buiten had gekeken, kondigde de halfbloedige aan: 'Zes ruiters. Ongetwijfeld de mannen aan wie u uitgeleverd zou worden.'

'O, lieve heer!'

'Kunt u vechten? Of u tenminste verdedigen?'

'Nee. We zijn verloren, hè?'

Saint-Lucq keek naar een vermolmde houten trap en nam die met vier treden tegelijk.

'Hierheen,' riep hij even later.

De notaris voegde zich bij hem op de eerste verdieping, waar de naaf van het schoepenrad om de verticale spil spil zat, die ooit de molensteen op de benedenverdieping had aangedreven.

De halfbloedige rukte een zolderraam open.

'We moeten hierdoor naar buiten kruipen en ons dan in de rivier laten vallen. De stroom zal ons meevoeren. Met een beetje geluk zien ze ons niet. Jammer dan voor de paarden die in het bos op ons wachten.'

'Maar ik kan niet zwemmen!'

'Leer het dan.'

5

Die ochtend lag gravin De Malicorne uitgestrekt op een ligstoel te genieten van de rust van haar bloeiende tuin, toen markies De Gagnière werd aangekondigd. Naast haar stond de geheimzinnige, met golvende duisternis gevulde globe, die ze verstrooid streelde zoals men de kop van een slapende kat aait. Bij elke aanraking reageerde de deining in de Bol van de Zielen en Gagnière, die op het terras was gekomen, vermeed ernaar te kijken. Hij kende het gevaar van die globe. Hij wist waarvoor hij binnenkort zou worden gebruikt en was verbaasd, nee bezorgd, over de onverschilligheid waarmee de jonge vrouw omging met dit relikwie dat haar was toevertrouwd door de meesters van de Zwarte Klauw.

'Goedendag, meneer de markies. Wat komt u me zo vroeg al vertellen?'

'Leprat is dood.'

'Leprat?'

'De boodschapper die Malencontre en zijn mannen tussen Brussel en Parijs niet konden tegenhouden. Dankzij uw inlichtingen heb ik hem vannacht bij de Saint-Denispoort in een hinderlaag kunnen lokken.'

'Meneer Leprat...' zei de jonge vrouw peinzend. 'Kijk eens aan...'

'Een musketier van de koning,' meende Gagnière nog te moeten verduidelijken.

'En een voormalige Degen van de Kardinaal. Heb ik u niet gezegd dat die binnenkort weer van zich zouden doen spreken?'

'Dat klopt. Maar...'

'Hebt u hem gedood?'

'Ja. Met een kogel in het hart.'

'Mijn complimenten. En de brief?'

De elegante markies haalde diep adem.

'Die had hij niet.'

Nu keek de gravin hem voor het eerst sinds het begin van hun gesprek aan. Haar engelachtige gezicht bleef onbewogen, maar haar ogen fonkelden al van woede.

'Wat zegt u?'

'Hij had hem niet bij zich. Misschien heeft hij hem helemaal nooit gehad.'

'Zou men ons een loer hebben gedraaid en de echte boodschapper ongezien en ongehinderd langs een andere route laten rijden?'

'Dat denk ik.'

'Ja,' zei gravin De Malicorne opnieuw haar tuin bestuderend. 'Het is natuurlijk mogelijk...'

Ze zwegen een tijdje en Gagnière wist niet wat hij moest doen; zijn goede manieren verboden hem te gaan zitten zonder daartoe te worden uitgenodigd. Hij bleef dus staan, slecht op zijn gemak, zijn beige suède handschoenen in de hand.

'Als de brief in het Louvre is...' begon hij te zeggen.

De knappe jonge vrouw maakte zijn zin af: '... weten de koning en de kardinaal nu dat we een gevaar voor Frankrijk betekenen. We mogen aannemen dat het vooruitzicht dat de Zwarte Klauw binnenkort een factor van betekenis zal zijn in het koninkrijk, ze niet vrolijk zal stemmen.'

Aan haar glimlachje te oordelen vond ze dat bij nader inzien geen onprettig idee.

'Gedane zaken nemen geen keer,' besloot ze. 'We hebben nu even andere dingen aan ons hoofd.'

Ze stond op, nam de arm van de markies en samen liepen ze de tuin in. Dat verbaasde Gagnière eerst, maar hij begreep al snel dat de gravin ongewenste toehoorders wilde vermijden. Die bevonden zich zelfs hier, in haar eigen domein.

'Weet u nog,' zei ze eindelijk, 'dat onze Spaanse broeders en zusters beloofd hadden ons een vertrouwensman te sturen? Dat is gebeurd; Savelda is in Parijs.'

'Ik blijf van mening dat we hem buiten onze zaken moeten houden.'

'Dat is onmogelijk,' onderbrak de gravin hem. 'Geef hem een goed onthaal. Verberg niets voor hem en gebruik hem zo goed mogelijk. Nu u en ik het erover eens zijn dat Savelda hier is om op ons te letten, mogen we niet laten blijken dat we hem verdenken. Laten we doen alsof we vereerd zijn dat de Grote Loge zo'n bekwame man tot onze beschikking stelt...'

'Goed.'

148

Nu die zaak geregeld was, begon de gravin over iets anders: 'Wanneer gaat u Castilla oppakken?'

'Gauw. Vannacht waarschijnlijk.'

'En het meisje?'

'Castilla zal ons bij haar brengen en dan ontvoeren we haar.'

'Maar...!'

'Dat zal hem lekker bezighouden. En zo houden wij onze handen vrij om onze eerste inwijdingscermonie voor te bereiden. Als dat achter de rug is, zal er in Frankrijk een loge van de Zwarte Klauw bestaan en onze Spaanse broeders kunnen daar, jaloers of niet, niets meer aan veranderen.'

'U krijgt dan de rang van meester.'

'En u die van eerste ingewijde... Maar laten we nog geen victorie kraaien. Velen voor ons hebben gefaald omdat ze te snel dachten dat ze er waren en het gevaar niet meer zagen. Ik houd rekening met dat gevaar.'

Achter in de tuin, in een hoekje tussen het groen, stond een stenen bank. De gravin nam erop plaats en gebaarde Gagnière hetzelfde te doen.

'Er is iets,' prevelde ze, 'wat onze meesters en Savelda niet mogen weten; dat een van onze agenten gisteren in Palais-Cardinal is gepakt.'

'Wie?'

'De beste. De oudste. De meest waardevolle.'

'Laincourt!'

'Ja, Laincourt... Ik weet nog niet hoe, maar het is gebeurd. Meneer De Laincourt is ontmaskerd. Hij zit nu in de cel en wacht ongetwijfeld op ondervraging.'

'Waar?'

'In het Châtelet.'

'Laincourt houdt zijn kiezen wel op elkaar.'

'Dat staat te bezien. Maar u kunt dat misschien beter zeker gaan stellen.'

6

Sinds kapitein Saint-Georges Laincourt had meegedeeld dat hij was gearresteerd wegens verraad en hem plechtig had gevraagd zijn degen af te geven, was een lange nacht verstreken. De gevangene was naar het Châtelet gebracht, waar men hem zijn persoonlijke bezittingen had afgenomen en hem naamloos had opgesloten. Voor de wereld had hij net zo goed opgeslokt kunnen worden in het binnenste van de aarde.

Hij bestond niet meer.

In 1130 had Lodewijk VI een klein versterkt kasteel – *châtelet* in het Frans – laten bouwen ter verdediging van de Pont au Change op de rechteroever van de Seine. Het Grand Châtelet – zo genoemd ter onderscheiding van het Petit Châtelet aan het begin van de Petit Pont op de andere oever – werd overbodig door de aanleg van een verschansing door Philippe Auguste en verloor zijn militaire bestemming. Lodewijk de Heilige vergrootte het, Karel IV verbouwde het en Lodewijk XII restaureerde het. In de zeventiende eeuw werd het Châtelet de zetel van de rechtspraak van het Provoostschap van Parijs, terwijl in de vestingtoren trapsgewijze gevangenissen waren ingericht. Die hadden allemaal een naam. Bovenin waren de gemeenschappelijke cellen volgepropt met gevangenen; ze heetten Beauvoir, la Salle, Barbarie en Gloriette; daaronder lagen drie eenpersoonscellen, genaamd la Boucherie, Beaumont en la Griesche; op de begane grond had je Beauvais, weer een gemeenschappelijke cel en ten slotte in de gewelven, zonder luchtverversing, zonder licht, de meest afschuwelijke van alle cellen: la Fosse, le Puits, la Gourdaine en l'Oubliette.

Laincourt had de eer la Gourdaine te mogen betrekken, waar enkel wat beschimmeld stro lag dat krioelde van het ongedierte. Men had hem la Fosse nog bespaard, een put waarin de gevangene aan een touw werd neergelaten en die werd afsloten door een luik. Onder in deze trechtervormige kerker, waarin men niet kon zitten, liggen en nauwelijks staan, stond een laagje drabbig water.

Sinds de deur achter Laincourt was dichtgegaan, waren er in deze diepe duisternis lange, stille uren verstreken. Af en toe bereikte hem de echo van een schreeuw, van een gevangene die gek werd van eenzaamheid of van een ongelukkige die werd gemarteld. Er was ook het geluid van water; het gestage getik van druppels die plasjes brak water vormden. En hij hoorde soms het gescharrel van ratten op de vochtige stenen.

Ineens, misschien in de ochtend, werd er een sleutel in het slot gestoken. Er kwam een edelman met een grijze snor binnen, aan wie de bewaker voordat hij de deur weer afsloot een brandende lantaarn gaf.

Met knipperende ogen kwam Laincourt overeind en hij herkende Brussand.

'U mag hier niet komen, Brussand. Ik zit in de isoleercel.'

'Hier,' zei de ander en hij gaf hem een heupfles met wijn en een stuk witbrood.

De voormalige vaandrig van de Garde nam ze dankbaar aan. Hij beet gretig in het brood, maar kauwde zorgvuldig. Nadat hij een slok wijn had gedronken vroeg hij: 'Hoe bent u hier geraakt?'

'De wachtofficier was me iets schuldig.'

'Was de schuld groot genoeg om dit te rechtvaardigen?'

'Nee.'

'Dan staat u nu bij hem in het krijt... Jammer en nutteloos. Evengoed bedankt... Ga nu maar weer, Brussand. Ga weg, voordat u alles op het spel zet.'

'Van ons allemaal zijn de dagen geteld. Maar u moet me eerst iets vertellen.'

Laincourt glimlachte flauwtjes; hij had een stoppelbaard en holle wangen.

'Ik ben u iets verschuldigd, vriend.'

'Zeg me alleen dat het allemaal niet waar is,' zei de oude gardist opgewonden. 'Zeg me dat ze zich vergissen. Zeg me dat u ten onrechte wordt beschuldigd van spionage. Zeg me dat, en uit naam van onze vriendschap zal ik u geloven en u verdedigen!'

De gevangene keek de oude gardist lang aan.

'Ik wil niet tegen u liegen, Brussand.'

'Het is dus wel waar?'

Stilte.

'Godallemachtig!' riep Brussand uit. 'U...? Een verrader?'

Verslagen, teleurgesteld, misleid en nog altijd vol ongeloof, week hij terug. Na een tijdje haalde hij diep adem, als iemand die het onvermijdelijke onder ogen ziet, en zei: 'Spreek dan. Spreek, Laincourt. U wordt hoe dan ook berecht en veroordeeld. Maar bespaar uzelf de pijnbank...'

Laincourt zocht naar woorden.

En zei: 'Een verrader verraadt zijn meesters, Brussand.'

'Ja en?...'

'Ik kan u alleen maar zeggen dat ik die van mij niet heb verraden.'

7

Hij ontwaakte, gewassen en verbonden, in het dakkamertje dat hij huurde in de Rue Cocatrix en dat hij herkende zodra hij zijn ogen opende.

'Kijk eens aan, u bent weer in ons midden,' zei een welluidende mannenstem.

De man die op de rand van zijn bed zat was eenvoudig gekleed, maar hij bezat de vanzelfsprekende elegantie van een heer van stand. Hij droeg een degen, had zijn hoed naast zich gelegd en had een boek in zijn hand dat hij nu dichtsloeg.

'Goedendag, Athos,' groette Leprat.

'Goedendag. Hoe voelt u zich?'

Leprat ging voorzichtig rechtop in de kussens zitten en bekeek zijn verwondingen. Zijn arm was keurig verbonden, evenals als zijn dij onder het laken dat zijn naakte lichaam bedekte. Hij had nauwelijks pijn, voelde zich uitgerust en was helder van geest.

'Verbazingwekkend goed,' antwoordde hij. 'En de brief?'

'Wees gerust, die is aangekomen. De wachtofficier van de Saint-Denispoort, aan wie u die voorzichtigheidshalve had toevertrouwd toen u Parijs bereikte, heeft hem onverwijld overhandigd aan meneer De Tréville... Hebt u honger?'

'Ja.'

'Dat is een goed teken.'

Athos pakte een mandje dat hij tussen hen in op het bed zette en tilde de roodgeblokte doek op waaronder een worst, kaas, een terrine met pâté, een half rond brood, een mes, twee glazen en drie flessen wijn verstopt hadden gezeten.

'Dus,' zei Leprat, terwijl de ander een boterham voor hem smeerde, 'ik leef nog.'

'Ja hoor. Hier, eet.'

De herstellende nam een hap van een stuk brood met een dikke laag pâté en zijn eetlust kwam helemaal terug.

'En aan wie heb ik het te danken dat ik nog op deze wereld ben?'

'Ten eerste aan de hemel. En vervolgens aan meneer De Tréville... Maar vertel me eerst wat u zich nog herinnert.'

Leprat zocht in zijn geheugen.

'Gisteravond, tegen de nacht... Het was toch gisteravond, nietwaar?'

'Ja.'

'Gisteravond dus, tegen het vallen van de nacht, ben ik op de kruising van de Rue Saint-Denis en de Rue aux Ours in de val gelopen. Ik heb de meesten van mijn belagers kunnen afslaan, maar de laatste, een edelman, kreeg me te pakken. Ik herinner me nog dat hij me met een pistool een kogel in het hart schoot, en daarna niets meer.'

'Kende u uw moordenaar?'

'Nee. Maar nu zou ik hem wel uit duizenden herkennen.'

Athos knikte peinzend. Hij kende niet de bijzonderheden, noch de hoofdzaken van deze missie en discreet als hij was, stelde hij er ook geen vragen over. Hij betwijfelde trouwens of deze ridder meer wist dan hijzelf. Hij leunde opzij, pakte Leprats degenriem die aan het voeteneinde van het bed hing en zei: 'Dit hier is de reden waarom u in de eerste plaats de hemel moet danken. Hij heeft u geschapen als linkshandige.'

Leprat grijnsde.

Als linkshandige droeg hij zijn degen rechts. Zijn brede leren degenriem liep dus vanaf zijn linkerschouder over zijn borst en had de kogel opgevangen die zijn hart had moeten doorboren. De schok had hem alleen omvergeworpen en knock-out geslagen.

'Godzijdank heeft mijn moordenaar niet op mijn hoofd gemikt.'

'Dat zijn de grillen van het gevecht. En die zijn niet altijd fataal.'

De gewonde knikte en nam het aangeboden glas wijn aan. Hij had voldoende vechtervaring om te weten dat men niet zelden zijn leven dankt aan het geluk.

'Al heb ik een vermoeden,' zei hij het glas heffend, 'vertel me toch maar waarom ik meneer De Tréville moet bedanken.'

Athos dronk eerst zijn glas leeg.

'De grapjassen die de de Saint-Denispoort bewaakten, hadden het lawaai van het gevecht wel gehoord, maar kwamen pas kijken op het moment dat u-weet-wel-wie u in het hart schoot. Hun komst heeft hem op de vlucht gejaagd. Natuurlijk dachten ze eerst dat u dood was, maar ze begrepen toen dat u dat niet was, of nog niet helemaal. Dankzij de vrijgeleide die u had getoond, wisten ze dat u musketier van de koning bent. Een van hen is dus meneer De Tréville gaan halen, terwijl de anderen u naar een heelmeester brachten. Meneer De Tréville heeft u, zodra hij ter plekke kwam, weer uit diens klauwen gered, u thuisgebracht en u toevertrouwd aan de goede zorgen van zijn eigen chirurgijn. Ziedaar.'

'Ziedaar?'

'Ziedaar.'

'En hoe komt het dat u voor ziekenoppasser speelt?'

Athos haalde zijn schouders op.

'Ik had gisteravond dienst,' verklaarde hij.

Om een eind te maken aan het gesprek, stond hij op, pakte zijn hoed en verkondigde: 'Ik moet u nu alleen laten.'

'Gaat u terug naar de Rue du Vieux-Colombier?'

'Ja.'

'Als u het goedvindt ga ik met u mee.'

'Echt waar?'

'Ik voel me ertoe in staat en meneer De Tréville wil vast zo snel mogelijk mijn verslag hebben... Geef me een paar minuten om me aan te kleden.'

'Goed. Ik wacht in de gang op u.'

Antoine Leprat woonde op het Île de la Cité.

In schone kleren, maar met een lelijke baard van drie dagen oud, voegde hij zich al snel bij Athos en vroeg hem of ze eerst even bij de barbier konden langsgaan. Die stemde grif toe. Hij kon zelf ook wel een scheerbeurt gebruiken en De Tréville stond erop dat zijn musketiers – op z'n minst – toonbaar waren. Een barbier in de Rue de la Licorne gaf hun weer gladde wangen en de gelegenheid om zich even te ontspannen en wat bij te kletsen.

'Een ding zit me nog dwars,' zei Athos.

'Wat dan?'

'U herinnert u alleen maar de ruiter die het pistoolschot heeft gelost, nietwaar? Maar de boogschutters bij de Saint-Denispoort hadden het over een tweede ruiter, die ze gezien zouden hebben... Een in het wit of grijs geklede ruiter op een wit paard die, toen u op de grond lag, tegenover de eerste ruiter stond. Als je hen mag geloven was het bijna een geestverschijning... En net als die ander was hij weg voordat hij kon worden herkend.'

'Ik heb u alles verteld wat ik me herinner, Athos.'

Wat later, het was rond zessen, liepen ze over de Petit Pont, zonder dat ze trouwens iets zagen van de Seine, want de brug was net als de meeste Parijse bruggen in die tijd aan weerskanten bebouwd met dicht naast elkaar staande huizen en leek daarom op een gewone straat. Ze liepen vervolgens door de Rue de la Harpe en de Rue des Cordeliers, tot aan de Saint-Germainpoort waar ze werden opgehouden in de grote drukte. Maar wie Parijs wilde verlaten of naar de buitenwijken wilde, moest nu eenmaal door één van de stadspoorten.

De hoofdstad was versterkt. Boven een slotgracht verrezen middeleeuwse muren, die op gezette afstanden waren onderbroken door vier meter hoge peperbustorens. Ze werden geacht de stad te beschermen tegen de gevaren van een burgeroorlog of aanvallen van buitenaf. Maar die bescherming was slechts denkbeeldig. Er was geen kanon te bespeuren. De grachten lagen vol met rommel. En de muren zelf stonden op instorten, ondanks alle pogingen van de schepenen om de puinhopen te herstellen. De Parijzenaars maakten zich geen illusies en zeiden dat hun muren van porselein waren, dat je er met een geweer een gat in kon schieten of ze door tromgeroffel kon laten instorten. Maar toch moest iedereen die Parijs in of uit wilde de poorten door. Het waren grote, verouderde en vervallen gebouwen, maar ze hadden wachthuisjes waarin tolbeambten en burgerwachten zaten. De eersten inden cijnzen op goederen, de laatsten controleerden de papieren van vreemdelingen en allemaal deden ze hun werk even plichtsgetrouw, wat de doorstroming niet bevorderde.

In de buitenwijk Saint-Germain gekomen, passeerden Athos en Leprat de kerk van Saint-Sulpice en liepen in de Rue du Vieux-Colombier onder de poort van het huis van De Tréville door.

Aangezien meneer De Tréville de kapitein was van de compagnie van de musketiers des konings, leek het huis meer op een legerkamp dan op de woning van een voornaam heerschap. Het was er een drukte van belang en je botste voortdurend op nobele, verarmde edellieden met vurige blikken. De musketiers van de koning hadden weliswaar geen geld, maar wel blauw en heet bloed. Bij het minste of geringste trokken ze hun degen. Ze droegen allemaal de blauwe kazak al dan niet met het zilveren kruis met de Franse lelie en allen, dienst of geen dienst, waren ze het liefste hier. Ze bivakkeerden op de binnenplaats, sliepen in de stallen, betrokken de wacht op de trappen, dobbelden in de wachtkamers en hielden soms zelfs schermwed-

strijden in de gangen; ter verstrooiing, om te oefenen of om de voortreffe-
lijkheid van een bepaalde schermtechniek te demonstreren. Dit schilder-
achtige spektakel dat zo veel indruk maakte op bezoekers was eigenlijk
niets bijzonders. In die tijd werden de meeste legers bijeengebracht met het
oog op een dreigende oorlog en werden, uit bezuining, weer ontbonden
zodra ze niet meer nodig waren. De enkele permanente regimenten hadden geen eigen kazernes. Als onderdeel van het beroemde militaire huis
van de koning bestond de garde van de musketiers uit mannen op wie men
altijd kon rekenen en die ook in vredestijd niet gedemobiliseerd werden. Ze
kregen een tegemoetkoming voor hun levensonderhoud en verder bekommerde niemand zich erom waar ze onderdak hadden of hoe ze waren uitgerust; ze moesten het doen met een magere en onregelmatig uitgekeerde
soldij, die werd betaald door de schatkist.

In huize De Tréville wist iedereen al dat Leprat in de val was gelopen.
Omdat er al gefluisterd was dat hij dood of stervende was, werd hij nu fees-
telijk ingehaald. Zonder deel te nemen aan de vreugde-uitbarstingen en de
andere uitingen van viriele hartelijkheid, begeleidde Athos Leprat tot aan
de grote trap waar musketiers, lakeien en baantjesjagers zich verdrongen.
Daar liet hij hem alleen.

'Probeer je krachten toch een beetje te sparen, vriend. Je bent er erg aan
toe geweest.'

'Ik beloof het. Bedankt, Athos.'

Leprat liet zich aankondigen en hoefde niet lang te wachten. Kapitein De
Tréville ontving hem bijna direct in zijn kabinet en stond, zodra hij de deur
achter zich had gesloten, op om hem te begroeten.

'Binnen, Leprat. Kom binnen. En ga zitten. Ik ben blij dat u weer zo snel
op de been bent, dat had ik niet verwacht. Ik was zelfs van plan vanavond
bij u langs te gaan.'

Leprat bedankte hem en nam plaats, terwijl meneer De Tréville weer aan
zijn werktafel ging zitten.

'Om te beginnen, hoe gaat het met u?'

'Goed.'

'Uw arm? Uw been?'

'Ze doen het nog.'

'Mooi. En nu uw verslag.'

De musketier gehoorzaamde en vertelde eerst hoe hij de mannen van Malencontre had verslagen en hem zelf had laten ontsnappen.

'Malencontre, zegt u?'

'Hij zei dat hij zo heette.'

'Ik neem er nota van.'

Vervolgens vertelde Leprat van de valstrik in de Rue Saint-Denis en de geheimzinnige edelman die hem zonder een spier te vertrekken had neergeschoten. Toen hij uitgesproken was stond de kapitein op en wendde zich met zijn handen op de rug naar het raam. Dat keek uit over de binnenplaats van zijn huis, vol met musketiers die hij adoreerde, beschermde en berispte als een vader. Ze waren ongedisciplineerd en twistziek, maar er was er niet een bij die niet alle gevaren zou trotseren en niet zijn leven zou geven voor de koning, de koningin en voor Frankrijk. De meesten van hen waren nog jong en, zoals iedereen die jong is, dachten ze dat ze onsterfelijk waren. Maar dat verklaarde niet hun moed en hun buitengewone toewijding. Al was het ze niet aan te zien, ze vormden een elite die niet onderdeed voor de garde van de kardinaal.

'In het Louvre is men zeer tevreden over u, Leprat. Ik heb Hare Majesteit vanochtend nog gesproken. Ze weet nog wie u bent en ze feliciteert u... Uw missie was een succes.'

Meneer De Tréville keek nu weer naar Leprat.

'Men heeft mij opgedragen u een verlof toe te staan,' zei hij plechtig.

'Dank u.'

'U hoeft me niet te bedanken. Het gaat om een onbeperkt verlof.'

Verontrust en ongelovig verstarde de musketier.

Een verlof van enkele dagen of weken was een beloning. Maar een verlof van onbeperkte duur betekende dat hem, tot nader order, zijn kazak werd ontnomen.

Waarom?

8

En karos getrokken door twee paarden was Parijs binnen gereden door de Richelieupoort, volgde de gelijknamige straat tussen de tuinen van Palais-Cardinal en de Butte Saint-Roche, draaide de kade op en volgde de Seine tot aan een nieuwe houten tolbrug; de Pont Rouge, die zijn naam dankte aan de rode menie waarmee hij was bestreken. De karos bereikte zo de welvarende buitenwijk Saint-Germain, die was ontstaan rond de beroemde abdij en nu bijna een stad op zichzelf was, en weldra administratief bij de hoofdstad gevoegd zou worden.

Aan de overkant van de Pont Rouge lag een heel nieuwe wijk. Deze kant was heel lang een drassige oever en een uitgestrekt braakliggend land geweest, de Pré-aux-Clercs, voordat koningin Margaretha van Navarra aan het begin van de eeuw had besloten er een landgoed aan te leggen. Zo verrezen er een kade, de Quai Malaquais, een prachtig herenhuis, een groot park en het klooster van de hervormde augustijnen. Om haar plannen te kunnen bekostigen ging de eerste vrouw van Hendrik IV leningen aan en ze deinsde daarbij niet terug voor wat malversaties. Bij haar dood in 1615 liet ze een prachtig landgoed na, maar ook een schuld van 1.300.000 pond! De schuldeisers verdrongen zich. Om ze voldoening te kunnen geven werd het domein geveild en in stukjes verkocht aan ondernemers die er nieuwe straten aanlegden en er begonnen te bouwen.

De karos, met vaste hand bestuurd door een grijzende, stevig gebouwde koetsier die de steel van een stenen pijpje tussen zijn tanden klemde, reed langs de Quai Malaquais en sloeg vervolgens de Rue des Saints-Pères in. Ter hoogte van het la Charité-hospitaal, reed hij de Rue Saint-Guillaume in en hij stopte al snel voor een grote, zwarte, beslagen deur.

Een verweerd wapenschild met een uitgehouwen roofvogel sierde de donkere gevelsteen van het pand.

❖

Marciac zat zich te vervelen op de onderste trede van het bordes van hôtel de l'Épervier en dobbelde wat in zijn eentje, toen hij de klopper op de koetspoort hoorde neerkomen. Hij keek op en zag meneer Guibot mankend op zijn houten been de binnenplaats oversteken om te kijken wie er was. Almadès leunde uit een open raam.

Even later kwam door het zijpoortje een vrouw binnen. Ze was tamelijk groot, slank en droeg de kleuren grijs en rood. De rok van haar gewaad was opgeschort tot op de rechterheup, waardoor een mannenhoze en rijlaarzen zichtbaar werden. Op haar breedgerande hoed wuifden twee grote struisvogelveren – een witte en een scharlakenrode – en een voile verborg haar gezicht en beschermde het tegelijkertijd tegen het stof waaraan iedereen die met de karos lange reizen maakte over de onverharde wegen, zich blootstelde. Je kon heel vaag een verleidelijke mond met volle, rode lippen onderscheiden.

Zonder aandacht te besteden aan Marciac die naar haar toe liep, bekeek ze het huis alsof ze van plan was het te kopen.

'Goedendag, mevrouw.'

Ze draaide zich om en keek hem zwijgend aan.

Maar de mond glimlachte.

'Waarmee kan ik u van dienst zijn?' drong de Gasconjer aan.

Op dat moment bemoeide Almadès vanuit zijn venster zich ermee.

'Je hebt een bijzonder slecht geheugen, Marciac. Herken je je vrienden niet meer?'

Van zijn stuk gebracht trok Marciac zijn schouders op, maar toen barones De Vaudreuil haar voile oplichtte veranderde zijn terughoudendheid plotseling in vreugde.

'Agnes!'

'Dag, Marciac.'

'Agnes! Mag ik je een zoen geven?'

'Dat mag je.'

Ze omhelsden elkaar vriendschappelijk, hoewel de jonge vrouw voordat ze zich weer losmaakte toch een hand moest tegenhouden die over haar billen wandelde. Maar de vreugde van de Gasconjer over het weerzien leek oprecht en ze wilde die niet bederven.

'Wat een feest, Agnes! Wat een feest!... Dus jij doet ook weer mee?'

Agnes toonde de ijzeren zegelring die ze over haar handschoen van grijs

160

leer droeg.

'Ach,' zei ze. 'Een dag of...'

'... altijd!' vulde Marciac aan. 'Weet je dat ik in die vijf jaar vaak aan je heb gedacht?'

'Echt waar? En was ik gekleed?'

'Soms wel!' riep de ander. 'Af en toe!'

Almadès die was verdwenen bij het venster, kwam de deur van het huis uit.

'Van harte welkom, Agnes.'

'Dank u. Ik ben ook blij u weer te zien. Ik heb uw schermlessen gemist.'

'Zodra u wilt, beginnen we weer.'

Tijdens die begroetingen had Guibot gezwoegd om in zijn eentje de twee zware deuren van de koetsingang te openen. Toen dat was gebeurd, reed de koets naar binnen en Ballardieu sprong van de bok, breed grijnzend met zijn pijp tussen zijn tanden. Weer was de begroeting vrolijk en luidruchtig, vooral tussen de oude soldaat en de Gasconjer; die twee hadden samen heel wat flessen geleegd en heel wat rokken opgetild.

De karos moest eerst worden uitgespannen, in de schuur gereden, uitgeladen en de paarden moesten naar de stal worden gebracht. Nu hielp iedereen de portier, die overigens deed of hij Agnes verbood om ook maar één hand uit te steken. Zij deed of ze niet luisterde, maar ging toch kennismaken met de charmante en verlegen Naïs die was komen kijken toen ze al die stemmen hoorde.

Ook La Fargue verscheen.

Zijn komst verstoorde de feestvreugde niet echt, maar iedereen ging wat zachter praten.

'Heb je een goede reis gehad, Agnes?'

'Ja, kapitein. Ik heb laten inspannen zodra ik uw brief kreeg en we hebben in één stuk doorgereden.'

'Dag, Ballardieu.'

'Kapitein.'

'Het is nog altijd zo somber hier,' zei de jonge vrouw naar de droefgeestige grijze stenen van Hôtel de l'Épervier wijzend.

'Een beetje minder, nu,' vond Marciac.

'Zijn we compleet, kapitein?'

Stug, streng en stram in zijn grijze kazak, met de hand op de knop van zijn degen, kneep La Fargue even de ogen dicht en wachtte met antwoorden terwijl hij naar de koetsdeuren keek.

'Bijna, vanaf nu.'

De anderen draaiden zich om en zagen hem staan, met de witte degen aan zijn zijde. Hij glimlachte naar hen zonder dat je kon zeggen of die glimlach weemoedig of slechts ontroerd was.

Leprat.

9

Met mooi weer, op zon- en feestdagen, zochten de Parijzenaars graag verstrooiing buiten de stad. Dorpen als Vanves, Gentilly of Belleville en de stadjes Meudon of Saint-Cloud, niet ver van de buitenwijken, hadden leuke herbergen waar je kon drinken en dansen, tikkertje kon spelen onder de bomen of luieren in de schaduw en genieten van de buitenlucht. De sfeer was er vrolijk en ongedwongen, maar schandelijk in de ogen van sommigen. Het is waar dat het er 's avonds als de wijn en het spel de remmingen hadden opgeheven soms wulps aan toe ging. Door de week, als er minder volk was, waren deze gelegenheden wijkplaatsen die werden gewaardeerd om hun rust en om de kwaliteit van hun keuken, zoals Le Petit Maure in Vaugirard, die beroemd was om zijn doperwtjes en zijn aardbeien.

In zo'n herberg hadden Saint-Lucq en Bailleux onderdak gevonden. Nadat ze zich uit het raam hadden laten vallen van de watermolen waar de notaris gevangen werd gehouden, waren ze ontkomen aan de ruiters die de gevangene kwamen ophalen, maar de stroom had hen ver van hun paarden afgedreven. Saint-Lucq had beslist dat ze, liever dan de vijand tegemoet te lopen, te voet verder zouden gaan. Ze hadden urenlang door bossen en velden gelopen, de horizon afspeurend naar ruiters, en waren uitgeput bij de herberg aan de rand van een dorp gekomen.

Lucien Ballieux bevond zich nu alleen in een kamer op de bovenverdieping. Hij zat gulzig te eten aan een speciaal voor hem gedekte tafel, want hij was uitgehongerd na zijn drie dagen gevangenschap. Hij had enkel een hemd aan, hetzelfde dat hij droeg toen ze hem midden in de nacht met grof geweld van zijn bed hadden gelicht. Maar het was tenminste schoon, dankzij het onvrijwillige bad in de rivier. Mager, met een getekend gezicht en haar dat voor zijn ogen viel, leek hij precies op wat hij was: een vluchteling.

Hij keek ongerust naar de deur toen Saint-Lucq zonder kloppen binnenkwam. De halfbloedige droeg een pak met kleren dat hij op het bed gooide.

'Voor u. Het was van een reiziger die vertrok zonder te betalen.'

'Dank u.'

'Ik heb ook twee gezadelde paarden voor ons gevonden,' ging Saint-Lucq door, terwijl hij een vluchtige blik uit het raam wierp. 'Kunt u rijden?'

'Eh... ja. Een beetje... Denkt u dat die ruiters ons nog achternazitten?'

'Ik weet het wel zeker. Ze willen ons en ze zullen niet opgeven... De lijken van de bandieten die ik bij die molen heb gedood, waren nog warm toen ze arriveerden. Daardoor weten ze dat we op het nippertje zijn ontsnapt. En als ze de paarden hebben gevonden waarmee we hadden moeten vluchten, weten ze ook dat we met zijn tweeën en te voet zijn. Geloof maar dat ze op dit moment de hele omgeving uitkammen om ons te vinden.'

'Maar we zullen ze afschudden, nietwaar?'

'We hebben een kans, als we niet treuzelen. Ze weten tenslotte niet waar we heen gaan.'

'Naar Parijs?'

'Niet voordat we dat document hebben opgehaald. En niet voordat we het in veiligheid hebben gebracht. Kleed u aan.'

Even later, hij was al bijna aangekleed, stortte Ballieux in. Hij plofte op het bed neer, begroef zijn gezicht in zijn handen en barstte in tranen uit.

'Ik... ik begrijp er niets van,' stotterde hij.

'Wat niet?' vroeg de halfbloedige onaangedaan.

'Waarom ik? Waarom moet mij dat gebeuren...? Ik leid een heel geregeld leven. Ik heb gestudeerd en bij mijn vader gewerkt tot ik zijn kantoor overnam. Ik heb een meisje van het college getrouwd. Ik was een goede zoon en ik denk dat ik een goede echtgenoot ben. Ik bid regelmatig en ik doe aan liefdadigheid. Ik behandel mijn zaken eerlijk en waardig. Het enige wat ik vraag is om in vrede te mogen leven... Waarom dan toch?'

'U hebt het verkeerde testament gelezen. En wat nog erger is, u hebt dat wereldkundig gemaakt.'

'Maar als notaris was ik dat verplicht!'

'Vast wel.'

'Het is niet rechtvaardig.'

Daar antwoordde Saint-Lucq niet op.

Wat hem betrof bestond er geen rechtvaardigheid. Er bestonden slechts sterken en zwakken, rijken en armen, wolven en lammeren, levenden en doden. Zo was het en zo zou het altijd zijn. De rest was maar literatuur.

Hij ging naar de notaris toe om hem moed in te spreken en hem te zeggen dat hij zich moest vermannen. Ineens stond de man op en klampte zich aan hem vast. De halfbloedige verstarde toen de ander zei: 'Dank u, meneer... Dank u... Ik weet niet wie u bent. Ik weet niet door wie u wordt gezonden... Maar zonder u... o mijn God, zonder u!.. Weet dat ik u voor eeuwig dankbaar ben, meneer. Er is voortaan niets wat ik u zou weigeren. U hebt mij gered. Ik dank mijn leven aan u.'

Langzaam, maar ferm maakte Saint-Lucq zich van hem los.

En dan, met de handen op de schouders van Baillieux, schudde hij hem door elkaar en beval: 'Kijk mij aan, meneer.'

De notaris gehoorzaamde en zag zichzelf weerspiegeld in de rode brillenglazen.

'Bedank me niet,' vervolgde Saint-Lucq. 'En bemoei u er niet mee wie me stuurt en waarom. Ik doe wat ik doe omdat ik ervoor word betaald. U zou al dood zijn als ze hadden gewild dat ik u doodde. Dus bedank me nooit meer. Mijn plaats is niet in romans, noch in de kronieken. Ik ben geen held. Ik ben slechts een degen. In tegenstelling tot uzelf, verdien ik geen enkele achting.'

Aanvankelijk vol ongeloof hoorde Bailleux deze redevoering aan.

Toen knikte hij geschokt en zette de pet op die de halfbloedige voor hem had meegebracht.

'We moeten ons haasten,' besloot Saint-Lucq. 'Elke minuut die verstrijkt is een verloren minuut.'

De notaris was de eerste die de kamer verliet en terwijl hij op de binnenplaats van de herberg onhandig in het zadel klom, bleef de halfbloedige nog even binnen om de waard te betalen en hem iets in het oor te fluisteren. De man luisterde aandachtig naar de aanwijzingen, knikte en nam nog een extra goudstuk in ontvangst.

Nog geen half uur na het vertrek van Saint-Lucq en Bailleux, arriveerden de gewapende ruiters. Op zijn dorpel wachtte de waard ze op.

10

In de grote zaal van Hôtel de l'Épervier waren de Degens van de Kardinaal bijna klaar met eten.

Aan het hoofd van de ruwe eikenhouten tafel zat La Fargue in diep gesprek gewikkeld met Leprat en Agnes. Marciac zat naast hen te luisteren, zei soms iets, en wipte de rest van de tijd met zijn stoel naar achteren en schudde een spel kaarten waarbij zonder mankeren telkens de vier azen bovenop kwamen te liggen. Almadès zei helemaal niets en wachtte. Ballardieu at, rookte en dronk tegelijkertijd en keek naar de heupen van Naïs, die de tafel afruimde.

'Leuke meid, hè?' had Marciac hem toegefluisterd bij de eerste blikken van de oude soldaat naar de hupse kokkin.

'Nou en of.'

'Maar weinig spraakzaam. Bijna stom.'

'Ik zie dat als een voordeel.'

'Meen je dat? Raar...'

Ze hadden allemaal een beetje opgezien tegen deze maaltijd die hen, na de oprechte vreugde en de omhelzingen bij het weerzien, dwong de ware maat van hun vriendschap te nemen. Wat was ervan overgebleven? Je weet nooit wat er van uit het oog verloren vrienden na zo'n lange tijd geworden is en de omstandigheden die bij het beleg van La Rochelle hadden geleid tot ontbinding van de Degens, bedekten de herinneringen als een rouwsluier. Die sluier zou echter algauw worden weggerukt en de oude banden hersteld.

De tafelschikking die helemaal spontaan tot stand was gekomen, was de uitdrukking van zowel de sympathieën als de oude gewoonten. De kapitein presideerde in overleg met Leprat en Agnes die hij graag raadpleegde; in de zeer losse structuur van de Degens nam de musketier zelfs de rol van luitenant op zich. Marciac, die zich een beetje afzijdig hield, was een man wiens waarde en talenten bekend waren, maar die liever aan de zijlijn opereerde, die nooit tekortschoot en die het beledigend zou vinden onder iemands bevel te staan. De serieuze, in zichzelf gekeerde Almadès vroeg daarentegen niet beter. En Ballardieu, die gewend was aan de lange wachtperiodes voor de gevechten, genoot van het moment.

Er ontbraken nog drie Degens. Eén was er spoorloos verdwenen alsof de kwellende duisternis waaruit hij ooit naar voren was getreden, hem direct na La Rochelle weer had verzwolgen. De andere had verraad gepleegd en niemand had ooit nog zijn naam durven uitspreken. De laatste, ten slotte, was omgekomen en het verlies was nog een bloedende wond in ieders geheugen.

Terwijl Naïs wegliep met de laatste borden, wierp Agnes La Fargue een vragende blik toe. Hij begreep het en knikte. De jonge vrouw stond op en zei diep ontroerd: 'Heren, ik denk dat het tijd is ons glas te heffen op hem die alleen door de dood kon worden verhinderd hier te zijn.'

Met geheven glas stonden ze allemaal op.

'Op Bretteville!' zei La Fargue.

'Op Bretteville!' riepen de anderen in koor.

'Op Bretteville,' herhaalde Agnes nog eens met verstikte stem voor zichzelf.

De Degens gingen weer zitten, heen en weer geslingerd tussen de vreugde Bretteville gekend te hebben, de trots van hem te hebben gehouden en het verdriet hem te hebben verloren.

'We hebben een opdracht,' zei La Fargue na een tijdje.

Iedereen luisterde.

'We moeten een zekere ridder D'Irebàn vinden.'

'Wat heeft hij gedaan?' wilde Agnes weten.

'Niets, hij is verdwenen en er wordt gevreesd voor zijn leven.'

'Wie niets doet, verdwijnt niet zomaar,' verklaarde Almadès nuchter.

'Een Spanjaard?' vroeg Marciac verbaasd.

'Ja,' zei de kapitein.

'Laat Spanje hem dan zoeken.'

'Dat is nou juist wat de kardinaal wil voorkomen.'

La Fargue stond op, ging achter zijn stoel staan en leunde er met gevouwen handen overheen.

'Ridder D'Irebàn,' vervolgde hij, 'is de erfgenaam van een Spaanse *grande*. Een geheime en onwaardige erfgenaam. Een jonge losbol, die onder een valse naam in Parijs zijn toekomstige fortuin is komen verbrassen.'

'Wat is zijn echte naam?' vroeg Agnes.

'Die is me onbekend. Het schijnt dat Spanje dat geheim wil houden.'

'Ze zijn zeker bang voor een schandaal,' veronderstelde Ballardieu. 'Als de vader een Spaanse gra...'

'Als!' onderbrak Marciac. 'Moeten we wat Spanje beweert voor zoete koek aannemen?'

Maar La Fargue legde de Gasconjer met een blik het zwijgen op en vervolgde: 'De vader is er slecht aan toe. Hij heeft niet lang meer te leven. En toen Spanje zijn afwezigheid ontdekte, wilde men de zoon terugbrengen in de schoot van zijn familie. Irebàn zou van de ene op de andere dag spoorloos verdwenen zijn en er wordt gevreesd dat hij in Parijs in slecht gezelschap geraakt is.'

'Als hij echt zo'n losbandig leven leidde,' merkte Agnes op, 'zou dat best eens kunnen. En als zijn slechte vrienden hebben ontdekt wie hij in werkelijkheid is...'

'Alweer een "als",' mompelde Marciac.

'Bij monde van een speciale afgezant,' ging la Fargue door, 'bracht Spanje de koning op de hoogte van de situatie en maakt hem deelgenoot van zijn bezorgdheid en zijn plannen.'

'Zijn "plannen"?' vroeg Ballardieu.

'Spanje wil Irebàn terug en dreigt, om kort te gaan, alle spionnen van het koninkrijk eropaf te sturen als Frankrijk niet het nodige doet. Daarom moeten wij aan de slag.'

Leprat zat zich al te lang te ergeren.

Hij kon zich nu niet meer inhouden, stond op en begon, zonder een woord te zeggen, met een strak gezicht en vuurspuwende ogen, woedend te ijsberen. Dat Spanje Frankrijk voorwaarden stelde, leek hem al niet te bevallen. Maar wat hem vooral deed steigeren was het feit dat hij zijn musketierskazak aan de wilgen zou moeten hangen, enkel om een vreemde mogendheid te gaan dienen.

Een vijandige mogendheid.

La Fargue had die reactie wel voorzien.

'Ik weet wat je denkt, Leprat.'

De ander staakte zijn geijsbeer.

'Werkelijk, kapitein?'

'Ik weet het omdat ik er net zo over denk. Maar ik weet ook dat Richelieu op dit moment toenadering zoekt tot Spanje. Frankrijk moet binnenkort ten strijde trekken in Lotharingen en misschien ook in het Heilige Roomse Rijk. We kunnen dan geen vijand aan de grens met de Pyreneeën hebben. Hij moet Spanje tegemoetkomen en hem een bewijs van vriendschap leveren.'

Leprat zuchtte.

'Goed. Maar waarom wij? Waarom de Degens weer oproepen? Voor zover ik weet heeft de kardinaal spionnen genoeg.'

De kapitein gaf geen antwoord.

'De opdracht is een hachelijke onderneming...' vond Agnes.

'... en wij zijn de besten,' vulde Marciac aan.

Maar hoe prettig ze ook klonken, deze conclusies waren voor niemand echt bevredigend.

Er was een mysterie dat iedereen bezighield.

Het bleef lange tijd stil en toen zei de Gasconjer: 'We weten niets van de ware identiteit van deze ridder D'Irebàn en Spanje zal ons niet wijzer maken. Veronderstel dat hij nog leeft. Veronderstel dat hij zich verbergt of gevangen wordt gehouden. Parijs telt vijfhonderdduizend zielen. Iemand, zelfs als hij een Spanjaard is, daartussen terugvinden zal niet eenvoudig zijn.'

'We hebben een spoor,' kondigde La Fargue aan. 'Niet heel duidelijk en waarschijnlijk alweer koud, maar het is er.'

'Wat?' wilde Agnes weten.

'D'Irebàn kwam niet alleen naar Parijs. Hij heeft een medefliereefluiter. Een gelukszoeker, ook een Spanjaard. Een avonturier en op zijn tijd een vechtersbaas en een groot kenner van het Parijse nachtleven. De man noemt zich Castilla. We beginnen bij hem. Almadès en Leprat gaan met mij mee.'

De aangesprokenen knikten.

'Marciac, jij blijft hier en maakt met samen Guibot een lijst van alles wat we nog nodig hebben. Maar vanaf vanavond doe je de ronde langs alle cabarets en speelhuizen waar D'Irebàn en Castilla misschien vaste klanten zijn.'

'Begrepen. Maar dat zijn er heel wat in Parijs.'

'Doe je best maar.'

'En ik?' vroeg barones De Vaudreuil.

La Fargue zweeg een tijdje.

'Jij, Agnes, hebt een bezoekje af te leggen. Doe dat.'

Ze begreep het zonder Ballardieu te hoeven aankijken.

❦

Een tijdje later voegde La Fargue zich bij Leprat die in de stal de paarden zadelde.

'Ik weet hoe zwaar het je valt, Leprat. Voor de anderen is de terugkeer bij de Degens een zegen. Maar voor jou...'

'Voor mij?'

'Je carrière bij de musketiers van de garde is al helemaal uitgestippeld. Niets verplicht je het op te geven en als je het mij zou vragen...'

De kapitein maakte zijn zin niet af.

De ander glimlachte aangedaan en dacht aan wat meneer De Tréville hem had gezegd toen hij hem zijn nieuwe marsorder gaf.

'U bent een van mijn beste musketiers. Ik raak u niet graag kwijt, vooral als u zelf uw mantel wenst te behouden. Ik sta aan uw kant. Ik zal tegen de koning en de kardinaal zeggen dat u onmisbaar bent, wat trouwens de waarheid is. U hoeft het maar te zeggen.'

Maar Leprat had niets gezegd.

'Deze missie zit me niets lekker,' zei La Fargue er nog bij. 'Spanje speelt geen eerlijk spel. Ik vrees dat hij ons wil gebruiken voor zijn eigen belangen en misschien zelfs ten nadele van Frankrijk... In het beste geval, winnen wij er niets bij. Maar u hebt heel wat te verliezen.'

De voormalige musketier trok een buikriem aan en streelde de bil van zijn nieuwe paard. Het was een prachtige vos, een cadeautje van meneer De Tréville.

'Mag ik eerlijk tegen je zijn?' vroeg hij.

Hij tutoyeerde zijn kapitein uitsluitend als ze alleen waren.

'Natuurlijk.'

'Ik ben soldaat; ik dien wie men mij opdraagt te dienen. En als dat je nog niet genoeg is; ik ben een Degen.'

11

Voor Ballardieu was de Pont-Neuf het echte weerzien met Parijs. Want als de markt van de Hallen de buik en het Louvre het hoofd van de hoofdstad was, kon je de Pont-Neuf het hart noemen. Het hart dat hem leven gaf en een ononderbroken mensenstroom door zijn straten pompte. Iedereen nam de Pont-Neuf. In de eerste plaats vanwege het gemak, want via de Pont-Neuf kon je rechtstreeks van de ene naar de andere oever komen, zonder door de kronkelige middeleeuwse straatjes van het Île de la Cité te hoeven. Maar je ging ook over de brug vanwege het plezier.

De Pont-Neuf dateerde van het einde van de regering van Hendrik IV en had aanvankelijk bebouwd moeten worden met huizen, zoals de gewoonte was in een stad waar het kleinste stukje bouwgrond werd benut. Er werd van afgezien om niet het uitzicht te bederven dat de koninklijke familie vanuit het Louvre had op de stad. Van de plannen bleven alleen twee brede, zes treden hoge banken over, die langs de geplaveide weg liepen. Die banken werden de eerste trottoirs van Parijs, waar vanaf men de Seine kon bewonderen en van de buitenlucht kon genieten zonder omvergereden te worden door een koets of een ruiter. De Parijzenaars kwamen er graag wandelen. Straatartiesten en handelaars vestigden zich langs de borstwering en in de halvemaanvormige uitsparingen, zodat de Pont-Neuf een doorlopende kermis was waar het wemelde van de mensen.

'Grote genade!' riep Ballardieu snuivend. 'Ik leef op!'

Agnes grinnikte, maar meer ingehouden.

Ze waren te voet door de Neslepoort gekomen en langs het Hôtel de Nevers naar de Pont-Neuf gelopen. Dat was de kortste weg naar het Louvre, waar ze moesten zijn.

'Wat doet dat goed!' jubelde de oude soldaat. 'Vind je ook niet?'

'Ja.'

'En er is nog niets veranderd! Kijk, die hansworst herinner ik me nog!'

Hij wees op een broodmagere slungel in een versleten mantel die op een even uitgemergeld paard gezeten een poeder aanprees tegen 'het uitvallen van tanden'. Dat hij er zelf nog maar één in zijn mond had, tastte zijn eigen geloof niet aan en leek ook zijn publiek niet te storen.

'En daar! Tabarin en Mondor...! Kom, we gaan even luisteren.'

Tabarin en Mondor waren beroemde potsenmakers die allebei hun podium hadden aan het begin van de Place Dauphine. De één was een schuin lied aan het zingen en de andere maakte, gewapend met een enorme klysmaspuit, de dokters belachelijk en bood aan iedereen die dat wilde 'zijn gat roze te wassen'. De toeschouwers brulden van het lachen.

'Straks,' zei Agnes. 'Op de terugweg.'

'Met jou valt niets te lachen, meid.'

'Vergeet je niet dat ik barones ben?'

'Een barones wier blote billen ik nog heb gezien en die ik al kende toen ze nog geen tieten had. Die op mijn schouders zat en die ik haar eerste sterke drank heb laten proeven.'

'Op mijn achtste! Je wordt nog bedankt... Ik weet nog dat ik de hele nacht heb moeten kotsen.'

'Dat sterkt je karakter. Ik was zes toen mijn vader deed wat ik voor u deed, mevrouw de barones De Vaudreuil. Hebt u iets aan te merken aan de opvoeding die mijn vader geschikt voor mij achtte?'

'Toe nou, ouwe. Doorlopen... Op de terugweg, zei ik.'

'Beloofd?'

'Ja.'

Het was zo druk met koetsen, paarden, karren en handkarren dat het bijna onmogelijk was om over te steken en op de stoepen was er geen doorkomen aan. Kwakzalvers, goochelaars, drakendresseurs, chirurgijns – 'Tanden trekken zonder pijn! Ik vervang wat ik eruit haal!' – en liedjeszangers toonden hun kunsten, paaiden het publiek in het Italiaans, Spaans of, als ze geleerd wilden doen, in Grieks en Latijn. Talloze boekverkopers boden voor een zacht prijsje verfomfaaide, beduimelde en gescheurde boeken aan, waartussen overigens vaak pareltjes zaten. Ze hadden allemaal verhogingen, barakken, tentjes, hokjes en kraampjes. De plaatsen waren duur en felbegeerd. Degenen die er geen konden bemachtigen lieten aanplakbiljetten achter met hun naam, adres en specialiteit. Anderen – bloemenverkoopsters, hoedenmakers, eau-de-vieverkopers – liepen al roepend van de ene oever naar de andere, met een stellage voor de buik of achter een handkar. Op de Pont-Neuf werd alles gekocht en verkocht. Er werd ook veel gestolen, want elke menigte trekt uitschot aan.

Agnes liep voorbij het beroemde 'bronzen paard' – dat in 1633 nog op zijn marmeren voetstuk stond te wachten tot het beeld van Hendrik iv op zijn rug werd geplaatst – toen ze ontdekte dat ze alleen was. Ze liep terug en zag dat Ballardieu stilstond bij een zigeunerin die een tamboerijn bespeelde en wulps danste met veel gerinkel van de gouden munten op haar jurk. Agnes sleurde de oude soldaat aan zijn mouw voort. Hij liep even achteruitlopend mee, struikelde over zijn degen en spitste toen zijn oren bij een volgende kreet: 'Pak je kans! Het kan niet missen! Zes ballen voor een stuiver! Pak je kans!'

De man die dat schreeuwde probeerde klanten te werven voor zijn loterij. Hij liet een wiel ronddraaien en had uitgestald wat er bij hem te winnen viel: een kam, een spiegel, een schoenlepel en alle mogelijke andere rommel. Ballardieu waagde een gokje en werd de gelukkige eigenaar van een tabaksdoos waarvan het deksel niet meer sloot. Hij toonde die net aan de ongeduldige jonge barones toen er trompetgeschal klonk.

Vanaf de linkeroever begonnen soldaten van het regiment van de Franse garde de weg vrij te maken. Ze joegen wagens en ruiters aan de kant, duwden de voetgangers op de trottoirs en stelden zich in drie rijen op bij de treden, gingen in de houding staan met de lans voor zich of het musket op de schouder. Een rij tamboers roerde de trom terwijl de Zwitserse garde voorbijtrok, gevolgd door een groep zwierige ruiters; officieren, heren, hovelingen. Pages in koninklijke livrei volgden te voet en, aan weerszijden van de stoet, liepen de beroemde Honderd Zwitsers met hun hellebaarden. Daarna kwam de gouden koninklijke karos, getrokken door zes schitterende paarden en omringd door een escorte van edelen. Was de inzittende van de koets, van wie je net het profiel kon zien, echt de koning? Misschien wel. Het volk, dat op afstand werd gehouden door de lansen en de musketten, juichte niet. Het hield zich eerbiedig stil, bijna in trance, en met ontbloot hoofd. Er reden nog meer karossen langs. Eén ervan was bijna zo wit als het paardenspan ervoor en had geen wapenschild. Hij was van de abdis van de zusters van Sint-Georges, de beroemde 'Witte Juffers', die al twee eeuwen lang het Franse hof beschermden tegen de dreiging van de draken.

Zoals iedereen was Agnes blijven staan en had ze haar hoofd ontbloot.

Maar de koninklijke karos interesseerde haar beduidend minder dan de smetteloos witte koets waar ze haar ogen niet vanaf had kunnen houden sinds ze hem had opgemerkt. Toen hij langs haar reed, lichtte een witte gehandschoende hand het gordijntje op en liet een vrouw haar gezicht zien. De abdis zocht haar niet eens. Ze keek Agnes direct recht in de ogen. Het was lang en langzaam, alsof de witte koets bijna niet vooruitging, alsof de tijd die zwijgende aanraking van twee wezens, twee zielen, ongaarne verbrak.

En toen reed de koets verder.

De werkelijkheid kreeg weer de overhand en de stoet verwijderde zich onder hoefgetrappel op het plaveisel. Het regiment van de Franse garde ontruimde ordelijk de trottoirs en marcheerde weg. Op de Pont-Neuf ging het leven weer gewoon door.

Alleen Agnes bleef, met haar gezicht naar het Louvre gekeerd, doodstil staan.

'Ik ben blij dat ik die blik niet heb moeten ondergaan,' zei Ballardieu vlak naast haar. 'Om dat vol te houden...'

De jonge vrouw haalde berustend haar schouders op.

'Het bespaart me een gang naar het Louvre.'

'Ga je dan niet met haar praten?'

'Niet vandaag... En waar is het nog goed voor? Ze weet nu dat ik terug ben. Daar gaat het om.'

En vastbesloten om het uit haar gedachten te zetten, glimlachte Agnes tegen de oude soldaat.

'Vooruit?' zei ze. 'Zullen we dan maar?'

'Waarheen?'

'Naar Tabarin en Mondor gaan luisteren, natuurlijk!'

'Meen je dat?'

'Ik had het toch beloofd?'

12

Halverweg de middag kwamen ze bij de kapel.
Hij stond midden in de velden, daar waar een verlaten weg en
een kiezelpad elkaar kruisten. Niet ver ervandaan trok een kudde
schapen langs. Een traag draaiende molen domineerde het landschap met
groene heuvels.

'We zijn er,' zei Bailleux aan de rand van een bos.

Saint-Lucq en hij zaten naast elkaar te paard, maar in plaats van naar de
kapel keek de halfbloedige naar de omgeving.

Hij had een stofwolk opgemerkt.

'Wacht,' zei hij.

De wolk kwam dichterbij.

Nu zagen ze dat het ruiters waren die over de weg draafden. Het waren
er vier, misschien vijf, en allemaal gewapend met degens. Het was niet de
eerste keer dat Saint-Lucq en de notaris ze hadden gezien sinds ze de herberg hadden verlaten. Zij, of misschien ook anderen. Maar ruiters die allemaal hetzelfde doel hadden: Bailleux te pakken krijgen en hem zijn geheim
te ontfutselen.

'Laat ze voorbijgaan,' zei de halfbloedige kalm.

'Maar hoe kunnen ze weten dat het hier...' vroeg de ander ongerust.

'Ze weten niets. Ze zoeken. Dat is alles. Maak u niet druk.'

De ruiters bleven even staan op de kruising met het pad. Toen verspreidden ze zich in twee groepjes die in verschillende richtingen reden. Even later waren ze allemaal verdwenen.

'Ziezo,' zei Saint-Lucq voor hij zich omdraaide.

Bailleux haalde hem in terwijl ze stapvoets een begroeide helling afdaal-
den.

'Ik geloof dat daar de doop heeft plaatsgevonden. Het is ongetwijfeld
daarom dat...'

175

'Ja, vast wel,' onderbrak de halfbloedige hem.

Op een pleintje met aangestampte aarde sprongen ze uit het zadel en ze betraden de kapel. Die was laag, koel, kaal en het rook er muf. Hij leek al heel lang niet meer gebruikt te zijn. Misschien diende hij als schuilplaats voor verdwaalde reizigers die overvallen werden door slecht weer.

In het halfdonker nam Saint-Lucq zijn bril af, hij wreef met duim en wijsvinger in zijn vermoeide ogen en keek rond. De notaris wees meteen naar een beeld van Sint-Christoffel, dat op een sokkel in een nis stond.

'Als het waar is wat er in het testament staat, is dat het.'

Ze gingen erheen en bestudeerden het beeld.

'We moeten hem kantelen,' zei Bailleux. 'Dat zal niet makkelijk zijn.'

Het gewicht van het polychrome beeld zou een probleem geweest zijn als Saint-Lucq van plan was geweest het te sparen. Maar hij zette zich schrap, gaf Sint-Christoffel een duw, waardoor hij omviel en op de stenen vloer in stukken uiteen spatte.

Bailleux sloeg een kruis bij deze heiligschennis.

Onder het beeld had iemand eerder een verweerde leren omslag verborgen, die nu zichtbaar werd op de sokkel. De notaris pakte hem, maakte hem open en streek met zorg de bladzijde glad die uit een oud doopregister was gescheurd. In de vouwen dreigde het perkament te scheuren.

'Dat is het!' riep hij uit. 'We hebben het!'

De halfbloedige stak zijn hand uit.

'Geef hier!'

'Vertelt u me dan eindelijk waar het allemaal over gaat? Weet u dat, trouwens?'

Saint-Lucq dacht na en kwam tot de conclusie dat de ander het recht had om het te weten.

'Dat document bewijst de wettige aanspraken van een zeker iemand op een nalatenschap. Bij die erfenis hoort een hertogtitel.'

'Lieve hemel!'

Bailleux probeerde te zien welke illustere naam er op het blad stond, maar de halfbloedige griste het uit zijn handen. De ander was eerst verrast, maar probeerde het toen te vergoelijken.

'Het... Het is vast beter zo... Ik wist al bijna te veel, nietwaar?'

'Ja.'

'Maar hiermee is dan alles voorbij. Ik zal nooit meer worden lastiggevallen.'

'Weldra.'

Toen hoorden ze weer ruiters naderen.

'Onze paarden!' riep Bailleux op gedempte toon. 'Ze hebben zeker onze paarden gezien!'

De ruiters hielden stil voor de kapel, maar schenen niet af te stijgen. De paarden kalmeerden na de dolle rit en briesten. In de kapel verstreken de seconden tergend langzaam. Er was geen enkele uitweg.

De notaris was in paniek en begreep niet hoe de halfbloedige zo kalm kon blijven.

'Ze komen binnen! Ze komen binnen!'

'Nee.'

Met een strak gebaar stak Saint-Lucq Bailleux recht in het hart. De man stierf zonder te weten waarom, gedood door degene die hem eerst had gered. Voordat hij stierf keek hij vol ongeloof in de rode, uitdrukkingsloze ogen van zijn moordenaar.

De halfbloedige ving het lijk op en legde het voorzichtig neer.

Vervolgens veegde hij zorgvuldig zijn dolk schoon, hij stak hem weer terug in de schede terwijl hij kalm naar de deur liep en het helle zonlicht tegemoet trad. Buiten zette hij zijn rode brilletje op, keek naar de hemel en zoog de frisse lucht in. Toen pas keek hij naar de vijf gewapende ruiters die in het gelid op hem stonden te wachten.

'Is het gebeurd?' vroeg een van hen.

'Het is gebeurd.'

'Geloofde hij echt dat wij jullie achtervolgden?'

'Ja. Jullie hebben je rol voortreffelijk gespeeld.'

'En wat doen we met de betaling?'

'Regel dat maar met Rochefort.'

De ruiter knikte en de groep galoppeerde weg.

Saint-Lucq keek ze na tot ze achter de horizon waren verdwenen en bleef alleen achter.

13

De middag begon ermee dat ze Laincourt kwamen halen. Zonder iets te zeggen haalden twee cipiers van het Châtelet hem uit zijn cel, ze namen hem mee door vochtige gangen en lieten hem een wenteltrap op lopen. De gevangene stelde geen enkele vraag; hij wist dat het zinloos was. Hij was niet geboeid. Hij had zijn bewakers gemakkelijk kunnen overmeesteren, een van hen ging voor met een lantaarn en de andere liep achter hem. Ze waren zo zeker van hun kracht en zo vol vertrouwen, dat ze enkel knuppels aan hun riemen hadden. Maar ontsnappen was niet aan de orde.

Ze liep de hele benedenverdieping door, zodat Laincourt begreep dat het niet de bedoeling was het Châtelet te verlaten. Eindelijk bleef de bewaker die vooropliep voor een gesloten deur staan. Hij draaide zich om naar de gevangene, gebaarde hem zijn polsen uit te steken en zijn collega bond die vast met een leren riem. Daarna drukte hij de klink naar beneden en deed een stap terug. De andere bewaker wilde Laincourt naar binnen duwen. Maar die maakte een bruuske schouderbeweging toen hij de aanraking voelde en stapte uit zichzelf naar binnen. De deur werd achter hem gesloten.

Hij kwam in een laag, kil vertrek met een stenen vloer en kale muren. Flauw daglicht viel in schuine strepen naar binnen door smalle vensters, voormalige schietgaten die nu waren voorzien van kozijnen met smerige ruiten. De open haard was net aangestoken en had het vocht nog niet kunnen verjagen. Er brandden kaarsen in twee grote kandelaars die op een tafel stonden en aan die tafel zat, kouwelijk gewikkeld in een mantel met een bontkraag, kardinaal Richelieu. Hij had laarzen aan, droeg een rijkostuum en had zijn handschoenen aan gehouden, maar de grote hoed die buiten het Palais-Cardinaal zijn incognito moest verzekeren, lag voor hem op tafel.

'Kom dichterbij, meneer.'

Laincourt gehoorzaamde en ging voor de tafel staan, maar op zodanige afstand dat het niet bedreigend was voor Richelieu.

Deze laatste was niet alleen gekomen. Rechts achter hem stond kapitein Saint-Georges, bevelvoerend officier van de garde van de kardinaal, zonder kazak en andere uiterlijke kenmerken die zijn identiteit en zijn functie konden verraden, met een degen aan zijn zijde met een mengeling van haat en minachting naar Laincourt te kijken. Een van de ontelbare secretarissen van Richelieu was ook meegekomen; hij zat met een schrijfgarnituur op de knieën op een krukje en hield zich gereed om het onderhoud vast te leggen.

'Dus,' zei de kardinaal, 'u bespioneert me.'

Meteen begon de secretaris met een ganzenveer over het papier te krassen.

'Ja,' antwoordde Laincourt.

'Dat is heel ernstig. Sinds wanneer?'

'Al een tijd.'

'Sedert uw te langdurige missie in Spanje, veronderstel ik.'

'Ja, Excellentie.'

Saint-Georges reageerde.

'Verrader,' beet hij hem met opeengeklemde kaken toe.

Richelieu hief de hand op om hem tot stilte te manen en toen Saint-Georges gehoorzaamde richtte hij zich weer tot de gevangene.

'Ik zou u kunnen verwijten dat ik u mijn vertrouwen schonk, maar dat was een noodzakelijke voorwaarde voor de uitoefening van uw beroep. Wat is per slot van rekening de waarde van een spion die je wantrouwt...? Niettemin meen ik dat ik u altijd goed heb behandeld. Dus, waarom?'

'Er zijn van die hogere doelen die hun die ze dienen te boven gaan, Excellentie.'

'Idealisme dus... Dat kan ik begrijpen... U werd hopelijk toch ook goed betaald?'

'Ja.'

'Door wie?'

'Spanje.'

'En door wie nog meer?'

'De Zwarte Klauw.'

'Excellentie!' riep Saint-Georges bevend van woede. 'Deze verrader verdient het niet dat u nog energie aan hem besteedt! Lever hem uit aan de beulen. Die weten hem wel aan de praat te krijgen!'

'Kom, kom, kapitein... Het is waar dat men aan een vaardige beul, vroeg of laat, alles vertelt. Maar men zegt dan soms ook om het even wat... En u ziet dat meneer De Laincourt het gesprek allerminst uit de weg gaat.'

'Laat de rechter hem dan tot de strop veroordelen!'

'Dat zullen we later wel zien.'

Richelieu keek weer naar Laincourt, die al die tijd onbewogen was gebleven.

'U schijnt u geen zorgen te maken over het lot dat u wacht, meneer. En dat is toch niet bepaald aantrekkelijk... Bent u een fanaticus?'

'Nee, Excellentie.'

'Legt u het me dan uit, wilt u? Waar komt uw kalmte vandaan?'

'Uwe Eminentie weet het best of hij heeft het al kunnen raden.'

De kardinaal glimlachte, terwijl Saint-Georges uitbarstte in woede en met de hand op zijn degen een stap dichterbij kwam.

'Geen brutaliteiten! Antwoord!'

Richelieu moest hem opnieuw tot bedaren brengen.

'Ik wil wedden, meneer De Laincourt, dat u een document voor uzelf hebt gehouden dat u beschermt.'

'Inderdaad.'

'Het gaat om een brief, nietwaar? Een brief en een lijst.'

'Ja.'

'Men schrijft altijd te veel op... Wat vraagt u in ruil daarvoor?'

'Het leven. De vrijheid.'

'Dat is nogal wat.'

'Zonder dat is er geen ruil.'

Saint-Georges was met stomheid geslagen, terwijl de kardinaal de wenkbrauwen fronste en met de ellebogen op tafel steunend zijn handen samenvouwde voor zijn dunne lippen.

'U ruilt dus niet,' ging hij verder. 'Verkoopt u wel?'

'Ook niet.'

'Dan begrijp ik het niet.'

'De brief die u kent, zal me niet meer beschermen zodra u hem in handen hebt. Je trekt je harnas niet uit in het bijzijn van de vijand.'

'De vijand kan vrede beloven...'

'De vijand kan wel van alles beloven.'

Ditmaal hief Richelieu zijn hand op nog voordat zijn kapitein reageerde. De secretaris op het krukje aarzelde om dit antwoord te notuleren. In de haard viel een uitgebrand houtblok om en het vuur laaide even hoog op.

'Ik wil die brief hebben,' zei de kardinaal na een korte stilte. 'Als u die niet wilt geven, kan ik u uitleveren aan de beul. Die zal u laten bekennen waar u hem bewaart.'

'Ik heb hem gegeven aan een vertrouwenspersoon. Iemand die door zijn rang en zijn geboorte wordt beschermd. Zelfs tegen u.'

'Zulke mensen zijn zeldzaam. In ons koninkrijk zijn ze op de vingers van één hand te tellen.'

'Een hand met een stalen handschoen.'

'Engels staal?'

'Wellicht.'

'Dat is een handige zet.'

Laincourt knikte even.

'Ik ben op een goede school geweest, Excellentie.'

Met een vaag gebaar wuifde Richelieu het compliment weg, zoals men verstrooid een lastig insect verjaagt.

'Kent de persoon in kwestie de aard van de brief die u hem hebt toevertrouwd?'

'Zeker niet.'

'Wat stelt u dan voor?'

'Excellentie, u verspreekt u als u zegt dat u die brief wilt terugvinden.'

'Heus?'

'Want u wilt hem vernietigen, is het niet? U wilt vooral dat deze brief voor altijd verdwijnt.'

De kardinaal leunde achterover en gaf de secretaris een teken op te houden met schrijven.

'Ik meen te begrijpen wat uw bedoelingen zijn, meneer De Laincourt. U wilt het leven, de vrijheid en in ruil daarvoor belooft u dat deze erg belastende brief blijft waar hij is. Zo waarborgt hij uw veiligheid. Als ik u gevangen laat nemen of laat doden, wordt zijn geheim onmiddellijk onthuld. Maar welke garanties voor mij staan daar tegenover?'

'Als ik het geheim van deze brief openbaar maak heb ik geen enkel verweer meer tegen u, Excellentie. Zelfs als ik wist waar ik me moet verbergen, zou dat nooit ver weg genoeg zijn om aan u te ontkomen. Als ik wil leven...'

'Maar wilt u echt wel leven, meneer De Laincourt?'

'Ja.'

'Maak u in dat geval eerder zorgen over uw meesters. Over de Zwarte Klauw. Het argument waarmee u mij in de tang houdt, gaat niet op voor hen. In tegendeel, de Zwarte Klauw heeft er alle belang bij dat het geheim dat ons bindt geopenbaard wordt. Dus wie beschermt u tegen hen? Ik ben zelfs geneigd te zeggen; wie beschermt óns tegen hen?'

'Maakt u zich geen zorgen, Excellentie. Met het oog op de Zwarte Klauw heb ik ook bepaalde voorzorgen genomen.'

De Kardinaal wenkte nu de secretaris en wees naar de deur. De man begreep het gebaar en verdween met zijn schrijfgerei.

'U ook, meneer,' zei Richelieu tegen Saint-Georges.

De kapitein wist niet wat hij hoorde.

'Pardon, Excellentie?'

'Laat ons alleen, alstublieft.'

'Maar Excellentie! Dat meent u toch niet?'

'Wees niet bang. Meneer De Laincourt is een spion, geen moordenaar. En trouwens, ik hoef maar te roepen en u staat hier weer, nietwaar?'

Met tegenzin verliet Saint-Georges het vertrek en toen hij de deur dichttrok hoorde hij nog: 'U bent duidelijk een vooruitziend man, meneer De Laincourt. Vertelt u me eens waar het u echt om te doen is...'

14

'Die woont hier niet meer, heren.'
'Allang niet meer?'
'Al een tijd.'
La Fargue en Leprat spraken met de waard van een herberg in de Rue de
la Clef, in de buitenwijk Saint-Victor. Terwijl Almadès buiten op de paar-
den paste, hadden de twee anderen een tafeltje gekozen, wijn besteld en de
herbergier uitgenodigd er een derde glas voor zichzelf bij te zetten.
'Gaat u zitten, meneer. We willen met u praten.'
De man had even geaarzeld. Zijn grote rode handen afvegend aan zijn
bevlekte voorschoot, had hij eerst de zaal rondgekeken of hij eerst nog iets
anders moest doen.
En toen ging hij zitten.
La Fargue wist dat Castilla, de kompaan van ridder D'Irebàn, hier had
gewoond. Jammer genoeg was dat niet meer zo.
'Wees zo precies mogelijk, alstublieft. Wanneer is hij vertrokken?'
'Laat me even nadenken... Een week geleden, geloof ik. Op een nacht
heeft hij zijn spullen gepakt en is niet meer teruggekomen.'
'Hij was dus gehaast.'
'Ik geloof het wel, ja.'
'Heeft hij hier lang gelogeerd?' vroeg Leprat.
'Ruim twee maanden.'
'Alleen?'
'Ja.'
'Nog bezoek gehad?'
Argwanend schoof de herbergier heen en weer op zijn stoel.
'Waarom al die vragen, heren?'
De twee anderen wisselden een blik en La Fargue zei: 'Castilla heeft

schulden. Hij is zekere personen geld, heel veel geld schuldig. Die personen willen hun geld zien. Ze hebben liever dat hun naam niet wordt genoemd, maar ze kunnen heel vrijgevig zijn. Begrijpt u me?'

'Ik begrijp u... Speelschulden, zeker?'

'Inderdaad. Hoe raadt u dat zo?'

De herbergier glimlachte voldaan als iemand die laat merken dat hij, zonder het te willen zeggen best het een en ander weet.

'Och... zomaar...'

'Zijn kamer,' zei Leprat. 'Die willen we graag zien.'

'Wat dat betreft...'

'Wat? Hebt u hem opnieuw verhuurd?'

'Nee, maar Castilla heeft voor de hele maand betaald. Dus of hij er nu wel of niet is, hij blijft nog van hem. Zou u het leuk vinden als ik uw kamer liet zien aan vreemdelingen?'

'Nee,' moest La Fargue toegeven.

'Dus wat moet ik hem zeggen als hij morgen terugkomt?'

'U hoeft niets te zeggen. U laat me waarschuwen op het adres dat ik zal geven...'

De kapitein haalde een klein, maar goedgevuld beursje uit zijn kazak en schoof het naar de herbergier toe. Het werd meteen weggegrist.

'Komt u maar mee, heren,' zei de man, opstaand.

Ze liepen achter hem aan naar boven, waar de waard een deur open-maakte met een sleutel die aan een ring aan zijn riem hing.

'Dit is hem,' zei hij.

Hij duwde de deur open.

De kamer was eenvoudig, maar proper, had beige muren en een kale plankenvloer. Als enig meubilair stonden er een krukje, een tafeltje met een lampetkan en een wasbak, een afgehaald bed waarvan de matras was terug-geslagen. Een nachtspiegel stond omgekeerd op de vensterbank van een raam dat uitkeek op de straat.

De kamer was schoongemaakt. Het onpersoonlijke vertrek wachtte op een nieuwe huurder. De Degens keken elkaar aan en zuchtten, ze verwacht-ten niet hier nog iets te zullen vinden.

Opdat Leprat de kamer rustig kon doorzoeken, hield La Fargue de her-bergier op de gang aan de praat.

'U hebt nog niet verteld of Castilla bezoek heeft ontvangen...'

'Een keer maar. Een heel jonge ruiter, een Spanjaard, net als hij. Castilla noemde hem "ridder", maar ze waren duidelijk goed bevriend.'

'Weet u zijn naam nog?'
'Iets als... Oberane... Baribane...'
'Irebàn?'
'Ja! Ridder D'Irebàn. Dat was het... Heeft hij ook schulden?'
'Ja.'
'Dat verbaast me niet. Ze hadden het er verschillende keren over dat ze naar mevrouw De Sovange gingen. En wat doe je bij mevrouw De Sovange anders dan gokken?'
'Wat was die Castilla voor iemand?'

Leprat had de deur dichtgeduwd zonder hem helemaal te sluiten, zogenaamd om erachter te kunnen kijken. Vervolgens had hij de kamer met de stofkam doorzocht.

Hij wist niet eens wat hij zocht en dat maakte het er niet gemakkelijker op. Hij klopte op de muren en de vloer, keek overal, voelde aan de matras en bestudeerde aandachtig alle naden ervan...

Zonder resultaat.

Het vertrek verborg geen enkel geheim. Als Castilla al iets belastends bezat, had hij het weer meegenomen.

De voormalige musketier stond op het punt om op te geven toen hij toevallig uit het raam keek. Wat hij zag – of beter gezegd, wie hij zag – deed hem verstijven.

Malencontre.

Malencontre, met zijn leren hoed en zijn linkerhand in het verband, die zich door een voorbijganger de herberg liet aanwijzen. Hij keek naar boven, naar het raam, verstrakte, zette met grote ogen op en liep abrupt weg.

'Alle donders!' riep Leprat uit.

Hij wist dat hij de huurling niet zou kunnen inhalen als hij de trap nam. Hij gooide het raam open, waardoor de nachtspiegel in stukken op de grond viel, en sprong de leegte tegemoet op het moment dat La Fargue, gealarmeerd door het lawaai, binnentrad.

Leprat landde vlak naast Almadès voor de herberg. Maar hij was de wond aan zijn dij vergeten. De pijn sloeg hem onderuit en hij viel op de grond met een kreet die de hele straat deed opschrikken. Niet bij machte op te staan, grimassend en zichzelf vervloekend, had hij toch nog de tegenwoordigheid van geest om de Spaanse schermleraar Malencontre aan te wijzen.

'Daar! Met die leren hoed! Vlug!'

Malencontre ging er, bijna rennend en tegen de voorbijgangers opbotsend, vandoor.

Terwijl hij de achtervolging inzette hoorde Almadès achter zich Leprat nog schreeuwen: 'Levend! We moeten hem levend hebben!'

Op de kruising van de Rue de la Clef met de Rue d'Orléans was de Spanjaard de huurling al kwijt. Hij klom op een handkar die net werd afgeladen en keek, zonder zich iets aan te trekken van de protesten, in het rond. Hij ontdekte de leren hoed net toen Malencontre om de hoek van een steegje verdween. Hij sprong tussen de menigte, raakte de zijkant van een groentestalletje dat omviel. Hij stopte niet en liep iedereen die niet vlug genoeg opzij sprong omver. Achter hem werd gevloekt en werden er vuisten gebald. Eindelijk kwam hij bij het steegje.

Het was uitgestorven.

Hij trok zijn degen.

Met zijn rapier in de hand verliet La Fargue de herberg en hij zag hoe Leprat zich verbeet terwijl hij met twee handen zijn dij vasthield en kronkelend van de pijn op de grond lag. Een paar brave zielen wilden helpen, maar zagen er vanaf toen ze de kapitein zagen.

'Hemel, Leprat! Wat is er...'

'Malencontre!'

'Wat?'

'Leren hoed. Hand verbonden. Almadès zit achter hem aan. Ik leg het je nog wel uit. Die kant uit! Vlug!'

La Fargue trok een pistool uit de zadelholster van zijn paard en holde weg.

Behoedzaam sloop Almadès door stille steegjes die niet breder waren dan een gang. Hij had het lawaai van de drukke straten achter zich gelaten en wist dat zijn prooi niet meer vluchtte. Anders zou hij zijn voetstappen nog horen. De man verschool zich. Om aan zijn belager te ontkomen, of om hem in de val te lokken.

Voorzichtigheid was geboden...

De aanval kwam onverhoeds en van rechts.

Vanuit een donker hoekje sprong Malencontre plotseling op hem af met een boomstam die hij had meegegrist van een houtstapel. Almadès hief zijn degen om zich te verweren. Keihard raakte het hout het gevest en sloeg Almadès het wapen uit handen. De twee mannen grepen nu elkaar vast en begonnen in de nauwe steeg een verbeten worsteling, waarbij ze beurtelings met hun ruggen tegen de ruwe muren kwakten. Almadès gaf de huurling een kniestoot in de zij. Malencontre moest loslaten, maar wist zijn tegenstander met het stuk hout tegen de slaap te raken. Verdoofd wankelde de Spanjaard, hij struikelde achteruit. Zijn zicht werd wazig en in zijn oren begon een oorverdovend gebonk. De wereld om hem heen begon vervaarlijk te deinen.

Hij meende te zien dat Malencontre zijn degen trok.

Hij verwachtte de doodssteek terwijl hij verslagen langs de muur naar beneden gleed.

En in die gewatteerde droom hoorde hij het schot haast niet.

Malencontre viel.

Tien meter verderop stond La Fargue met een rokend pistool in zijn hand.

187

15

Drie ruiters stonden te wachten op de Place de la Croix-du-Trahoir, een onbelangrijk kruispunt in de wijk van het Louvre, daar waar de Rue de l'Arbre-Sec samenkomt met de Rue Saint-Honoré. Zwijgend en onbeweeglijk stonden ze naast de fontein met het rijkversierde kruis dat de plek zijn naam gaf. Eén van hen was een rijzige edelman met een bleke gelaatskleur en een litteken op zijn slaap. De voorbijgangers wisten niet dat hij graaf Rochefort was, de verdoemde ziel van de kardinaal. Maar zijn onheilspellende voorkomen schrikte iedereen af.

Een karos zonder wapenschild reed, getrokken door een prachtig span paarden, het plein op en stopte.

Rochefort steeg af, gaf de teugels aan de dichtstbijzijnde van de twee andere ruiters en zei: 'Wacht hier op mij.'

Hij stapte in de koets die onmiddelijk weer wegreed.

De leren gordijntjes waren neergelaten, zodat het binnen in de koets halfdonker was. Twee witte waskaarsen brandden in wandkandelaars aan weerszijden van de achterbank. Daar zat een heel elegante edelman. Hij had lang, dik, aan de slapen grijzend haar en droeg een kazak van brokaat, versierd met tressen van goud en diamant. Hij was tegen de vijftig, wat in die tijd al een respectabele leeftijd was. Maar hij was nog sterk, vief en bezat een rijpe charme. Zijn snor en zijn puntbaard waren perfect geknipt. Over zijn wang liep een smal litteken.

De man daarentegen die rechts van hem zat, zag er niet uit.

Hij was gedrongen, kaal en sjofel gekleed in een bruin kostuum met witte kousen en schoenen met gespen. Zijn houding was nederig en onzeker. Hij was geen bediende. Toch had hij iets van een ondergeschikte, een burgerman die door hard werken hogerop was gekomen. Hij was misschien een jaar of vijfendertig. Hij had het soort gezicht waar je niet op let en dat je onmiddellijk weer vergeet.

Rochefort nam, tegen de rijrichting in, plaats tegenover deze twee mannen.

'Ik luister,' zei graaf Pontevedra in vlekkeloos Frans.

Met een blik op de kleine man aarzelde Rochefort even.

'Wat? Stoort Ignacio u?... Vergeet hem. Hij telt niet mee. Hij is er niet.'

'Goed... De kardinaal wil u laten weten dat de Degens klaarstaan.'

'Nu al?'

'Ja. Alles was gereed. Ze moesten alleen de oproep nog beantwoorden.'

'Wat ze zonder dralen hebben gedaan, veronderstel ik... La Fargue?'

'Hij voert het bevel.'

'Mooi. Wat weet hij?'

'Hij weet dat hij op zoek is naar een zekere ridder D'Irebàn, wiens verdwijning Madrid verontrust omdat hij de zoon is van een Spaanse grande.'

'En dat is alles.'

'Zoals u het wenste.'

Pontevedra knikte en dacht even na, het schijnsel van de kaars belichtte zijn wilskrachtige profiel.

'Kapitein La Fargue mag de ware feiten van deze zaak niet weten,' zei hij ten slotte. 'Dat is van het hoogste belang.'

'Zijne Eminentie heeft daarvoor gezogd.'

'Indien hij zou ontdekken dat...'

'Maak u daarover geen zorgen, meneer de graaf. Het geheim blijft bewaard. Hoewel...'

Rochefort liet zijn zin onafgemaakt.

'Hoewel, wat?' vroeg Pontevedra.

'Hoewel u moet weten dat het succes van de Degens niet is gegarandeerd. En als La Fargue en zijn mannen zouden falen, vraagt de kardinaal zich af wat...'

De ander onderbrak hem.

'Nu kan ik u geruststellen, Rochefort. De Degens zullen niet falen. Als zij zouden falen, is er niemand anders die kan slagen.'

'Dus Spanje...'

'... ja, Spanje houdt woord, wat er ook gebeurt.'

Opnieuw keek Pontevedra weg.

Hij leek plotseling overvallen door een grote droefheid en in zijn ogen blonk een diepe bezorgdheid.

'De Degens kunnen niet falen,' zei hij gesmoord.

Maar het was eerder een gebed dat hij opzond dan de bevestiging van een zekerheid.

16

Toen ze bij Hôtel de l'Épervier aankwamen, kon Leprat nog met de grootste moeite in het zadel blijven en lag Malencontre dwars over het paard van Almadès. Op het geroep van La Fargue kwam iedereen naar de binnenplaats. Men bekommerde zich eerst om Leprat, die door Agnes werd ondersteund, terwijl Guibot de poort sloot. Daarna droegen Ballardieu en de Spanjaard Malencontre naar binnen. Op aanwijzingen van de kapitein legden ze hem op een bed in een ongebruikt kamertje zonder ramen.

'Maar wat is er gebeurd?' wilde Marciac weten, nadat hij in zijn eigen kamer een kistje van donker hout was gaan halen.

'Straks,' zei La Fargue. 'Zorg eerst voor hem.'

'Hem? En Leprat dan?'

'Eerst hij.'

'Wie is hij?'

'Hij heet Malencontre.'

'En wat dan nog?'

'Hij moet in leven blijven.'

De Gasconjer ging bij de bewusteloze gewonde op het bed zitten en zette het kistje aan het voeteneinde. Het had ijzerbeslag en had de vorm van een koffertje dat kon worden gedragen aan een koperen handvat aan het halfronde deksel. Het was een chirurgijnskistje. Marciac opende het, maar kwam niet aan de griezelige instrumenten die erin zaten; messen, zagen, hamertjes, tangen. Hij boog zich over Malencontre heen en begon heel voorzichtig het bebloede verband om zijn hoofd af te wikkelen.

'Wat is er met hem gebeurd?'

'Ik heb hem een kogel in zijn hoofd geschoten,' verklaarde La Fargue.

Marciac keerde zich met een scheef glimlachje naar de kapitein.

'En hij moet in leven blijven? Had u hem dan beter niet voor zijn kop geschoten?'

'Hij wilde Almadès doden. En ik mikte niet op zijn hoofd.'

'Dat zal een hele troost voor hem zijn en zijn genezing bevorderen.'

'Doe wat je kunt.'

Marciac bleef alleen met de gewonde.

Een tijdje later voegde hij zich bij de anderen in de grote zaal.

'En?' vroeg La Fargue.

'Hij zal het wel overleven. Uw kogel heeft bij wijze van spreken alleen het bot van zijn schedel beschadigd. En de man heeft een harde kop... Maar ik denk dat hij nog een hele tijd niet ondervraagd kan worden. Hij is trouwens nog altijd niet bijgekomen.'

'Stik!'

'Liever niet. Mag ik nu Leprat gaan helpen?'

De kapitein knikte verstrooid.

Leprat zat zo gemakkelijk mogelijk in een leunstoel, zijn uitgestrekte been op een krukje. Door een grote scheur in zijn hoze was de gewonde dij zichtbaar, die Naïs net had schoongemaakt met lauw water en een schone doek.

'Laat mij er eens bij, Naïs.'

De bevallige dienstmeid ging opzij, keek eerst nieuwsgierig naar het chirurgijnskoffertje en vervolgens vragend naar de Gasconjer.

'Ik ben dokter,' verklaarde die. 'Nou ja, bijna... Dat is een nogal ingewikkeld verhaal...'

Die onthulling verbaasde Naïs nog meer. Ze keek naar Agnes die bevestigend knikte.

Terwijl hij aan het werk ging, kreeg Marciac te horen hoe Leprats wond weer open was gegaan. Ze vertelden over de achtervolging, het gevecht van Almadès met Malencontre in het steegje en de reddende tussenkomst van La Fargue.

'Rust en krukken,' beval de bijna-dokter toen hij het verband had aangelegd. 'Dat krijg je ervan als een patiënt acrobaatje speelt.'

'Ik heb mezelf overschat,' zei Leprat boetvaardig.

'Ik denk vooral dat je niet hebt nagedacht... Ik raad je aan de komende dagen rood vlees te eten en niet-aangelengde rode wijn te drinken.'

'En kun je ons nu vertellen wat je bezielde?' vroeg La Fargue. 'Wie is die Malencontre? En wat heeft hij je gedaan?'

Ze kwamen allemaal dichterbij om te luisteren, behalve Naïs en Guibot, die wegliepen en Ballardieu die tegen een muur geleund pralines stond te snoepen waarvan hij op de Pont-Neuf een zak vol had gekocht. Alleen Agnes had er een paar mogen uitkiezen.

'Deze ochtend,' vertelde Leprat, 'was ik nog musketier. En gisteren voerde ik een geheime opdracht uit... Al enige tijd werden er tussen Brussel en Parijs koninklijke koeriers aangevallen, beroofd en vermoord. De eerste keer dacht men nog dat het om een toevallige ontmoeting met struikrovers ging. Maar het gebeurde een tweede keer, een derde keer en, ondanks de verandering van de gevolgde route, een vierde keer. De moordenaars wisten dus niet alleen wanneer de koeriers vertrokken, maar ook hoe ze reden... Er werd een onderzoek ingesteld in het Louvre. Dat leverde niets op. Daarop besloot men de vijand in de val te lokken.'

'En die val was jij,' veronderstelde Agnes.

'Ja. Ik reed incognito naar Brussel en kwam terug als boodschapper met een brief van onze ambassadeur in de Spaanse Nederlanden. En het was meteen raak; in een pleisterplaats op een paar mijl van Parijs werd ik aangevallen door huurlingen. Een kon er me maar ontsnappen: hun aanvoerder. En dat was Malencontre.'

'En dat is alles?' vroeg La Fargue.

'Bijna... Ik ben pas gisternacht in Parijs teruggekeerd. Omdat mijn paard moe was, ikzelf ook niet fris meer en omdat ik voorzichtigheidshalve kleine wegjes had genomen, dacht ik dat Malencontre al voor mij aangekomen was. Hoe dan ook, ik ben in de Rue Saint-Denis in een hinderlaag gelopen. En ik zou dood zijn geweest als de kogel die op mijn hart gericht was niet was tegengehouden door mijn leren degenriem.'

'Hoe kom je aan die wond aan je dij?' vroeg Marciac.

'Rue Saint-Denis.'

'En die aan je arm?'

'In de pleisterplaats.'

'En om te vieren dat je een pistoolschot hebt overleefd, sprong je de volgende dag uit het raam...'

Leprat haalde zijn schouders op.

'Ik dacht niet na... Malencontre zag mij op hetzelfde moment dat ik hem zag. Hij vluchtte toen...'

Hij onderbrak zichzelf en keek naar Almadès.

'Het spijt me vreselijk, Anibal.'

De Spanjaard hield een koele, vochtige doek tegen zijn slaap gedrukt.

'Ik liet me verrassen,' zei hij. 'Het was mijn eigen schuld. Ik kom eraf met een mooie buil...'

'Ter zake,' zei La Fargue. 'Wat weet je nog meer van Malencontre?'

'Niets, behalve zijn naam, die hij me zelf heeft gegeven. En ik weet dat hij voor de vijanden van Frankrijk werkt.'

'Spanje,' gokte Marciac. 'Wie anders dan de Spanjaarden willen de Franse koeriers uit Brussel onderscheppen?'

'Iedereen,' meende Agnes. 'Engeland, het Heilige Rijk, Lotharingen. En misschien zelfs Holland of Zweden. Om nog maar te zwijgen over het kamp van de koningin-moeder in ballingschap. Iedereen. Vriend en vijand.'

'Ja, maar niet iedereen is op zoek naar ridder D'Irebàn...' zei Ballardieu tussen twee pralines door.

'Malencontre,' verduidelijkte Leprat, 'was niet zomaar in de Rue de la Clef. Hij liet zich de herberg van Castilla aanwijzen toen ik hem herkende. Dat kan geen toeval zijn.'

Het bleef stil, op het gesmak van Ballardieu na, terwijl iedereen nadacht over wat er net was gezegd. Toen sloeg La Fargue op tafel en zei: 'Het is zinloos om ons daar verder het hoofd over te breken. Deze affaire is vast veel ingewikkelder dan hij eruitziet. Laten we hopen dat we meer te horen krijgen van Malencontre als hij weer bij zijn positieven is. Maar nu hebben we een opdracht te vervullen.'

'Wat is de volgende stap?' vroeg Agnes.

'Dat hangt van Marciac af.'

'Van mij?' vroeg de Gasconjer verbaasd.

'Ja. Van jou... Ken je een zekere mevrouw De Sovange?'

17

Urbain Gaget stond te praten met een van de verzorgers van zijn bloeiende zaak, toen men hem kwam waarschuwen dat de handelswaar was aangekomen aan de Saint-Honorépoort. De boodschap werd hem overgebracht door een slungelachtige jongen die buiten adem de binnenplaats kwam op rennen.

'Eindelijk,' zei Gaget.

Het liep al tegen de avond en de poorten van Parijs zouden spoedig dichtgaan.

Gaget gaf de jongen een geldstuk, belastte de verzorger met de laatste voorbereidingen en liet zijn knecht roepen. Hij verwisselde net zijn schoenen voor laarzen om zijn kousen te beschermen tegen het Parijse slijk, toen de dikke François opdaagde.

'Pak een stok,' zei Gaget hem. 'We gaan uit.'

En vergezeld van zijn stevige knecht, gewapend met een al even stevige stok, haastte hij zich om de cijns te gaan betalen.

Omdat hij de commies enkele pistolen extra toeschoof, waren de formaliteiten al snel afgehandeld. Hij kon al gauw de zwaargeladen kar zien invoegen in de rij reizigers en bevoorraders die toestemming hadden de stad binnen te gaan. Een samengepakte menigte verdrong zich rond de poort. In de Rue Saint-Honoré was het al even druk. Die was ook al voor de recente uitbreiding van Parijs een van de hoofdstraten. Hij was onverminderd druk, ook nadat hij was doorgetrokken tot de nieuwe stadsmuur – Fossés-Jaunes genaamd, vanwege de gele kleur van de aarde van de slotgracht – en de grote toeloop maakte dat hier even moeilijk door te komen was als elders; een bonte, lawaaiige mensenmassa bevolkte de stoepen.

De kar, beladen met een stuk of tien kooien met elk een draakje erin, vorderde in het trage tempo van de ossen die hem trokken. Ze werden gemend door een landman; een andere voerman had zijn plaats op de bok aan Gaget afgestaan en hield de dieren bij hun hoofdstel vast, terwijl dikke François vooruitliep en de grootste moeite had om de weg vrij te maken. Gelukkig hoefden ze niet de Rue Saint-Honoré helemaal te nemen tot aan het labyrint van de kronkelige steegjes van het oude Parijs. Ze sloegen de Rue de Gaillon in, reden die bijna helemaal uit en passeerden ten slotte een poort tegenover het begin van de Rue Neuve-des-Petits-Champs. Deze wijk in de schaduw van de Butte Saint-Roch met zijn molens, was een van de prettigste buurten van de rechteroever. Hij werd de 'Ville' genoemd, om het onderscheid te maken met de 'Université' op de linkeroever en de 'Cité' op het eiland in de Seine. In deze lente van 1633 was hij nog niet helemaal voltooid, maar wel al goed afgebakend, doorsneden met rechte straten, met veel tuinen en een mooie brede esplanade waar een paardenmarkt gehouden werd. De wijk had al veel succes en de eerste mooie, luxueuze herenhuizen waren er al in aanbouw.

Als het bezit van Urbain Gaget elders in de stad had gestaan, zou ze met gemak een heel huizenblok in beslag hebben genomen. Rond de geplaveide en met stro bedekte binnenplaats stonden verschillende gebouwen, waaronder een ranke, ronde toren met een kegelvormig leien dak en voorzien van verschillende rijen halvemaanvormige openingen. Hij leek op een duiventil, maar dan een buitenmodel duiventil waarvan de bewoners duiven als hun dagelijkse kost beschouwden. Binnenin hoorde je draakjes scharrelen, knorren, spugen en soms heftig klapwieken.

Aan die draakjes had Gaget het te danken dat hij een drukbezet en binnenkort ook een een zeer welvarend man was. Hij was begonnen met de zaak van zijn vader over te nemen en gewone draakjes te verkopen op de markt. Daarna had hij zich toegelegd op het luxe segment van de branche door dieren met een stamboom of met bijzondere uiterlijke kenmerken aan te bieden. Maar het gouden idee kreeg hij pas later, toen hij bedacht om de draakjes op een heel nieuwe manier te gebruiken: in de koeriersdienst. Een duif kan slechts een klein rolletje papier vervoeren, maar een draakje is sterk genoeg om brieven en zelfs pakketjes te transporteren, en veel sneller en veel verder.

Het probleem bleef dat draakjes weliswaar konden worden afgericht om van A naar B te vliegen, maar dat ze niet de aanleg hadden die duiven bezaten; ze verdwaalden of ontsnapten als de te overbruggen afstand te groot was. De oplossing was om gebruik te maken van het moederinstinct van de wijfjes. Dat instinct voerde hen altijd weer terug naar hun ei, ongeacht hoe lang en hoe moeilijk de tocht ook was. Gaget haalde dus de wijfjes direct na de leg van het nest, en verving desnoods de eieren door kunsteieren, waaraan ze zich ook hechtten en waarnaar ze steevast terugkeerden met de vracht, zodra ze werden gelost. Daarna werden de wijfjes over de weg weer teruggebracht naar hun vertrekpunt.

Zonder zich helemaal terug te trekken uit de detailhandel in draakjes, kon de drakenhouder zijn nieuwe activiteit al snel uitoefenen met het koninklijke privilege dat hem het monopolie verschafte 'voor Parijs en wijde omstreken'. Zijn koeriersdienst floreerde al snel en hij verbond daarmee de hoofdstad met Amiens, Reims, Rouen en Orléans. Met een tussenstop was het zelfs mogelijk om een zending te bezorgen in Lille, Rennes of Dijon.

Gaget was een mooie, al grijzende, zelfverzekerde man. Hij hielp met het afladen van de kar en hield zijn helpers in het oog die de kooien naar een gebouw brachten, waar de draakjes eerst enkele dagen alleen werden opgesloten om ze te laten bijkomen van de opwinding van de reis en om ze aan hun nieuwe omgeving te laten wennen. Ze waren streng geselecteerd en bestemd voor de verkoop, elk exemplaar was een fortuintje waard. Ze moesten erg worden ontzien, uit angst dat ze elkaar of zichzelf zouden verwonden.

Voldaan liet de drakenhouder zijn verzorger de reptielen keuren waarna hij naar zijn kantoor ging waar hem nog heel wat vervelend papierwerk wachtte. Hij legde zijn mantel af, trok zijn laarzen uit, kwam tot de ontdekking dat hij zonder hoed naar buiten was gegaan en schrok zich lam toen hij merkte dat hij niet alleen was. Zijn wild kloppende hart bedaarde en hij slaakte een zucht van verlichting toen hij zag wie het was. Hij had al snel gemerkt dat het koninklijke privilege gepaard ging met de verplichting tot het verlenen van discrete nevendiensten. Hij dankte zijn privilege aan de kardinaal en je kunt je weldoener niets weigeren, vooral niet als die je vereert met zijn vertrouwen. De koeriersdienst Gaget werd gebruikt voor het overbrengen van geheime zendingen.

En voor nog veel meer.

'Ik heb u laten schrikken,' zei Saint-Lucq.

Hij zat in een stoel, had zijn hoed over de ogen getrokken en zijn voeten op de vensterbank gelegd.

'U... U hebt me verrast,' corrigeerde de handelaar hem. 'Hoe bent u binnengekomen?'

'Maakt dat wat uit?'

Zich snel een houding gevend, deed Gaget de deur op slot en trok de gordijnen dicht.

'Ik wacht al drie dagen op u,' zei hij verwijtend.

'Ik weet het,' zei de halfbloedige, en hij schoof zijn hoed naar achteren. Hij begon verstrooid zijn brillenglazen schoon te poetsen met zijn mouw. Zijn repielenogen leken op te gloeien in het halfdonker.

'Ik heb bezoek gehad van graaf van Rochefort,' zei de drakenhouder.

'Wat wilde hij?'

'Nieuws. En u laten weten dat men zich zorgen maakt over uw vorderingen.'

'Dat is onnodig.'

'Zult u slagen voordat het te laat is?'

Saint-Lucq zette zijn bril weer op en nam alle tijd om over zijn antwoord na te denken.

'Ik wist niet dat er nog een andere mogelijkheid was...'

Vervolgens vroeg hij: 'Wanneer ziet u Rochefort weer?'

'Ongetwijfeld vanavond.'

'Zeg hem maar dat de kwestie die hem zo bezighoudt geregeld is.'

'Nu al?'

Saint-Lucq stond op, trok zijn kazak recht, schikte zijn degenriem en was klaar om te vertrekken.

'Zeg er maar bij dat het papier in mijn bezit is en dat ik enkel nog moet weten aan wie ik het moet overhandigen.'

'Dat weet ik al. U moet het aan de kardinaal persoonlijk overhandigen.'

De halfbloedige bleef staan en keek Gaget over zijn brilletje verbaasd aan.

'Persoonlijk?'

De drakenhouder knikte.

'Zo spoedig mogelijk, werd mij gezegd. Dus vanavond nog. In het Palais-Cardinal.'

18

an het begin van de avond bereikte de karos de buitenwijk Saint-Jacques en reed via de Rue des Postes, de Rue de l'Arbalète in waar hij stopte voor de poort van een groot herenhuis. Hoewel het nog niet echt nodig was, brandden er toortsen op de binnenplaats, waar de rijtuigen een voor een hun passagiers afzetten, waar draagstoelen arriveerden en waar elegante ruiters hun paarden aan de stalknechten toevertrouwden. Op de trappen van het bordes wachtte men al koutend met elkaar om de vrouw des huizes te kunnen begroeten. Deze, de glimlachende mevrouw De Sovange, had voor iedereen een vriendelijk woord. Ze was gekleed in een oogverblindende hofjurk, berispte schertsend hen die niet vaak genoeg kwamen, complimenteerde anderen en streelde met ervaren gastvrouwschap ieders ijdelheid.

Nu was het de beurt aan Ballardieu om de koets tot aan onder aan de trap te rijden. Een lakei maakte het deurtje open, de elegant geklede Marciac kwam toevoorschijn die Agnes de hand reikte. Baronesse De Vaudreuil was gekapt, bepoederd, opgemaakt en straalde in een scharlakenrode japon van zijdesatijn. Dat de japon een tikje uit de mode was, zou niemand hier ontgaan. Agnes was zich daar best van bewust, maar ze had geen tijd gehad om haar garderobe aan te passen aan de heersende smaak. Bovendien kon ze vertrouwen op haar schoonheid en paste die foute kleding bij de rol die ze speelde.

'Alle ogen zijn op jou gericht,' mompelde Marciac toen ze op de traptreden wachtten.

Inderdaad oogstte ze heel wat steelse blikken. Wantrouwige en soms vijandige blikken van de vrouwen, nieuwsgierige en doorgaans bekoorde blikken van de mannen.

'Terecht, toch?' zei ze.

'Je bent schitterend. En ik?'

'Je kunt ermee door... Eerlijk gezegd wist ik niet eens dat je met een scheermes overweg kon.'

De Gasconjer grijnsde.

'Hou je een beetje in. Vergeet niet wie je vanavond bent...'

'Ik ben toch geen beginnelinge...'

Ze liepen nog enkele treden op.

'Ik zie alleen maar chic volk,' zei Agnes.

'Heel chic volk. De *Academie de jeu* van mevrouw De Sovange is het best bezochte speelhuis van Parijs.'

'En ze hebben jou daar binnengelaten?'

'Kreng. Waar het om gaat is dat, als de kamerverhuurder van Castilla de waarheid zei, ridder D'Irebàn en Castilla hier vaak kwamen.'

'Wie is ze eigenlijk?'

'Mevrouw De Sovange? Een weduwe die van haar man alleen maar schulden erfde en die om de eindjes aan elkaar te knopen besloot haar salons open te stellen voor de grootste spelers van de hoofdstad... Er wordt niet alleen gespeeld bij haar, trouwens. Er wordt ook veel gekonkelfoesd.'

'Op welk gebied?'

'Elk gebied. Liefde, handel, diplomatie, politiek... Je hebt geen idee wat er in bepaalde achterkamertjes allemaal geregeld wordt, tussen twee spelletjes kaart door, onder het genot van een glas Spaanse moscatel...'

Ze kwamen bij mevrouw De Sovange, een pafferige brunette, die niet bepaald aantrekkelijk was, maar die een sympathieke glimlach en beminnelijke maniertjes had.

'Meneer de markies!' riep ze.

'"Markíés"?'

Agnes had even de neiging om voor de grap rond te kijken waar de markies in kwestie dan wel stond.

'Wat enig om u weer eens te zien, meneer. Als u eens wist hoe we u gemist hebben!'

'Ik kan niet zeggen hoezeer het ook mij spijt,' antwoordde Marciac. 'Maar ik had belangrijke zaken af te handelen ver van Parijs.'

'Met goede afloop, mag ik hopen?'

'Welzeker.'

'Wat heerlijk.'

Nog altijd tegen mevrouw De Sovange pratend, keerde Marciac zich half naar Agnes toe.

'Staat u mij toe dat ik mevrouw Laremont voorstel, zij is een van mijn nichtjes en ik leer haar onze mooie hoofdstad kennen.'

De gastvrouw begroette de zogenaamde mevrouw Laremont.

'Van harte welkom, lieve mevrouw. Zeg eens, markies, hoe komt het toch dat al uw nichten zo beeldig zijn...'

'Het zit in de familie, mevrouw. Het is een familietrek.'

'Ik zie u straks weer.'

Agnes en Marciac liepen onder de vergulde plafonds door van een schitterend verlichte hal en dwaalden door salons waarvan de deuren, de een na de ander, wijd openstonden.

'Dus jij bent ene markies...'

'Nou,' zei Marciac, 'als Concini maarschalk D'Ancre was, kan ik toch wel markies zijn?'

Ze merkten geen van beiden dat een heel elegante en jonge edelman hen in de gaten hield, of eerder baronesse De Vaudreuil, wier stralende schoonheid hem ongetwijfeld bekoorde. Als Leprat er geweest was, zou hij de onbekende herkend hebben als de ruiter die hem in de Rue Saint-Denis een kogel in het hart had gejaagd. Het was markies De Gagnière, die discreet werd benaderd door een lakei, de hem iets in het oor fluisterde.

De edelman knikte, verliet de salons en liep naar een binnenplaatsje, waar zowel het personeel als de leveranciers naar binnen gingen. Hier wachtte een soldaat op hem. Hij droeg laarzen en handschoenen, was gewapend en van top tot teen in zwart leer gehuld, inclusief zijn hoed. Zijn linkeroog werd afgedekt door een leren ooglap met zilverbeslag, die echter niet de hele ransvlek kon verbergen. Hij had een doffe huidskleur en een hoekig gezicht. Een opkomende donkere baard bedekte zijn holle wangen.

'Malencontre is niet teruggekomen,' zei hij met een zwaar Spaans accent.

'Daar zullen we ons later wel druk over maken,' besliste Gagnière.

'Goed. Wat zijn de orders nu?'

'Ik wil dat je de mannen bij elkaar roept, Savelda. We komen vannacht in actie. Deze affaire heeft al te lang geduurd.'

19

De ruiters kwamen bij de oude molen toen de schemering al neer-
daalde over het goudkleurige en flamboyant purperen landschap.
Ze waren met zijn vijven, allemaal gewapend en gelaarsd, allemaal
hoorden ze bij de bende van de Corbijnen, hoewel ze niet de bijbehorende
zwarte mantels droegen. Ze hadden lang moeten rijden, vanaf het kamp in
het bos waar de bende zich de laatste tijd schuilhield en ze wilden vermijden dat ze onderweg zouden worden herkend.

Het eerste lijk dat ze zagen was van de man voor de molen, die naast de
stoel lag waarop hij zat toen Saint-Lucq hem had overvallen en doodgesto-
ken.

Een van de ruiters sprong op de grond, direct gevolgd door de anderen.
Hij was een gedrongen vijftiger en hij werd vanwege zijn gehavende gezicht
'Mooie Miel' genoemd. Hij nam zijn hoed af, veegde met zijn leren hand-
schoen het zweet van zijn kale kop en zei ruw: 'Alles doorzoeken.'

Terwijl de mannen zich verspreidden, liep hij naar binnen en trof bij de
schoorsteen twee ontzielde lichamen aan en verderop nog een derde. Ze lagen in plassen van geronnen bloed die een feestmaal vormden voor zwer-
men dikke zwarte vliegen. De geur van bloed was vermengd met die van
stof en oud hout. Je hoorde alleen het gezoem van de insecten. Het avond-
licht viel naar binnen door de ramen achterin. Het strijklicht trok lange, op
grafzerken lijkende, schaduwen.

De Corbijnen die hadden rondgekeken kwamen weer terug.

'Geen gevangene meer,' meldde een van hen.

'Corillard is in de schuur bij de paarden,' zei een ander.

'Dood?' vroeg Mooie Miel voor de zekerheid.

'Ja. Gewurgd terwijl hij zat te schijten.'

'Goede god, Mooie Miel. Wie doet er nou zoiets?'

'Een man.'

'Een man? Tegen vijf?'

'Er werd niet gevochten. Ze zijn allemaal vermoord... Eerst Corillard in de schuur, toen Traquin voor het huis. Daarna Galet en Feuillant hier, toen ze zaten te eten. En uiteindelijk Michel... Dat kan één man doen... Als hij goed is...'

'Ik weet niet hoe ik Soral moet vertellen...'

Mooie Miel antwoordde niet en hurkte bij het lijk dat hij als laatste had genoemd. De Michel in kwestie lag in de deuropening van het vertrek waar de Corbijnen hadden geslapen; dat was te zien aan de veldbedden en de dekens. Hij had blote voeten, zijn hemd hing los en zijn voorhoofd was opengereten door de pook die naast hem lag.

'Het is vroeg in de ochtend gebeurd,' bevestigde Mooie Miel. 'Michel was net opgestaan.'

Hij kwam overeind en iets trok zijn aandacht. Hij fronste de wenkbrauwen en telde de veldbedden.

'Zes bedden,' zei hij. 'Er is er een niet... Hebben jullie echt overal gekeken?'

'Het joch!' riep een Corbijn. 'Ik was hem vergeten. Hij wilde met alle geweld mee en Soral heeft het uiteindelijk...'

Hij kon niet uitspreken.

Er klonk een hard gebonk en automatisch trokken alle bandieten hun degen.

Het gebonk hield aan.

Onder aanvoering van Mooie Miel gingen de rovers de slaapzaal binnen en slopen behoedzaam naar het deurtje van een berghok. Ze smeten hem open en vonden de enige overlevende van de slachting.

Een geknevelde en vastgebonden jongen van veertien jaar keek hen met roodomrande ogen doodsbang en smekend aan.

20

Het was avond, maar bij mevrouw De Sovange schitterden het kristal, de spiegels en het goud in het warme licht van vuren en toortsen. Ook de dames schitterden in hun avondjurken en de heren deden niet voor hen onder. Iedereen was gekleed om zo aan het hof te kunnen verschijnen. Sommige hovelingen kwamen hier trouwens voor het vertier en de scherts, die in het Louvre van Lodewijk XIII niet werden geduld. Hier, ver van die saaie, verlegen koning die alleen maar plezier beleefde aan de jacht, kon men zich tenminste amuseren in aangenaam gezelschap. Er werd gekletst, geflirt, gelachen, geroddeld, gegeten, gedronken en er werd natuurlijk gespeeld.

Boven stonden biljarttafels waarop men ivoren ballen aanstootte met aan het einde omgebogen stokken. Er stonden overal schaak-, dam- en triktrakborden die vrij gebruikt mochten worden. De dobbelstenen rolden. Maar er werd vooral gekaart. Piket, trente è quarante, pandoeren, kruisjassen; al die spelen leenden zich tot wedden op een hartenaas, een klavernegen, ruitenwyvern of een schoppenboer. Fortuinen werden gewonnen en weer verloren. Erfenissen verdampten door een ongelukkige slag. Sieraden en schuldbekentenissen gingen tegelijk met de goudstukken over de tafels.

Omdat ze door Marciac meteen al in de steek werd gelaten, doolde mevrouw Laremont eerst doelloos door de salons en poeierde een paar verwaande kwasten af, voordat ze een oude edelman toestond haar het hof te maken. Graaf van Chauvigny was in de zestig. Hij was nog recht van lijf en leden, maar had geen tanden meer, wat hij trachtte te verbergen door bij het praten een zakdoek voor zijn mond te houden. Hij was sympathiek, geestig en kende honderden anekdotes. Hij maakte Agnes het hof zonder de minste hoop, alleen maar voor het plezier van het galant converseren, een kunst waarvan hij alle kneepjes kende en die hem vast herinnerde aan de tijd waarin de aantrekkelijke hoveling die hij ongetwijfeld ooit was, de ene verovering na de andere maakte. De jonge vrouw liet hem begaan omdat hij haar beschermde tegen opdringerige versierpogingen van anderen en omdat ze stiekem een schat van nuttige dingen van hem te weten kwam. Zo had ze al vernomen dat ridder D'Irebàn en Castilla inderdaad het huis van mevrouw De Sovange bezochten, dat D'Irebàn al een paar dagen niet meer gezien was, maar dat Castilla, die nooit lang bleef, elke avond bleef komen.

Vergeefs uitkijkend naar Marciac zag Agnes een mollige vrouw die door haar strenge voorkomen, gemene blik en simpele zwarte japon niet bij deze omgeving paste. Ze sloop rond, plunderde de schalen met gebak en keek spiedend om zich heen. Niemand leek haar op te merken en toch meed iedereen haar.

'En zij? Wie is zij?'

De graaf volgde de blik van zijn beschermelinge.

'O! Zij?... Dat is Rabier.'

'En wat dan nog?'

'Een beruchte woekeraarster. Sta me toe dat ik u een goede raad geef, mevrouw. Verkoop liever uw laatste japon en reis in uw hemd naar Indië, dan te lenen van dit inhalige mens.'

'Zo vreselijk ziet ze er niet uit.'

'Dat is een inschattingsfout waarvan velen pas te laat berouw kregen.'

'En laten ze haar dan begaan?'

'Wie kan haar tegenhouden...? Iedereen is haar wel iets schuldig en ze is slechts wreed voor degenen die heel erg bij haar in het krijt staan.'

Met een laatste wantrouwige blik over haar schouder, verliet Rabier het vertrek.

'Kan ik iets te drinken voor u halen?' vroeg Chauvigny.

'Heel graag.'

De graaf verliet Agnes en kwam al gauw weer terug met twee glazen wijn.

'Dank u.'

'Op uw gezondheid, mevrouw.'

Ze klonken, dronken en de oude edelman zei achteloos: 'Kijk eens aan, ik zie de *hidalg*o over wie u het net had...'

'Castilla? Waar?'

'Daar, bij de deur. Ik geloof dat hij net weggaat.'

'Neemt u me niet kwalijk,' zei Agnes en ze duwde Chauvigny haar glas in de hand, 'maar ik moet hem dringend spreken...'

Ze snelde naar de uitgang en herkende Castilla aan de beschrijving die de herbergier in de Rue de la Clef van hem had gegeven. De mooie, slanke man met een dunne snor en koolzwarte ogen daalde het bordes af, links en rechts kennissen groetend met een zwaar Spaans accent.

Agnes aarzelde om hem aan te spreken. Onder welk voorwendsel? En met welk doel?

Nee, ze kon hem beter volgen.

Het enige probleem was dat Ballardieu niet in de buurt was en ze niet zag hoe ze Castilla door nachtelijk Parijs zou volgen op hoge hakken en in avondjurk. Als Marciac maar eens wilde opdagen!

Ze vloekte binnensmonds.

'Een probleem?' vroeg mevrouw De Sovange.

'Nee, dank u, mevrouw... Is dat niet meneer Castilla die daar wegloopt?'

'Inderdaad. Kent u hem?'

'Weet u soms waar de markies is?'

'Nee.'

Haar ongerustheid verbergend liep ze terug naar de salons, ze negeerde Chauvigny die uit de verte naar haar glimlachte en ging op zoek naar Marciac.

Eindelijk verscheen de Gasconjer in een deuropening.

Van de schrik lette Agnes niet op zijn ernstige gezicht.

Ze greep zijn elleboog.

'Allemachtig, Marciac! Waar zat je toch?'

'Ik...? Ik...'

'Castilla was er. Hij gaat net weg.'

'Castilla?' herhaalde Marciac alsof hij die naam voor het eerst hoorde.

'Ja, Castilla! Verdomme, Marciac, wat heb je toch?'

De Gasconjer haalde diep adem met gesloten ogen.

'Goed,' zei hij. 'Wat wil je dat ik doe?'

'Hij is te voet vertrokken. Als niemand hem op straat opwacht met een rijtuig of een paard, kun je hem nog inhalen. Hij is in rijkleding en draagt een rode pluim op zijn hoed. Zoek uit waar hij heen gaat. En verlies hem niet uit het oog.'

'Begrepen.'

Nagekeken door Agnes liep Marciac weg.

De jeugdige barones bleef even roerloos staan nadenken. Ineens, door twijfel bevangen, stiet ze de deur open waar de Gasconjer was uit gekomen. Erachter zat een, enkel door kaarsen verlichte, wachtkamer zonder raam.

Snoepend van een schaal met lekkernijen gevuld met amandelspijs, groette Rabier Agnes met een beleefd, gereserveerd hoofdknikje.

21

Die nacht troffen Saint-Lucq en Rochefort elkaar in een wachtkamer in het Palais-Cardinal. Met een kort hoofdknikje namen ze notie van elkaars aanwezigheid, zonder verder iets te laten merken. Het was een begroeting tussen twee beroeps die elkaar kenden en die elkaar koud lieten.

'Hij verwacht u,' zei de man van de kardinaal. 'U hoeft niet te kloppen.'

Hij leek gehaast en liep alleen maar even langs. De halfbloedige kruiste hem met eenzelfde snelle tred, maar wachtte tot hij alleen was. Toen pas zette hij zijn rode bril af, trok zijn kazak recht en duwde de deur open.

Hij ging binnen.

Het vertrek was hoog en langwerpig, stil, weelderig en bijna helemaal in het donker gehuld. De wanden van het ruime kabinet stonden vol met kostbare boeken; aan het uiteinde ervan, voorbij de glanzend gepolitoerde stoelen, lessenaars en consoles waarvan de omtrekken nauwelijks te onderscheiden waren, wierpen twee grote zilveren kandelaars een geel licht op de werktafel waaraan Richelieu zat, met zijn rug naar een schitterend wandtapijt gekeerd.

'Komt u dichterbij, meneer Saint-Lucq. Kom maar.'

Saint-Lucq gehoorzaamde en liep de zaal door tot bij het licht.

'Het is al lang geleden dat we elkaar nog hebben gezien, nietwaar?'

'Ja, Excellentie.'

'Meneer Gaget is een uitstekende tussenpersoon. Wat denkt u van hem?'

'Hij is erg discreet en bekwaam.'

'Vindt u hem loyaal?'

'De meeste mensen zijn loyaal zolang ze geen belang hebben bij verraad, Excellentie.'

Richelieu glimlachte even.

'Praat me bij over de vorderingen van uw missie, meneer Saint-Lucq. Graaf van Rochefort ziet met lede ogen de dagen verstrijken. Dagen die volgens hem geteld zijn...'

'Alstublieft,' zei de halfbloedige, de bladzijde uit het oude doopregister ophoudend.

De kardinaal nam hem aan, streek hem glad, schoof dichter naar een kaars toe om de verbleekte inkt te kunnen ontcijferen en borg hem daarna zorgvuldig weg in een leren map.

'Hebt u hem gelezen?'

'Nee.'

'U hebt de klus in drie dagen geklaard. Ik hield het voor onmogelijk. Gefeliciteerd.'

'Dank u, Excellentie.'

'Hoe hebt u het aangepakt?'

'Wenst Uwe Eminentie de details te kennen?'

'Uitsluitend de hoofdzaken.'

'Ik vernam van de Grote Coësre, door wie en waar notaris Bailleux sinds zijn ontvoering gevangen werd gehouden. Ik heb hem bevrijd en liet hem denken dat we werden gezocht door degenen aan wie hij zou worden uitgeleverd.'

'Wat de waarheid was...'

'Jawel. Maar de enige opdracht van de ruiters die de omgeving uitkamden en die ons voortdurend dreigden in te halen, was om Bailleux zo'n angst aan te jagen dat hij niet meer logisch kon denken.'

'Daartoe dienden dus de mannen die u Rochefort had gevraagd.'

'Dat klopt, Excellentie.'

'En de notaris?'

'Hij zal niet spreken.'

Hierover vroeg de kardinaal geen verdere uitleg.

Een tijdlang keek hij naar zijn purperen draakje, dat in een grote smeedijzeren kooi aan een dik bot knaagde.

Toen zuchtte hij en zei: 'Ik zal u missen, meneer Saint-Lucq.'

'Pardon, Excellentie?'

'Ik heb een belofte gedaan die ik moet nakomen. Met grote tegenzin, dat verzeker ik u...'

Een geruisloos binnengekomen secretaris onderbrak hen door zijn meester iets in het oor te fluisteren.

Richelieu luisterde, knikte en zei: 'Meneer Saint-Lucq, wilt u zo goed zijn om even hiernaast te wachten...'

De halfbloedige knikte en liep achter de secretaris aan door een verborgen deur. Vlak daarop verscheen La Fargue met de haast van iemand die met spoed ontboden was. Hij salueerde met zijn linkerhand op de knop van zijn degen en nam zijn hoed af.

'Excellentie.'

'Goedenavond, meneer La Fargue. Boekt u vooruitgang?'

'Het is nog wat te vroeg om iets te kunnen zeggen, Excellentie. Maar we hebben een spoor. We hebben gehoord dat ridder D'Irebàn en een goede vriend van hem vaak bij mevrouw De Sovange kwamen. Op dit moment zijn twee van mijn Degens op onderzoek uit.'

'Prachtig... Maar vertelt u me ook over uw gevangene?'

La Fargue keek verbaasd.

'Mijn gevangene?'

'U hebt vandaag een zekere Malencontre gevangen genomen, met wie meneer Leprat het laatst aan de stok had. Ik wil dat deze man aan mij wordt overgedragen.'

'Excellentie! Malencontre is nog buiten bewustzijn! Hij heeft nog niet gepraat en...'

'Alles wat deze man te zeggen kan hebben, heeft niets te maken met onze zaak.'

'Maar hoe kunnen we dat weten? Het zou wel een enorm toeval zijn als...'

De kardinaal hief zijn hand op om hem het zwijgen op te leggen.

Zijn besluit was onherroepelijk en de oude kapitein moest zich er, met op elkaar geklemde kaken en woedende blik, wel bij neerleggen.

'Tot uw orders, Excellentie.'

'U zult nu echter merken dat ik geen man ben die neemt zonder te geven,' murmelde Richelieu.

En luid genoeg om in de kamer ernaast te worden gehoord, beval hij:

'Laat meneer de Saint-Lucq binnenkomen.'

22

Castilla voerde Marciac door de duistere en verlaten steegjes van de naburige wijk Saint-Victor. Ze staken de Rue Mouffetard over, namen de Rue d'Orléans, kwamen langs de Rue de la Clef met de herberg waar de Spanjaard tot voor kort had gelogeerd, en liepen uiteindelijk de smalle Rue de la Fontaine in. Daar, na eerst te hebben rondgekeken, maar zonder de Gasconjer op te merken, klopte Castilla drie keer op een deur. Vrijwel onmiddellijk werd er opengedaan en in de tijd die hij nodig had om naar binnen te gaan, kon Marciac net het silhouet van een vrouw zien.

De Gasconjer wachtte even en sloop toen dichterbij. Hij stond vlak bij de ramen, maar door de gesloten gordijnen was enkel te zien dat er binnen licht brandde. Hij liep een belendend steegje in en zag een bovenlicht dat zo hoog zat en zo smal was dat men het niet nodig had gevonden het te beveiligen. Hij sprong een paar keer op en neer, greep zich vast aan de rand en trok zich op tot hij met zijn kin op de steen kon steunen. Zonder dat hij ze kon horen zag hij Castilla praten met een jonge vrouw in een schoon en opgeruimd vertrek. De onbekende was een tengere, knappe brunette met een simpele haarwrong en krulletje rond de slapen. Haar jurk was tamelijk gewoontjes, van de snit die de dochter van een eenvoudige ambachtsman kon dragen.

Castilla en de jonge vrouw omhelsden elkaar zonder dat je kon uitmaken of ze vrienden waren, minnaars of broers en zus. Toen zijn arm te veel pijn ging doen, moest Marciac loslaten en soepel kwam hij neer op de grond. Even later hoorde hij aan de tuinkant een deur opengaan en daarna knarsten er nog andere scharnieren. Er paard hinnikte en even later reed de Spanjaard stapvoets het steegje uit. Marciac was verplicht zich in een donkere nis te drukken om niet omver te worden gereden of te worden gezien.

Hij zette de achtervolging in, maar Castilla verdween al uit het gezicht op de kruising met de Rue de la Fontaine.

De Gasconjer vloekte tussen zijn tanden. Hij wist dat hij zich nodeloos moe maakte als hij lopend probeerde een ruiter te volgen.

Wat moest hij nu doen?

Hier de hele nacht blijven waken was waarschijnlijk nergens goed voor en trouwens moest hij vroeg of laat in Hôtel de l'Érpervier verslag gaan uitbrengen. Hij kon beter naar de andere Degens gaan om zo snel mogelijk met meerderen de wacht te betrekken voor het huis met zijn bevallige bewoonster. Hoe dan ook, daarover zou La Fargue wel beslissen.

Marciac draaide zich net om toen hij verdachte geluiden hoorde die uit de Rue du Puits-l'Hermite kwamen. Hij aarzelde, keerde op zijn schreden terug en keek voorzichtig om de hoek van een huis. Iets verderop stonden huurlingen rond een in leer gehulde ruiter die een met zilveren knoppen beslagen ooglap voor het linkeroog droeg.

'Die kerels beramen iets,' dacht Marciac.

Hij was te ver weg om hen kunnen horen en zon op een manier om ze geruisloos vanaf de straatkant te kunnen besluipen. Hij zag een balkon, hees zich erop, klom op de daken en zonder geluid te maken, met zijn linkerhand op zijn degen om te voorkomen dat die ergens tegenaan zou slaan, sprong hij van huis tot huis. Zijn gang was soepel en zeker. Hij was duidelijk niet bang voor de diepte waar hij af en toe overheen stapte. Hij bukte zich, strekt zich weer uit, en beëindigde zijn expeditie kruipend tot aan een andere dakgoot.

'Het is in de Rue de la Fontaine,' zei de eenoog, met een zware Spaanse tongval. 'Jullie kennen het huis, nietwaar...? Het meisje is alleen, dus jullie zullen geen tegenstand krijgen. En denk erom dat we haar levend moeten hebben.'

'Ga jij dan niet mee, Savelda?' vroeg een soldaat.

'Nee, ik heb nu wat beters te doen. Verpest het niet.'

Zonder te wachten keerde de man in het zwart zich om en liep weg, terwijl Marciac, nog altijd onopgemerkt, zijn uitkijkpost verliet.

23

Laincourt verliet het Châtelet bij het invallen van de nacht. Hij stonk en was ongeschoren. Hij had zijn kleren, zijn hoed en zijn degen teruggekregen, maar de bewakers hadden de inhoud van zijn beurs achterovergedrukt. Dat had hem niets verbaasd en hij had niet eens geprotesteerd. Eerlijkheid was geen criterium bij de aanwerving van gevangenisbewaarders. Noch bij de boogschutters van de wacht, trouwens. En ook niet bij al die burgers die hand- en spandiensten verleenden aan de rechtshandhavers van de koning. Griffiers, hellebaardiers, notarissen, sleutelbewaarders, iedereen vulde zijn inkomen een beetje aan.

Het verblijf in de gevangenis had hem verzwakt.

Zijn rug, zijn bekken en zijn nek deden pijn. Zijn hoofdpijn bonkte op het ritme van zijn hartslag tegen zijn slapen. Zijn ogen schitterden. Hij voelde koorts opkomen en hij snakte naar een zacht bed. Hij had geen honger.

Van het Châtelet kon hij gemakkelijk de Rue de la Ferronnerie bereiken door een stukje door de Rue Saint-Denis te lopen. Maar hij wist dat zijn appartement doorzocht zou zijn – en niet zo zachtzinnig – door de mannen van de kardinaal. Ze hadden misschien zelfs de kleuren van de kardinaal gedragen, waren te paard te komen, hadden de deur ingetrapt en zo veel mogelijk lawaai geschopt om nieuwsgierigen op een afstand te houden. Ongetwijfeld werd er in de buurt nog over gesproken. Laincourt was niet bang voor de blikken van de omwonenden. Maar hij had niets meer te zoeken in de Rue de la Ferronnerie, want de vaandrig van de garde van Zijne Eminentie De Laincourt bestond niet meer.

In het geheim had hij een ander logement gehuurd, waar hij zijn enige bezit had ondergebracht dat in zijn ogen waarde had: zijn boeken. Toch besloot hij daar niet direct heen te gaan, en hij begaf zich via de Rue de la Tissanderie naar het plein van het Saint-Jean kerkhof. Uit vrees te worden gevolgd, maakte hij enorme omwegen, nam donkere doorgangen en doorkruiste een wirwar van achterplaatsen.

Dit was het heel oude Parijs van de kronkelige steegjes waar het daglicht niet doordrong, waar een alles verpestende stank hing en waar het ongedierte gedijde. Het slijk zat overal en was er veel dikker dan elders in de stad. Het bedekte het plaveisel, zat tegen de muren, bespatte de schoenen en kleefde aan de zolen. Het was een zwart, misselijkmakend mengsel van paardendrek en koeienstront, aarde en zand, van rottende kadavers, mest, uitwerpselen uit de latrines, afval van slachterijen, leerlooierijen en vilderijen. Het droogde nooit helemaal op, vrat stof aan en spaarde ook het leer niet. Een heel oud spreekwoord wilde ook dat de pest en het slijk van Parijs bij elkaar hoorden. Om de kousen te sparen werd het voetgangers aanbevolen hoge laarzen te dragen. De anderen verkozen een koets, een draagstoel of als ze zich dat niet konden veroorloven, de rug van een paard, een ezel... of een mens. Als ze al langskwamen schraapten de weinige straatvegers alleen het allerergste weg om hun stortkarren daarna te legen in een van de negen vuilstortplaatsen buiten de stad. De boeren uit de omgeving waardeerden de kwaliteit van de Parijse modder. Ze kwamen er elke dag wat van halen om hun akkers mee te bemesten en het viel de Parijzenaars op dat die vuilstortplaatsen stukken schoner waren dan hun straten.

Laincourt ging een herberg binnen waar het stonk naar pijptabak en slechte vetkaarsen. Het was er vuil, onwelriekend en naargeestig. De enkele gasten zwegen moedeloos alsof ze door de aanstekelijke treurigheid werden terneergedrukt. Een oude man met een vedel speelde een droevige melodie. Hij was gehuld in lompen en droeg een sjofele hoed met het restant van een pluim op de opstaande rand. Op zijn schouder zat een eenogig, graatmager draakje.

Laincourt koos een tafeltje uit en kreeg een kroes smerige bocht voorgezet. Hij nipte eraan en trok een vies gezicht, maar hij dwong zichzelf ervan te drinken om op krachten te komen. De vedelaar hield op met spelen omdat er toch niemand luisterde en ging tegenover hem zitten.

'Je ziet er niet best uit, jongen.'

'Jij moet de wijn betalen. Ik heb geen rooie cent meer.'

De oude man knikte.

'Hoe staat het ermee?' vroeg hij.

'Ik werd gisteren gearresteerd en vanochtend weer vrijgelaten.'

'Heb je de kardinaal gezien?'

'In het Châtelet. Saint-Georges was erbij en er was ook een secretaris die alles opschreef. Het spel is begonnen.'

'Een levensgevaarlijk spel, jongen. Een spel waarvan je niet alle regels kent.'

'Ik had geen keus.'

'Natuurlijk wel! Er is misschien trouwens nog tijd...'

'Je weet best dat het niet zo is.'

De grijsaard keek Laincourt doordringend aan, maar gaf het zuchtend op.

Het draakje sprong vanaf de schouder van zijn baas op tafel. Het ging liggen, rekte zijn magere hals uit en krabde speels aan een plas gestold kaarsvet op het smerige hout.

'Ik zie dat je vastbesloten bent om tot het uiterste te gaan in deze zaak, jongen. Maar het zal je duur komen te staan, verzeker ik je... Vroeg of laat zul je bekneld raken tussen hamer en aanbeeld, tussen de kardinaal en de Zwarte Klauw. En dan is niets...'

'Wie is kapitein La Fargue?'

De vraag overviel de oude man.

'La Fargue,' drong Laincourt aan. 'Weet je wie hij is?'

'Hoe... Hoe kom je aan die naam?'

'Hij is in Palais-Cardinal geweest.'

'Echt waar? Wanneer?'

'Gisternacht. Zijne Eminentie heeft hem ontvangen... Nou?'

De vedelaar wachtte even voordat hij met tegenzin zei: 'Dat is een oude geschiedenis.'

'Vertel eens?'

'Ik ken niet alle bijzonderheden.'

Laincourt werd ongeduldig, temeer daar hij de redenen van die terughoudendheid niet kende.

'Ik heb geen zin om het eruit te moeten trekken. Je wordt geacht om me informatie te verschaffen en me te helpen.'

Maar de ander bleef aarzelen.

'Vertel me alles wat je weet!' commandeerde de jonge man met stemverheffing.

'Ja, ja... Het is al goed...'

De vedelaar nam nog een slok wijn, veegde met zijn mouw zijn lippen af, wierp een licht verwijtende blik op Laincourt en zei: 'Vroeger, voerde La Fargue het bevel over een groep mannen die...'

'... geheime opdrachten voor de kardinaal uitvoerden. Ja, dat weet ik...'

'Ze werden de Degens van de Kardinaal genoemd. Ze waren maar met een stuk of tien. Sommigen beweren dat ze smerige klusjes opknapten. Ik denk dat ze spionnen en soldaten waren. Hoewel soms ook moordenaars, dat klopt...'

'Moordenaars?'

De vedelaar keek een beetje gepikeerd.

'Het is misschien wat te sterk uitgedrukt... Maar lang niet alle vijanden van Frankrijk strijden op het slagveld, ze marcheren niet allemaal achter de tamboer en achter het vaandel aan... Ik hoef jou niet te vertellen dat oorlogen ook achter de schermen worden gevoerd en dat daar heel wat doden vallen.'

'En iemand moet dat doen.'

'Ja. Hoewel ik vast van mening blijf dat de Degens meer levens hebben gered dan ze hebben genomen. Soms moet je de hand afhakken om de arm en de mens te redden.'

'Wat is er gebeurd tijdens het beleg van La Rochelle?'

Opnieuw verrast, maar op zijn hoede nu, keek de oude man Laincourt fronsend aan.

'Als je die vraag stelt, jongen, is het omdat je het antwoord al kent...'

'Ik luister naar je.'

'De Degens waren belast met een missie die, ongetwijfeld, het einde van het beleg had moeten bespoedigen. Maar vraag me niet waaruit die opdracht bestond... Hoe dan ook, La Fargue werd verraden.'

'Door wie?'

'Door een van de zijnen, door een Degen... De opdracht mislukte en een andere Degen verloor het leven. De verrader wist te ontkomen... En je weet hoe het beleg geëindigd is. De dijk die zou moeten verhinderen dat de belegerde stad hulp zou krijgen van overzee, brak en de koning moest zijn legers terugroepen om het koninkrijk niet in het verderf te storten, en La Rochelle werd een protestantse republiek.'

'En daarna?'

'Daarna werd er nooit meer iets vernomen van de Degens.'

'Tot nu toe... Wat hebben de Degens te maken met de Zwarte Klauw?'

'Niets. Voor zover ik weet, tenminste...'

Het draakje was in slaap gevallen. Het snurkte zachtjes.

'De terugkeer van La Fargue betekent ongetwijfeld ook de terugkeer van de Degens,' verklaarde Laincourt op gedempte toon. 'Dat moet iets met mij te maken hebben.'

'Dat is niet zeker. De kardinaal heeft vast verschillende ijzers in het vuur.'
'Maar toch. Het komt me helemaal niet goed uit dat ik behalve mijn achterhoede nu ook nog mijn flanken moet afdekken...'
'Dan heb je een slechte positie uitgekozen, jongen... Een heel slechte...'

Toen Laincourt even later naar buiten kwam, vloog een zwart draakje met goudgele ogen op van een naburig dak.

24

La Fargue galoppeerde naast Almadès door Parijs. Hij kwam net uit Palais-Cardinal en had zich gevoegd bij de schermleraar, die hem buiten opwachtte met de paarden. Ze reden over de Quai de l'École en staken in vliegende vaart de verlaten Pont-Neuf over.

'Zijne Eminentie wil Malencontre?' riep de kapitein boven het lawaai van de hoeven uit. 'Mij best. Die eis kan ik inwilligen. Maar niets weerhoudt me ervan hem nog uit te horen voordat ik hem uitlever!'

'Als de kardinaal hem wil hebben, is Malencontre waardevoller dan we dachten. Hij weet waarschijnlijk dingen. Maar waarover?'

'En over wie? Als we de kardinaal moeten geloven heeft wat hij weet niets met onze zaak te maken. Dat zullen we dan nog wel zien...'

Iets voorbij de Pont-Neuf moesten ze inhouden voor de Bucipoort.

Ze gingen stapvoets tussen de twee torens met kantelen door, onder de hoge poort waar de hoeven van de paarden op het plaveisel klonken als musketschoten. De lansknechten van de nachtwacht riepen hun officier, die bij het licht van zijn lantaarn de vrijgeleiden van de ruiters controleerde en het zegel – dat van de kardinaal – dat overal in Frankrijk maakte dat deuren opengingen.

Het valhek was al opgehaald en de brug neergelaten. Maar de zwarte poort moest nog worden opengedaan en de slaperige nachtwachten hadden zichtbaar weinig zin om de kettingen los te maken, de sluitbalk op te tillen en de zware met ijzer beslagen deur open te duwen. Dat alles betekende verlies van tijd, waarvan La Fargue wist hoe kostbaar hij was.

Hij werd ongeduldig.

'Opschieten, heren, opschieten!'

'Malencontre was er nog bar slecht aan toe toen ik wegging,' zei Almadès. 'Hij was nog maar nauwelijks aanspreekbaar en...'

'Doet er niet toe... Binnen het uur heb ik eruit wat ik wil weten. Als het moet met geweld. Kost wat kost.'

'Maar, kapitein...'

'Nee! Tenslotte heb ik niet beloofd dat crapuul in goede gezondheid uit te leveren. Zelfs niet levend, nu ik erover nadenk...'

Ze konden eindelijk doorrijden en gaven hun paarden de sporen om de met afval gevulde slotgracht over te steken en met losse teugel de buitenwijk in te rijden. Ze kwamen in de smalle Rue Saint-Guillaume op het moment dat Guibot bezig was de poort van Hôtel de l'Épervier dicht te doen. Almadès hield zijn paard in, maar La Fargue niet. Hij reed in volle galop naar binnen en dwong de oude portier opzij te springen bij het terugduwen van een van de deuren van de koetspoort. Zijn paard kwam met vonkende hoeven tot stilstand op de binnenplaats en La Fargue sprong uit het zadel, beende naar het hoofdgebouw...

... en trof Leprat aan die op een trede van het bordes zat, of eerder lag.

Blootshoofds, met openhangende kazak en zijn hemd uit zijn hoze, met zijn gewonde been gestrekt voor zich uit, hing de oude musketier naar achteren, met zijn ellebogen steunend op de onderste trede. Hij dronk, zonder dorst, wijn uit de fles. De schede met zijn degen lag naast hem.

'Te laat,' riep hij... 'Ze hebben hem al meegenomen.'

'Malencontre?'

Leprat knikte.

'Wie?' drong La Fargue aan. 'Wie hebben hem meegenomen?'

De ander nam nog een slok, merkte dat zijn fles leeg was en smeet hem kapot tegen de muur. Hij raapte zijn degen op en kwam moeizaam overeind.

'Je zou nog gaan denken dat de kardinaal u alleen maar even uit de weg wilde hebben, toen hij u ontbood, nietwaar?' zei hij bitter.

'Bespaar me dat, wil je? En geef antwoord.'

'Rochefort en zijn knechten, natuurlijk... Ze zijn net weg. Ze hadden een bevelschrift dat was getekend door Zijne Eminentie. Een bevelschrift waarmee Rochefort met veel plezier zwaaide.'

'Dat kon ik niet voorzien! Ik kon niet weten dat...'

'Wat weten?' wond Leprat zich op. 'Weten dat er niets is veranderd? Weten dat de kardinaal nog steeds zijn eigen spelletje met ons speelt? Weten dat wij marionetten zijn die hij laat dansen zoals hij dat wil? Weten dat we helemaal niet meetellen? Toe nou, kapitein, heeft de kardinaal u verteld waarom hij Malencontre van ons wilde hebben? Nee, toch? Daarentegen heeft hij u mooi niets gezegd over zijn beslissing, voordat u er iets aan zou kunnen doen... Dat zou toch oude herinneringen naar boven moeten halen. En het zou heel wat vragen moeten oproepen...'

Walgend hinkte Leprat naar binnen.

Hij liet La Fargue staan, die gezelschap had gekregen van Almadès die hun paarden bij het bit hield.

'Hij... Hij heeft gelijk,' prevelde de kapitein mat.

'Ja, maar dat is nog niet het ergste...'

La Fargue keek naar de Spanjaard.

'Guibot,' verklaarde Almadès, 'vertelt me net dat Rochefort en zijn mannen een rijtuig bij zich hadden om Malencontre in te vervoeren. Dat betekent dat de kardinaal niet alleen wist waar we hem vasthielden, maar ook dat hij niet in staat was op een paard te zitten.'

'Nou en?'

'Wij waren de enigen die wisten dat Malencontre gewond was, kapitein. Alleen wij. Niemand anders.'

'Iemand van ons heeft Richelieu stiekem ingelicht.'

25

Nadat ze had gecontroleerd of de buitendeur goed dichtzat, doofde de jonge vrouw alle lichten, behalve een op de benedenverdieping, en liep met een kandelaar naar boven, de flakkerende kaarsvlam afschermend met haar handpalm. De kaars belichtte haar knappe gezicht van onderen en legde twee gouden sprankeltjes in haar ogen; in de stilte van het huis kraakten de traptreden.

Eenmaal in haar slaapkamer zette de jonge vrouw de kandelaar neer, maakte de wrong los die haar lange zwarte haar samenhield en sloot het openstaande raam achter de gesloten gordijnen. Ze begon net het rijgsnoer van haar jurk los te maken toen iemand haar van achteren vastgreep en een hand op haar mond legde.

'Niet schreeuwen,' fluisterde Marciac. 'Ik doe u niets.'

Ze knikte, voelde dat de greep losser werd, wist zich met een harde elleboogstoot te bevrijden en rende naar haar nachtkastje. Toen ze zich weer omdraaide had ze een dolk in haar hand.

Marciac die minder leed van de pijn aan zijn ribben dan door zijn gekwetste trots, stak kalmerend zijn hand uit en zei, voldoende afstand bewarend, op een toon waarvan hij hoopte dat hij verzoenend klonk: 'U hebt van mij echt niets te vrezen. Integendeel zelfs.'

Hij was vooral bang dat ze zichzelf zou verwonden.

'Wie... Wie bent u?'

'Ik heet Marciac.'

Hij deed voorzichtig een stap opzij, maar de jonge vrouw was op haar hoede en volgde al zijn bewegingen met de punt van de dolk.

'Ik ken u niet!... Wat doet u in mijn slaapkamer?'

'Ik ben gestuurd om u te beschermen. En dat is precies wat ik probeer te doen.'

'Gestuurd? Door wie?'

De Gasconjer hield van kansspelen.

'Van de man die net wegging,' gokte hij. 'Castilla.'

Die naam bracht onzekerheid in de wantrouwige blik waarmee ze naar Marciac keek.

'Castilla...? Hij... Hij heeft daarvan niets gezegd.'

'Hij wilde u niet onnodig bang maken. Hij heeft me betaald en me gedreigd dat u me niet mocht zien.'

'U liegt!'

Bliksemsnel greep hij de pols van de jonge vrouw vast en draaide die, zonder haar eerst te ontwapenen, naar zichzelf toe. Hij hield haar stevig vast, maar probeerde haar zo min mogelijk pijn te doen.

'Luister goed naar me. We hebben weinig tijd. Er zijn soldaten onderweg om u te ontvoeren. Ik weet niet wie ze zijn. Ik weet ook niet wat ze willen. Ik weet alleen dat ik ze niet hun gang kan laten gaan. Maar u moet me vertrouwen!'

Terwijl hij dat zei klonk er beneden een griezelig gepiep van scharnieren.

'Hoort u dat? Daar zijn ze al... Begrijpt u het nu?'

'Ja,' zei de jonge vrouw klankloos.

Hij liet haar los, draaide haar om, legde zijn handen op haar schouders en keek haar indringend aan.

'Wat is uw voornaam?'

'Cecile.'

'Hebt u nog andere wapens dan dit speelgoedje?'

'Een pistool.'

'Geladen?'

'Ja.'

'Prachtig. Neem dat mee en trek een mantel aan.'

Zonder op haar te wachten verliet hij de kamer en ging naar de trap. Hij luisterde aandachtig en hoorde de mannen zo stil mogelijk achter elkaar de trap op lopen. Hij wachtte tot de eerste op de overloop stond, sprong tevoorschijn en sloeg hem met een krukje op zijn gezicht.

De man viel achterover, botste op zijn handlangers en rolde samen met hen de trap af. Het was een geschreeuw van jewelste terwijl de mannen op de trap overeind probeerden te krabbelen. Om het karwei af te maken smeet Marciac het krukje met een welgemikte zwaai in de kluwen, wat de wanorde nog vergrootte.

Cecile was hem gevolgd, gewikkeld in een lange mantel met een capuchon. Hij trok haar mee naar een raam dat hij opengooide. Dat kwam uit op een zijsteegje, op minder dan een meter afstand van een balkon. De Gasconjer liet de jonge vrouw voorgaan. Vanaf het balkon klom hij op het dak net erboven en hij stak zijn hand naar beneden. Cecile greep hem vast en hij trok haar omhoog, net toen een van de soldaten bij het raam kwam. De man wilde haar jurk nog grijpen, maar zijn nagels scheurden de stof. De jonge vrouw gaf een kreet van angst. Uit zijn evenwicht gebracht door zijn harde ruk, viel Marciac naar achteren terwijl Cecile boven op hem landde.

'Gaat het?' vroeg hij.

'Ja.'

Ze stonden op.

De soldaat was al op het balkon gesprongen. Hij was zich aan het ophijsen toen de Gasconjer hard uithaalde met zijn been en hem een gebroken kaak schopte. De man viel zes meter naar beneden.

Marciac liet Ceciles hand niet los, ze maakten zich uit de voeten over de wirwar van daken. Er ging een schot af en een kogel boorde zich in de schoorsteen die ze net achter zich hadden gelaten. Ze hoorden de soldaten tegen elkaar roepen en de achtervolging organiseren, sommigen gingen over de daken, anderen liepen beneden de wijk in. Ze beklommen nog een dak, stonden een ogenblik scherp afgetekend tegen de sterrenhemel en werden ook onmiddellijk beschoten, maar vanaf die hoge uitkijkpost kon Marciac de situatie overzien. Hij wist dat ze vroeg of laat weer naar beneden zouden moeten. Liever dan te wachten tot ze voor een onoverbrugbare leegte zouden komen te staan, koos hij voor het onpeilbare zwarte gat van een binnenplaatsje.

Daar hing, voor een voortijdig gestopte verbouwing, een enorme steiger aan de drie verdiepingen van een onbewoond huis. Marciac liet Cecile op de constructie zakken. Er dook een soldaat op. De Gasconjer moest zijn degen trekken en er ontstond een duel. De vechtersbazen bestreden elkaar op een uitstekend deel van het dak. Al schermend dansten ze heen en weer tussen hemel en aarde. Hun laarzen trapten leien los die naar beneden gleden en op de steiger afketsten om vijftien meter lager op de binnenplaats aan stukken te vallen. Nadat hij een houw van zijn tegenstander had gepareerd, greep Marciac hem bij de arm om hem over zijn schouder te werpen. Maar hij vond geen houvast. Hij verloor zijn evenwicht en sleurde de soldaat die zich aan hem vastklampte mee in zijn val. De mannen rolden samen van het dak af. Onder de ogen van Cecile, die een kreet van afgrijzen onderdrukte, vielen ze met veel geraas dwars door de hoogste loopplank van de steiger heen en kwamen terecht op de middelste. De schok bracht de hele steiger aan het slingeren. Planken en balken kreunden. Er klonk een onheilspellend gekraak.

Verdwaasd stond Marciac als eerste weer op zijn benen. Hij zocht zijn degen, begreep dat die beneden op het plaatsje moest liggen en gaf zijn tegenstander, die nog probeerde overeind te komen, met een trap tegen kin de genadeslag. Vervolgens riep hij tegen Cecile dat ze zich van de in het midden gebroken loopplank moest laten glijden. Hij greep haar hand, wierp haar een geruststellende blik toe en samen daalden ze verscheidene wankele trapdelen af, biddend dat de arme oude steiger het niet zou begeven en hen zou verpletteren.

Beneden zagen ze dat de binnenplaats maar één uitgang had; een duistere gang waar drie soldaten opdoken. Een van hen richtte een pistool op de vluchtelingen. Marciac drukte de jonge vrouw tegen zich aan en draaide de schutter zijn rug toe. Het schot ging af. De kogel doorboorde de schouder van de Gasconjer, die zijn kaken op elkaar klemde en Cecile achter een met wijnvaten beladen kar duwde. Met een sprong was hij bij zijn degen die in de modder lag en hij nam net op tijd stelling tegen zijn belagers. Geconcentreerd en verbeten vocht hij zonder een centimeter terrein prijs te geven of zich te laten overweldigen, uit angst zijn beschermelinge bloot te stellen aan het gevaar. Een hele tijd leek het erop dat hij geen tegenstander in het nauw kon drijven, zonder dat een ander hem dwong op te geven, maar eindelijk zette hij een verpletterende tegenaanval in. Hij sneed een van hen met een achterwaartse haal de keel door, trof een ander met een snoeiharde elleboogstoot, gaf een derde een trap tussen de benen en stak hem zijn degen tot aan de stootplaat in de borst.

Hij hoopte al dat het nu voorbij was, maar Cecile riep hem en wees op de hoogste loopplank van de schommelende steiger; twee mannen die hen over het dak waren gevolgd kwamen met getrokken degens voorzichtig naar beneden. Op hetzelfde ogenblik verscheen er nog een laatkomer in de duistere doorgang en bovendien begon de buurt te ontwaken. De vermoeide, gewonde Gasconjer wist dat hij niet meer de kracht had om nog eens drie tegenstanders uit te schakelen. Zou hij nog wel in staat zijn en de tijd hebben met die ene af te rekenen voordat de twee anderen arriveerden?

Hij week terug naar Cecile en de kar waarachter ze zich verschool. Roerloos wachtte hij af tot de eerste soldaat dichterbij kwam en zijn kompanen de tweede verdieping van de steiger hadden bereikt. Plotseling, zijn degen met twee handen omhoog brengend, sloeg hij uit alle macht tegen het strakke touw dat verbonden was aan ringen in de kasseien van de binnenplaats, en dat de kar horizontaal hield. Het doorgehakte touw maakte zich met het geluid van een zweepslag los uit de ringen. De kar kantelde en stak zijn lege disselbomen in de lucht, waardoor de stapel tonnen als een lawine naar beneden rolde.

De soldaat op de binnenplaats moest achteruitwijken tot onder de steiger om aan de tonnen te ontkomen. Sommige sloegen stuk tegen de muur, waardoor de wijn in golven wegstroomde. Maar andere vlogen tegen de wankele palen die de grote steiger ondersteunden. Die palen begaven het en de hele stellage van drie verdiepingen stortte in met een geraas dat de kreten overstemde van de ongelukkigen die werden bedolven onder tonnen hout. Stukken metselwerk werden van de muur gerukt met hele brokken pleister er nog aan. Enorme stofwolken stegen op, verzwolgen de binnenplaats, bolden op tot boven de daken...

... om, gelijk met de stilte, neer te dalen over de plotseling spierwitte omgeving.

Marciac bleef even naar het ramptoneel kijken. Toen, terwijl de wijk begon te gonzen van het ontstelde geroep van de bewoners, stak hij zijn degen in de schede en liep naar Cecile toe. Ze zat, net als hij overdekt met stof, weggedoken in een hoekje.

Hij hurkte bij haar neer, met zijn rug naar het puin toe.

'Het is afgelopen, Cecile.'

'Ik... Ik... Die mannen,' stamelde de jonge vrouw.

'Alles is in orde, Cecile...'

'Zijn ze... dood?'

'Ja. Hier, pak mijn hand.'

Ze leek hem niet te horen en niet te begrijpen.

'We moeten weg, Cecile. Straks...'

Hij hielp haar overeind komen, toen hij plotseling doodsangst in haar ogen las en begreep waarom.

Een van de soldaten had het overleefd.

Hij voelde nu dat die achter hem klaarstond om toe te slaan. Hij wist dat hij niet eens meer de tijd had zich om te draaien, laat staan om zijn degen te trekken.

Hij keek de jonge vrouw dwingend aan, bad dat ze hem zou begrijpen, meende een onmerkbaar knikje te bespeuren... En hij dook opzij.

Met twee handen richtte Cecile het pistool en ze schoot.

III

De Bol der Zielen

1

Zijn benen raakten de grond niet meer. De man hing met zijn hele gewicht aan zijn geboeide polsen. Hij wiegde zachtjes heen en weer en zijn teennagels schraapten over de lemen bodem. Hij was bijna naakt, op zijn hoze en een gescheurd, bebloed hemd na. In het licht van kaarsen was te zien dat er ook bloed kleefde aan zijn verwarde haren, op zijn gezwollen gezicht en dat er bloed langs zijn gekneusde torso liep. De man ademde nog nauwelijks, maar hij leefde; uit zijn longen steeg een rauw gereutel op en op zijn gebroken neus parelden rode belletjes.

Hij was niet de enige aanwezige in deze kelder, die een wachtkamer van de hel was. Er was in de eerste plaats de bezwete, zwaarlijvige reus die hem martelde door hem meedogenloos en met een uitgekiende techniek te bewerken met een ketting. Voorts was er nog iemand; een eenoog die vragen stelde in het Castiliaans. Hij had een matte huidskleur en een hoekig gezicht, hij was helemaal in leer gehuld, inclusief zijn handschoenen en de hoed die hij niet had afgezet. Een ooglap met zilveren punten bedekte zijn linkeroog dat vermoedelijk was aangetast door de rans. De ziekte had een oneffen, paarsachtig gezwel veroorzaakt dat zich uitbreidde van de oogkas naar de slaap en de wang.

De eenoog had gezegd dat hij Savelda heette en dat hij de Zwarte Klauw diende. Bedaard had hij de gevangene duizend martelingen beloofd als hij niet de antwoorden kreeg waarop hij hoopte.

Hij had niet overdreven.

Geduldig en vasthoudend had hij de ondervraging geleid en hij maakte zich niet druk om de koppigheid waarmee de gefolterde man zijn geheimen bewaarde. Hij wist dat de tijd, de pijn en de wanhoop in zijn voordeel werkten. Hij wist dat zijn slachtoffer uiteindelijk zou praten, net zoals de dikste muren altijd zal bezwijken onder de sloophamer. Zoiets gebeurde dan ineens, zonder enige aankondiging. Er komt altijd die ene klap die net te veel is en die de verlossende instorting veroorzaakt.

Met een gebaar liet hij de zoveelste aframmeling ophouden.

Vervolgens zei hij: 'Weet je wat me altijd blijft verbazen...? Dat is te zien hoe hardnekkig het leven zich vastklampt aan het lichaam.'

De gefolterde bleef slap, maar hij was helder van geest. Zijn gezwollen oogleden hingen half over zijn glazige, bloeddoorlopen ogen. Aan zijn oren kleefden glimmende bloedklonters. Uit zijn mond met gezwollen en gebarsten lippen dropen kwijldraden van gal en bloed.

'Neem jou nou,' ging Savelda door. 'Op dit moment wil je alleen maar dood. Met heel je wezen, met heel je ziel hunker je naar de dood. Als je kon zou je je laatste krachten gebruiken om te sterven. En toch gebeurt het niet. Het leven zit in je vastgeklonken als een spijker in het hardste hout. Het leven heeft lak aan wat jij wilt. Het heeft er schijt aan dat jij zoveel moet verduren en dat het je een grote dienst zou bewijzen door je te verlaten. Het blijft koppig zitten waar het zit, het klampt zich vast, overal in jou vindt het schuilhoeken. Het raakt uitgeput, natuurlijk. Maar het duurt heel lang het uit je binnenste te verjagen.'

Savelda trok zijn handschoenen nog wat vaster om zijn hand en liet het leer kraken door zijn vingers te buigen.

'En ik reken erop. Op jouw leven. Het leven dat je werd ingeblazen door je schepper is mijn bondgenoot. Jouw loyaliteit en jouw moed kunnen er niet tegenop. Je hebt het ongeluk dat je jong en sterk bent. Je wilskracht zal je verlaten voordat het leven je verlaat, lang voordat de dood je zal meenemen. Zo gaat het nu eenmaal.'

De gefolterde probeerde nu iets te zeggen en prevelde iets.

Savelda kwam dichterbij en hoorde: '*Hijo de puta!*'

Op hetzelfde moment kwam er een soldaat de trap af. Hij bleef halverwege staan, boog zich over de leuning en kondigde in het Frans aan: 'De markies is er.'

'Gagnière?' zei de eenoog verbaasd in dezelfde taal, maar met een zwaar Spaans accent.

'Ja. Hij wil u spreken. Hij zei dat het dringend was.'

'Goed. Ik kom eraan.'

'En ik?' vroeg de beul. 'Wat doe ik intussen? Ga ik door?'

Zijn openhangende hemd liet zijn brede, bezwete borst zien. Hij rammelde met de bebloede ketting. Bij dat geluid verstijfde de gefolterde man.

'Nee. Wachten,' zei de eenoog, de trap beklimmend.

Na de vochtige warmte van de kelder, deed de nachtelijke koelte op de benedenverdieping Savelda weldadig aan. Hij liep door het vertrek waar zijn mannen sliepen of de tijd doodden met dobbelen, stapte naar buiten en snoof een heerlijke geur op. Het huis stond midden in een grote bloeiende boomgaard.

Even uitbundig elegant als altijd, zat de mooie, jonge markies De Gagnière te paard op hem te wachten.

'Hij heeft nog niets losgelaten,' zei Savelda.

'Daarom ben ik hier niet.'

'Is er een probleem?'

'Dat is nog zacht uitgedrukt. Je mannen hebben het verknald in de Rue de la Fontaine. Het meisje is ontsnapt.'

'Dat kan niet.'

'Er is er maar een teruggekomen en die had een gebroken dij en een gebroken kaak. Uit het weinige wat hij nog kon uitbrengen hebben we kunnen afleiden dat het meisje niet alleen was. Er was iemand bij haar. En die iemand heeft in zijn eentje je hele ploeg om zeep geholpen.'

Verontrust als hij was, stond Savelda met zijn mond vol tanden.

'Ik zal het wel aan de gravin gaan melden,' ging Gagnière door. 'Zorg jij er maar voor dat je je gevangene aan het praten krijgt. Hij moet praten.'

'Hij zal praten. Nog voor morgen.'

'Laten we het hopen.'

De edelman gaf zijn paard de sporen en reed beschenen door het maanlicht, stapvoets tussen twee rijen bomen door. De hoeven van zijn paard deden de gevallen witte bloesemblaadjes opwervelen.

2

'Ze slaapt,' zei Agnes de Vaudreuil de kamer uit komend. 'Blijf bij haar, wil je? En kom me halen zodra ze wakker wordt.'

Verlegen ontweek Naïs de blik van de barones, ze knikte en gleed naar binnen door de op een kier staande deur, die ze geluidloos achter zich dichtdeed.

Agnes bleef even staan en begaf zich toen, bijna op de tast, naar de trap. In deze duistere gang in het al even duistere Hôtel de l'Épervier zag je nauwelijks een hand voor ogen. Alles was van dezelfde grijze, kale grafsteen. In de kamers zaten maar weinig, en dan nog lage ramen die in de meeste gevallen waren afgesloten met blinden en altijd beveiligd waren door ijzeren staven. In de gangen en trapportalen moest men het doen met smalle openingen, eerder schietgaten, die op dit uur slechts een fractie van het bleke ochtendlicht binnenlieten. Het was bovendien de gewoonte dat men zijn eigen lichtbron meedroeg, in plaats van het licht ter plekke te laten branden. Het was ingegeven door angst voor brand, maar ook uit zuinigheid, want hoe erg het ook stonk, vet was duur en de mooie, witte waskaarsen waren een nog grotere luxe. En Agnes had haar eigen kandelaar achtergelaten in de kamer die ze net verliet.

Ze wilde net voorzichtig de trap afdalen, toen iemand haar riep.

'Agnes!' riep kapitein La Fargue.

Ze had niet hem niet gezien en wist ook niet dat hij, stilletjes teruggetrokken in het halfdonker, op haar wachtte. Behalve zijn indrukwekkende gestalte, gehard door een leven van beproevingen en strijd, dwong ook zijn antieke patriarchenkop respect af: het krijgshaftig geheven hoofd, het strenge en door de jaren getekende gelaat, de korte baard en de blik die kracht en wijsheid verried. Hij had zijn laarzen nog niet uitgetrokken, noch zijn leigrijze kazak, waarvan de bovenste knoop los was. Hij droeg daarentegen geen degen of een hoed, zijn volle grijze haardos blonk bijna in de schemering.

Hij kwam naar Agnes toe, nam haar zachtjes bij de elleboog en ging samen met haar op de bovenste traptrede zitten. Geïntrigeerd liet ze hem begaan, begrijpend dat hij haar wilde spreken voordat ze zich bij de andere Degens zouden voegen, die ze beneden konden horen praten. De oude kapitein en de jonge barones verschilden van sekse en in leeftijd, minstens dertig jaar. Ze moesten bovendien zijn natuurlijke gereserveerdheid en haar geslotenheid overwinnen. Maar ondanks hun schroom en hun verschillen hadden ze een bijzondere band, die gebaseerd was op achting en vriendschap. Een band die de vader- en dochterliefde benaderde.

'Hoe gaat het met haar?' vroeg La Fargue.

Hij sprak gedempt, zoals er wordt gesproken in een sterfhuis.

Automatisch keek Agnes even over haar schouder naar de deur van de kamer waar de jonge vrouw die Marciac had gered net was ingeslapen.

'Het avontuur van vannacht heeft haar nogal aangegrepen.'

'Heeft ze jou in vertrouwen genomen?'

'Ja. Zo te horen is ze...'

'Straks,' onderbrak La Fargue. 'Voorlopig wil ik alleen maar weten wat je van haar denkt.'

Agnes had nog geen tijd gehad om zich te verkleden en droeg nog altijd de elegante japon van rode zijdesatijn die ze had aangetrokken om met Marciac naar mevrouw De Sovange te gaan. Met ritselende jurk en onderrokken ging ze iets verzitten om de kapitein beter te kunnen aankijken.

'Wat een vreemde vraag,' zei ze.

Voorovergebogen, met de ellebogen op zijn knieën en zijn handen samengevouwen tussen zijn benen, staarde hij in de verte.

'Onder al je talenten heb je ook het vermogen om mensen beter dan wie dan ook te doorgronden. Dus wat denk je van haar?'

'Ik denk,' zei ze, '... dat ze een beetje jokt en veel verbergt.'

La Fargue knikte even ondoorgrondelijk.

'Ik meen ook begrepen te hebben dat ze in Spanje is geboren,' vervolgde Agnes. 'Waar ze lang gewoond moet hebben.'

Ze keek hem van opzij aan en zag zijn reactie. Hij fronste de wenkbrauwen, rechtte zijn schouders en vroeg: 'Hoe weet je dat?'

'Haar Spaanse afkomst is niet te horen aan haar uitspraak. Maar bepaalde zinnen zouden zo uit het Castiliaans vertaald kunnen zijn.'

Hij knikte weer, ditmaal zorgelijk en gelaten.

233

Het bleef even stil.

'Wat wilt u toch weten, kapitein?' vroeg de jonge barones uiteindelijk zachtjes. 'Of, liever gezegd, wat weet u al...? Ik stond naast u toen Marciac terugkwam met dat meisje. Ik heb uw reactie gezien. U verbleekte...'

Toen ze terugkwam van het speelhuis brandde er ondanks het nachtelijke uur nog licht in Hôtel de l'Épervier en de Degens waren in rep en roer na de ontvoering – in opdracht van de kardinaal – van Malencontre door graaf van Rochefort. Vooral Leprat was nog niet gekalmeerd en had zich uit woede en frustratie een stuk in de kraag gedronken. Daarna was Marciac thuisgekomen met het meisje dat hij na harde gevechten had kunnen redden en ineens was iedereen de ontvoering vergeten.

'Ik ben nog nergens zeker van,' zei La Fargue. 'Ga naar de anderen toe, wil je? En zeg niets over dit onderonsje. Ik zie je straks wel.'

Agnes talmde even, stond op en ging naar beneden.

Alleen achtergebleven haalde de oude kapitein een fijnbewerkt medaillon uit zijn kazak, hij opende het en keek lang naar het geschilderde miniatuurportret. Als het niet vijfentwintig jaar eerder was gemaakt, zou je denken dat het de nieuwe, geheimzinnige gaste van Hôtel de l'Épervier was.

Nadat ze zich had verkleed en haar make-up had verwijderd, voegde Agnes zich bij de anderen in de grote zaal waar de flambouwen meer licht gaven dan het zwakke daglicht dat de kleine ruitjes binnenlieten.

In een leunstoel naast de haard zat Leprat met zijn gewonde been voor zich uit op een krukje zwijgend aan een fles te lurken. Een beetje terzijde zat Almadès zijn degen te slijpen; drie keer de ene, drie keer de andere kant en weer opnieuw. Aan tafel deden deelden Ballardieu en Marciac een stevig maal dat Guibot, stampend met zijn houten been, op hun verzoek had klaargemaakt. Ze dronken erbij, maar de Gasconjer was nog zo opgewonden door zijn avontuur dat hij meer praatte dan at, terwijl de veteraan goedig knikte en blijk gaf van een door niets te stillen eetlust.

'Ik dacht echt dat ik verloren was,' zei Marciac. 'Maar ik liet me opzijvallen, zij richtte haar pistool met twee handen en – *beng!* – ze schoot. En raak ook...! De kerel achter me die me aan zijn degen wilde rijgen, kreeg een kogel recht voor zijn raap.'

'Een verdomd geluk,' vond Ballardieu en hij werkte een mondvol pâté weg met een slok wijn.

'De voorzienigheid, vriend! De voorzienigheid! *"Audaces fortuna ju-vat!"*'

De ander keek hem met vette lippen en bolle wangen vragend aan.

'Die uitspraak is min of meer van Virgilius,' legde Marciac uit. 'Het betekent dat je risico moet durven nemen.'

Ballardieu wilde net vragen wie Virgilius was, maar zag ervan af omdat de Gasconjer aan Agnes vroeg: 'Hoe gaat het met haar?'

'Goed. Ze slaapt.'

'Mooi zo.'

'En jij? Hoe is het met je schouder?'

Behalve met een meisje dat beefde als een riet, was Marciac na zijn veelbewogen nacht thuisgekomen met kneuzingen, zijn haar vol pleisterkalk, een overwinningsroes en ook nog een schotwond in zijn schouder.

'O, dat is maar een schram,' zei hij met een gebaar naar het verband onder een schoon en heel hemd. 'Het bloedde trouwens nauwelijks.'

'Je hebt verdomd veel geluk gehad,' zei Leprat zuur vanuit zijn leunstoel.

'Een beetje geluk heeft iedereen nodig,' zei Agnes en ze ging aan de grote tafel zitten.

Ze pakte een bord, vulde het met koud vlees en kaas van de schalen en knikte dankbaar tegen Ballardieu die haar direct wijn inschonk. La Fargue kwam, schrijlings op een omgekeerde stoel, bij hen zitten en vroeg zonder omhaal: 'Jij eerst, Marciac. Vertel wat je van dat meisje weet.'

'Ze heet Cecile.'

'En verder?'

'Dat is alles. Ik heb Castilla gevolgd, die Agnes en ik ontdekten in het speelhuis van mevrouw De Sovange. Castilla bracht me bij Cecile in de Rue de la Fontaine. Hij is niet lang gebleven en reed te paard weer weg. Bij toeval had ik mannen afgeluisterd die van plan waren Cecile te ontvoeren, hoewel ik toen haar voornaam nog niet kende. Hoe dan ook, ik zei tegen mezelf dat ik dat niet kon laten gebeuren. Dat is het zo'n beetje.'

'Wie waren die mannen?'

'Gewoon soldaten. Maar ze gehoorzaamden een Spanjaard, een eenoog in leer, die er kennelijk zeker van was dat ze zouden slagen, want hij is niet gebleven.'

'Zou je hem herkennen?' vroeg Leprat.

'Absoluut.'

'Maar je was hem nog nooit eerder tegengekomen?'

'Nee.'

La Fargue liet de informatie bezinken en ging toen verder met Agnes.
'Nu jij.'
De barones dronk eerst haar glas leeg.
'Ze zegt dat ze Cecile Grimaux heet. Vorig jaar woonde ze nog met haar vader en moeder in Lyon. Die zijn nu alletwee gestorven, de vader aan een ziekte, de moeder niet lang daarna van verdriet. Omdat ze helemaal niets had is ze naar haar zus Chantal gegaan, die in Parijs heel bescheiden leefde van naaiwerk, maar die haar meteen opnam...'
'"Leefde"?' benadrukte Leprat.
'Dat vertel ik zo... Chantal leerde via een handschoenmaker voor wie ze wel eens werkte, twee Spaanse avonturiers kennen, ridder D'Irebàn en zijn vriend Castilla. Op die eerste werd ze verliefd en ze werd zijn maîtresse. Ze ontmoetten elkaar in het geheim in een huisje in de buitenwijk van Saint-Martin, om elkaar daar ongestoord te kunnen beminnen. Dat duurde een paar weken tot ze spoorloos verdwenen. Sindsdien is Castilla naar ze op zoek en wacht Cecile. Het schijnt dat die beproeving ze dichter tot elkaar heeft gebracht.'
'Hoe dicht?' vroeg Marciac, wiens bezorgdheid iedereen kon begrijpen. Cecile was een heel knap meisje.
'Ik geloof dat er liefde in het spel is,' zei Agnes met een scheef lachje. 'Maar jouw ridderlijk optreden van deze nacht, pleit ongetwijfeld voor je...'
'We zullen zien.'
'Hou op!' blafte La Fargue, voor zijn doen erg geprikkeld.
Hij hervond snel zijn kalmte en deed of hij de uitwisseling van verbaasde blikken tussen de anderen niet zag.
'Dat neemt niet weg,' zei Ballardieu, 'dat het een raar verhaal is.'
'Het klopt wel aardig met wat Rochefort ons heeft verteld,' zei Leprat bijna spijtig.
De kapitein van de Degens nam de leiding van het gesprek weer en vroeg aan Agnes: 'Wat weet Cecile van D'Irebàn?'
'Bijna niets. Zo te horen vertelde de zus heel weinig over hem.'
'En Castilla?'
'Over hem hebben we het haast niet gehad. Ik weet alleen dat hij is gaan wonen in dat liefdesnestje in Saint-Martin, voor het geval de ridder of Chantal zich daar nog zouden vertonen.'
'En ken je de weg erheen?'
'Ja.'
'Vertel Almadès waar het is; ik ga er samen met hem heen in de hoop dat

Castilla daar is. Hij weet misschien het fijne van die hele geschiedenis. Jij blijft hier om Cecile nog verder uit te horen als ze weer wakker is. Marciac, jij hebt wel wat rust verdiend.'

Omdat het vanzelf sprak dat Ballardieu Agnes volgde, moest er alleen nog een taak gevonden worden voor Leprat. Uit respect zocht La Fargue naar iets wat hij hem kon opdragen. Maar de voormalige musketier was hem voor: 'Doe geen moeite, kapitein. Ik weet dat ik waardeloos ben zolang dat verdomde been niet is genezen. Laten we maar zeggen dat ik de tent tijdens uw afwezigheid draaiende houd.'

Iedereen knikte een tikje gegeneerd. Toen ging ieder zijns weegs.

Terwijl iedereen zich voorbereidde, ging La Fargue naar zijn eigen kamer en schreef een korte brief, die hij zorgvuldig verzegelde. Even later betrapte Agnes hem erop dat hij zachtjes aan Ceciles deur klopte, gedempt iets tegen Naïs zei en haar de brief gaf.

De barones trok zich ongezien terug en zocht Ballardieu op.

'Maak je klaar,' zei ze ervoor zorgend dat niemand anders haar hoorde.

'Waarvoor?'

'Waarschijnlijk gaat Naïs de deur uit zodra de kapitein en de anderen weg zijn. Ik wil dat je haar volgt.'

'Naïs? Maar waarom?'

'Dat zul je wel merken.'

'Goed dan.'

3

In de Rue Beauregard steeg markies De Gagnière af voor de kerk van Notre-Dame-de-Bonne-Nouvelle en hij bond zijn paard vast aan een smeedijzeren ring. Het was nog vroeg en er was nog niet veel volk op de been. Maar de elegante edelman vond het veiliger om zijn prachtig opgetuigde paard te laten bewaken door een van de brandewijnventers. Die liepen zodra de zon op was door Parijs en verkochten "Goeiemorrege! Brandewijn, brandewijn!" roepend bekertjes alcohol die de mensen gretig achteroversloegen voordat hun harde werkdag begon.

In de kerk was het stil, donker, vochtig en leeg. Zoals alle kerken uit die tijd waren er geen banken, maar in de hoek stonden stoeltjes die je tijdens de dienst kon huren van een portier die er orde en rust moest handhaven en die bedelaars en zwerfhonden met gelijke ijver wegstuurde. Gagnière liep tussen de zuilen door naar voren en ging tegenover het hoofdaltaar staan, naast een magere, bleke jongeman met gladde wangen en kristalblauwe ogen. Deze reageerde niet, hoewel ze bijna schouder aan schouder stonden. Hij droeg een okergele kazak met bijpassende hoze, laarzen, en aan zijn zijde hing een degen. Hij bad niet, maar stond in stille overpeinzing, met geloken ogen en de hoed in zijn hand.

'Ik ben verbaasd u te zien,' zei de markies na een tijdje.

'Heb ik ooit een afspraak overgeslagen?' antwoordde Arnaud de Laincourt, zijn ogen openend.

'Dat niet. Maar u was nog nooit eerder gearresteerd.'

De voormalige vaandrig van de garde van Zijne Eminentie reageerde aanvankelijk niet.

'Dus u weet het,' zei hij uiteindelijk.

'Natuurlijk. U denkt toch niet dat zulk nieuws ons kon ontgaan?'

'Nee, dat is waar. Maar zo snel al...'

'We zijn alomtegenwoordig, Laincourt. Zelfs in Palais-Cardinal. Dat zou u toch moeten weten.'

'En in het Châtelet, markies? Bent u daar ook?'

Gagnière trok even een pruillip.

'Daar zijn de muren, laat ons zeggen... dikker.'

Ze stonden een tijdje zwijgend in de duistere schuilplaats; de ontvolkte kerk waar ze, altijd bij zonsopgang, hun geheime afspraken hadden.

De kapel van Notre-Dame-de-Bonne-Nouvelle was eerst verwoest door de troepen van de Heilige Alliantie, toen de koning van Navarra, de toekomstige Hendrik IV, Parijs in 1591 belegerde. Op zijn plaats werd de huidige kerk gebouwd, waarvoor koningin Anna van Oostenrijk de eerste steen had gelegd. Naarmate de hoofdstad steeds meer van zijn eigen voorsteden opslokte, was hij nu op de grens van de Saint-Deniswijk komen te liggen, vlak bij de stadsmuur die er kwam op wens van Lodewijk XIII. Slechts de geringe breedte van een straat in aanbouw vol met bouwputten, scheidde hem van het bastion tussen de poorten Poisonnière en Saint-Denis. We waren hier aan de uiterste rand van de hoofdstad.

'Ik ben nog altijd een trouwe dienaar van de Zwarte Klauw,' zei Laincourt. 'Mijn loyaliteit blijft onaangetast.'

'Neem me niet kwalijk als ik daar aan twijfel. Uw vrijlating pleit niet voor u. U zou nu in eenzame opsluiting in Vincennes moeten zitten, in afwachting van uw verhoor. Maar, hoewel u werd betrapt op verraad, bent u hier, vrij om te gaan en te staan waar u wilt. Geef toe dat die geweldige lankmoedigheid van de kardinaal waar het u betreft, slechts verdenking kan voeden...'

Met een toegeeflijk schouderophalen toonde Laincourt dat hij het begreep. Hij legde uit: 'Ik bezit een document dat me beschermt en waarvan de kardinaal de verspreiding vreest.'

Verbluft fronste Gagnière het voorhoofd. Toen zei hij bijna lachend: 'Een document dat u ons hebt onthouden. Fraaie loyaliteit is dat!'

'Ik ben trouw, maar voorzichtig,' zei de ander uitgestreken. 'Ik wist dat er ooit een dag als deze zou komen.'

Nu was het de beurt van de markies om te zwichten voor het argument; inderdaad was de "dag als deze" nu aangebroken.

'Goed. Wat is dat voor een document?'

'Het is een lijst van alle geheime contacten van Frankrijk aan het Spaanse hof. Hij bevindt zich in betrouwbare handen en zou worden vrijgegeven zodra ik te lang geen teken van leven meer gaf. De kardinaal had geen keus.'

Hij en ik zijn overeengekomen dat ik mijn vrijheid behoud zolang die lijst geheim blijft.'

'U bent erg naïef als u denkt dat Richelieu zich lang tevreden zal stellen met die regeling. Hij zal alles doen om u te omzeilen. Hij is daar misschien al mee bezig. Hij zal die lijst vinden en u laten vermoorden.'

'Daarom kom ik bij u, in plaats van naar de dichtstbijzijnde grens te galopperen.'

'Waar is de lijst?'

'In betrouwbare handen, zei ik. Die anoniem zullen blijven.'

Gagnières toon werd dreigend.

'Dat is een geheim dat we uit u kunnen slaan.'

'Niet voordat de inhoud van de lijst openbaar is gemaakt.'

'En wat dan nog? Wij zijn niet bezorgd zoals de kardinaal. Integendeel, wij zullen verrukt zijn als de betrekkingen tussen Frankrijk en Spanje nog meer zouden verslechteren.'

'Zeker,' gaf Laincourt toe. 'Maar tegelijkertijd zouden er nog andere geheimen geopenbaard worden, die rechtstreeks betrekking hebben op de Zwarte Klauw. En neemt u van mij aan dat het informatie is die heel veel schade kan berokkenen.'

Gagnière incasseerde het nieuws kalm, overwoog wat Laincourt kon weten van de Zwarte Klauw en hoe groot het gevaar was dat hij vertegenwoordigde.

'Nog een andere lijst?' vroeg hij.

'Nog een andere lijst.'

'U speelt een heel gevaarlijk spel, meneer De Laincourt...'

'Ik oefen het vak van spion al heel lang uit, Gagnière. Lang genoeg om te weten dat dienaren als ik net zo snel worden opgeofferd als het voetvolk op het slagveld.'

De markies zuchtte geërgerd omdat hij niet kon winnen.

'Laten we het kort houden. U zou hier niet zijn als u me niet iets had voor te stellen. Zegt u het maar.'

'Ik bied u als bewijs van mijn trouw de twee lijsten aan. Een ervan vernietigt u en met de ander doet u wat u goeddunkt.'

'Die papieren vormen uw bescherming en u wilt ze weggeven? Dat is tegen uw eigen belang in.'

'Ik geef ze weg om de woede van de kardinaal te ontlopen. Maar als tegenprestatie wil ik verzekerd zijn van de bescherming van de Zwarte Klauw.'

Gagnière begon het te begrijpen, maar vroeg niettemin: 'Hoe dan?'

'Ik wil toetreden tot de kring van ingewijden, waartoe ook u behoort. Ik vind trouwens dat ik dat heb verdiend.'

'Het is niet aan u om dat uit te maken.'

'Ik weet het. Geef het nieuws dus door aan wie dat wel kan.'

4

Zonder te letten op de luidruchtige en kleurrijke menigte op de Pont-Neuf, volgde Ballardieu Naïs onopgemerkt. Kwaad kijkend en slechtgehumeurd liep hij aan één stuk door in zichzelf te praten: 'Ballardieu, je bent een simpel mens,' bromde hij. 'Je bent een simpel mens omdat je niet erg slim bent, en dat weet je. Je bent trouw en moedig, maar niet snugger, het is niet anders. Dus doe je wat je wordt opgedragen en meestal doe je dat zonder er je neus voor op te halen. Of zonder je neus te hard op te halen, wat hetzelfde is. Je bent een soldaat en een goede soldaat zelfs. Je gehoorzaamt dus. Maar ik weet dat je het enorm zou waarderen als men je de eer zou aandoen om af en toe, zo nu en dan, gewoon vanwege het plezier om de gewoontes te doorbreken, uitleg te geven bij de bevelen die je moet uitvoeren...'

Op dat punt van zijn alleenspraak aangeland en het witte mutsje van Naïs goed in het oog houdend, herhaalde Ballardieu nog eens wat Agnes en hij op de drempel van Hôtel de l'Épervier tegen elkaar hadden gezegd: '"Ik wil dat je haar volgt – Naïs? Maar waarom? – Dat merk je wel." Een mooie uitleg is dat! En wat zei jij toen? "Goed dan." Dat was alles... Beste Ballardieu, je kon nog wel eens stommer zijn dan je zelf al dacht. Tenslotte was er niets op tegen geweest dat je wat meer uitleg had gevraagd, toch? Goed, het kind zou die blik hebben gehad die je zo goed van haar kent en ze zou je zeker niet alles hebben verteld. Maar je zou tenminste iets hebben geprobeerd, in plaats van stomweg te gehoorzamen...'

Inmiddels in stormpas lopend, schudde Ballardieu het hoofd.

'Goede soldaat! Brave, trouwe hond, ja...! En wie vangt de stokslagen op? Fikkie en niet het vrouwtje! Want reken maar, Ballardieu, dat deze zaak slecht gaat aflopen en dat jij dat voor je kiezen krijgt. Niemand kan ongestraft iets doen achter de rug van de kapitein om, en vroeg of laat...'

Verdiept in zijn eigen gedachten liep hij een pamfletschrijver omver die achterover tuimelde in een regen van drukwerk.

'Hé?' blafte Ballardieu, zeer te kwader trouw. 'Kun je niet uitkijken? Zijn dat de nieuwe omgangsvormen in Parijs?'

De ander, die letterlijk en figuurlijk op zijn gat lag, durfde niet op te staan. Hij begreep nog niet goed wat hem overkwam; verbouwereerd en bang keek hij op naar die bonk van een vent die hem uit het niets opdagend met volle kracht had geramd terwijl hij de menigte stond toe te spreken, zwaaiend met zijn pamfletten waarin hij, om niet de koning te hoeven aanvallen, Richelieu ervan beschuldigde het volk te verpletteren onder belastingen. Het individu dat zo abrupt was verschenen in het leven van de pamflettist, was niet iemand met wie je graag ruziemaakte. Hij was niet bijzonder groot, maar wel breed, zwaar, log en bovendien ook nog rood aangelopen van woede. En gewapend met een indrukwekkende degen.

Maar tot verbijstering van zijn onschuldige slachtoffer, ging Ballardieu naadloos over van woede tot medeleven en spijt.

'Nee, beste vriend. Het spijt mij... het is mijn schuld... Kom, geef me je hand.'

De pamflettist werd meer overeind gerukt dan geholpen.

'Neem me niet kwalijk. Je vergeeft het me toch? Ja? Geweldig! Niets gebroken, hoop ik... Mooi. Ik zou je graag helpen je kleren af te borstelen, maar ik heb geen tijd en ik beloof je dat ik je bij onze volgende ontmoeting een glas zal aanbieden om het af te drinken. Afgesproken? Mooi! Prettig kennisgemaakt te hebben, beste vriend!'

Waarop Ballardieu wegliep, terwijl de ander, nog wankelend op zijn benen en verdwaasd kijkend, hem met een onnozele glimlach op zijn gezicht aarzelend nawuifde.

Naïs was hem al ver vooruit en had gelukkig niets gemerkt. Hij moest nu op een sukkeldrafje lopen om haar niet kwijt te raken. Na de Pont-Neuf liep ze de Rue Saint-Denis in, die ze volgde tot aan de Rue la Vieille-Cordonnerie, die uitkwam in de Rue de la Ferronnerie en de Rue Saint-Honoré doorliep, waarvan Ballardieu nooit had geweten dat hij zo lang was. Ze passeerden de brede, met steigers behangen voorgevel van Palais-Cardinal en liepen door tot aan de Rue Gaillon, die Naïs insloeg. Met de aanleg van het bastion van de Fossés-Jaunes, was deze voormalige buitenwijk een nieuw stukje Parijs geworden dat Ballardieu nog niet kende. Hij ontdekte er nu de plattegrond van, de gebouwen en de bouwplaatsen.

Aan het einde van de Rue des Moineaux ging Naïs door een grote poort die toegang gaf tot een binnenplaats waar het levendig aan toe ging en die werd gedomineerd door een vreemde toren, een soort buitenmodel duiventil. Boven de ingang hing een groot bord waarop stond: "Koeriersdienst Gaget."

'"Koeriersdienst Gaget"?' bromde Ballardieu de wenkbrauwen fronsend. 'Wat is dat nou weer, "Koeriersdienst Gaget"?'

Hij klampte een voorbijganger aan en vroeg: 'Pardon, meneer, wat is dat voor een zaak?'

'Dat? Dat is de koeriersdienst Gaget.'

En de man, die zoals alle Parijzenaars haast had en het zoals de meesten hoog in zijn bol had, liep door.

Ballardieus bloed begon weer te koken, hij zoog zijn wangen naar binnen en haalde diep adem in de ijdele hoop zijn moordneigingen zo te bedwingen, was in een paar stappen bij de voorbijganger, greep hem bij de schouder en draaide hem met een ruk om.

'Ik kan lezen, meneer. Maar wat doen ze?'

Hij ademde zwaar door de neus, was rood aangelopen en zijn ogen flonkerden. De ander begreep zijn vergissing. Verblekend legde hij uit dat je bij koeriersdienst Gaget je post kon laten versturen door een draakje, dat de service betrouwbaar en snel, hoewel behoorlijk prijzig was en ...

'Al goed, al goed...' zei Ballardieu en liet de Parijzenaar weer vrij.

Hij aarzelde even of hij naar binnen zou gaan, maar besloot dat hij een stukje verderop zou blijven wachten en kijken, want misschien ging Naïs nog ergens anders heen. Het duurde niet lang voordat een bekende van de oude soldaat de koeriersdienst Gaget verliet.

Maar het was Naïs niet.

Het was Saint-Lucq.

5

Aan de landelijke buitenkant van de wijk Saint-Denis, vonden La Fargue en Almadès zonder moeite het huis waarover Cecile had verteld. Het stond in een ommuurde boomgaard, omringd door landerijen, weilanden, boerderijen en huisjes met grote groentetuinen. Het was een lieflijke, vredige plek, op minder dan een kwartmijl van Parijs. De boeren bewerkten hun land. Kuddes schapen en koeien dwaalden rond. In het oosten kon je boven het geboomte uit de daken van het Saint-Louis-hospitaal zien.

Onderweg waren ze een groepje ruiters in volle galop tegengekomen dat hen had gedwongen uit te wijken naar de slootkant. In andere omstandigheden zouden ze geen aandacht hebben besteed aan het voorval. Maar het groepje werd aangevoerd door een in leer geklede eenoog, die erg leek op de man die Marciac diezelfde nacht nog had betrapt op het beramen van de ontvoering van de jonge Cecile Grimaux.

'Ik geloof niet in zulke toevalligheden,' had La Fargue gezegd, terwijl hij de ruiters die de kant van Parijs uit reden nakeek.

En omdat Almadès hem had aangekeken met een veelzeggende blik hadden ze hun paard de sporen gegeven om zo snel mogelijk op de plaats van bestemming te komen.

Ze minderden pas vaart in het zicht van het hek. Het stond wijdopen naar de kaarsrechte weg die door de boomgaard liep.

'Zijn je pistolen geladen?' vroeg de oude kapitein.

'Ja.'

Zij aan zij, alle zintuigen op scherp, reden ze tussen bloeiende bomen dichterbij. De zachte bedwelmende geuren van bloeiende fruitbomen bezwangerden de lucht. De stralende ochtendzon werd begroet door het gezang van de vogels. Het gebladerte rondom ritselde onder een zacht briesje.

Er stonden twee mannen voor het huisje. Toen ze de ruiters stapvoets zagen naderen, kwamen ze iets naar voren, nieuwsgierig reikhalzend om beter te kunnen zien. Ze waren gewapend met degens, droegen een kazak, een hoze en rijlaarzen. En van hen had tussen zijn riem een pistool die schuin over zijn buik stak.

'Wie zijn daar?' riep hij luid.

Hij deed nog enkele stappen voorwaarts, terwijl de andere man achter hem bleef en met de rug naar de zon ging staan. Er verscheen een derde man die op de drempel van het huis bleef. Als kenners begrepen La Fargue en Almadès hun opstelling; zij zouden het precies zo doen als ze een gevecht voorzagen.

'Mijn naam is La Fargue. Ik kom voor een vriend.'

'Welke vriend?'

'Ridder Castilla.'

'Er is hier niemand die zo heet.'

'Maar hij logeerde hier toch?'

'Dat kan zijn. Maar hij is net weg.'

De man met het pistool deed zijn best om ontspannen over te komen. Maar hij was ergens bang voor, misschien voor iets wat straks onvermijdelijk zou gebeuren; het was alsof de tijd drong. Zijn gezellen waren net zo bang als hij; ze wilden het liefst een einde maken aan het gesprek en ze hoopten duidelijk dat de ongewenste gasten zo snel mogelijk weer zouden vertrekken.

'Pas geleden?'

'Zojuist.'

'Ik wacht wel op hem.'

'Kom liever straks terug.'

'Wanneer?'

'Wanneer u maar wilt, meneer.'

Almadès speelde de vermoeide ruiter en leunde met de armen over de zadelknop geslagen voorover, zijn handen op enkele centimeters van de holsters met pistolen. Onder de rand van zijn hoed hield hij de mogelijke vijanden in de gaten en hij wist nu al – rekening houdend met onder andere de indeling van de plek – wie er voor hem zou zijn, mocht de zaak slecht aflopen. Met wijsvinger, middelvinger en ringvinger trommelde hij verstrooid een driekwartsmaat.

'Ik zou u dankbaar zijn,' zei La Fargue, 'als u de ridder van mijn bezoek op de hoogte wilt brengen.'

'Het komt in orde.'

'Weet u mijn naam nog?

'La Fargue, is het niet?'

'Dat klopt.'

De man op de drempel was het meest nerveus. Hij keek voortdurend over zijn schouder en leek te letten op iets wat er binnen gebeurde en wat misschien ontdekt zou worden. Hij kuchte, wellicht om zijn handlangers te laten weten dat de tijd drong.

De man met het pistool begreep zijn teken.

'Goed, heren' zei hij. 'Tot straks dus.'

La Fargue knikte glimlachend en tikte bij wijze van groet tegen de rand van zijn hoed.

Maar Almadès snoof; een verdachte, verontrustende geur prikkelde zijn neus.

'Brand,' fluisterde hij uit zijn mondhoek tegen zijn kapitein.

Die keek naar de schoorsteen, maar zag er geen rookpluim uit komen. Wel zag hij, net als de Spanjaard, de rook die de binnenkant van de ramen op de benedenverdieping verduisterde.

Het huis stond in brand.

De soldaten begrepen dat hun geheim was ontdekt en kwamen meteen in actie. Maar Almadès was sneller dan zij, hij greep zijn pistolen, spreidde zijn armen wijd uit en schoot tegelijkertijd naar links en naar rechts. De man op de drempel en die op de achtergrond kregen een kogel door het hoofd. De man met het pistool mikte intussen op de kapitein. De kogel miste La Fargue, die om zijn paard in bedwang te houden, zich in het zadel in bochten moest wringen om het vuur te kunnen beantwoorden. Toch schoot hij raak en joeg zijn tegenstander een kogel in de keel.

Even plotseling als het geweld was uitgebarsten, werd het nu weer stil. La Fargue trok een tweede pistool uit de holster. Hij en Almadès sprongen op de grond, bleven even in dekking staan achter hun paarden, observeerden de omgeving en het huis, uit angst dat er misschien nog meer vijanden zouden opduiken.

'Zie jij iemand?'

'Nee,' antwoordde de Spaanse schermleraar. 'Ik geloof dat ze maar met zijn drieën waren.'

'Waarschijnlijk waren zij achtergebleven om zeker te zijn dat het vuur goed brandde.'

'Dat wil zeggen dat er binnen iets is wat moet verdwijnen.'

Met getrokken degen snelden ze naar het huis.

Er waren verschillende brandhaarden, de zwarte rook prikkelde ogen en keel, maar het was nog niet al te gevaarlijk, hoewel het al te laat was om het vuur nog te kunnen blussen. Almadès liep de trap op naar de bovenverdieping, La Fargue inspecteerde de benedenverdieping. Hij ging van kamer tot kamer, vond niets en niemand en kwam bij een deurtje; inmiddels was de Spanjaard weer beneden gekomen.

'Er staat boven een kist vol met mannen- en vrouwenkleren. En ook schmink.'

'Laten we de kelder gaan bekijken,' besliste de kapitein.

Ze duwden het deurtje open, liepen de stenen treden af en zagen in het halfduister Castilla, die halfnaakt en bloedend aan zijn polsen was opgehangen, veroordeeld om te sterven in de brand die het huis aan het verwoesten was. Aan zijn voeten hing de zware ketting waarmee hij was gemarteld.

La Fargue ondersteunde hem, terwijl Almadès hem losmaakte. Ze pakten hem op en droegen hem haastig naar benedenverdieping, waar de vlammen al langs de muren likten en zich langs de plafonds verspreidden en legden de ongelukkige een eind van het huis af in het gras.

Ondanks zijn zwakte was Castilla onrustig, hij kreunde en mompelde. Iets dringends maakte dat hij vergeefs zijn laatste krachten verbruikte. La Fargue boog zich over hem heen en bracht zijn oor naar 's mans gezwollen lippen.

'Wat zegt hij?' wilde Almadès weten.

'Ik begrijp het niet goed,' zei de kapitein op zijn knieën zittend. 'Iets als... "garanégra"?'

'*Garra negra*,' prevelde de Spanjaard, die zijn moedertaal herkende.

La Fargue keek hem vragend aan.

'De Zwarte Klauw,' vertaalde Almadès.

6

Saint-Lucq merkte Ballardieu vrijwel meteen op.
Intuïtief voelde hij dat hij bij het verlaten van de koeriersdienst Gaget in de Rue des Moineaux werd gevolgd. Om daar zeker van te zijn stapte de halfbloedige na een tijdje een bakkerswinkel binnen. Toen hij weer naar buiten kwam, knabbelde hij onschuldig aan een koek, maar hij nam intussen vanachter zijn rode brillenglazen de omgeving op. Op die manier ontdekte hij, zonder zich te verraden, in de menigte het ronde, gegroefde gelaat van Ballardieu.

De aanwezigheid van de oude soldaat verbaasde hem, maar verontrustte hem niet. Klaarblijkelijk was Ballardieu hem op het spoor gekomen doordat hij Naïs, de dienstmeid van Hôtel de l'Épervier, volgde. Dat kon alleen maar op bevel van Agnes zijn. De vraag was alleen nog waarom.

De dag tevoren, terugkomend van een zware missie, had Saint-Lucq gehoord dat de Degens weer in actie gekomen waren, dat hij zich bij hen moest voegen en dat hij onder bevel van La Fargue kwam te staan. Deze laatste had er de voorkeur aan gegeven de halfbloedige voorlopig op het reservebankje te laten en met hem afgesproken dat hij bij de koeriersdienst Gaget op zijn orders zou wachten. Dat idee was hem niet onwelgevallig. Het betekende dat de kapitein nog een pion wilde achterhouden en dat hij die pion was. Maar tegen wie en in welk spel? Wantrouwde La Fargue iemand in Palais-Cardinal, en sterker nog, bij de Degens? Saint-Lucq had het niet nodig gevonden de vraag te stellen. Niettemin zat er een addertje onder het gras en Agnes de Vaudreuil had kennelijk dat addertje ontdekt. Vandaar dat Ballardieu hem nu volgde.

Met de brief op zak die La Fargue hem door Naïs had laten brengen, liep Saint-Lucq bedaard tot aan de Seinekaaien, die hij volgde. Via de Pont-Neuf en de sierlijke Place Dauphine bereikte hij het paleis. Hij had intussen besloten om Ballardieu af te schudden, maar zonder diens verdenking te wekken, noch die van Agnes, die in een vreemd onderonsje met La Fargue verwikkeld leek te zijn. De halfbloedig bleef eerst en vooral trouw aan zijn kapitein en het paleis van de Cité was bij uitstek geschikt om verstoppertje in te spelen. Vroeger was dit paleis het centrum van de koninklijke macht, nu van veertien van de negenentwintig rechtsgebieden van Parijs. In die verzameling van gebouwen die voor een deel nog uit de middeleeuwen stamden, bevond zich onder andere het belangrijkste gerechtshof van het koninkrijk.

Saint-Lucq nam de ingang in de Rue de la Barillerie; een deur tussen twee torentjes. Binnen bevonden zich, aan weerszijden was de Sainte-Chapelle, twee binnenplaatsen. De linker was het Rekenhof; het plein stond vol met koetsen en paarden, aan de muren hingen aanplakbiljetten met de namen en portretten van voortvluchtige misdadigers. Rechts was de Cour de Mai, die toegang gaf tot een trap en een galerij die naar de grote zaal voerde. Die was hoog, gigantisch groot, vuil en lawaaiig en was na de brand van 1618 helemaal in steen herbouwd. Het wemelde er van de mensen; advocaten, raadslieden en cliënten waren druk in gesprek, ruzieden, schreeuwden en niet zelden leidden de haarkloverijen tot een handgemeen. Maar deze plek werd niet alleen bezocht door strafpleiters en mannen van de wet in hun lange zwarte gewaden. Het krioelde er van de nieuwsgierigen en kooplustigen die werden aangetrokken door de tweehonderdvierentwintig kraampjes waarmee de galerijen en gangen van het paleis volstonden. Kooplui probeerden de voorbijgangers van alles aan te smeren; zijde, fluweel, kant, snuisterijen, sieraden, waaiers, edelstenen, hoeden, handschoenen, befjes, hoeden, schilderijen. De grote zaal was ook een geliefd ontmoetingspunt. Mooie heren lonkten er naar rondparaderende *élegantes*.

Het kostte Saint-Lucq geen enkele moeite om Ballardieu in dit gewoel kwijt te raken. Na een paar onschuldig lijkende omtrekkende bewegingen, verborg hij zich ineens en keek op een afstand toe hoe de oude soldaat doorliep, zijn pas versnelde en tevreden kijkend het paleis verliet.

Nu kon hij zich weer wijden aan de opdracht van La Fargue. Hij stak via de Petit Pont de Seine over en ging naar de Rue de la Fontaine in de buitenwijk Saint-Victor. Daar stond een huis dat hij eerst moest doorzoeken en dan in de gaten houden. Het was het huis van een jonge vrouw, een zekere Cecile Grimaux, die door de Degens werd beschermd en die huurlingen vannacht hadden proberen te ontvoeren. Marciac had dat weten te verhinderen, bewijs dat hij na al die jaren nog niets was veranderd en nog altijd de

witte ridder speelde die belaagde jonkvrouwen redde. Het was toch merk-
waardig, zulke gelegenheden deden zich maar zelden voor en als ze zich
voordeden, was de Gasconjer steevast de gelukkige.

Het huis was klein, bescheiden, onopvallend en aan de straatkant onderscheidde het zich op deze doordeweekse dag enkel van de naburige huizen
door de gesloten luiken. Na een snelle, onopvallende verkenning liep Saint-
Lucq eromheen, hij liep door de tuin en trof de geforceerde achterdeur
halfopen aan. Behoedzaam ging hij naar binnen, doorzocht de benedenverdieping grondig, vond op de trap sporen van een gevecht of – minstens
– een zwaar handgemeen. Hij ging naar boven waar hij ook wanorde aan-
trof en het openstaande raam zag waardoor Marciac en zijn beschermelinge ongetwijfeld op de daken waren gevlucht.

Niets wees erop dat het huis van Cecile was doorzocht. Saint-Lucq deed
het dus met een zekere hoop om nog iets te vinden. Hij begon met de meest
voor de hand liggende bergplaatsen. Hij had geluk. In een juwelenkistje,
tussen goedkope ringen, kettingen en oorbellen vond hij een kromme spijker die hem deed glimlachen. Hij moest er nu alleen nog achter zien te komen wat er met deze spijker was verplaatst... en wel een zandstenen tegel in
een hoek van de kamer onder een tafeltje dat – omdat het vaak was ver-
schoven – een nauwelijks merkbaar spoor op de grond had getrokken.
Zuchtend lichtte Saint-Lucq de tegel, deels uit voldoening over het vinden
van deze documenten, deels ook teleurgesteld over de kinderlijke eenvoud
van deze schattenjacht.

Hij was veel meer waard dan dat.

7

In Hôtel de l'Épervier had Marciac nog geen twee uur geslapen toen hij Leprat alweer opzocht in de grote zaal. De musketier zat nog steeds in de leunstoel bij de inmiddels gedoofde haard, met zijn been uitgestrekt en zijn voet rustend op een krukje. Hij zat zich op te vreten omdat hij niets kon doen, maar in elk geval dronk hij niet meer. Hij was niettemin nog steeds beschonken en viel bijna in slaap.

Marciac bruiste daarentegen van energie. Hij grijnsde, zijn ogen schitterden en hij straalde een gezondheid en levensvreugde uit die Leprat mateloos ergerden. Om nog maar niet te spreken over de – bestudeerde – nonchalance van zijn kleding. Hij was wel gekleed als een edelman; een korte kazak, wit hemd, degenriem en laarzen van eersteklas leer. Maar hij droeg dat met een onverschilligheid die het blinde vertrouwen van de Gasconjer verried in zijn eigen charme en zijn goede gesternte. De kazak was van boven tot onder losgeknoopt en de kraag van zijn hemd stond wijd open, de degen scheen niet mee te wegen en zijn laarzen snakten naar een poetsbeurt.

'Kom,' zei Marciac energiek. 'Ik moet naar je wond kijken en misschien het verband wisselen.'

'Nu meteen?'

'Ja. Word je ergens anders verwacht, soms?'

'Leuk hoor...'

'Mopper maar lekker, oude zeur. Ik heb een eed afgelegd die me verplicht om je te verzorgen.'

'Jij? Een eed...? Hoe dan ook, het gaat prima met mijn been.'

'Heus?'

'Ik bedoel dat het een stuk beter gaat.'

'Je zuipt dus niet de ene fles na de andere leeg om de pijn te stillen...?'

'Heb je niet wat beters te doen dan mijn flessen te tellen?'

'Jawel. Je been verzorgen.'

Zuchtend gaf Leprat zich over en hij liet hem chagrijnig zijn gang gaan. Zwijgend maakte Marciac het verband los, hij bekeek de randen van de wond en zag dat hij niet geïnfecteerd was. Zijn gebaren waren zacht en doeltreffend.

Zonder de patiënt aan te kijken vroeg hij eindelijk: 'Sinds wanneer weet je het?'

Leprat verstijfde, eerst verrast en toen verstoord over de vraag.

'Sinds wanneer weet ik wat?' vroeg hij afwerend.

Nu keek Marciac hem aan. Zijn blik was zo ernstig en begripvol dat hij zijn vraag niet hoefde te herhalen. De voormalige musketier vroeg ongerust: 'En jij? Sinds wanneer weet jij het?'

'Sinds gisteren,' verklaarde de Gasconjer. 'Vanaf de eerste keer dat ik je heb verbonden... Ik zag dat er slerk in je bloed zat. Te veel dat je niet zou weten dat je bent aangetast door de rans.'

Volgens Galenus, de Griekse arts uit de oudheid wiens theorieën de grondslag legden voor de westerse geneeskunde, werd de mens bepaald door de harmonie tussen vier lichaamssappen die opgenomen worden door de organen: bloed, zwarte en gele gal en slijm. Dominantie van één van die sappen bepaalt het temperament van een individu; vandaar de verschillende typen mens: sanguinisch, cholerisch, flegmatisch en melancholisch. Zolang de sappen in voldoende mate en in de juiste verhouding in het organisme aanwezig zijn, is er niets aan de hand. Maar zodra er van een te veel is of als een sap is bedorven wordt men ziek. Het kwade sap moet dan worden afgedreven door middel van aderlating, darmspoeling of door op andere manieren te purgeren.

Nieuwlichters, artsen van de geneeskundefaculteit van Montpellier waar Marciac had gestudeerd, meenden dat de ziekte die werd overgebracht door draken, veroorzaakt werd door een besmetting met een vijfde, aan het drakenras eigen sap: slerk. 'Dit sap,' beweerden ze, 'verstoort het evenwicht tussen de menselijke sappen, vervuilt ze een voor een en veroorzaakt de symptomen die we kennen.' Hun confrères en hun traditionele opponenten van de faculteit van Parijs wilden niets weten van dat slerk, aangezien Galenus het nooit had genoemd en omdat die onfeilbaar was. Het debat werd een onderwerp van vruchteloze en eindeloze scherpslijperij.

'Ik ben al twee jaar ziek,' zei Leprat.

'Is de grote rans al ingetreden?'

'Nee. Denk je dat ik je zo dichtbij had laten komen als ik wist dat ik besmettelijk was?'

Marciac ontweek de vraag.

'Je krijgt de grote rans misschien nooit,' zei hij. 'Sommige mensen leven met de kleine rans tot ze doodgaan aan iets anders.'

'Of ik krijg het wel en word ik een deerniswekkend monster...'

De Gasconjer knikte somber.

'Waar zit de vlek?' vroeg hij.

'Op mijn hele rug. Hij komt al bijna op mijn schouder.'

'Laat eens zien.'

'Nee. Dat heeft geen zin. Er is toch niets aan te doen.'

Of de artsen van Montpellier nu wel of niet gelijk hadden, of slenk nu wel of niet bestond, de rans was in de zeventiende eeuw nog ongeneeslijk.

'Heb je er last van?'

'Alleen van vermoeidheid. Maar ik weet dat ik pijn zal krijgen.'

Marciac wist niet meer wat hij moest zeggen en wond een nieuw verband om de dij van de musketier.

'Ik zou je dankbaar zijn als je...' begon Leprat.

Maar hij maakte zijn zin niet af.

De Gasconjer stond op en lachte geruststellend naar hem.

'Maak je geen zorgen,' zei hij. 'Ik heb wel nooit de eed van Hippocrates afgelegd, omdat ik geen arts ben, maar je geheim is veilig bij mij.'

'Dank je.'

Wijdbeens en alweer lachend riep Marciac: 'Goed! Dan ga ik nu kijken of onze beschermelinge niets nodig heeft. Maar omdat Naïs er niet is, wil ik wel even een ommetje maken naar de keuken om iets voor je te halen...'

'Nee, het gaat wel. Ik denk dat ik een beetje ga slapen.'

Bij nader inzien bedacht Marciac zich dat hij best honger had en hij ging naar de keuken. Er was niemand, hij vond een schaal met pâté, pakte een stuk brood uit de broodkist en at aan een hoek van de tafel. De mogelijk dodelijke ziekte van Leprat baarde hem zorgen, maar omdat hij wist dat hij er niets aan kon doen, probeerde hij het te verdringen. Hij kon Leprat hoogstens helpen door het geheim met hem te bewaren. Als de musketier over zijn ziekte wilde praten, had hij nu tenminste iemand met wie dat kon.

De Gasconjer zette net een fles aan de mond toen Cecile binnenkwam en hem begroette.

'Dag, meneer.'

Hij stikte bijna, maar slaagde erin een charmante glimlach te produceren.

'Dag, mevrouw. Hoe voelt u zich? Kan ik iets voor u doen?'

Ze was bleek, zag er vermoeid uit, maar bleef heel aantrekkelijk. Haar zwakheid en haar grote, treurige ogen droegen misschien nog wel bij tot haar breekbare schoonheid.

'Eigenlijk,' zei ze, 'zocht ik u, meneer.'

Marciac haastte zich om de jonge vrouw een stoel aan te bieden en ging, een en al aandacht, tegenover haar zitten.

'Zegt u het maar, mevrouw.'

'Noem mij alstublieft Cecile,' zei ze verlegen.

'Goed... Cecile.'

'Om te beginnen wil ik u bedanken. Zonder u, vannacht...'

'Vergeet dat, Cecile. Binnen deze muren bent u veilig.'

'Dat wel, maar ik weet niets van u en uw vrienden. En ik ben het beu om vragen te stellen waarop niemand antwoord geeft.'

Ze zag er zo droevig uit dat het pijnlijk was om aan te zien.

De Gasconjer pakte haar hand. Ze trok hem niet terug. Had ze hem daarom een beetje uitgestoken? Marciac hoopte van wel en speelde het spelletje graag mee.

'Via omwegen die ik u niet kan vertellen zonder de geheimen te verraden die niet aan mij zijn om ze te onthullen,' legde hij uit, 'zijn mijn kameraden en ik bij u terechtgekomen. Maar u moet weten dat wij uw bondgenoten zijn en dat uw vijanden ook onze vijanden zijn. Dus alles wat u ons kunt vertellen, dient ons gemeenschappelijk belang. Vertrouw ons. En als u dat te zwaar valt, vertrouw dan mij...'

'Maar ik heb mevrouw De Vaudreuil alles al verteld,' pruilde Cecile.

'In dat geval hoeft u zich geen zorgen meer te maken, want wij zullen overal voor zorgen. Ik zweer u dat wij, als dat menselijkerwijs gesproken mogelijk is, uw zus Chantal zullen vinden.'

'Heel veel dank, meneer.'

'Ik sta geheel tot uw beschikking.'

'Echt waar, meneer?'

Hij keek haar diep in de ogen, nam nu voorzichtig haar andere hand lichtjes vast.

255

'Ik verzeker het u,' zei hij.

'Misschien kunt u dan...'

Ze liet haar zin onafgemaakt en draaide zich om, alsof ze al te veel had gezegd. De Gasconjer deed of hij in de val trapte: 'Ik smeek u, Cecile. Spreek. Vraag.'

Ze schonk hem een schuinse, verlegen blik, die ze vast al vaak had geoefend.

'Ik zou graag willen, meneer, dat u met mij meeging naar mijn huis.'

'Nu meteen?'

'Ja. Ik heb er dingen achtergelaten die ik mis en die ik graag zou gaan halen.'

'Dat zou heel onvoorzichtig zijn, Cecile...'

'Alstublieft, meneer.'

'Vertelt u mij maar wat u nodig hebt en dan ga ik het wel halen.'

'Het zijn dingen waar een vrouw niet lang buiten kan... En waar ze ook niet over kan praten met een man...'

'Ah... Dan moet u bij de barones zijn. Of bij Naïs... Hoe dan ook, het is uitgesloten dat u naar huis teruggaat. Het gevaar is nog te groot.'

De jonge vrouw begreep dat ze haar zin niet kreeg. Met een triest knikje gaf ze zich gewonnen en zei: 'Ja. U hebt vast gelijk.'

'Het spijt me echt verschrikkelijk, Cecile.'

Ze stond op, bedankte hem nog eens, zei dat ze naar haar kamer terugging en verliet de keuken.

Marciac bleef even peinzend zitten.

Toen vroeg hij: 'En, wat denk jij?'

Agnes stapte naar voren uit de deuropening, waar ze al een tijdje stond. Ze had het gesprek roerloos en muisstil aangehoord. Cecile had niets gemerkt, maar de Gasconjer had haar gezien en dat wist ze.

'Ze heeft alles geprobeerd,' zei ze. 'Ik dacht zelfs even dat je erin zou trappen.'

'Je doet me verdriet.'

'Wat niet wegneemt dat die jongedame wat belooft.'

'Wat denk jij dat ze zo nodig wil halen?'

'Geen idee, maar ik ga kijken.'

'Alleen?'

'Iemand moet thuisblijven. Leprat, noch Guibot kan verhinderen dat Cecile ervandoor gaat.'

'Neem dan tenminste Ballardieu mee.'

'Die is er niet.'
'Wacht dan tot hij er weer is.'
'Geen tijd.'

8

In een blauw zijdesatijn gewaad met een eenhoorn van grijs parelmoer op de kraag gespeld, vermaakte gravin De Malicorne zich met het voeren van haar draakje. Van een schaaltje van goud en zilver nam ze bloederige stukjes vlees die ze gooide naar het reptieltje, dat ze op zijn stokje gezeten handig opving. Het was een prachtig dier met glanzend zwarte schubben, waarmee zijn meesteres een bijzondere band had. Men had de gravin soms tegen hem horen praten als tegen een vertrouweling en vriend. Maar het vreemdste was nog dat het draakje haar begreep, dat een slimme vonk in zijn oog blonk, voor hij, meestal 's nachts, wegvloog om zijn opdrachten te vervullen.

Toen meneer De Gagnière de salon betrad, zette de knappe jonge gravin het schaaltje met vlees weg en likte sierlijk maar genietend haar ranke vingers af. Ze toonde trouwens nauwelijks belangstelling voor haar bezoeker en deed alsof ze enkel aandacht had voor haar verzadigde draakje.

'Savelda herinnerde zich nog net dat huisje in de boomgaard,' zei Gagnière.

'De schuilplaats van die zogenaamde ridder D'Irebàn?'

'Ja. Castilla heeft gepraat.'

'En?'

'Onze Spaanse broeders zaten op een dwaalspoor.'

De jonge vrouw wendde haar blik af van het draakje en keek nu naar de markies. Ze was duidelijk ingenomen met het het nieuws dat hij bracht; een glimlach krulde haar dunne lippen.

Van alle min of meer goedwillende mensen die de Zwarte Klauw dienden, waren er maar weinigen die wisten waar het werkelijk om ging. Onder aan de ladder stonden de 'leden'. Ze wisten doorgaans niet het fijne van hun opdrachten en kregen hun bevelen van de 'ingewijden', de allerhoogste rang voor iemand die geen drakenbloed in de aderen had. Als verarmd edelman en avonturier was Castilla een van die 'leden' wier trouw nog niet onomstotelijk vaststond. Daarom kreeg hij tot nu toe opdrachten die men liever niet zag mislukken, maar waarvan hij niet alle bijzonderheden mocht kennen. Hij was intelligent, bekwaam, ondernemend en had nog nooit iemand teleurgesteld.

Tenminste niet tot zijn plotselinge verdwijning.

'"Dwaalspoor", markies? Wat verstaat u daaronder?'

'Dat Castilla niet op de vlucht was voor de Zwarte Klauw.'

De verdwijning van Castilla was verontrustend geweest. Had hij verraad gepleegd en zo ja, had hij geheimen met zich meegenomen die de Zwarte Klauw zouden kunnen beschadigen? Om die vraag te kunnen beantwoorden moest hij worden gevonden en zo nodig verdwijnen. Spionnen hadden ontdekt dat Castilla Spanje per boot had verlaten en dat hij in Bordeaux het schip had verlaten in gezelschap van een zekere ridder D'Irebàn; dat was in ieder geval de naam die het scheepsregister vermeldde. Hadden ze elkaar tijdens de overtocht leren kennen en waren ze samen op de vlucht gegaan? Een vraag die er even niet toe deed, want de Zwarte Klauw was hun spoor kwijtgeraakt. Vanuit Bordeaux hadden ze net zo goed over zee naar een ander continent kunnen varen, als over de weg naar een ander land kunnen rijden. Al snel werden ze toch weer gesignaleerd in Parijs. Onverwijld eiste de Spaanse Zwarte Klauw van mevrouw De Malicorne dat ze alles zou doen om ze te pakken te krijgen. In een stad van vijfhonderdduizend inwoners was dat geen eenvoudige klus en mevrouw De Malicorne had bovendien wel andere dingen aan haar hoofd. Maar ze was niet in de positie om te weigeren en, tegen elke verwachting in, slaagde ze waar anderen wellicht hadden gehoopt dat ze zou falen, want haar successen in Frankrijk hadden voor naijver gezorgd in Madrid.

Castilla, die een beetje te regelmatig een zeker speelhuis in Parijs bezocht, werd als eerste gevonden. Daarna was het de beurt van een jonge vrouw, met wie hij veel omging en die niemand anders bleek te zijn dan de frivole ridder D'Irebàn. Ongetwijfeld om redenen van discretie kleedde ze zich soms als man. Maar voor de periodes dat ze vrouw was, had ze de identiteit aangenomen van een eenvoudig weesmeisje uit Lyon. Zodra het kon organiseerde Gagnière, die zich trouwens ook met heel andere dingen moest bezighouden, de gevangenneming van het paar, met hulp van Savelda, de helper die onlangs uit Spanje was overgekomen. De jonge vrouw werd echter op wonderbaarlijke wijze gered en Castilla gevangen genomen en gefolterd.

'Ter zake, markies. Vertel me wat Savelda vannacht van Castilla te weten is gekomen.'

'Zoals we al vermoedden waren Castilla en de schone minnaars. En ze probeerden niet uit Spanje te ontvluchten uit angst voor de Zwarte Klauw, maar voor de vader van de jongedame.'

'Begrijp ik het goed dat we al die tijd en moeite hebben verspild om twee gevluchte gelieven te vinden?'

'Ja.'

'En Castilla is nooit van plan geweest om ons schade te berokkenen?'

'Nooit. En ook niet om ons te verraden.'

De gravin moest haar best doen om niet te lachen.

'In andere omstandigheden,' zei ze, 'zou ik razend zijn. Maar hiermee kunnen we onze Spaanse broeders een toontje lager laten zingen en hun, zo nodig, een lesje in nederigheid geven. Ze kunnen het bovendien niet ontkennen omdat uitgerekend hun man, Savelda, de waarheid aan het licht heeft gebracht.'

'Ik betwijfel of de meest afgunstige van onze tegenstanders de ironie ervan zal inzien als het nieuws Madrid bereikt,' zei Gagnière grijnzend.

'Voortaan hebben ze maar te slikken wat wij hun voorschotelen.'

Verrukt lachend liet de jonge gravin De Malicorne zich in een stoel vallen.

'Maar wie is toch die vader voor wie Castilla wilde vluchten met het gevaar dat hij de woede van de Zwarte Klauw over zich zou afroepen?'

'Nu komt nog het mooiste van het hele verhaal, mevrouw. De vader is niemand minder dan graaf van Pontevedra.'

De ogen van de jonge vrouw blonken van nieuwsgierigheid.

Pontevedra was een vreemd soort aristocraat met een duister verleden, die in twee jaar tijd de vriend was geworden van graaf D'Olivares, de beschermeling van koning Filips IV en in Spanje roem en fortuin had verzameld. De man was invloedrijk, machtig en gevreesd. En hij was op dat moment in Parijs voor een buitengewone missie; al een week lang onderhandelde hij in het diepste geheim met het Louvre, ongetwijfeld met de bedoeling om toenadering tussen Spanje en Frankrijk te bewerkstelligen.

Een toenadering die de Zwarte Klauw absoluut niet zinde.

'Dat verklaart alles,' zei de gravin. 'Tot aan het optreden van de Degens toe.'

Gagnière deed zijn best om zijn twijfel te verhullen.

De koppigheid waarmee zijn gesprekspartner overal agenten van Richelieu dacht te zien werd verontrustend. Dankzij de magie kon ze natuurlijk meer weten dan ze losliet. Maar je zou gaan geloven dat er tussen haar en de Degens een oude kwestie speelde die haar obsedeerde en verblindde.

'Mevrouw,' zei hij zo redelijk mogelijk. 'Niets wijst erop dat...'

'En wie dacht u heeft de dochter van Pontevedra vannacht gered?' onderbrak ze. 'Haar bevrijder was voor zover ik weet op de hoogte. En hij was in staat om het te winnen van meerdere soldaten...! Moed, durf, onverschrokkenheid: dat is het handelsmerk van de Degens... Wat? Twijfelt u nog steeds?'

Het voorzichtige stilzwijgen van de edelman maakte haar duidelijk dat ze zich nodeloos opwond. Om te bedaren, en misschien om zichzelf gerust te stellen, opende ze een kostbaar kistje dat op een tafeltje naast haar stond. Hij bevatte de Bol der Zielen, die ze voorzichtig streelde, met geloken ogen.

Ze haalde diep adem en verklaarde: 'Doet u mij het plezier het tenminste te overwegen. U bent de graaf van Pontevedra en u weet dat uw weggelopen dochter, die misschien wordt bedreigd door de Zwarte Klauw, in Parijs is. En Frankrijk kan u niets weigeren, gezien het belang van de onderhandelingen die u voert. Zou u de kardinaal niet om hulp vragen? En zou u niet eisen dat hij zijn beste mannen inzette?'

'Ja,' gaf Gagnière onwillig toe.

'De besten zijn de Degens.'

'Ik geloof u.'

'Gelukkig maar... Wat doodzonde dat het meisje ons is ontsnapt! Wat een wapen tegen hem zouden we in handen hebben gehad!'

'Wat dat betreft is nog niet alles verloren. Ik heb Savelda naar het huis van het meisje in de Rue de la Fontaine gestuurd. Misschien vindt hij er nog iets, en in het ergste geval houdt het hem in elk geval bezig.'

'Uitstekend idee. Zo hebben wij onze handen vrij om de ceremonie van vanavond voor te bereiden. Is alles gereed op het kasteel?'

'Men is ermee bezig.'

'Niets mag onze eerste inwijdingen verstoren, markies. De Grote Loge zal ons geen enkele misser vergeven.'

'Ik weet het. Maar...'

Gagnière durfde zijn zin niet goed af te maken.

Maar omdat de gravin hem verstoord aankeek, zei hij: 'We moeten het nog hebben over een moeilijk geval, mevrouw.'

'Welk geval?'

'Laincourt.'

9

Agnes de Vaudreuil vloekte binnensmonds toen ze de lege bergplaats in de vloer van de slaapkamer ontdekte.

Omdat ze Cecile ervan verdacht dat ze iets speciaals wilde terughebben dat bij haar thuis lag, had ze zich snel en onopvallend ter plaatse begeven om het huisje van boven tot onder uit te kammen. Ze had in de Rue des Saints-Pères een lege draagstoel aangehouden en de dragers gevraagd haar naar de Rue d'Orléans in Saint-Victor te brengen, via de Rue de la Fontaine. Ze had vooruitbetaald, was het koetsje binnen gegaan door het deurtje tussen de dissels aan de voorkant. Zodra ze het gordijntje had gesloten voelde ze dat ze werd opgetild en het trage wiegen van de regelmatige tred van de dragers begon. Toen ze door de Rue de la Fontaine liepen had ze het gordijntje een beetje opzijgeschoven om het door Marciac beschreven huis te kunnen herkennen en de omgeving ongezien te controleren. Ze had niets verontrustends bespeurd. Er was geen mens te zien. Nadat ze in de Rue d'Orleans was uitgestapt had ze nog een grote omweg gemaakt om aan de achterkant ongezien door de tuin naar binnen te kunnen gaan.

En nu werden twee dingen haar duidelijk. Ten eerste dat ze Ceciles bedoelingen goed geraden had; die verborg iets in haar slaapkamer, iets wat belangrijk genoeg was om ondanks alle gevaar terug te gaan, en waarvoor ze al haar charmes gebruikt had om Marciac over te halen met haar mee te gaan. En ten tweede moest ze vaststellen dat iemand haar voor was geweest. Maar wie?

Degenen die geprobeerd hadden Cecile te ontvoeren, natuurlijk...

De bergplaats in de vloer was niet heel groot en je kon er niet uit opmaken wat er in verborgen had kunnen zijn. Het beste was dus om dat te gaan vragen aan de voornaamste belanghebbende. Agnes vond trouwens dat de Degens – op verzoek van La Fargue – Cecile niet hard genoeg hadden aangepakt. De jonge vrouw was natuurlijk het slachtoffer geweest van een akelige ontvoeringspoging en ze leek niet aan dat soort avonturen gewend te zijn. Maar de erkentelijkheid die ze haar nieuwe beschermers betoonde ging niet zover dat ze open kaart met hen speelde. Agnes was nu overtuigd van de onoprechtheid van Cecile en vond dat er grenzen waren aan de toegeeflijkheid.

Voor alle zekerheid liep ze nog eens het huis door. Ze vond niets. En toen ze het deurtje openduwde dat op de tuin uitkwam, liep ze recht in de armen van een man in het zwart, een eenoog en ranslijder die, eerst even verrast als zijzelf, meteen dreigend grijnsde.

'Kijk nou eens,' zei hij met een zwaar Spaans accent. 'Het vogeltje is teruggekeerd op het nest...'

Agnes begreep het meteen.

Ze droeg een effen jurk, een lichte bruine mantel met een capuchon en een bijpassende kleine cape over de schouders. Ze had zich opzettelijk zo eenvoudig gekleed. Toen de jonge barones Hôtel de l'Épervier verliet wist ze niet of ze een draagstoel zou vinden en dacht misschien te moeten lopen en een tijdje rond het huis te moeten zwerven om de buurt te verkennen. Ze wilde dus niet opvallen en daarom kon ze er beter niet te rijk, noch te arm uitzien. Maar Cecile kleedde zich ook zo. En zij en Agnes hadden op enkele jaren na ook hun jeugd gemeen, hun schoonheid en hun lange, zwarte haar. Als de eenoog geen van beiden nog had ontmoet en alleen maar beschikte over een vage beschrijving van Cecile, kon hij ze heel gemakkelijk met elkaar verwarren.

Agnes deed direct alsof ze bang was, een logische houding voor een jonge, weerloze vrouw die in handen valt van een angstaanjagende vijand. De eenoog was trouwens niet alleen. Hij had een paar ongure huurlingen bij zich.

'De Heer weet,' zei de Spanjaard, bij wie de rans een oog en een wang had aangevreten, 'dat ik dit niet durfde hopen... Ik heet Savelda, Cecile.'

'Wat wilt u van mij?'

'Dat weet ik nog niet en ik ga daar ook niet over. Ik kan u alleen maar beloven dat u niets overkomt als u rustig met ons meegaat. Dus, Cecile? Zult u verstandig zijn?'

'Ja.'

Enkele minuten later liep Agnes tussen de huurlingen achter Savelda aan door de Rue de la Fontaine. En daar herkende ze Saint-Lucq. Hij was in het zwart gekleed, met een degen aan zijn zijde, stond in een steegje en bekeek ongezien het tafereel vanachter zijn eeuwige rode brillenglazen.

Agnes was zo verbaasd dat ze hem bijna verried. Alleen de halfbloedige had nog ontbroken om de Degens compleet te maken en La Fargue had niemand van zijn komst verteld. Maar zijn aanwezigheid hier kon geen toeval zijn. Ongetwijfeld bewaakte hij het huis. Misschien was hij het zelfs geweest die de bergplaats in de vloer had leeggemaakt. Het idiote was dat het haar eigen schuld was dat ze elkaar waren misgelopen; hij kon niet weten dat zij in die draagstoel had gezeten en ze was vervolgens omgelopen om door de achterdeur naar binnen te gaan, terwijl hij de voorkant in de gaten hield.

Toen hij zag dat Agnes werd ontvoerd, deed Saint-Lucq al een stap in haar richting en bracht hij zijn hand naar zijn degen. Als hij niet van gedachten was veranderd, zou de zaak snel zijn opgelost, alleen Savelda zou misschien een probleem geweest zijn. Maar de blik van de zogenaamde gevangene, die bad dat hij haar zou begrijpen, hield hem tegen.

Soms is de muil van de wolf de snelste weg naar zijn hol.

10

La Fargue en Almadès kwamen rond de middag terug, badend in het zweet, overdekt met roet en bloed. Het hoefgetrappel van hun paarden op het plaveisel weergalmde plotsklaps op de binnenplaats en wekte Hôtel de l'Épervier uit zijn trieste sluimer. Ze gaven hun paarden aan pa Guibot, die zo snel als zijn houten been hem toeliet was komen aanlopen, en renden de enkele treden van het bordes op.

'Krijgsraad!' brulde de kapitein toen hij de grote zaal van het hoofdgebouw betrad.

Leprat, die vanwege zijn gewonde been aan zijn stoel gekluisterd was, zat er al. Marciac kwam aangesneld en een paar seconden lang wachtte iedereen gespannen af. Er was blijkbaar groot alarm en Leprat en de Gasconjer wilden graag weten wat er aan de hand was, maar La Fargue liep ongeduldig heen en weer en riep: 'Waar zijn de anderen?'

'Agnes is weggegaan,' zei Marciac.

'Ballardieu?'

'Hier ben ik,' verkondigde de oude soldaat binnenkomend.

Hij was nog maar net thuis en had terugkomend van het paleis van de Cité, waar hij Saint-Lucq was kwijtgeraakt, La Fargue en Almadès zelfs in vliegende galop door de straat zien rijden.

'"Weggegaan"?' vroeg de kapitein, weer aan Agnes denkend. 'Waarheen?'

Hij keek vragend naar Marciac en naar Leprat, die zijn schouders ophaalde; hij wist van niets.

'Ze is het huis van Cecile gaan doorzoeken,' legde de Gasconjer uit.

'Alleen?' vroeg Ballardieu ongerust.

'Ja.'

'Ik ga erheen.'

'Nee,' beval La Fargue zichtbaar geërgerd. 'Jij blijft hier.'

'Maar, kapitein...'

'Hier blijven!'

Ballardieu wilde weer protesteren, maar Almadès legde kalmerend een hand op zijn schouder.

'Agnes weet wel wat ze doet.'

Met tegenzin legde de oude soldaat zich erbij neer.

'Marciac,' zei La Fargue. 'De deuren.'

De Gasconjer sloot alle uitgangen van de zaal en toen hij klaar was, kondigde de kapitein aan: 'We hebben Castilla teruggevonden. Hij was gemarteld en voor dood achtergelaten.'

'Is hij dat ook?' vroeg Leprat.

'Nee. Maar het scheelt niet veel. Zijn beulen hebben hem niet gespaard; Almadès en ik hebben hem op het laatste moment kunnen redden uit een brand die hem had moeten doen verdwijnen. We hebben hem naar het Saint-Louishospitaal gebracht, dat gelukkig dichtbij was.'

'Heeft hij iets gezegd?'

'Twee woorden,' zei Almadès. 'Garra negra. De Zwarte Klauw.'

Iedereen zweeg; ze wisten wat dat wilde zeggen.

De Zwarte Klauw was een geheim genootschap dat op het Spaanse grondgebied bijzonder machtig was. Het was niet geheim in de zin dat niemand van het bestaan wist, maar omdat de leden zich niet bekendmaakten. En met reden. Het genootschap werd geleid door machtsbeluste draken die nergens voor terugdeinsden. Een tijdlang werd er zelfs gedacht dat de Zwarte Klauw de Spaanse belangen diende. Maar, hoewel de meest invloedrijke en actieve loge zich in Madrid bevond, kwamen de bedoelingen van de Zwarte Klauw niet altijd overeen met die van de Spaanse Kroon. Soms waren ze regelrecht tegenstrijdig. De meesters van de Zwarte Klauw wilden eigenlijk Europa in een chaos storten, om dan de macht over te kunnen nemen. Het zou een chaos zijn die op de lange termijn ook het Drakenhof niet zou sparen.

De Zwarte Klauw had de tentakels overal uitgestrekt, maar was nergens zo machtig als in Spanje. Toch was het genootschap ook actief in de Nederlanden, in Italië en in Duitsland, waar loges gevestigd waren die allemaal onderworpen waren aan het gezag van de oudste en de meest gevreesde loge, die van Madrid. Frankrijk was tot nu toe ontkomen aan de greep van de Zwarte Klauw. Hoewel het genootschap er soms wel voor stokebrand speelde, was het er nooit in geslaagd een Franse loge op te richten.

Maar voor hoe lang nog?

267

'Als de Zwarte Klauw in het spel is,' zei Leprat, 'snap ik dat de kardinaal een beroep op ons doet. Dat bewijst tevens dat het gevaar groot is. En dichterbij komt.'

'Zou die hele geschiedenis dan gewoon een voorwendsel zijn om ons achter de Zwarte Klauw aan te laten gaan?' opperde Marciac.

'Ik denk het niet,' zei La Fargue. 'Maar de kardinaal weet er misschien veel meer van dan hij heeft laten blijken.'

'Wat moeten we dan geloven? En wie?'

'Ons. Niemand anders dan onszelf.'

'Dat liedje heb ik al eens eerder gehoord.'

'Ik weet het.'

'Laten we de zaak opnieuw bekijken,' stelde Leprat voor om de nare herinneringen te verjagen. 'Als de Zwarte Klauw, net als wij, op zoek is naar ridder D'Irebàn, betekent dat vast dat hij het losbandige zoontje is van een Spaanse grande.'

'Dat dachten wij ook al,' zei Marciac.

'Wie is hij dan?'

'Castilla en hij zijn misschien van de Zwarte Klauw. Als ze verraad hebben gepleegd, hadden ze goede redenen om Spanje te ontvluchten en onder te duiken in Frankrijk, waar de Zwarte Klauw nog niet zo invloedrijk is.'

'Als ik werd opgejaagd door de Zwarte Klauw,' merkte Almadès zwartgallig op, 'dan zou ik pas ophouden met vluchten als ik in Oost-Indië zat. En dan nog zou ik me niet veilig voelen.'

'Castilla en D'Irebàn zijn misschien niet zulke doorzetters als jij, Anibal...'

'Dat is waar.'

'Blijft de vraag,' zei Leprat, 'wat de Zwarte Klauw van Castilla te weten wilde komen en of dat is gelukt.'

'Als hij helemaal niets had gezegd zouden we een lijk gevonden hebben,' meende La Fargue. 'Naar zijn toestand te oordelen heeft hij zich zo goed mogelijk verzet. Hij kende dus belangrijke geheimen.'

'Misschien wilde hij D'Irebàn beschermen.'

'Of Cecile,' veronderstelde Ballardieu die tot dusver nog niets had gezegd.

Na zijn opmerking bleef het even stil. Iedereen had wel al gemerkt dat La Fargue eigenaardig reageerde op de jonge vrouw. Iemand anders zou al een kruisverhoor hebben ondergaan. Maar het was alsof de kapitein haar om onduidelijke redenen de hand boven het hoofd hield.

La Fargue voelde het stille verwijt van zijn mensen.

'Goed,' zei hij kalm. 'Waar is ze?'

'Voor zover we weten,' zei Marciac, ' is ze in haar kamer.'

'Ga haar halen.'

De Gasconjer liep weg door de ene deur, net toen Guibot op een andere klopte. Almadès ging opendoen.

'Meneer Saint-Lucq wacht op de binnenplaats,' zei de oude man.

11

De karos stond te wachten op de binnenplaats van Hôtel de Malicorne, toen Gagnière er in volle galop aan kwam.

'Mevrouw!' riep hij, terwijl de gravin, gekleed in een reismantel met cape, net in de koets wilde stappen, waarvan een lakei het deurtje openhield. 'Mevrouw!'

Verbaasd stond de jonge vrouw stil. Onder haar arm hield ze het kistje met de Bol der Zielen. Ze stak het naar binnen om het te geven aan een man van wie de markies enkel de gehandschoende hand zag en zei bevelend: 'Niet openmaken.'

Vervolgens wendde ze zich tot Gagnière.

'Vanwaar die vrijpostigheid, markies?'

De edelman sprong op de grond en zei, op zijn hoede voor de man in de koets, gedempt: 'Vergeeft u mij, mevrouw. Maar in bijzondere omstandigheden moet de etiquette soms wijken.'

'Ik luister, meneer.'

'We hebben de dochter van Pondevedra.'

Gagnières ogen schitterden van opwinding. De gravin toonde zich daarentegen eerder terughoudend.

'Werkelijk?'

'Ze heeft zich letterlijk in onze armen geworpen door terug te keren naar haar huis, waar op dat moment ook Savelda was. De zielen der Oerdraken zijn ons gunstig gezind, mevrouw!'

'Ongetwijfeld... Waar is ze nu?'

'Bij Savelda.'

De gravin keek ontstemd.

De graaf van Pontevedra was een buitengewone gezant van de koning van Spanje. Gezien het feit dat hij met Frankrijk onderhandelde over een de Zwarte Klauw zeer onwelgevallige toenadering tussen de beide landen, was zijn dochter een kostbare buit. Een buit die het bewaren waard was.

'Als de Grote Loge van Spanje hoort dat wij Pontevedra's dochter hebben, zullen ze haar opeisen,' zei de jonge vrouw. 'We moeten haar dus ver buiten Parijs in veiligheid brengen, ergens waar niemand haar kan bereiken zonder dat wij het weten.'

Ze dacht even na en zei: 'Laat Savelda haar onverwijld naar het kasteel van Torain brengen.'

'Vandaag nog?' vroeg Gagnière. 'Maar, mevrouw...'

'Onverwijld!'

Zonder zich te vertonen, mengde de man in de karos zich in het gesprek.

'De kardinaal heeft zijn Degens ingeschakeld op verzoek van Pontevedra...'

De gravin glimlachte.

Ze bedacht zich dat ze natuurlijk op termijn de missie van Pontevedra kon torpederen door hem onder druk te zetten met het leven van zijn dochter. Maar hetzelfde wapen kon met onmiddellijk effect worden gebruikt voor een heel ander doel. Dat was tevens de gelegenheid om de vadergevoelens van de ambassadeur eens te peilen.

'Laat Pontevedra weten dat we zijn dochter hebben en dat hij als hij haar levend wil terugzien, ons enkele blijken van goede wil moet geven. Om te beginnen moet hij Richelieu overhalen om zijn Degens met ingang van heden terug te trekken. Dat zou ons het leven al heel wat veraangenamen.'

'Wie moet Pontevedra het nieuws overbrengen?' wilde Gagnière weten.

De gravin dacht weer na en kreeg een idee.

'Meneer De Laincourt wil toch vanavond worden ingewijd? Laat hem ons dan maar eens zien wat hij kan. Als hij missie volbrengt krijgt hij zijn zin.'

Nadat Gagnière weer vertrokken was, stapte de gravin in de koets, die onmiddellijk wegreed. Ze zat tegenover de man die de markies niet te zien had gekregen en aan wie ze de kostbare schrijn had toevertrouwd.

'Hier zit de wereldbol der Zielen in, nietwaar?' vroeg de man, het kistje teruggevend.

'Ja. Zonder hem zou wat er vanavond gaat gebeuren niet mogelijk zijn.'

'Ik zit te popelen.'

'Dat geloof ik graag. Maar die belevenis is pijnlijk. En soms zelf dodelijk.'

'Wat doet het er toe!'

De jonge vrouw glimlachte vertrouwelijk naar meneer Jean de Lonlay, heer van Saint-Georges en kapitein van de garde van de kardinaal.

Als hij de ceremonie al overleefde zou hij ongetwijfeld een eersteklas ingewijde van de Franse loge van de Zwarte Klauw zijn.

12

La Fargue had nog aan niemand verteld dat hij Saint-Lucq had gerekruteerd en de verschijning van de halfbloedige was onverwacht, maar verbaasde niet echt. In de eerste plaats omdat de Degens gewoon niet compleet waren zonder hem. En ook omdat hij altijd altijd al een eenzaat was geweest en het beste werk leverde als hij solo en op de achtergrond opereerde. Het nieuws dat hij bracht zou trouwens de gemoederen genoeg bezighouden. Op de binnenplaats van Hôtel de l'Épervier kondigde hij het plompverloren aan.

'Agnes is ontvoerd.'

'Ontvoerd?' riep Ballardieu uit.

Van pure woede deed hij dreigend een stap naar voren. Saint-Lucq verroerde zich niet. Hij verdedigde zich niet, hij deinsde niet terug. Er was meer nodig om hem schrik aan te jagen.

La Fargue kwam tussenbeide.

'Laat hem vertellen, Ballardieu.'

Onbewogen deed de halfbloedige zijn verhaal.

'Zoals u me had opgedragen, bewaakte ik dat huis...'

'Het huis van Cecile,' verduidelijkte de kapitein de anderen.

'Ik vermoed dat Agnes door de achterdeur naar binnen is gegaan, want ik had haar niet gezien. En ook de mannen niet die met haar naar buiten kwamen en die haar meenamen.'

'Goede god, maar welke mannen dan?' schreeuwde Ballardieu.

'Soldaten,' antwoordde Saint-Lucq kalm.

'En jij hebt geen vinger uitgestoken!'

'Nee, dat wilde Agnes niet. Ze wilde door die mannen worden meegenomen.'

'Hoe weet jij dat?'

'Agnes heeft me gezien, op straat. Ze heeft me aangekeken en ik heb haar begrepen.'

'Slimme kerel ben jij!'

'Slimmer dan jij.'

'Wat?'

Ballardieu was purper en leek in omvang te verdubbelen. Saint-Lucq keek hem onverschrokken aan. En zei: 'Je hebt me wel geboord.'

'Zo is het wel genoeg!' zei La Fargue dwingend.

Leprat die ondanks zijn gewonde been was meegekomen naar de binnenplaats, trok Ballardieu aan zijn arm achteruit. Alleen Marciac ontbrak nog, die was Cecile gaan halen op het moment dat de halfbloedige werd aangekondigd.

'Ga door, Saint-Lucq. En wat gebeurde er toen?'

'En toen? Niets... Ik heb ze een tijdje gevolgd, maar even later gingen ze te paard verder. Ik was lopend.'

'Wat is er aan de hand?' vroeg Marciac die door de stal naar buiten kwam en langs Leprat liep, die nog steeds probeerde Ballardieu te sussen. 'Hé! Hallo, Saint-Lucq.'

'Agnes is ontvoerd,' verklaarde La Fargue.

'O? Door wie?'

'Door soldaten die werden aangevoerd door een eenoog met rans,' zei de halfbloedige.

'Mijn eenoog met rans?' vroeg de Gasconjer. 'Die van vannacht?'

'En dezelfde van vanochtend,' merkte Almadès op. 'De ruiters die we tegenkwamen werden ook aangevoerd door een eenoog met rans.'

'Dat betekent dat Agnes wordt vastgehouden door de Zwarte Klauw,' concludeerde La Fargue. 'Ze heeft zich laten oppakken om onze tegenstanders te kunnen ontmaskeren, maar ze kon niet weten dat...'

'Ik vrees dat ik ook slecht nieuws heb,' zei Marciac. 'Cecile is verdwenen. Ze is ervandoor.'

'Godver!'

De vloek van de kapitein knalde als een geweerschot over de binnenplaats.

De Degens doorzochten Hôtel de l'Épervier en toen het geen twijfel meer leed dat Cecile echt onvindbaar was, verzamelden ze in de grote zaal. De jonge vrouw was waarschijnlijk door de tuin weggevlucht, want ze hadden ontdekt dat het hek openstond. Daarna had ze gemakkelijk kunnen verdwijnen in de wirwar van steegjes en doorgangen. Het was dus nutteloos om nog verder te zoeken.

'Volgens mij heeft ze ons afgeluisterd,' zei Marciac. 'En omdat ze liever niet antwoordde op de vragen die wij haar nog wilden stellen, heeft ze de benen genomen. We hebben haar te veel vertrouwd. Ze is niet, zoals we dachten, het arme weesmeisje dat per ongeluk in een een sinister complot verwikkeld is geraakt. Ik wil ook wedden dat haar zus, die tegelijk met ridder D'Irebàn verdwenen is, nooit heeft bestaan.'

'D'Irebàn en de zus zijn een en dezelfde persoon,' zei Saint-Lucq en hij wierp een bundeltje documenten op tafel. 'Ik heb dit bij haar gevonden. Er staat in dat Cecile de dochter is van een belangrijke Spaanse edelman, dat Castilla en zij minnaars zijn en dat ze samen zijn gevlucht. Om de spionnen om de tuin te leiden heeft Cecile zich vermomd als man. Er staat ook in dat Cecile en Castilla niet alleen bang waren voor de woede van de vader, maar ook voor die van een geheimzinnige vijand.'

'De Zwarte Klauw,' raadde Leprat.

'Mag ik jullie eraan herinneren dat de Zwarte Klauw Agnes te pakken heeft?' zei Ballardieu met een stem die klankloos was van ingehouden woede. 'Is dat niet het belangrijkste?'

'Jawel,' zei La Fargue. 'Juist als we precies weten hoe deze zaak in elkaar zit, vinden we wellicht ook de beste manier om Agnes te redden...'

'En ik zeg dat we alles moeten proberen om dat te doen! En wel meteen!'

'Agnes heeft zich welbewust overgeleverd aan de wolf,' meende Leprat. 'Maar waarschijnlijk wist ze niet wat voor wolf.'

'Ze liep vlak langs me,' vertelde Saint-Lucq. 'Ik kon horen wat die eenoog die haar meenam zei, en het was duidelijk dat hij dacht dat ze Cecile was. Dat zal hij niet blijven denken. Ballardieu heeft gelijk: de tijd dringt.'

'Wie kan ons helpen?' vroeg de oude soldaat. 'De kardinaal? Castilla?'

'Ik vrees dat Castilla niet in staat is om iets te zeggen,' zei Almadès. 'En de kardinaal...'

Er viel een stilte die geladen was met angst en onmacht.

'Malencontre,' zei Leprat na een tijdje.

Iedereen keek hem aan en Almadès legde beknopt aan Saint-Lucq uit wie Malencontre was. Daarna ging Leprat verder: 'Malencontre is van de Zwarte Klauw, anders zouden we hem niet hebben betrapt bij het logement van Castilla. Hij moet er meer van weten, aangezien de kardinaal hem heeft laten weghalen.'

275

'Als ik het verloop van de gebeurtenissen goed heb gevolgd,' zei Saint-Lucq, 'kan deze man niet weten waar Agnes wordt vastgehouden, aangezien hij gisteren is gearresteerd...'

'Hij weet er vast en zeker genoeg van om ons op het goede spoor te zetten!'

'Ja!' riep Ballardieu. 'Ja! Dat is een uitstekend idee!'

Hij keek naar het gezicht van La Fargue om diens mening te peilen.

'Het idee is wel goed... Maar...'

'Maar we weten niet waar hij is,' vulde Marciac aan. 'Bovendien kunnen we hem alleen maar bereiken via de kardinaal. En hij zal ook niets zeggen als we hem niets te bieden hebben.'

'De vrijheid,' zei Almadès. 'Malencontre weet dat hij verloren is. Hij zal alleen praten om vrij te komen.'

'Dan moeten we van Richelieu gedaan krijgen dat hij Malencontre zijn vrijheid aanbiedt!' zei Ballardieu. 'Als hij weet dat Agnes' leven op het spel staat...'

Hij wilde in deze oplossing geloven, maar de anderen zagen er minder heil in. Wat was het leven van een van zijn Degens de kardinaal nog waard? In het verleden had hij niet geaarzeld ze allemaal te offeren op het altaar van de politieke noodzaak.

'Ik kan een onderhoud met Zijne Eminentie bespoedigen,' stelde Saint-Lucq voor.

'Laten we het dan proberen,' besloot La Fargue.

Iedereen stond op en Marciac nam de kapitein apart.

'Met uw permissie ga ik op zoek naar Cecile.'

'Weet jij dan waar ze naartoe is?'

De Gasconjer grijnsde.

'Als Agnes hier was, zou ze zeggen dat u niets weet van vrouwen, kapitein.'

'Goed, doe maar. Maar we hebben je binnenkort nodig.'

'Ik blijf niet lang weg.'

13

oncino Concini was een Italiaanse avonturier die samen met zijn vrouw zo'n invloed had op koningin Maria de Médicis, dat ze hem markies van Ancre maakte en hem tot maarschalk van Frankrijk benoemde. In 1607 liet hij een groot huis neerzetten in de Rue de Tournon. Hij was inhalig, onbekwaam en gehaat door het volk, dat zijn huis de eerste keer plunderde in 1616 en na zijn dood in 1617 nog eens. Lodewijk xiii verbleef er van tijd tot tijd, liet Sint-Franciscus van Sales er een tijdje in wonen, schonk het toen aan een van zijn gunstelingen en kocht het later weer van hem terug. Sindsdien, en tot 1748, deed het prachtige huis in de Rue de Tournon dienst als residentie voor bijzondere gezanten.

In die tijd bestonden er nog geen ambassadeurs. Op enkele uitzonderingen na, kende Europa alleen bijzondere gezanten die bepaalde onderhandelingen voerden of die hun vorst vertegenwoordigden bij grote gelegenheden zoals prinselijke doopplechtigheden, verlovingen en huwelijken. Deze afgezanten, altijd hoge heren die op eigen kosten grote sier moesten maken, gingen daarna weer terug naar huis. De diplomatie was toen nog geen loopbaan.

In Parijs waren de afgezanten en hun gevolg dus gasten van de koning in het voormalige herenhuis van maarschalk D'Ancre. Graaf van Pontevedra was gevolmachtigd door koning Filips iv van Spanje, logeerde er al enkele dagen en zou er blijven zolang het nodig was om zijn hoogst geheime missie tot een goed einde te brengen. Wat werd er besproken tussen de graaf en Richelieu tijdens hun dagelijkse lange vergaderingen, waarbij ook de koning in hoogst eigen persoon aanwezig was? Het hof gonsde van de geruchten en iedereen beweerde iets te weten of te vermoeden. De waarheid ging echter alle verbeeldingskracht te boven. Het doel was om, zo niet een alliantie, dan toch een toenadering tussen Frankrijk en Spanje voor te bereiden. Zou zoiets mogelijk zijn? Zo ja, dan zou het de Europese politiek duurzaam veranderen en het leven van miljoenen mensen beïnvloeden.

Die dag kwam graaf van Pontevedra tamelijk vroeg terug van het Louvre. Hij reed in een extravagante koets, geëscorteerd door een twintigtal gewapende edelen die als dubbelrol hadden hem te beschermen en tegelijk door hun aantal en hun opschik zijn aanzien te bevestigen. In het huis in de Rue de Tournon snelde hij naar zijn appartementen, stuurde de bedienden weg en weigerde zelfs de hulp van zijn kamerdienaar bij het uittrekken van zijn brokaten kazak en zijn met goud versierde degenriem. Hij schonk zichzelf een glas wijn in en liet zich in een zetel vallen. Hij was bekommerd en ongerust. Maar het waren niet de moeilijke diplomatieke onderhandelingen die zijn dagen bedierven en hem 's nachts uit zijn slaap hielden.

Er piepte een deur.

De gezant stond woedend op om de indringer weg te sturen, en verstijfde. Zijn blik zocht de degen die helaas ver uit zijn buurt lag.

'Dat zou zelfmoord zijn, meneer,' zei Laincourt die uit een wachtkamer kwam.

Hij hield een pistool op de graaf gericht.

'Ik hoef maar te roepen, en in een oogwenk staan hier zes gewapende mannen.'

'Ook zelfmoord. U kent me niet, maar bewijs mij de eer me te geloven als ik zeg dat ik op deze afstand uw voorhoofd eenvoudig niet kan missen.'

'Het klopt dat ik u niet ken. Wie bent u?'

'Ik ben geen moordenaar. Ik ben een boodschapper.'

'Door wie wordt u gestuurd?'

'Door de Zwarte Klauw.'

De ambassadeur was groot en statig, hij had een smal litteken op de wang en zag er nog goed uit voor een vijftiger. Hij beefde niet, maar verbleekte.

'Ik zie,' vervolgde Laincourt, 'dat u de reden van mijn bezoek begrijpt...'

'Spreek, meneer.'

'Wij hebben uw dochter.'

Pontevedra bleef onbewogen.

'U gelooft me niet,' zei Laincourt na een tijdje.

'Waarom zou ik u moeten geloven? Ik wacht op bewijzen. Kunt u me een ring van haar laten zien? Of een haarlok misschien?'

'Geen sieraad en geen haarlok. Maar ik kan terugkomen met een oog...'

Er volgde weer een stilte, waarin de mannen elkaar aankeken en elkaar trachtten te doorgronden.

278

De gezant zwichtte het eerst.

'Hoe gaat het met haar?'

'Ze maakt het uitstekend, ondanks het ongemak van haar situatie. Om ditzelfde moment wordt ze onder geleide naar een veilige plek gebracht.'

'Wat wilt u? Geld?'

Laincourt glimlachte beminnelijk.

'Gaat u zitten, meneer. In deze stoel. Dan blijft u weg van de tafel waar u ongemerkt naartoe schuift en waaraan een dolk vastgeplakt zit.'

Pontevedra gehoorzaamde.

De boodschapper van de Zwarte Klauw ging ook zitten. Maar op veilige afstand van de gezant. En hem continu bedreigend met zijn pistool.

'Er was er eens,' begon Laincourt, 'een avontuurlijke Franse edelman die een Spaanse grande werd. Deze edelman had een dochter die op een dag bij hem weg wilde. De edelman vond dat niet goed. Dus vluchtte de dochter, ze stak als heerschap verkleed de grens over en dook onder in Parijs. De edelman kreeg daar lucht van. En tevens vertelden zijn spionnen hem dat enkelen van zijn machtigste vijanden zijn dochter bedreigden of in elk geval zochten. Dat verontrustte de edelman, en terecht... Hoe vindt u mijn sprookje, meneer? Is het exact genoeg om te worden vervolgd?'

Pontevedra knikte.

'Dan ga ik door... In diezelfde periode was er in Madrid sprake van een diplomatieke missie. Heeft onze edelman gekonkelfoesd om ervoor te zorgen dat die missie aan hem werd toevertrouwd, of was het een gelukkige wending van het lot? Het doet er niet toe. Wat telt is dat hij benoemd werd tot bijzondere gezant en naar Parijs kwam om te onderhandelen met de koning van Frankrijk en diens belangrijkste minister. Zijn politieke opdracht was van het hoogste belang, maar voor hem was het slechts een manier om zijn dochter te redden. Gebruikmakend van alle pressiemiddelen die hij kon gebruiken, kreeg hij van Frankrijk, in de persoon van kardinaal Richelieu, gedaan dat alles werd ingezet om zijn dochter te zoeken. Of liever gezegd, om ridder D'Irebàn te zoeken, want onder die naam en die dekmantel was ze Parijs heimelijk binnen gekomen. Onze edelman bedacht een indrukwekkende stamboom voor die ridder om de kardinaal de indruk te geven dat hij eerder dan de afgezant, de Spaanse kroon een dienst bewees... heeft mijn sprookje nog altijd genoeg waarheidsgehalte?'

'Ja.'

'Mooi... De edelman vroeg van Frankrijk in feite nog meer dan alleen maar de dochter te zoeken. Hij wilde dat Frankrijk voor die moeilijke opdracht zijn beste mannen inzette. Hij wilde de Degens van de Kardinaal...

Toen Richelieu vroeg waarom, antwoordde hij dat Spanje een bewijs vroeg dat Frankrijk alles zou doen om de onderhandeling te doen slagen; de Degens op pad sturen zou worden gezien als een gebaar van goede wil. Om Spanje niet meteen bij het begin van zulke belangrijke onderhandelingen al te kwetsen, gaf de kardinaal ongetwijfeld graag toe. Hij riep de mannen bijeen die zich al hadden bewezen en die hem binnenkort wellicht weer van nut zouden kunnen zijn. Zo gebeurde het dus... Maar ik zie tot mijn spijt dat mijn sprookje u begint te vervelen...'

'Het is een sprookje dat ik al ken.'

'Ik kom net bij een wending van het verhaal dat u wellicht nog niet kent.'

'Goed. Ga dan maar door.'

'Ik heb net verteld dat onze edelman bezorgd was omdat sommige vijanden van hem achter zijn dochter aan zaten. Dat verontrustte hem wel, maar het verbaasde hem niet echt. Ik moet erbij vertellen dat zijn dochter gevallen was voor de charmes van een mooie avonturier die werkte voor de vijanden in kwestie, en wel voor de Zwarte Klauw. Het meisje wist dat niet. De edelman wel. Ongetwijfeld veroorzaakten zijn pogingen om haar te scheiden van haar gevaarlijke geliefde haar opstandigheid en haar vlucht. Want het meisje was op de leeftijd gekomen dat men graag alles opoffert voor de liefde...'

'U had me een stuk van het verhaal beloofd dat ik nog niet ken.'

'Hier komt het. De geliefde van uw dochter is dood en van hem zijn we te weten gekomen waar ze is, wat we tot nu toe niet wisten. U moet toegeven dat ze voor ons een prachtige vangst is... Het enige vervelende is dat door uw gekonkel de Degens achter ons aan zitten. Dat moet ophouden. Vandaag nog.'

'Welke garantie biedt u mij?'

'Geen enkele. U hebt Richelieu zover gekregen dat hij zijn Degens tegen ons inzette. Maak dat hij ze voor iets anders gebruikt en uw dochter zal blijven leven.'

'Richelieu zal weigeren als hij iets vermoedt.'

'Richelieu vermoedt al iets. Zijn verdenkingen zijn al begonnen toen u eiste dat de Degens van de partij moesten zijn. Vergeet niet dat hij weet wie u werkelijk bent. Maar weet uw dochter dat? En zo niet, wilt u dat ze onwetend blijft?'

14

In volle vaart reed de karos begeleid door ruiters over een stoffige, hobbelige weg die de piepende assen van de wagen zwaar op proef stelde. De gordijntjes waren gesloten, Agnes werd heen en weer geschud, maar zei geen woord. Ze zat tegenover de eenoog die haar ontvoerd had. Savelda deed of hij niet op haar lette, maar hield haar onopvallend in het oog en zag de minste geringste beweging.

Na haar bij Cecile te hebben verrast, hadden Savelda en zijn handlangers haar meegenomen naar de binnenplaats van een naburige herberg waar hun paarden stonden. Ze namen haar achterop en verlieten, nog altijd aangevoerd door de Spanjaard, stapvoets de buitenwijk Saint-Victor waardoor Saint-Lucq ze niet meer kon bijhouden. Ze reden naar een afgelegen huis waar Agnes een tijdje had moeten wachten; ongetwijfeld moesten ze het nieuws van haar gevangenneming melden en nieuwe instructies afwachten. Uiteindelijk werd ze in de karos geduwd, waarmee ze nu op weg waren. Maar waarheen? Niemand had haar nog iets gevraagd. Zij sprak zelf ook niet, ze stelde zich meegaand op, deed alsof ze bang en in de war was. Ze wilde de achterdocht van haar bewakers sussen tot ze een kans zag om in actie te komen. Tot dan wilde ze niets doen waardoor de vergissing die haar ontvoering was aan het licht zou komen. Die mannen, Savelda in de eerste plaats, dachten dat zij Cecile was. Dat moest zo blijven totdat Agnes erachter was met wie ze te maken had en wat hun motieven waren. Omdat ze als gijzelaar kennelijk heel waardevol was, voelde Agnes zich niet bedreigd. Maar haar probleem was dat ze niet wist wie Cecile was. Ze speelde dus hoog spel door zich voor te doen als iemand van wie ze bijna niets wist. Het beste was om zich gedeisd te houden om geen blunders te begaan. Haar leven zou niet veel waard zijn als haar bedrog werd ontdekt.

Op het eerste gezicht was Cecile een onschuldige jonge vrouw die op zoek was naar haar oudere zus die was verdwenen, samen met haar minnaar, ridder D'Irebàn. Agnes was er heilig van overtuigd dat ze de Degens op bepaalde punten had voorgelogen. Cecile wist ongetwijfeld meer over de soldaten tegen wie Marciac haar de vorige nacht had beschermd; ze moest hebben geweten wat die van haar wilden en waarom. Als ze alleen maar een al te nieuwsgierige zus kwijt wilden, zouden ze hebben geprobeerd haar te vermoorden. In hun ogen was ze blijkbaar eerder wisselgeld, of misschien een pressiemiddel, dan een lastige getuige.

Maar voor de jonge baronesse De Vaudreuil was de ware reden tot ongerustheid iets anders. Ze verdacht La Fargue ervan dat hij van bepaalde geheimen van Cecile op de hoogte was. Geheimen die hij aan niemand had willen vertellen.

Dat was niet normaal en verwarrend. Het was niets voor de kapitein, die door zijn oprechtheid en zijn rechtschapenheid het blinde vertrouwen van zijn Degens altijd waard was geweest. Waarom was hij zo achterdochtig? Was hij met de jaren veranderd? Nee, de tijd kan een gestaalde ziel niet doen buigen. Maar het verraad van een vriend? Wellicht...

Sinds ook Saint-Lucq weer meedeed werden de Degens geacht voltallig te zijn. Hoewel ze maar op twee na voltallig waren. Die twee zouden nooit meer terugkomen. Een van hen, Bretteville, was dood. De ander, Louveciennes, had verraad gepleegd. Hij was de wapenbroeder van La Fargue, diens oudste en beste vriend, met wie hij de Degens had opgericht en alle anderen had uitgezocht. Zijn schaamteloze, onverwachte verraad had in de eerste plaats de dood veroorzaakt van Bretteville, tijdens het beleg van La Rochelle, en vervolgens het smadelijke einde van de Degens. La Fargue had zijn levenswerk zien instorten door de schuld van de man die hij beschouwde als zijn broer en die met het fortuin dat zijn wandaad hem had opgeleverd was gevlucht naar, dat werd tenminste beweerd, Spanje.

Het had een diepe wond geslagen. Die was waarschijnlijk nog altijd niet geheeld en verklaarde dat La Fargue voortaan iedereen wantrouwde, zelfs zijn eigen mannen. Tot op zekere hoogte begreep Agnes hem, maar haar wrevel was oprecht en diep. Als de Degens een fort vormden, was La Fargue de vestingtoren. Als ze niet zeker kon zijn dat ze indien nodig daar een schuilplaats zou krijgen, kon Agnes zich niet voorstellen dat ze lang op de vestingmuur zou blijven vechten.

Tegen het einde van de rit besteeg de koets langzaam een kronkelig pad vol met keien.

En kwam tot stilstand.

Savelda stapte als eerste uit en hield het deurtje open. Hij gebaarde Agnes hem te volgen. Na eerst even verblind te zijn geweest door de overgang van de duisternis in de koets naar het felle zonlicht, zag ze om zich heen de ruïnes en de deels ingestorte muren van een vesting. Een indrukwekkende toren overheerste een met onkruid en struiken overwoekerde binnenplaats. Op deze afgezonderde plek op een rotsachtige, beboste hoogte boven de vallei van Chevreuse heerste een bedrijvigheid die niet paste bij die oude stenen. Mensen en draks waren druk in de weer, ze zetten toortsen neer, maakten brandstapels en bouwden aan weerszijden van een openluchttoneel een tribune van drie verdiepingen. Er werden karrenvrachten materialen aangevoerd. Ruiters reden af en aan. Onder tijdsdruk staande opzichters gaven bevelen en verdeelden de taken. Een bemande wyvern draaide rondjes in de lucht. Onder een afdakje stond een gezadelde wyvern te wachten.

Savelda nam Agnes bij de arm mee naar een gebouwtje dat was overwoekerd met struikgewas en waarvan alleen nog buitenmuren restten. Hij liet haar afdalen over een in de rotsen uitgehouwen trap. Beneden stond al een soldaat klaar. Die opende een deur en Agnes kwam in een souterrain vol met puin. In een hoek was een oude broodoven. Een smal halfrond kelderraam dat uitkeek op de binnenplaats liet wat zonlicht binnen.

Een dikke vrouw stond op van haar stoel en legde haar breiwerk weg.

Ze keek de gevangene aan: 'Haal geen kunstjes uit. Als u gehoorzaamt, hebt u niets te vrezen.'

Agnes knikte en de eenoog vertrok, sloot de deur achter zich en liet haar alleen met haar bewaakster. Aangezien de dikke vrouw zich niet om haar leek te bekommeren liep ze na een tijdje naar het raam. Ze hees zich op aan de tralies om op haar tenen te kunnen staan en keek, intussen de sterkte van de tralies testend, naar buiten.

Er werd iets heel belangrijks voorbereid en Agnes wist dat ze, ondanks alle gevaren, er goed aan had gedaan zich hier te laten brengen.

15

Omdat het Saint-Louishospitaal bestemd was voor de opvang van pestlijders, stond het niet alleen buiten Parijs, maar leek het ook op een fort. De eerste steen was gelegd in 1607, na de zware epidemieën, toen het tot dan toe enige grote hospitaal van Parijs, Hôtel-Dieu, niet meer toereikend was. De vier hoofdgebouwen van het pesthuis lagen rond een rechthoekige binnenplaats. Op de overwelfde benedenverdieping stond nog een verdieping, die in het midden en op de hoeken een uitbouw had. Twee muren sloten het geheel af van de rest van de wereld. Symmetrisch verdeeld tussen de muren stonden de onderkomens van het personeel, de verplegers en de nonnen. De kantoren, keukens, opslagplaatsen en bakkerijen lagen aan de binnenkant, vlak bij de eerste muur. Rondom lagen de tuinen, velden en weiden aan de rand van de buitenwijk Saint-Denis.

Nadat hij verschillende malen het wachtwoord had gegeven, liet Marciac zich de enorme zaal aanwijzen waar, op een van de bedden in de rij, tussen het gekreun en gemompel van de zieken, Castilla lag. Naast hem zat Cecile. Bleek en met roodomrande ogen streelde ze voorzichtig zijn voorhoofd. De gewonde was schoon en verbonden, zijn gezicht was gezwollen en vreselijk misvormd. Hij ademende, maar reageerde nauwelijks.

'Laat me met rust,' zei de jonge vrouw toen ze Marciac zag. 'Laat ons met rust.'

'Cecile...'

'Zo heet ik niet.'

'Dat doet er niet toe.'

'O ja, toch wel... Als ik niet was wie ik ben, als hij die beweert mijn vader te zijn, niet was die hij is, zou dit allemaal niet gebeurd zijn. En hij zou blijven leven.'

'Hij is niet dood.'

'De zusters zeggen dat hij waarschijnlijk de ochtend niet zal halen.'

'Ze weten er niks van. Ik heb heel wat mannen met zogenaamd dodelijke verwondingen zien overleven.'

De jonge vrouw zei niets, ze leek de Gasconjer alweer vergeten en bleef over Castilla gebogen zijn voorhoofd strelen.

'Hoe moet ik u dan noemen?' vroeg Marciac na een tijdje.

'Ana-Lucia... Geloof ik.'

'U wilt dat deze man blijft leven, nietwaar, Ana-Lucia?'

Ze keek hem met haar betraande ogen vernietigend aan, alsof die vraag een diepe belediging was.

'Dan moet u nu weggaan,' vervolgde Marciac zachtjes. 'De mannen die geprobeerd hebben u te ontvoeren, zitten ongetwijfeld nog steeds achter u aan. En als ze u hier vinden, dan vinden ze ook hem...'

Ze keek hem aan en haar toch al getekende gezicht vertrok van een nieuwe angst.

'U... Denkt u?'

'Ik weet het zeker, Ana-Lucia. Kom. U moet dapper zijn. Ik beloof u dat we morgen samen terugkomen.'

Een uur later, in Parijs, hoorde de mooie Gabrielle, de eigenaresse van een luxebordeel in de Rue de la Grenouillière, op de deur kloppen. Omdat niemand opendeed en er opnieuw geklopt werd, vroeg ze zich af waar ze die portier eigenlijk voor betaalde en boog zich, eerder gelaten dan boos, uit het raam.

Buiten stond Marciac met een strak gezicht omhoog te kijken, wat haar verontrustte, want de Gasconjer was eerder iemand die altijd zijn goede humeur bewaarde.

'Ik heb je nodig, Gabrielle,' zei hij.

Hij hield een bedroefde jonge vrouw bij de hand.

16

De koets pikte Rochefort op bij de Place de la Croix-du-Trahoir en zette hem na een kort gesprek met de graaf van Pontevedra weer af voor de steigers aan de voorgevel van Palais-Cardinal. De bijzondere gezant van Spanje had met spoed om deze heimelijke afspraak gevraagd. Hij had belangrijke onthullingen beloofd en had niet gelogen.

La Fargue en Saint-Lucq wachtten in een wachtkamer van Palais-Cardinal. Ze zwegen bekommerd, bewust van het belang van het onderhoud met Zijne Eminentie. Ze waren niet eens zeker van het succes, maar hun enige kans om Agnes te redden was Malencontre te spreken te krijgen, die Richelieu in eenzame opsluiting gevangenhield. En ongetwijfeld zou hij hem niet graag afstaan.

Na een lange aarzeling stond Saint-Lucq op van zijn bank en ging bij La Fargue staan, die uit het raam keek.

'Ik heb dit bij Cecile gevonden,' zei hij op vertrouwelijke toon.

Hij stak hem een vergeelde, geopende brief toe.

De oude edelman keek naar de brief, aarzelde en nam hem aan.

'Wat is dat?'

'Lees maar, kapitein.'

Hij las, stram en ernstig, gekweld door een smart die hij wilde verbergen. Vervolgens vouwde hij de brief weer op, stak hem in zijn mouw en zei: 'Je hebt hem gelezen.'

'Hij was open en ik had geen idee.'

'Dat klopt.'

'Ik heb de anderen niets gezegd.'

'Dank je.'

La Fargue keek weer naar de tuinen van Palais-Cardinal, waar werklui de laatste hand legden aan de vijvers. Volwassen bomen, klaar om geplant te worden, werden met kluit en al op karren aangevoerd.

'Wist u dat u een dochter had, kapitein?'

'Dat wist ik.'

'Waarom hebt u haar dan verborgen?'

'Om haar en de eer van haar moeder te beschermen.'

'Oriane?'

Oriane de Louveciennes, de echtgenote van hem die, tot zijn verraad bij het beleg van La Rochelle, La Fargues beste vriend was.

'Ja. Louveciennes en ik hebben allebei van haar gehouden, maar ze heeft hem gekozen. En toen was er die ene nacht dat...'

La Fargue haalde diep adem, liet die zin onafgemaakt en zei: 'Zo is Anne geboren.'

Saint-Lucq knikte, onaangedaan achter zijn rode ronde brillenglazen.

'Waarom heeft Oriane volgens u die brief geschreven?'

'Waarschijnlijk wilde ze dat Anne ooit zou weten wie haar vader was.'

'Misschien is uw dochter naar Parijs gekomen in de hoop om u te vinden...'

'Ja. Misschien wel.'

Er ging een deur open en Rochefort liep kwiek langs zonder naar hen te kijken. Hij hoefde niet te wachten tot de kardinaal hem wilde ontvangen.

'Dat bevalt me niets,' zei de halfbloedige.

In zijn grote, luxueuze kabinet overlegde Richelieu met pater Joseph toen Rochefort binnenkwam en hen onderbrak. Ze spraken juist over Laincourt, van wie ze geen nieuws meer hadden.

'Vergeef me dat ik u stoor, Excellentie. Maar ik heb belangrijk nieuws.'

'Zegt u het maar.'

'De graaf van Pontevedra vertelde me zojuist dat ridder D'Irebàn in Madrid is. Iedereen dacht dat hij was verdwenen, terwijl hij had besloten op eigen gelegenheid naar Spanje terug te keren, zonder dat iemand te zeggen.'

De kardinaal en pater Joseph keken elkaar lang aan; ze geloofden er geen woord van. Richelieu leunde achterover in zijn stoel en zuchtte.

'Of dat nu wel of niet waar is, Excellentie,' zei de kapucijn, 'de missie van uw Degens heeft geen zin meer...'

Richelieu knikte peinzend.

Niettemin nam hij de tijd om nog even na te denken voordat hij zei: 'U hebt gelijk, eerwaarde. Laat kapitein De la Fargue binnenkomen.'

17

I n Hôtel de l'Épervier, waar Marciac een kwartier voor hen was aangekomen, vonden La Fargue en Saint-Lucq alle Degens in de grote zaal. 'Richelieu heeft geweigerd,' meldde de kapitein plompverloren.

Iedereen zweeg ontsteld, terwijl La Fargue een glas wijn inschonk en dat in één teug leegdronk.

'Weet hij...' begon Ballardieu met een van woede trillende stem. 'Weet hij dat Agnes in gevaar is? Weet hij dat ze de gevangene van de Zwarte Klauw is? Weet hij dat...'

'Dat weet hij!' zei La Fargue kortaf.

Hij voegde er iets milder aan toe: 'Dat weet hij omdat ik het hem zelf heb verteld.'

'En desondanks weigert hij om ons Malencontre uit te leveren.'

'Ja.'

'Deze keer heeft Zijne Eminentie niet lang gewacht voordat hij ons liet vallen,' zei Leprat en zijn sombere blik verloor zich in de verte, waar het spook van La Rochelle opdoemde.

'Maar er is nog meer dan dat, is het niet?' vroeg Almadès die met zijn armen over elkaar tegen een muur leunde. 'Richelieu heeft niet alleen maar geweigerd u met Malencontre te laten praten...'

'Nee,' gaf de kapitein van de Degens toe.

'Onze missie is geannuleerd. Ridder D'Irebàn zou onlangs weer in Madrid zijn opgedoken. Het heeft dus geen zin meer om hier, in Parijs, verder te zoeken.'

'Maar D'Irebàn bestaat helemaal niet!' riep Marciac uit. 'Hij en Cecile zijn altijd één en dezelfde persoon geweest. Hoe kan hij dan nu in Spanje zijn?'

'Toch is het zo. Als we de bijzondere gezant van Spanje tenminste moeten geloven.'

'Belachelijk!' zei Leprat. 'De kardinaal kan zo'n leugen niet geloven...'

'Richelieu heeft ons deze opdracht gegeven op verzoek van Spanje en nu is het weer op hun verzoek dat hij ons terugtrekt. De inzet van de onderhandelingen die momenteel in het Louvre gaande zijn, is belangrijker dan wij. Het ging erom Spanje welgevallig te zijn. En nu gaat het erom Spanje niet onwelgevallig te zijn...'

'En dus moeten wij alles maar vergeten, tot aan ridder D'Irebàn toe,' zei Marciac. 'En Malencontre. En de Zwarte Klauw die samenzweert in het hartje van het koninkrijk!'

'Zo werd ons bevolen,' zei La Fargue.

'Zullen we Agnes dan ook maar vergeten?' vroeg Ballardieu.

'Geen sprake van.'

Leprat kwam overeind en begon, ondanks zijn gewonde been, heen en weer te lopen.

'Malencontre blijft nog onze beste troef om Agnes zo snel mogelijk te vinden,' zei hij hardop denkend.

'De kardinaal heeft enkel willen loslaten dat Malencontre in het Châtelet zit, in afwachting te worden opgesloten de gevangenis van het kasteel van Vincennes,' zei Saint-Lucq.

Leprat staakte zijn ijsberen.

'Ik ga praten met Malencontre,' kondigde hij aan.

'Maar die zit in een isoleercel!' legde de halfbloedige uit. 'Niemand mag bij hem komen zonder schriftelijk bevel.'

'Ik heb maar tijdelijk verlof als musketier. Ik mag de wapenrok nog dragen en meneer De Tréville zal me graag helpen.'

Het bleef even stil toen iedereen dit idee overwoog.

'Goed,' zei La Fargue eindelijk. 'Aangenomen dat je bij Malencontre raakt. En dan? Je hebt hem niets te bieden in ruil voor zijn inlichtingen.'

'Laat mij maar even met hem praten,' stelde Ballardieu voor, zijn vuisten ballend.

'Nee,' zei Leprat. 'Malencontre en ik zijn zo'n beetje oude bekenden. Laat mij maar begaan...'

Terwijl de Degens zich gereedmaakten, greep La Fargue Marciac bij de arm.

'Heb je Cecile gevonden?'

'Ja. Zoals ik al vermoedde was ze in het Saint-Louishospitaal, bij de man die ze liefheeft. Ze heeft ons afgeluisterd toen u ons vertelde dat Castilla daar was. Ze is gevlucht om bij hem te zijn.'

'En ze is in veiligheid gebracht?'

'Ze is in de Rue de la Grenouillère. Niemand zal haar zoeken in een bordeel en Gabrielle en de meisjes zullen goed voor haar zorgen.'

'Ik dacht dat Gabrielle en jij...'

'Ruzie hadden?' zei de Gasconjer met een brede grijns. 'Een beetje wel... Laten we maar zeggen dat ze het niet waardeert dat ik weer bij u in dienst ben gegaan. Ze is nog niet vergeten hoe dat de laatste keer is afgelopen.'

Hij zweeg, dacht even na en besloot schouderophalend: 'Ach! Dan moet ze maar met een garen-en-bandverkoper trouwen.'

En opgewekt draaide hij zich al om, toen zijn kapitein hem terugriep: 'Marciac!'

'Ja?'

'Bedankt.'

Geïntrigeerd trok de Gasconjer de wenkbrauwen op, maar hij vroeg niets.

18

In het Châtelet werden de wacht en het personeel om vijf uur 's avonds afgelost. Gekleed in zijn blauwe kazak met het door de Franse lelie omstrengelde zilveren kruis, diende Leprat zich twintig minuten daarvoor aan. Hij liet het schriftelijke bevel zien van meneer De Tréville, kapitein van de musketiers des konings, en liet zich naar de cel van Malencontre brengen. De man bevond zich in de Puits, een van eenpersoonscellen helemaal onderin. Het was er halfdonker. Het vocht en de rotting had de sterkste gevangenen al gebroken.

De bewaker gaf Leprat zijn lantaarn, zei dat hij op roepafstand aan het andere eind van de gang zou zijn en sloot de deur weer af. Het lamplicht was maar zwak. Het verlichtte nauwelijks het naargeestige hok, maar het was voldoende om de gevangene te kunnen zien. Hij was vuil en vermoeid, stonk naar uitwerpselen en urine en zat op een smerig rieten matje, met de rug naar de muur waaraan hij aan zijn polsen was vastgetekend. Hij was gedwongen met zijn armen omhoog te blijven zitten, zijn sluike, bleekblonde haar hing voor zijn gezicht.

'Leprat?' vroeg hij, zijn ogen vernauwend tot spleetjes. 'Ben jij dat, ridder?'

'Ik ben het.'

'Aardig van je dat je me komt opzoeken. Wil je een beetje drabwater? En ik denk dat ik nog wel een broodkorst heb, als de ratten er niet mee vandoor zijn gegaan...'

'Ik kom met je praten.'

De musketier schoof zijn ivoren degen naar achteren, hurkte neer voor Malencontre en zette de lantaarn tussen hen in.

'Weet je wat je te wachten staat?' vroeg hij.

'Ik vermoed dat ze me binnenkort veel vragen gaan stellen.'

'En ga je die beantwoorden?'

'Als ik daarmee mijn hachje kan redden.'

'Praat dan tegen mij. Als je praat, zal ik je helpen.'

Malencontre grinnikte en vertrok zijn gezicht tot een grimas die het litteken naast zijn dunne lippen deed uitkomen.

'Ik denk niet dat je me veel te bieden hebt, ridder.'

'Je vergist je. Degenen die na mij komen zullen je dezelfde vragen stellen, maar op een heel andere manier. Beulen genoeg in het Châtelet...'

'De kardinaal zal nog niet meteen de beul op me af sturen. Hij zal eerst willen weten of ik bereid ben te vertellen wat ik weet. Ik zal zeggen dat ik dat ben en dan zullen ze me goed behandelen. Ik ben geen held, Leprat. Ik wil best meewerken, en het enige wat ik vraag is een beetje respect.'

Leprats gewonde been maakte het hem onmogelijk nog langer gehurkt te blijven zitten. Hij stond op, zag in de hoek een krukje waarop hij ging zitten. De lantaarn liet hij staan.

'Je werkt voor de Zwarte Klauw,' zei hij.

'Niet echt. Ik werk voor een heer, die misschien wel... Jij dient jouw meester, ik dien de mijne.'

'Met het verschil dat ik kan gaan en staan waar ik wil...'

'Dat is zo.'

'Welke meester?'

'Uitstekende vraag.'

'De mensen van de kardinaal maken geen onderscheid. In hun ogen ben je van de Zwarte Klauw.'

'Wat de prijs voor mijn bescheiden persoontje enkel maar zal doen stijgen, nietwaar?'

'Je zult nooit meer het daglicht zien.'

'Dat staat nog te bezien...'

Zuchtend zocht de musketier naar een manier om greep te krijgen op een man die al verloren was en die hij niets te bieden had. Als hij Malencontre niet vrijwillig aan het praten kreeg, restte hem maar een oplossing, die hem erg tegenstond.

Maar het leven van Agnes stond op het spel.

'De kardinaal weet niet dat je hier bent, hè?' zei de gevangene. 'Wat brengt je hier?'

'Ik kom je een voorstel doen dat je niet kunt weigeren.'

293

Buiten, voor het Châtelet, stonden La Fargue en Almadès te wachten. De andere Degens wachtten met de paarden even verderop, aan het einde van de Rue Saint-Denis.

'Denkt u dat Leprat iets zal bereiken?'

'Het is te hopen.'

Het waren de enige woorden die ze wisselden, terwijl ze daar ongerust stonden, de tijd in de gaten houdend en kijkend wie er het grote, sombere gebouw verlieten.

Eindelijk, toen het halve uur sloeg, zagen ze de breedgerande hoed en de kazak van een manke musketier verschijnen.

'Hij steunt op het verkeerde been,' zei Marciac.

'Wat maakt dat nou uit?'

Haastig sloten ze Malencontre in, zo dicht als ze konden zonder de aandacht te trekken.

'We laten je weer gaan zodra je ons alles hebt verteld wat we willen weten,' beet La Fargue hem toe.

'Wie garandeert me dat jullie me daarna niet iets aandoen?'

'Ik. Maar als je ook maar iets probeert...'

'Begrepen.'

Ze liepen snel naar de Degens met hun paarden, bang dat iemand uit het Châtelet hun nog een halt zou toeroepen.

'Wie zijn jullie?' vroeg Malencontre. 'En hoe hebben jullie dat geflikt?'

'We hebben gebruikgemaakt van de wisseling van de wacht,' legde La Fargue uit, spiedend om zich heen kijkend. 'De mannen die Leprat hebben binnengelaten, waren niet dezelfden die hem weer naar buiten zagen komen. De hoed, de musketierskazak, de vrijgeleide van De Tréville en de witte degen deden de rest. Die moet je me trouwens straks teruggeven.'

'En Leprat? Maken jullie je geen zorgen om hem?'

'Jawel.'

'Hoe krijgen jullie hem eruit?'

'Hij komt misschien wel nooit meer vrij.'

19

Het moet rond acht uur zijn geweest en het werd al donker. Agnes was nog altijd gevangen en had inmiddels genoeg gezien om te begrijpen wat er in die grote vesting ging gebeuren. De voorbereidingen waren achter de rug. Aan weerszijden van een openlucht-toneel waren tribunes met drie rijen banken opgetrokken en bespannen met zwarte stof. Op het podium stond een altaar met een dik fluwelen kussen erachter. Er stonden hoge vlaggenmasten, waaraan banieren wapperden met een goudkleurige draconische rune. Het toneel werd al verlicht door toortsen en brandstapels wachtten om te worden ontstoken. De mannen en de draks die alles hadden opgebouwd waren geen werklieden, maar soldaten onder aanvoering van Savelda en onder bevel staand van een piepjonge en een Agnes onbekende elegante, blonde ridder, die 'markies' werd genoemd: Gagnière. Nu het werk klaar was zat iedereen die niet op wacht stond bij het kampvuur, opzij van het decor dat ze hadden gebouwd, naast een geïmproviseerde stal en omheinde ruimte voor de wyvern, aan de voet van de deels afgebrokkelde vestingmuur.

Al een uur lang vulden de tribunes zich met overwegend duur geklede mannen en enkele vrouwen, die hun koetsen en paarden hadden achtergelaten bij de grote poort van het kasteel. Ze waren gemaskerd als zwarte wolven, een voile van rode kant bedekte mond en kin. Zichtbaar angstig wachtten ze op wat er komen ging, er werd nauwelijks gesproken.

Agnes wist wel waarom.

Ze had nog nooit deelgenomen aan het soort ceremoniën dat hier werd voorbereid, maar ze wist wat het inhield dankzij haar proeftijd bij de Witte Juffers, de orde die als doel had het koninkrijk te behoeden voor draconische smetten. De Zwarte Klauw – waarvan het angstaanjagende embleem op de banieren prijkte en zelfs in het houten altaar stond gegrift –

was geen gewoon geheim genootschap. De Zwarte Klauw werd geleid door drakentovenaars die hun macht ontleenden aan de oude rituelen die hen verzekerden van de eeuwige trouw van de ingewijden, die spiritueel verenigd werden met een hoger bewustzijn, de Oerdraak, die hun hele wezen vervulde. Een loge van de Zwarte Klauw was dus veel meer dan een verzameling van op macht en rijkdom beluste samenzweerders. Hij was het product van een ritus waarmee de leden van een fanatiek gezelschap zichzelf uitriepen tot het werktuig en de aardse vervulling van de ziel van een Oerdraak, die in hen voortleefde, voor wie zij een deel van zichzelf opofferden om opnieuw zijn macht te kunnen vestigen in de wereld, die hem ooit had verstoten. Deze ceremonie moest worden geleid door een draak die de diepste geheimen van de draconische magie kende. Zij vereiste bovendien een uiterst zeldzaam relikwie, een Bol der Zielen, waaruit op het daartoe geëigende moment de ziel van een Oerdraak zou worden bevrijd.

Agnes had al een zwarte koets zien aankomen. Er stapte een elegante, gesluierde vrouw uit, die een rood-grijze japon droeg en werd vergezeld door een edelman. Deze laatste bleef even staan om zijn masker recht te zetten en Agnes herkende tot haar stomme verbazing Saint-Georges, de kapitein van de garde van de kardinaal. Hij en de vrouw bekeken het toneel en kregen gezelschap van Gagnière en Savelda, met wie ze enkele woorden wisselden terwijl ze keken naar de ruïne waar Agnes werd vastgehouden in een oude broodoven. De gevangene dook weg van het kelderraam waardoor ze hen bespiedde. Even dacht ze dat ze naar haar toe zouden komen, maar de koets reed met het hele gezelschap, behalve Savelda, via de ophaalbrug over de met struikgewas begroeide slotgracht naar de burcht.

Aangezien ze wist dat de ceremonie niet voor de nacht zou plaatsvinden, had Agnes besloten om pas tegen de schemering in actie te komen, om gebruik te kunnen maken van de schaduwen van de avond.

Dat moment was nu aangebroken.

In de inmiddels donkere kelder wendde ze zich tot de dikke, morsige vrouw die haar bewaakte, maar die nauwelijks opkeek van haar breiwerk. Die dikke was de eerste hindernis die Agnes moest nemen. De tweede vormden de afgesloten deur en de schildwacht die Savelda er voorzichtigheidshalve achter had geposteerd.

'Ik heb dorst,' zei ze, aangezien ze de rode neus van haar bewaakster had opgemerkt.

De dikke haalde haar schouders op.

'Hebben we hier niet eens recht op een kruik wijn?' zanikte Agnes onschuldig.

De ander dacht na en aarzelde. Ze likte haar lippen af bij de gedachte alleen al en haar blik werd gretig.

'Ik zou heel wat betalen voor een glas frisse wijn. Hier, dit is voor u als u wilt...'

Agnes deed een ring af en stak die de vrouw toe. In de blik van de dikke lag mengeling van schuldbesef en begeerte. Maar ze bleef aarzelen.

'We hebben best een beetje wijn verdiend, toch? We zitten tenslotte al uren hier samen opgesloten.'

De dikke kneep haar ogen toe en likte nogmaals haar droge lippen. Ze legde haar breiwerk weg, mompelde iets wat instemmend klonk, stond op en bonkte op de deur.

'Wat is er?' vroeg de schildwacht aan de andere kant.

'We hebben dorst,' gromde de vrouw.

'Wie niet?'

'Haal een fles wijn voor ons!'

'Mooi niet!'

'Laat mij het dan doen.'

'Nee.'

Hoewel ze zichtbaar kwaad was, wilde de dikke het toch al opgeven, maar Agnes was bij haar komen staan en toonde haar de ring.

'Het meisje kan ervoor betalen.'

'Waarmee?'

'Met een ring. Van goud.'

Even later hoorde Agnes dat de grendel van de deur werd weggeschoven. Ze lachte in haar vuistje.

'Laat zien,' zei de man die opendeed.

Een paar minuten later stond Agnes onder een inktzwarte, met sterren bezaaide hemel, gekleed in de kleren van de schildwacht en uitgerust met zijn wapens. Hun eigenaar lag te zieltogen in de kelder, een breinaald was door zijn oog zijn hersens binnengedrongen. Niet ver van hem vandaan lag de dikke, met de andere breinaald in de hals.

Agnes keek behoedzaam rond, drukte de hoed nog vaster op haar hoofd en liep weg, biddend dat niemand haar zou aanspreken. Ze zag een gemaskerde ruiter die zittend op zijn paard met Savelda praatte en vervolgens wegreed in de richting van de vestingtoren.

Ze liep in dezelfde richting.

20

Laincourt arriveerde aan het begin van de avond en ontdekte de burcht in het licht van flambouwen en lantaarns. In het voorbijgaan zag hij de plek voor de plechtigheid van de eerste inwijding, hij wierp een blik op de toekomstige ingewijden, die – net als hijzelf gemaskerd – al zaten te wachten, ontwaarde Savelda en reed naar hem toe.

'U bent te laat,' zei de Spanjaard, toen hij hem herkende.

'Ik word verwacht.'

'Ja, dat weet ik. Daarginds.'

Savelda wees naar de indrukwekkende vesting, Laincourt bedankte hem met een kort knikje en vervolgde zijn weg zonder te merken dat hij werd gevolgd.

Hij was te laat omdat hij, nadat hij de Spaanse gezant de voorwaarden van de Zwarte Klauw had gedicteerd, vergeefs op zijn contactman had gewacht. De vedelaar was niet komen opdagen in de smerige taveerne in het oude Parijs, waar ze elkaar altijd ontmoetten, en Laincourt had uiteindelijk niet langer kunnen wachten. Bijgevolg wist niemand in het Palais-Cardinal nu waar hij was.

De versterking bestond eigenlijk uit drie lompe torens, verbonden door muren van gelijke hoogte die een diepe driekantige binnenplaats omsloten. Het was een fort binnen een fort, dat enkel bereikbaar was via een ophaalbrug en waar je onmiddellijk werd bevangen door een gevoel van benauwdheid.

Laincourt liet zijn paard staan vlak naast het span van een zwarte karos en ging de enige toren binnen waarvan de schietgaten en andere openingen waren verlicht. De markies van Gagnière wachtte er op hem.

'Dit is de grote avond,' zei hij. 'Er is iemand die u wil leren kennen.'

Laincourt wist nog steeds niet of hij, zoals hij had geëist, zou worden ingewijd.

Hij knikte en liep achter Gagnière aan op een wenteltrap naar boven, tussen kale muren die werden belicht door de vlammen van enkele toortsen. Ze bestegen drie verdiepingen van dansende schaduwen en stilte en betraden een tussenkamertje dat werd verlicht door twee grote staande kandelaars. De markies klopte op een deur, opende die en ging Laincourt voor.

De hoogste zaal van de toren had nog twee andere deuren en drie boogramen die uitkeken op de binnenplaats. Een gordijn onttrok een alkoof aan het zicht. Op een zetel voor enkele grote kandelabers, zat een blonde, gemaskerde jonge vrouw in een rood-grijze japon. Op de rugleuning van haar stoel zat een schitterend zwart draakje met goudkleurige ogen. Aan haar rechterzijde stond, prachtig uitgedost, kapitein Saint-Georges en Gagnière ging links van haar staan. Laincourt volgde zijn gevoel en bleef tussen twee wachtsoldaten staan, bij de deur die achter hem werd gesloten.

Hij zette zijn masker af, in de hoop dat de vrouw zijn voorbeeld zou volgen, maar dat deed ze niet.

'Dit is de eerste keer dat we elkaar ontmoeten, meneer De Laincourt,' zei gravin De Malicorne.

'Ongetwijfeld, mevrouw,' antwoordde hij. 'Ik kan enkel zeggen dat uw stem me niet bekend voorkomt.'

'Dat is erg jammer,' zei ze, zonder acht te slaan op zijn woorden. 'Want ik weet dat ik veel goeds van u moet denken. Als ik tenminste meneer Saint-Georges moet geloven... En zelfs meneer De Gagnière, die gewoonlijk erg voorzichtig is met zijn oordeel, zegt me dat u een... laat ons zeggen... bijzonder mens bent.'

Laincourt nam het compliment in ontvangst met de linkerhand op zijn hart en een lichte buiging. Maar deze inleiding stelde hem niet gerust. Hij voelde dat er een dreiging in de lucht hing.

'Niettemin,' vervolgde de gravin, 'lijkt uw ambitie tamelijk mateloos. U vraagt te worden ingewijd, is het niet?'

'Mijn situatie is buitengewoon hachelijk, mevrouw. Ik meen dat ik altijd blijk heb gegeven van een onwankelbare trouw en ik moet kunnen rekenen op de bescherming van de Zwarte Klauw tegen de kardinaal.'

Laincourt besefte dat hij op dit moment alles op het spel zette.

'In feite vraagt u compensatie...'

'Ja.'

'Goed.'

De gravin wenkte en Saint-Georges schoof het gordijn van de alkoof

299

open, waardoor de halfnaakte, bloedende vedelaar zichtbaar werd, die mogelijk al dood was. De in lompen gehulde grijsaard was met zijn polsen aan de muur geketend en hurkte met geknakt hoofd neer.

De aanblik greep Laincourt aan. In een onderdeel van een seconde begreep hij dat hij was ontmaskerd, dat de vedelaar was gefolterd en had gepraat. De Zwarte Klauw zou niet meer geloven in een tegen hen gerichte intrige van Richelieu.

Een intrige waarvan Laincourt het werktuig was geweest en waarvan hij nu het slachtoffer dreigde te worden.

Met een onverhoedse, hevige elleboogstoot verbrijzelde hij de adamsappel van een van de soldaten, hij tolde rond om de andere in het kruis te trappen, diens hoofd tussen twee handen te nemen en hem met een ruk de nek te breken. Saint-Georges viel met getrokken degen aan. Laincourt weerde hem af en dook gebukt onder zijn arm door. Hij kwam overeind, trok Saint-Georges' pols naar achteren zodat hij geen kant meer uit kon en zette hem een dolk op de keel.

De gravin was van de weeromstuit overeind gekomen en Gagnière wierp zich voor haar met een pistool in de aanslag. Het draakje klapwiekte opgewonden op de leuning van haar stoel.

'Als u ook maar een gebaar maakt, snij ik zijn strot af,' dreigde Laincourt. De jonge vrouw keek hem lang aan...

... en vroeg Gagnière achteruit te gaan. Deze richtte echter zijn pistool onverminderd op Laincourt en zijn menselijke schild.

Saint-Georges zweette, beefde en durfde haast niet te slikken. De soldaat met de vermorzelde adamsappel lag op de grond rochelend te stikken. Alsof het was afgesproken wachtte iedereen tot hij dood was en het weer stil zou worden.

Dat leek wel een eeuwigheid te duren.

Alles was begonnen in Madrid waar Arnauld de Laincourt, toen al in dienst van de kardinaal, benoemd was als privésecretaris en vertrouwensman van een verbannen edelman, via wie Frankrijk informele contacten onderhield met de Spaanse Kroon. Tijdens deze missie, die twee jaar had geduurd, was De Laincourt benaderd door een infiltrant van de Zwarte Klauw en omdat hij vermoedde met wie hij te doen had, stuurde hij Richelieu meteen een geheime brief om hem te waarschuwen. De kardinaal had hem bevolen de dingen op hun beloop te laten, zonder al te veel op het spel te zetten; de tegenstander moest zijn zetten ongestoord kunnen doen. Laincourt had dus de Zwarte Klauw zijn goede wil getoond die, waarschijnlijk uit angst om een mogelijke veelbelovende rekruut af te schrikken, niet al te veel van hem had gevraagd. Daar bleef het zo'n beetje bij, tot zijn terugkeer in Parijs.

Laincourt werd ingelijfd bij de garde van Zijne Eminentie en bracht het al snel tot vaandrig. Hij kwam nooit te weten of die bevordering een beloning was voor zijn trouw of dat zij bedoeld was om de Zwarte Klauw te prikkelen. Hoe dan ook, na een lange periode van stilte nam men contact met hem op via de markies van Gagnière. De edelman onthulde hem bij wie de inlichtingen die hij in Spanje had doorgespeeld allemaal terecht waren gekomen. Hij liet doorschemeren dat Laincourt al te ver was gegaan en dat hij niet meer terug kon. Hij moest nu, willens en wetens, de Zwarte Klauw blijven dienen. Hij zou er geen spijt van krijgen, hij kon krijgen wat hij wilde.

Met de toestemming van Richelieu deed Laincourt alsof hij toehapte en gaf, maandenlang, zorgvuldig uitgekozen inlichtingen door aan zijn zogenaamde meesters, daarmee hun vertrouwen winnend en opklimmend in hun duistere hiërarchie. Zijn bedoeling was om te ontdekken wie de leiding had over deze gevaarlijke embryonale loge van de Zwarte Klauw in Frankrijk. Hij moest tevens een andere spion die vermoedelijk actief was in de hoogste regionen van Palais-Cardinal, ontmaskeren en doen falen. Uit voorzorg communiceerde Laincourt niet met Richelieu via de geijkte geheime kanalen; zelfs Rochefort wist van niets. Zijn enige contactpersoon was een oude vedelaar die hij ontmoette in een armoedige taveerne en van wie hij niets wist, behalve dat de kardinaal een blind vertrouwen in hem had.

Maar die komedie kon niet eindeloos duren. Doordat hij inlichtingen doorgaf die minder belangrijk waren dan op het eerste gezicht leek, of inlichtingen die Frankrijk steevast minder benadeelden dan zijn vijanden, was de Zwarte Klauw gaan beseffen welk spelletje hij speelde. Haast was dus geboden, temeer daar een Franse drakenloge op het punt stond te worden opgericht...

In het diepste geheim, alleen pater Joseph wist wat er aan de hand was, werkten Richelieu en Laincourt een gewaagd plan uit. Ze zorgden ervoor dat de vaandrig op heterdaad werd betrapt en volgden daarna geduldig het scenario. Ontmaskerd als verrader, werd Laincourt gearresteerd, gevangengezet en voorts weer vrijgelaten omdat hij dreigde explosieve documenten vrij te geven. Zulke documenten bestonden niet. Maar ze bleken voldoende waarde te hebben om de Zwarte Klauw ertoe te bewegen Laincourt te geven wat hij eiste; een ingewijde worden als beloning voor zijn bewezen diensten.

Volgens het plan hoefde hij echter niet eens zover te gaan. Het belangrijkste was dat hij de meester van de Zwarte Klauw in Frankrijk identificeerde en de dag en de plaats achterhaalde van de grote inwijdingsceremonie. Via de vedelaar zou hij de kardinaal het zo snel mogelijk laten weten, om een grote inval te kunnen organiseren.

Maar de vedelaar was niet op de afspraak gekomen.

En met reden...

De gravin keek onverschillig op van het lijk van de soldaat en glimlachte tegen Laincourt.

'En wat nu?'

Nog altijd bedreigd door het pistool van Gagnière, aarzelde de spion van de kardinaal, hij verstevigde zijn greep op Saint-Georges en knikte naar de vedelaar.

'Is hij dood?'

'Misschien wel.'

'Wie heeft hem verraden?'

Die vraag obsedeerde Laincourt. Buiten Richelieu en pater Joseph werd alleen hij geacht op de hoogte te zijn van de rol van de vedelaar in deze affaire. Zelfs de verrader Saint-Georges wist van niets.

'Niemand,' zei de jonge vrouw.

'Maar hoe...'

'Ik ben niet zo naïef als u schijnt te denken, meneer. Ik heb u gewoon laten schaduwen.'

Laincourt fronste de wenkbrauwen.

'Door wie dan?'

'Door hem.' Ze wees op het draakje. 'Door zijn ogen heb ik uw laatste ontmoeting met deze oude man gevolgd. De rest raadt u zelf wel... Ik moet u eigenlijk dankbaar zijn dat u de graaf van Pontevedra zover hebt gekregen dat hij ons verloste van de Degens. Maar ik ben bang dat dit de laatste dienst was die u ons ooit zal bewijzen...'

Laincourt begreep dat hem nog maar één ding restte om zijn leven te redden. Hij zette zijn hiel voor het scheenbeen van zijn gijzelaar en gaf hem onverwacht een zet. Saint-Georges struikelde naar voren en viel in de armen van Gagnière. Maar op hetzelfde moment loste die een schot en hij trof de spion van de kardinaal in de schouder, terwijl die de kamer uit sprintte en de deur achter zich op slot deed.

Gagnière had even tijd nodig op zich van zijn last te ontdoen en kreeg de deur niet meer open toen hij de achtervolging wilde inzetten. Met een hulpeloze blik draaide hij zich om naar de gravin.

IJzig kalm zei ze: 'Laat Savelda meneer De Laincourt maar gaan zoeken. Wij drieën hebben iets beters te doen. De plechtigheid kan niet langer wachten.'

21

Met in één hand een lantaarn en zijn degen in de andere, trapte Savelda de deur open van een leeg, stoffig vertrek, dat slechts werd verlicht door de maneschijn die door een enkel schietgat naar binnen viel. Hij stond op de drempel en keek rond, terwijl achter hem soldaten de trappen op en af holden.

'Niemand!' riep hij. 'Ga door met zoeken. Kam de burcht van onder tot boven uit. Laincourt kan niet ver zijn.'

En hij sloot de deur.

De stilte trad weer in en het duurde even voordat Agnes zich lenig liet vallen vanuit de balken waaraan ze zich had vastgeklampt. Ze sloop naar de deur, legde haar oor te luisteren en ging gerustgesteld weer voor het schietgat staan. Ze had geen flauw idee wie die Laincourt was en de gedachte dat Savelda iemand anders zocht, was maar een schrale troost. Haar ontsnapping was blijkbaar nog niet ontdekt. Maar de vechtjassen die de burcht uitkamden vormden net zo goed een bedreiging voor haar.

Buiten, in het onderste gedeelte van de burchtruïne, een meter of vijftig van de lager gelegen vestingtoren, ging de plechtigheid verder.

Ze was begonnen toen de maan verscheen en werd voorgegaan door Gagnière, blootshoofds en gekleed in een ceremoniegewaad. Hij psalmodieerde in het oud-draconisch, een taal die zijn gehoor niet begreep, maar waarvan de kracht, de betekenis voorbij, tot in het diepste van de ziel resoneerde. Geroerd luisterden de toekomstige ingewijden, bezield door een heilig vuur.

Daarna betrad de nog altijd gemaskerde gravin plechtig de warme lichtkring van flambouwen en brandstapels en nam achter het gebeeldhouwde altaar plaats. In een geladen stilte ging Gagnière achterwaarts lopend naast haar staan en nam met gebogen hoofd en op de buik gevouwen handen een nederige houding aan. Ze zette nu, in het draconisch, de lange lofzang op de Oerdraken in, waarvan zij de ware namen noemde en wier bescherming zij inriep. Het duurde eindeloos, want van elke Oerdraak dienden al zijn titels en de leden van zijn geslacht te worden genoemd. De namen die zij opnoemde voor elke lofrede werden bovendien nog herhaald door Gagnière, in zijn hoedanigheid van eerste ingewijde, en vervolgens nog eens in koor door alle aanwezigen.

Eindelijk opende de gravin een kistje dat op het altaar stond, ze haalde er de Bol der Zielen uit en stak die omhoog. Nog altijd in het draconisch riep ze Sassh'Krecht aan, de Oerdraak wiens geest over de globe van de zwarte kwellingen heerste. Ze noemde al zijn verwanten en nakomelingen, al zijn waardigheden, al zijn legendarische overwinningen en terwijl ze voordroeg werd er een even opwindende als beangstigende aanwezigheid voelbaar, die afkomstig was uit het begin der tijden en die in weerwil van de natuurwetten spoedig tot leven gewekt zou worden.

Nu kwamen alle getrouwen, Gagnière die werd gevolgd door Saint-Georges voorop, ordelijk naar het altaar, ze knielden neer aan de voeten van de gravin, beroerden met hun lippen de Bol der Zielen, die ze op hun hoogte hield, en vormden een rij. Met die kus hadden zij hun verlangen bezegeld. Ze waren bereid om een deel van zichzelf op te offeren en wachtten tot Sassh'Krecht zich zou openbaren om hun ziel te doordrenken.

In extase hief de gravin de bol nu op naar de maan. Ze krijste een gebod. Om haar heen stonden wervelwinden op. Boven de burcht werden als door een middelpuntvliedende kracht de wolken uiteengedreven. De Bol der Zielen verbleekte, er stegen grijze en zwarte rookspiralen uit op. Een dof lawaai vulde de nacht toen ze in lange linten omhoogkringelden en zich gaandeweg de spookachtige vormen aftekenden van een grote draak, die zich met gespreide vleugels oprichtte en een enorme omvang kreeg. Eeuwenlang had Sassh'Krecht de dood overleefd, gevangen in de Bol der Zielen, waarin al zijn kracht was samengebald. Nu zegevierde hij in zijn bijna herwonnen vrijheid, nog enkel met zijn staart verbonden met het relikwie dat de gravin extatisch huiverend omklemde. Hij hoefde nu alleen nog bezit te nemen van de zielen die zijn volgelingen hem offerden.

Niemand had het schot gehoord, maar iedereen zag de melkwitte Bol der Zielen ineens uit elkaar spatten.

De gravin gaf een gil en zeeg neer. Er voer een schok door de menigte en het holle gejank van Sassh'Krecht maakte de verwarring compleet. Aan de relikwie ontstegen zonder nog echt een gedaante te hebben aangenomen, kronkelde hij als een beest dat is gevangen in een verzengende vlammen-zee.

Gagnière was de eerste die bij zijn positieven kwam.

Hij snelde naar de bewusteloze gravin toe, knielde bij haar neer, tilde haar zachtjes op, zag dat ze nog leefde en keek ontredderd om zich heen op zoek naar een verklaring.

Was er iets fout gegaan met het ritueel?

Het uitspansel verduisterde. Nog altijd jammerend kronkelde de spectrale draak van de pijn, hele stukken scheurden van zijn spookgestalte af en vormden tongen van nevel. Er klonk een onweersachtig gegrom. Purperen en goudkleurige flitsen verscheurden de duisternis. De kracht die Sassh'Krecht losliet zocht een uitweg.

Gagnière merkte dat het draakje van de gravin rond hun hoofden fladderde. Het diertje krijste hartstochtelijk om zijn aandacht te trekken en vloog toen naar de burcht. Gagnière keek het na en zag een ijle rooksliert uit een van de schietgaten opstijgen.

Met het rokende pistool nog in de hand, holde Agnes de trap af van de to-ren vanwaaruit ze, terwijl ze de plechtigheid in het verborgene volgde, had geschoten. Ze was zich bewust geweest van het risico. Omdat ze er niet ze-ker van was dat ze de nacht zou overleven, had ze besloten alles op alles te zetten, zo veel mogelijk schade aan te richten en had gewacht tot het ritu-eel op zijn hoogtepunt was voordat ze ingreep.

Nu kwam het eropaan te overleven en, wie weet, te ontkomen.

Ze daalde één verdieping af, een tweede, kwam op de eerste en hoorde voetstappen recht op haar af komen. Ze vloekte, rukte een oude draperie van de muur, smeet die als een visnet over de soldaten die verschenen en trapte een van hen een gebroken kaak. Het slachtoffer sloeg achterover en sleurde zijn kameraden mee, die samen met hem verstrikt raakten in de stoffige lap die ze verscheurden zonder eruit te kunnen ontsnappen. De mannen die achter hen de trap op kwamen moesten achteruit en de woe-dende stem van Savelda was hoorbaar.

Agnes keerde terug op haar schreden en stoof met vier treden tegelijk de trap weer op. Haar enige hoop was nog de torentrans. Een eenzame soldaat versperde haar plotseling de weg. Ze trok haar degen om zijn aanval af te weren, gaf hem met de kolf van haar pistool een vinnige klap in het kruis en zond haar tegenstander het trapgat, in waar hij zijn nek brak.

Met Savelda's mannen op de hielen, kwam ze op de hoogste verdieping van de toren, waar een hand op haar schouder haar achter een gordijntje trok, door het deurtje dat erachter verborgen was. Agnes bevond zich nu in een halfdonkere smalle doorgang, aangedrukt tegen iemand die siste: 'Stil.'

Ze zei niets en stond roerloos terwijl aan de andere kant van de deur de soldaten in volle vaart naar de torentrans holden.

'Ik heet Laincourt. Wees niet bang.'

'Waarvoor zou ik bang moeten zijn?'

Inderdaad voelde Laincourt de kling van een dolk tussen zijn benen omhooggaan.

'Ik werk voor de kardinaal,' fluisterde hij.

'Ze zoeken u, meneer.'

'Dan hebben we iets gemeen. U heet?'

'Agnes. Ik meende voor de plechtigheid een schot gehoord te hebben. Was u dat?'

'Zoiets. Kom, ze zullen het snel begrepen hebben.'

Ze liepen geruisloos door het duistere gangetje en kwamen voorbij een boograam.

'U bent gewond,' zei Agnes, toen ze de bebloede schouder van Laincourt zag.

'Het schot dat u hoorde werd niet door mij afgevuurd.'

'Kunt u die schouder bewegen?'

'Jawel. Hij is niet gebroken, de kogel is er dwars doorheen gegaan. Het is niets ernstigs.'

Ze deden een deurtje open en kwamen in een gang die aan het einde werd verlicht door vierkante openingen naar de binnenplaats toe. Het plafond was er zo laag dat ze er voorover gebukt moesten lopen.

'Deze doorgang loopt onder de omloop van de versterking. Zo komen we in de volgende toren. Daar zullen ze ons voorlopig nog niet zoeken.'

'U schijnt het hier goed te kennen.'

'Mijn kennis is zeer recent.'

Aan het einde van deze gang was er weer een deur.

Ze luisterden, deden hem voorzichtig open en stootten op de rug van een schildwacht, Laincourt sneed hem de keel door en hield hem vast toen hij in elkaar zakte. Ze hoorden grote bedrijvigheid op de lagere verdiepingen, vonden niets dan gesloten deuren en waren gedwongen enkele steile treden op te gaan om het dakluik te kunnen openen.

Gelukkig was er niemand, hoewel ze toortsen en gedaanten konden zien bewegen op de naburige toren die Savelda en zijn mannen net hadden doorzocht. Daarboven, in het onstuimige uitspansel, had de spectrale draak plaatsgemaakt voor een onbeheersbare magische energie. De rode en goudkleurige bliksemschichten verdubbelden. Donderslagen klonken uit boven een dof gerommel dat tot in je ingewanden resoneerde en dat steeds onafwendbaarder de burcht dreigde te ondermijnen.

'Snel!' riep Laincourt.

Beschermd door de kantelen, volgden ze de omloop naar de derde toren. Ze liepen gebukte zo snel als ze konden en begonnen net te geloven dat het ze zou lukken, toen ze vlakbij een snerpende kreet hoorden; het draakje van de gravin klapwiekte boven hun hoofden en wees hun positie aan. Alle blikken waren op hen gericht. Er werd groot alarm geslagen.

Laincourt richtte zijn pistool en maakte het dier af door hem de kop van de romp te schieten.

'Zonde van de kogel,' vond Agnes.

'Niet zo zonde,' antwoordde de spion van de kardinaal, denkend aan de vedelaar die zijn gevangenschap dankte aan het draakje.

Ze waren halverwege de tweede en de derde toren, waarheen de soldaten van Savelda al onderweg waren. Belaagd door sporadisch en slechtgericht geweervuur holden ze verder, ze bereikten de derde toren als eersten en wilden het luik optillen.

Dicht!

'Krijg de rans!' vloekte Laincourt.

Agnes overdacht de toestand. Savelda en zijn huurlingen naderden van de eerste toren via de omloop. Andere soldaten kwamen al op de tweede naar buiten en sneden hun de terugweg af. De begane grond was vijftig meter onder hen. Ze hadden geen tijd meer om het luik te forceren.

Ze zaten klem.

Behoedzaam vertraagden de soldaten en omsingelden hen, terwijl Savelda bedaard glimlachend naar hen toe liep.

Een kring van degens sloot de vastberaden vluchtelingen in, die liever stierven dan zich gevangen te laten nemen.

'Doorgaans,' mompelde Agnes in zichzelf, 'komen ze nu...'

Laincourt hoorde haar.

'Wat zei u?' vroeg hij over zijn gewonde schouder.
'Niets. Het was een voorrecht u ontmoet te hebben.'
'Insgelijks.'
En de verlossing kwam uit de hemel.

22

Het kasteel buiten de versterking was het middelpunt van de chaos, die was ontketend door de storm van energie die was losgeslagen door de vernietiging van de Bol der Zielen. De nachthemel werd opengereten door knetterende bliksemschichten die bomen en struiken in brand zetten, fonteinen van aarde deden opspatten, steen verpulverden en hele stukken muur deden instorten. Een bliksemstraal kliefde en verzengde het altaar waarvan Gagnière, die zijn ceremoniehabijt had uitgetrokken, wegvluchtte met de bewusteloze gravin in zijn armen. Er werd geschreeuwd. Doodsbange paarden hinnikten. Volgelingen en soldaten liepen kriskras door elkaar heen, niet wetend waarheen ze moesten vluchten en tegen wie ze zich moesten verdedigen.

Want de Degens van de Kardinaal hadden de aanval ingezet.

Dankzij de aanwijzingen van Malencontre waren La Fargue en zijn mannen ongezien binnengedronge toen Agnes de plechtigheid onderbrak. Haar wanhoopsdaad speelde hen in de kaart omdat alle aandacht erdoor werd gevestigd op de kronkelende spectrale draak. La Fargue haastte zich langs een holle weg met een muurtje naar de omheinde ruimte waar twee wyverniers, wier dagtaak erop zat, op hun dieren pasten. Ballardieu hees zich met zijn pijp in de mond en een zware reistas op zijn rug, op een vestingmuur, brak de nek van een torenwachter en nam ongezien diens plaats in boven de hoofdingang met zijn schildwachten. Verderop stapte Saint-Lucq over het lijk van een andere schildwacht heen en liep naar een kampvuur waar vijf soldaten enkel oog hadden voor het verbijsterende schouwspel aan de hemel. Op datzelfde moment sloop Marciac de stal binnen.

In de versterking liepen Agnes en Laincourt van de ene toren naar de andere om Savelda te misleiden, toen buiten een bliksemschicht de plek van de ceremonie trof. Geschokt stoof de menigte volgelingen uiteen, iedereen trok het hoofd tussen de schouders toen er meerdere inslagen volgden en ook de soldaten die de ceremonie bewaakten werden bang.

Ballardieu vond dit het gunstige moment om in actie te komen. Hij rommelde in zijn tas, ontstak met het vuur uit zijn pijp de lont van een handgranaat en gooide het projectiel blindelings over de kantelen waartegen hij gehurkt zat. Een tweede en een derde volgden snel, hun explosies mengden zich met het geschreeuw van de mensen en met het gegrom van de bovennatuurlijke storm. Hij keek naar beneden, zag voldaan de lijken van de schildwachten en merkte de wyvern op die uit de omheinde ruimte opsteeg. Staande bleef hij de mensenmassa bestoken met handgranaten.

De soldaten bij het kampvuur zagen iets verderop de granaten ontploffen, grepen hun wapens en...

... verstijfden.

Voor hen stond een geheel in het zwart geklede man, wiens ogen schuilgingen achter rode brillenglazen waarop de vlammen weerkaatsten. Hij wachtte en hield zijn uitgestoken degen op hen gericht. Hij leek ontspannen en vastberaden tegelijk. Ze vermoedden dat hij daar al een tijdje stond. Ze begrepen dat er aan deze man niet te ontkomen viel. En ondanks al hun ervaring met lijden, gevechten en slachtingen werden ze bevangen door een gevoel van onbehagen.

De schrik sloeg hun op de darmen, toen ze beseften dat ze gingen sterven.

Doodsbang geworden door de oorverdovende blikseminslagen holden volgelingen en soldaten naar de stallen. De uitslaande brand die binnen woedde werd zichtbaar toen de deuren werden opengetrapt door de paarden die Marciac had losgemaakt. In hun paniek vertrappelden de dieren de voorste mensen en joegen hinnikend de anderen opzij alvorens ze wegvluchtten.

Tegen de vuurgloed tekende zich de gedaante af van de Gasconjer die met getrokken degen ook naar buiten kwam. De enkele overgebleven en verwarde soldaten vormden geen probleem voor hem, hij haalde hier een keel open, doorstak daar een borst, kliefde een gezicht. Tijdens een kleine adempauze keek hij naar de dolgeworden hemel en hij zag vervolgens Saint-Lucq, die zich met dribbelpasjes verwijderde en nauwelijks vaart minderde om af te rekenen met soldaten die hem met getrokken degens tegemoet kwamen. Na een zoveelste schermutseling draaide de halfbloedige zich om naar Marciac en wees naar de donkere massa van de vesting, waar hij heen ging. De Gasconjer begreep het en knikte, overwoog even hem te volgen, maar moest zich direct weer verdedigen tegen twee nieuwe aanvallers.

Op de toren waren Agnes en Laincourt omsingeld en waanden zich verloren. Toen begon het op de verbijsterde soldaten ineens granaten met roodgloeiende lonten te regenen en er ontstond gedrang. Vervolgens ontploften de bommen een voor een in wolken van brandend buskruit en degenen die niet op tijd hadden kunnen wegkomen langs de omloop werden opengereten door de gloeiende scherven.

Met klapperende vleugels afremmend, landde er een wyvern op de toren.

'Kapitein!' riep Agnes, toen ze zag wie het dier bemande.

'Vlug!' maande La Fargue.

Hij stak een gehandschoende hand naar haar uit, maar de jonge vrouw wees op Laincourt.

'Hij moet ook mee!'

'Wat? Nee! Te zwaar!'

'Hij gaat ook mee!'

Het was niet het moment noch de plek voor discussie; om hen heen kwamen de soldaten alweer bij hun positieven.

Agnes en Laincourt namen plaats achter La Fargue, die onmiddellijk de wyvern de sporen gaf. Het dier nam een moeizaam aanloopje naar de borstwering. Toen hij zag dat zijn prooien hem zouden ontsnappen holde Savelda naderbij, hij riep tegen zijn mannen dat ze opzij moesten gaan, legde aan en schoot. De kogel doorboorde de lange nek van de wyvern op het moment dat hij sprong. Het reptiel schokte. De verbijstering, de pijn en zijn te zware last maakten dat hij viel. Hij spreidde zijn vleugels terwijl de grond snel dichterbij kwam en La Fargue trok uit alle macht aan de teugels. Op het allerlaatste moment wist de wyvern zich te verheffen. Zijn buik schuurde over het plaveisel. Zijn klauwen sloegen er een regen van vonken uit. Hij ging veel te snel om in die kleine binnenplaats nog te kunnen opstijgen. La Fargue slaagde er nog net in hem te laten afslaan naar de poort van de vesting. Het reptiel vloog in volle vaart onder het gewelf door. Maar hij was te breed. Met een schok braken de leren vleugels. De wyvern brulde van pijn. Als een rotsblok dat de helling af rolt, suisde hij over de neergelaten hangbrug. In een maalstroom van bloed en stof sloeg hij over de kop. Hij wierp zijn passagiers af. Hij eindigde op een van de grote brandstapels die waren ontstoken voor de plechtigheid.

Ballardieu zag de wyvern van de toren storten en drie mensen door de lucht vliegen.

'Agnes!' brulde hij, terwijl het reptiel met gebroken vleugels te pletter sloeg op de brandstapel en onder zijn ogen verkoolde.

Hij sprong over de borstwering, kwam zes meter lager neer en holde verder zonder te letten op de pijn van zijn verstuikte enkel. Twee draksoldaten vielen hem aan. Hij bleef doorhollen en nam niet eens de tijd zijn degen te trekken. Hij nam de tas waarin nog een paar granaten zaten bij de bandelier, zwaaide hem een paar keer rond en verbrijzelde een slaap en ontwrichtte een schubbige kaak. Nog altijd rennend, iedereen opzijgooiend die hem in het radeloze gedrang voor de voeten liep, schreeuwde hij uit alle macht: 'Agnes! Agnes!'

Hij zag La Fargue die overeind probeerde te krabbelen en ging naar hem toe.

'Agnes! Waar is Agnes?'

De kapitein wankelde verdoofd. Hij knipperde met zijn ogen en viel bijna weer om. Ballardieu moest hem vasthouden.

'Kapitein! Waar is ze? Waar is Agnes?'

'Ik... ik weet het niet...'

Marciac kwam aanlopen.

'Wat is er aan de hand?' riep hij, boven de donder en bliksem uit.

'Het is Agnes!' verklaarde de oude soldaat met angst in zijn stem. 'Ze is daar ergens! Help me!'

Met een grimas en een wazige blik kwam Laincourt moeizaam overeind, eerst op handen en voeten. Hij hoestte, spoog aarde en bloed uit.

Hij ging staan.

Om hem heen mengde de chaos van het bijna gestreden gevecht zich met het hoge gejank van het onvoorstelbare onweer. De verwoestende bliksem werd steeds heviger en het razende gegrom deed het kasteel, waarvan de stenen losraakten, op zijn grondvesten schudden. Niemand dacht nog aan vechten. Enkel aan vluchten. De enkele overlevenden van de volgelingen en de soldaten van de Zwarte Klauw drongen op naar de poort die Ballardieu niet langer meer verdedigde met zijn granaten.

Ook Laincourt had nu moeten vluchten.

Maar hij moest nog één ding doen.

Met de nog steeds bewusteloze gravin in zijn armen kwam Gagnière op de binnenplaats van de vesting. Op hetzelfde moment kwamen Savelda en zijn mannen van boven.

'We worden aangevallen!' riep de zwetende Gagnière.

'Ja,' antwoordde de Spaanse eenoog. 'En we hebben al verloren ook... Laat mij haar maar dragen.'

Hij nam de gravin van hem over.

De markies liet hem begaan, hij was te erg van streek om te protesteren.

'We moeten vluchten!' riep hij. 'Over de galerij. Het kan nog. Snel!'

'Nee.'

'Wat zegt u?'

'Niet u. U blijft hier.'

'Maar waarom?'

'Om onze aftocht te dekken... Tegen hem.'

Gagnière keek om.

Saint-Lucq kwam onder het gewelf door, met getrokken degen en in de linkerhand een dolk.

'Jij en jij, met mij meekomen,' beval Savelda. 'De anderen blijven bij de markies.'

Gevolgd door de mannen die hij had aangewezen verdween hij door een deur en liet de edelman met vier soldaten achter op de binnenplaats.

Gagnière wilde de poort openen; het lukte hem niet. Hij keek naar de halfbloedige, die terugkeek en die over de rij soldaten heen naar hem glimlachte, alsof ze slechts gescheiden werden door een onbeduidend obstakel. Dat angstaanjagende idee vatte tenminste post bij de markies.

Een degen oprapend bij het lijk van een soldaat die op de omloop was gesneuveld, riep Gagnière: 'Ten aanval!'

Eveneens van hun stuk gebracht door de roofdierachtige kalmte van Saint-Lucq stormden de soldaten geschrokken voorwaarts. De halfbloedige weerde twee degens af, liet zijn dolk achter in de onderbuik van zijn eerste belager, draaide zich om en haalde met een achterwaartse beweging de keel van een tweede open. In dezelfde doorgaande beweging bukte hij voor een drak met een geheven degen, gleed onder diens arm door, richtte zich weer op en trok de reptielenmens over zijn schouder. Deze kwakte met een dreun ruggelings neer en Saint-Lucq deed een uitval naar een derde soldaat, wiens borst hij doorboorde en die hij ontwapende. Als besluit van zijn dodelijke dans hield hij het weggenomen wapen rechtstandig, en nagelde, zonder te kijken, de drak aan de grond.

Onverstoorbaar keek hij toen naar Gagnière.

In de omheinde ruimte stond nog één wyvern, die ongetwijfeld gevlucht zou zijn, ware het niet dat hij vastbonden was. Saint-George had hem met veel moeite gezadeld en stond al met een voet in de stijgbeugel toen hij, boven het onweer uit, iemand hoorde zeggen: 'Ga achteruit.'

Een paar meter achter hem stond de gehavende, gewonde en bebloede Laincourt die hem onder schot hield. Hij zag er deerniswekkend uit, maar in zijn ogen blonk een fanatiek vuur.

'Doe wat ik zeg,' vervolgde hij. 'Ik wil je maar al te graag voor je kop schieten.'

Beheerst zette Saint-Georges zijn voet op de grond en spreidde zijn armen. Maar hij draaide zich niet om. Hij verwijderde zich ook niet van de wyvern en de pistolen in de zadelholsters. Pistolen die Laincourt niet kon zien zolang hij ervoor bleef staan.

'We kunnen het nog eens worden, Laincourt.'

'Ik denk het niet.'

'Ik ben rijk. Ontzettend rijk...'

'Je hebt je goud verdiend met verraad. Hoeveel getrouwen zijn er dood door jouw schuld? Je laatste slachtoffers waren ongetwijfeld de koeriers uit Brussel, van wie je de reisroute hebt doorgegeven aan de Zwarte Klauw. En wie waren het daarvoor?'

'Goud is goud. De glans is overal hetzelfde.'

'Je goud zal je van weinig nut zijn, daar waar je nu heen gaat.'

Saint-Georges keerde zich plotseling om met een pistool in de aanslag.

Er viel een schot.

Laincourt keek toe hoe de verrader in elkaar zakte; de kogel had een oog doorboord en de achterkant van zijn schedel weggeslagen.

Het onweer bereikte het hoogtepunt. Wervelende energiestormen raasden laag over de grond, de bliksem sloeg nu elke seconde in en liet grote kraters achter. Het leek of het het kasteel bestookt werd door vijandelijk vuur met de bedoeling het te vernietigen.

'Hierheen!' riep La Fargue ineens.

Hij hurkte naast Agnes, die hij net had gevonden en wier hoofd hij optilde. De jonge vrouw was bewusteloos. Het haar op de zijkant van haar hoofd was plakkerig van het bloed. Maar ze ademde.

'Is ze...?' vroeg de toegesnelde Ballardieu angstig.

'Nee. Ze leeft.'

In een bres in de vestingmuur verscheen een ruiter. Het was Almadès, die de paarden van de Degens meevoerde. De paarden waren gelukkig getraind voor het gevecht en raakten niet in paniek door het rumoer van het slagveld.

'Agnes is niet in staat om te rijden!' riep La Fargue.

'Ik draag haar wel!' antwoordde Ballardieu.

Vlak naast hen sloeg de bliksem in en een regen van kokende aarde daalde op hen neer.

'Kijk!' riep de Gasconjer.

Uit de richting van de vestingtoren naderde de zwarte karos van de gravin, bestuurd door Saint-Lucq.

'God zegene je, Saint-Lucq,' mompelde Ballardieu.

De halfbloedige liet de koets vlak bij hen stoppen. Hij hield het span paarden maar met moeite in bedwang. De dieren hinnikten en steigerden bij elke inslag zodat de koets geen moment helemaal stilstond. Marciac pakte de paarden bij hun hoofdstel om ze halt te laten houden.

La Fargue kon nu het deurtje openen en ontwaarde een gedaante.

'Er zit iemand in!'

Het bleek Gagnière te zijn. Hij had een degenhouw in zijn rechterschouder gekregen en was flauwgevallen.

'Weer een nieuwe vriend!' spotte Saint-Lucq. 'Vooruit! Opschieten!'

Ballardieu stapte in met Agnes in zijn armen. La Fargue sloeg het deurtje dicht, besteeg het paard en de Gasconjer, die al in het zadel zat, gaf hem de teugels.

'Voorwaarts! De hel zal hier spoedig neerdalen!'

Saint-Lucq liet de teugels knallen boven de paarden. De ruiters gaven hun paarden de sporen en maakten de weg vrij voor de koets die er al spoedig in vliegende galop vandoor ging. Op wonderbaarlijke wijze ontkwamen ze telkens aan de explosies, de luchtverplaatsing blies hun allerlei rommel in het gezicht. Ze waren nog maar net onder de poort door gereden, toen een hevige bliksem die deed instorten. In volle vaart denderden ze de slingerende weg af, ze reden daarbij genadeloos vluchtelingen omver die hen de doortocht bemoeilijkten en lieten de ruïne, die nog steeds werd gegeseld door de verzengende oerkrachten, achter zich.

Toen werd het een seconde lang doodstil, waarna de hemel een verblindende kracht ontlaadde. Die veegde in een apocalyptische razernij de laatste resten weg van de kasteelruïne en verdronk in zijn helle licht het silhouet van een gezadelde wyvern die klapwiekend wegvloog.

Op datzelfde ogenblik werd in een kreupelbos op een kilometer daarvandaan een hek opengeduwd. Savelda was de eerste die er, worstelend met de doornstruiken, doorheen ging. Hij werd op de voet gevolgd door twee mannen die de gravin droegen. Ze had weer haar ware gedaante en was nu voorgoed een oude vrouw: haar gezicht was ingevallen en gerimpeld; haar teint had alle frisheid en schoonheid verloren; haar lange blonde haren waren doorschoten met grijs; haar mooie volle lippen waren droog en dun geworden. Uit haar mond en neusgaten droop zwart slijm, ze had moeite met ademen, ze kreunde, ze hikte.

Maar ze leefde.

IV

Een nieuwe dag

1

Er waren sindsdien twee dagen verstreken toen Rochefort 's ochtends La Fargue kwam halen, die een uur daarna door Richelieu zou worden ontvangen. Aan zijn bureau gezeten, met zijn ellebogen steunend op de armleuning van zijn stoel en zijn handen samengevouwen voor zijn lippen, keek de kardinaal de oude, onverstoorbare kapitein lang aan.

Eindelijk zei hij: 'Meneer De Tréville is buitengewoon goed geweest door meneer Leprat te bevrijden uit het Châtelet, nietwaar? Als het aan mij gelegen had...'

La Fargue, stram en strak voor zich uit kijkend, antwoordde niet.

'Als ik meneer De Tréville moet geloven,' vervolgde Richelieu, 'dan heeft deze Malencontre uw man beetgenomen, hem zijn spullen afhandig gemaakt en zou hij vermomd de gevangenis hebben verlaten, gebruikmakend van de wisseling van de wacht. Dat zou geloofwaardig zijn, als meneer Leprat meneer Leprat niet zou zijn...'

'Niemand is onfeilbaar, Excellentie.'

'Dat klopt... Het meest betreurenswaardig, behalve de gekrenkte trots van meneer Leprat, is natuurlijk het verlies van Malencontre. Weet u wellicht waar hij is?'

'Nee. Maar het lijkt me dat de vangst van markies De Gagnière dat verlies ruimschoots goedmaakt. Malencontre diende Gagnière. En een meester weet altijd meer dan een knecht.'

'We winnen er dus bij?'

'Ja, Excellentie. Heel veel zelfs.'

'We zullen zien...'

De kardinaal keek uit het raam.

'Hoe maakt barones De Vaudreuil het?'

'Ze gaat vooruit.'

'En de anderen?'

'Iedereen stelt het goed. Deze dagen van rust waren heel heilzaam.'

'Mooi, mooi... Blijft het feit dat ik u had opgedragen om u afzijdig te houden.'

'Dat is waar.'

'Pater Joseph had me gewaarschuwd voor uw ongehoorzaamheid. Hebt u iets aan te voeren ter rechtvaardiging?'

'Jawel. Ik meende dat Uwe Excellentie niet wenste dat ik hem zou gehoorzamen.'

'Werkelijk?'

'Ik meende dat Uwe Excellentie wel wist dat ik een van mijn... een van zijn Degens nooit in de steek zou laten. Ik meende dat Uwe Excellentie wel vermoedde dat ik uiteindelijk de confrontatie met de Zwarte Klauw zou aangaan. Ik meende, ten slotte, dat Uwe Excellentie niet anders kon doen dan me die order geven, om Spanje niet te krenken. Maar dat Uwe Excellentie desondanks wenste dat ik doorging.'

'En waar ontleende u dat vermoeden aan, kapitein?'

'In de eerste plaats aan uw bezorgheid voor Frankrijk, Excellentie.'

'Goed. En verder?'

'Niets verplichtte u me te vertellen waar Malencontre gevangen werd gehouden. Door dat wel te doen gaf u mij de mogelijkheid op te treden, zonder het risico te lopen de Spaanse gezant te mishagen. Op die manier werd de schijn gered.'

De kardinaal glimlachte. Hij kneep zijn ogen tot spleetjes en in zijn blik blonk een nauw verholen voldoening.

'U begrijpt dat ik dit moet ontkennen, kapitein.'

'Zeker, Excellentie.'

'Weet dus dat ik uw daden veroordeel.'

La Fargue knikte.

'... en dat ik u ervoor feliciteer.'

De oude edelman grijnsde geslepen.

Hij wist dat hij waarschijnlijk nooit zou weten wat Richelieu vanaf het begin van deze hele affaire wel of niet had geweten, wat hij had willen loslaten en waarover hij wilde zwijgen, wat hij had geveinsd te geloven en wat hij stiekem had doorzien. De Degens waren een wapen dat de kardinaal gebruikte zoals het hem behaagde.

Richelieu stond op en, wat een teken van hoogachting was, begeleidde La Fargue naar de deur.

'Kapitein, het zou me plezier doen als u een voorstel zou willen overwegen...'

'Excellentie?'

'Het betreft een jongeman van grote verdiensten die mij uitstekend heeft gediend. Spijtig genoeg waren de gebeurtenissen van dien aard dat het voor hem onmogelijk is om zijn plaats in mijn garde weer in te nemen. Toch wil ik hem niet kwijt. Als u evenwel zo goed zou zijn om hem in te lijven bij de Degens...'

'Hoe heet hij?'

'Laincourt.'

'Is dat...'

'Dezelfde, kapitein.'

'Ik beloof u dat ik erover zal nadenken, Excellentie.'

'Prachtig. Denk erover na. En laat me uw beslissing spoedig weten.'

2

'Ik ben het,' zei Leprat, nadat hij op Agnes' deur had geklopt.

'Kom binnen.'

De jonge vrouw lag nog in bed, maar meer uit luiheid dan uit noodzaak. Ze zag er goed uit en de schrammen op haar gezicht deden niets af aan haar schoonheid. Naast haar in bed stond nog het dienblad dat Ballardieu haar al had gebracht. Leprat zag tot zijn plezier dat ze bijna alles had opgegeten.

'Ik kom eens kijken hoe het met je gaat,' zei de musketier.

Hij wees op een stoel.

'Mag ik?'

'Natuurlijk.'

Agnes klapte haar boek dicht, keek toe hoe Leprat ging zitten om zijn gewonde been te ontzien en wachtte.

'En?' vroeg hij na een tijdje.

'Wat en?'

'Gaat het goed met je?'

'Zoals je ziet... Ik rust uit.'

'Je hebt het verdiend.'

'Ja, dat vind ik ook.'

Er viel een stilte, waarin Agnes zich vermaakte om Leprats verlegenheid.

Toch deed ze of ze medelijden met hem had en ze zei: 'Nou, kom op. Zeg het dan.'

'Je hebt een onverantwoord risico genomen door met die mannen mee te gaan.'

'Ik wist niet wie ze waren en dat was precies waar ik achter wilde komen. Bovendien waren zij met z'n vijven of zessen en ik was ongewapend.'

'Maar toch. Toen je Saint-Lucq zag had je iets kunnen doen... Met jullie tweeën, en bij verrassing...'

'Dat weet ik.'

'De zaak had slecht kunnen aflopen.'

'Ja. De Zwarte Klauw had hier, in Frankrijk, een loge kunnen oprichten.'

'Zo kun je het ook bekijken... Maar wat ging je daar eigenlijk doen?'

'Bij Cecile?'

'Ja.'

'Dat weet je best. Kijken wat ze te verbergen had. En wat Saint-Lucq voor mij heeft gevonden, op bevel van de kapitein... Als ik dat had geweten...'

Leprat knikte afwezig.

Agnes kneep haar ogen tot spleetjes en ging voorover zitten om hem recht aan te kunnen kijken.

'Daarover kom je praten, hè?'

'Hij is veranderd. Hij is niet meer de man van vroeger... Ik... Ik geloof dat hij ons allemaal wantrouwt.'

En Leprat voegde er aan toe met een grimmig gebaar en met een stem die trilde van machteloze woede: 'Allemachtig! Ons! Zijn Degens!'

De jonge vrouw legde meelevend haar hand op zijn arm.

'Het is allemaal de schuld van Louveciennes. Toen hij in La Rochelle verraad pleegde, had hij net zo goed La Fargue in het hart kunnen steken. Hij was zijn beste vriend. Misschien wel de enige... Om nog maar niet te spreken van de dood van Bretteville en de vernederende ontbinding van de Degens. Die herinnering moet met een roodgloeiend ijzer in zijn herinnering zijn gegrift en doet waarschijnlijk nog steeds pijn.'

Leprat stond op, hinkte naar het raam en liet zijn blikken dwalen over de daken van Saint-Germain.

'Het ergste,' bekende hij, '... het ergste is dat ik denk dat hij ons terecht wantrouwt.'

'Wat?'

'Een van ons, in elk geval.'

'Maar wie dan?'

'Dat weet ik niet.'

Hij draaide zich om naar Agnes en verklaarde: 'Wij waren de enigen die wisten dat wij Malencontre hadden. Toch is Rochefort hem een paar uur later komen halen. De kardinaal wist het dus ook. Wie heeft het hem verteld?'

De jonge barones kreeg een gevoel dat ze bestreed door advocaat van de duivel te spelen: 'Guibot misschien. En Naïs, van wie we tenslotte helemaal niets weten...'

'Dat geloof je toch niet echt?'

'Verdenk je mij?'

'Nee.'

'Wie dan?'

'Saint-Lucq? Marciac? Almadès? Ballardieu?... En misschien wel jijzelf, Leprat?'

Hij keek haar gelaten, bijna verdrietig, aan: 'Wie zal het zeggen...'

3

De graaf van Rochefort zat te wachten in een biechtstoel in de Saint-Eustachekerk. Precies op het afgesproken tijdstip nam iemand plaats aan de andere kant van de met houtsnijwerk verduisterde opening.

'Zijne Eminentie,' zei hij, 'verwijt u dat u hem niet hebt ingelicht over de plannen van La Fargue.'

'Welke plannen?'

'Plannen om Malencontre te laten vluchten uit het Châtelet.'

'Daar wist ik niets van.'

'Werkelijk?'

'Ja.'

'Dat is moeilijk te geloven... Waar verbergt Malencontre zich nu?'

'La Fargue heeft hem vrijgelaten in ruil voor de inlichtingen waarmee we Agnes hebben kunnen redden. En waarmee we bovendien ook de Zwarte Klauw een lesje konden leren. Als hij ook maar een greintje verstand heeft, zal Malencontre Frankrijk al hebben verlaten.'

'Dat zou jammer zijn.'

'Ik dacht dat een opdoffer voor de Zwarte Klauw u eerder een plezier zou doen...'

'Hang niet de slimmerik uit. Daar betalen we u niet voor... Wist u dat Cecile in werkelijkheid de dochter van La Fargue is?'

De stilte zei genoeg.

'Nee,' zei de ander uiteindelijk.

'Dan weet u het nu. Zijne Eminentie wil weten waar ze is.'

'In veiligheid.'

'Dat vraag ik u niet.'

'Cecile, of hoe ze ook mag heten, is in deze zaak alleen maar het slachtoffer. Ze verdient het met rust gelaten te worden.'

'Ongetwijfeld. Maar u hebt mijn vraag nog niet beantwoord.'

'Die zal ik ook niet beantwoorden.'

Rochefort begreep uit de toon van zijn gesprekspartner dat verder aandringen nutteloos zou zijn.

'Zoals u wilt,' mokte de man van de kardinaal. 'Maar ik moet zeggen dat u uw beloning niet echt verdient, Marciac.'

4

Op de binnenplaats van het prachtige Hôtel de Tournon, stond het bereden escorte van edelen klaar naast een schitterende karos. Het wachten was alleen nog op de graaf van Pontevedra die zou terugkeren naar Spanje. De geheime onderhandelingen met Frankrijk waren door een onverwachte gebeurtenis te snel afgebroken en hadden geen resultaten opgeleverd. Er bleef de gezant dus niet anders over dan naar Madrid terug te keren en de koning en diens minister Olivares op de hoogte te brengen.

Pontevedra legde de laatste hand aan de voorbereidingen van de reis, toen er nog een bezoeker werd aangekondigd. Hij toonde zich een beetje verbaasd toen men hem zijn naam noemde, aarzelde, dacht na en gaf toen te kennen dat hij hem alleen zou ontvangen, in een salon.

La Fargue stond er al toen hij binnenkwam.

De twee mannen keken elkaar lang aan. Ze waren duidelijk van dezelfde leeftijd, maar de een was een hoveling en intrigant geworden, terwijl de ander een edelman van het zwaard en de eer was gebleven. Maar het was niet graaf van Pontevedra, bijzondere gezant van Spanje en gunsteling van Zijne Majesteit Filips IV, die de oude kapitein zo doordringend aankeek. Hij zag Louveciennes, zijn oude wapen- en bloedbroeder, de enige echte vriend die hij ooit had gehad, en die hem had verraden.

'Wat kom je doen?'

'Ik kom je zeggen dat Anne, mijn dochter, gezond en veilig is. Het leek me dat je dat moest weten.'

Pontevedra grijnsde ironisch.

'Jouw dochter?'

'Ze is mijn dochter en dat weet je best. Je hebt het trouwens altijd al geweten. Net zoals ik. Net zoals Oriane. En nu weet Anne het ook. Net zoals ze weet wie jij bent.'

Het gezicht van de gezant vertrok van haat.

'Wat heb je haar verteld?' snauwde hij.

'Niets. Zo ben ik niet.'

'Hoe weet ze het dan?'

'Door een brief van haar moeder. Haar moeder die je nooit hebt bemind zoals ze verdiende...'

'Datzelfde kan jou ook verweten worden,' antwoordde de ander.

Er stonden schuimbelletjes op zijn lippen en zijn ogen schoten vuur.

'Ik heb mezelf die ene nacht lang genoeg kwalijk genomen,' gaf La Fargue toe.

'Mooi excuus!'

'Oriane heeft het zichzelf ook verweten. Maar dat was nog voor La Rochelle, voordat je ware aard naar boven was gekomen, nog voor je verraad.'

'Ik heb mijn keuze gemaakt. De juiste keuze. Ik hoef maar naar jou te kijken om daar niet aan te twijfelen. Je hebt niets. Je bent niets. Maar ik...'

'Je bent alleen maar rijk. En Bretteville is dood door jouw schuld.'

'Ik ben de graaf van Pontevedra!' schreeuwde de voormalige Degen.

'We weten alle twee wie jij bent,' zei La Fargue beheerst.

Hij draaide zich om en legde zijn hand al op de deurknop toen Pontevedra, paars van woede riep: 'Ik zal Anne vinden. Waar je haar ook verbergt, ik zal haar weten te vinden!'

De kapitein dacht aan zijn dochter, die hij niet eens kende en voor wie hij een zekere schroom voelde. Op dat moment was zij nog ergens waar niemand haar zou zoeken: in de Rue de la Grenouillère, waar ze dankzij Marciac werd vertroeteld door de mooie Gabrielle en haar hupse kostgangsters.

Dat kon echter niet eeuwig zo blijven.

'Nee,' zei La Fargue. 'Jij zult haar niet vinden. Jij zult haar vergeten.'

De gezant barstte in lachen uit.

'Wie ben jij om me daartoe te dwingen? Jij kunt niets tegen mij beginnen, La Fargue. Helemaal niets!'

'Toch wel. Je hebt je opdracht van gezant gebruikt om een persoonlijk doel na te streven. Je hebt complotten gesmeed en je hebt gelogen. Daarmee heb je je missie ernstig in gevaar gebracht en het vertrouwen beschaamd van je... koning. Je hebt zelfs, door te eisen dat de Degens en ik de zogenaamde ridder D'Irebàn zouden zoeken, de mannen bijeengebracht waar Spanje binnenkort helemaal niet blij mee zal zijn. Je wilde ons omdat wij de besten zijn? Nou, hier zijn we dan. Denk je dat de kardinaal ons nog zal kunnen missen? Nee, Louveciennes. De Degens van de Kardinaal zijn weer helemaal terug en jouw meesters zullen nog heel lang last van ze hebben... Denk even na. Wil je echt dat dit allemaal bekend wordt?'

'Waag het niet me te bedreigen.'

'Ik bied je mijn zwijgen in ruil voor mijn dochter. Je hebt geen keuze... O, en dan is er nog een ding...'

'Wat?'

'De volgende keer dat we elkaar weer ontmoeten, zal ik je doden. Goede terugreis naar Spanje.'

La Fargue liep weg en liet de deur wijd openstaan.

Epiloog

Het was al donker toen La Fargue die avond terugkeerde in Hôtel de l'Épervier.

Hij bracht zijn paard naar de stal, zadelde het af, wreef het zorgvuldig droog en stak daarna de binnenplaats over naar het huis. Flarden gelach, gezang en gepraat kwamen hem op de trappen van het bordes al tegemoet. Hij glimlachte, ging naar binnen en keek vanuit de halfdonkere hal naar het schouwspel achter de wijd openstaande deuren.

De Degens zaten samen aan een maaltijd die door het plezier en de wijn maar geen einde kreeg. Ze waren er allemaal. Ballardieu en Marciac stonden op hun stoel luidkeels vals te zingen. Agnes straalde en gierde van het lachen. Leprat klapte in zijn handen en zong het achtergrondkoor. Zelfs de strenge Almadès lachte om de grapjasserij van de anderen; de Gasconjer speelde overdreven dat hij dronken was. De lieve Naïs bediende zonder ook maar iets te missen. De oude Guibot sloeg uitbundig de maat met zijn houten been.

O, lief flesje!
Waarom sluit je die
Zalige zoete wijn van je
Op in een keurslijf van riet?
Waarom verstop je
Je amber en je robijnen
Onder die strenge dracht?

Doe mijn ogen en
Mijn keelgat een plezier!
Trek je rieten rokken uit!

Laat je naaktheid zien,
En verberg ons niet langer
Je amber en je robijnen!

Ze zagen er allemaal zo gelukkig uit en La Fargue benijdde hun erom, om hun zorgeloosheid, hun jeugd. Van de meesten van hen had hij de vader kunnen zijn en in zekere zin was hij dat ook.

Of was hij het geweest.

Vroeger zou hij met ze hebben meegefeest. Hij aarzelde even of hij mee zou doen toen Naïs, om erdoor te kunnen, de deur dichtdeed en de oude, vermoeide kapitein in het donker zette.

Hij ging maar liever naar bed, zonder dat iemand hem hoorde of zag.

In zijn kamer, ver van het lawaai en de hitte van het feest, strekte hij zich aangekleed uit op het bed, vouwde zijn handen onder zijn nek en wachtte, met wijd open ogen, maar met een nietsziende blik.

Niet lang daarna sloeg de klok van de abdij van Saint-Germain middernacht.

La Fargue kwam overeind.

Uit een kistje waarvan hij de sleutel altijd bij zich droeg, haalde hij een kostbare zilveren spiegel die hij voor zich op tafel zette.

Gedempt, eerbiedig en met geloken ogen, mompelde hij een rituele formule in een oude, gevreesde en bijna uitgestorven taal. De spiegel die eerst nog zijn eigen beeltenis weerkaatste beantwoordde zijn oproep. Het glas werd troebel en langzaam, schijnbaar uit een bezielde laag kwikzilver, verscheen de enigszins doorschijnende kop van een witte draak met rode ogen.

'Goedenavond, meester,' zei La Fargue.